LES

GENTILSHOMMES D'AUJOURD'HUI

IMPRIMERIE D. BARDIN ET Cⁱᵉ, A SAINT-GERMAIN.

LES

GENTILSHOMMES D'AUJOURD'HUI

PAR

ROBERT CHARLIE

PARIS

LIBRAIRIE NATIONALE

(DÉNOC et Cie, Éditeurs)

15, RUE DU CROISSANT, 15

LES GENTILSHOMMES D'AUJOURD'HUI

ROMAN INÉDIT
Par ROBERT CHARLIE

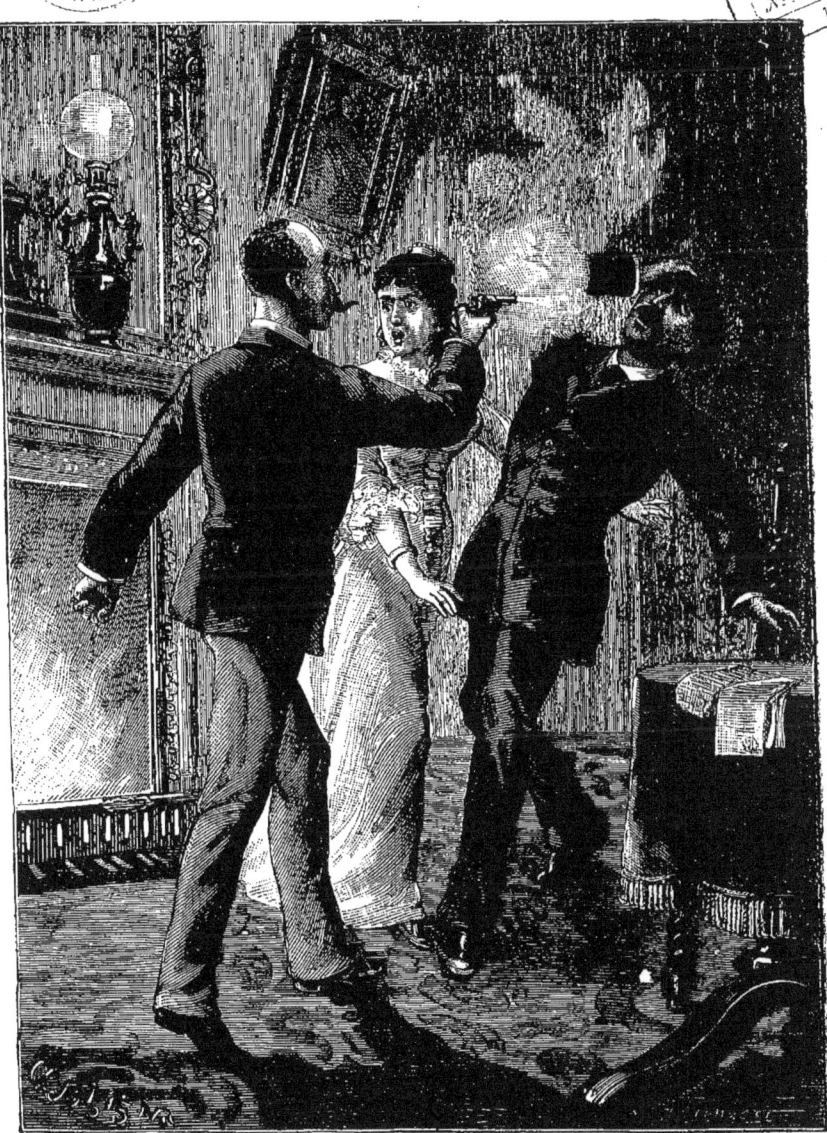

Le Guet-apens.

LIBRAIRIE NATIONALE
(DÉROU ET Cie), 15, rue du Croissant, 15. — PARIS.
Tous droits réservés.

LES GENTILSHOMMES D'AUJOURD'HUI

Roman inédit

PAR

ROBERT CHARLIE

PREMIÈRE PARTIE

LA CONQUÊTE D'UN HÉRITAGE

CHAPITRE PREMIER

Le Guet-apens.

ONSIEUR le duc peut venir.

La personne qui adressait respectueusement ces paroles au duc d'Ambroge était une femme longue et mince, âgée d'environ cinquante ans, agrémentée d'une sèche physionomie de dévote et sévèrement vêtue de noir. Elle avait sous ses bandeaux plats un regard tour à tour fuyant et aigu, et ses lèvres serrées en un léger froncement indiquaient suffisamment, avec l'ensemble du visage, un mélange caractérisé de méchanceté et de duplicité.

Le duc, lui, était un homme de haute mine. Jeune encore, d'une taille élevée, autant qu'on en pouvait juger à le voir assis devant un bureau plein qui ne laissait saillir que son buste un peu maigre, il tournait vers la dame de compagnie de la duchesse — car c'était là la situation dans l'hôtel de la femme qui lui parlait — une figure visiblement fatiguée, mais d'une coupe régulière et hautaine.

Le front était dégarni, la paupière légèrement affaissée et les traits quelque peu tirés, mais la moustache, blonde et assez fournie, se relevait si fièrement en un croc arrondi, que toute la physionomie en était comme raffermie et comme revivifiée.

Le duc avait devant lui, sur son bureau, des papiers timbrés chargés d'une écriture serrée, et il les examinait d'un air soucieux et même irrité au moment où Mme Angélique — ainsi se faisait appeler la dame de compagnie — avait frappé à la porte de son cabinet.

— C'est bien, dit-il simplement.

Mais tout impassible qu'il fût resté en apparence, un observateur attentif eût remarqué une fugitive rougeur passer sur ses joues décolorées, et quelque chose comme un imperceptible éclair allumer son regard.

Mme Angélique se retira, et le duc parut hésiter un instant.

Il se leva ensuite, ramassa soigneusement les papiers étalés devant lui, les plaça dans la poche intérieure de son veston d'appartement, glissa dans la poche du côté droit, et par conséquent bien à portée de sa main, un petit revolver dont il tira d'abord la baguette d'arrêt, puis après s'être examiné une seconde dans une glace, comme pour s'assurer du calme de sa physionomie, il sortit de son cabinet.

Il était près de minuit.

Le duc d'Ambroge quitta l'aile gauche de l'hôtel, prit le vestibule qui longeait la façade, et une fois dans l'aile droite où se trouvaient les appartements de sa femme, qu'il ne voyait plus que dans le jour, il se dirigea vers la chambre à coucher de la duchesse.

Il frappa deux coups discrets.

— C'est vous, madame Angélique? interrogea une très douce voix de femme.

— Non, madame ; c'est moi, répondit le duc.

Un court silence suivit, puis la voix de l'intérieur reprit, mais comme un peu tremblante :

— Veuillez attendre une seconde, monsieur, je vous prie ; je vous ouvre à l'instant.

Et, en effet, quelques secondes s'étaient à peine écoulées qu'un verrou était tiré et que la porte s'ouvrait, laissant voir, dans la lumière amortie d'une lampe à globe opalisé, une merveilleuse jeune femme vêtue d'un très simple peignoir de drap blanc.

La duchesse était de taille moyenne, mais si modeste, si chaste même que fût son vêtement de nuit, il n'en laissait pas moins deviner des formes à la fois exquises et robustes. La ligne des hanches s'accusait avec une pureté hardie et les rondeurs de la poitrine se dessinaient nettement en dépit de l'ampleur de l'étoffe.

La tête était idéale. Une magnifique chevelure brune la chargeait de ses masses soyeuses, à grand'peine fixées pour la nuit à l'aide d'un peigne d'écaille. Les yeux, noirs, très grands et très purs, avaient un regard extrêmement doux ; le nez était correct ; la bouche, d'un beau rouge vif, s'ouvrait sur de petites dents laiteuses, et le tout, s'encadrant dans un ovale parfait, formait un ensemble d'une irrésistible séduction.

Seulement, et c'était là ce qui caractérisait cet admirable visage, il était comme recouvert d'un voile de tristesse. Depuis plusieurs années la mélancolie devait l'avoir envahi, car on voyait sur-le-champ qu'il ne pouvait s'agir d'un chagrin fugitif, de la douleur d'un deuil récent, ou de toute autre passagère source de larmes. Cette tristesse paraissait résignée ; c'était celle du malheur constant, courageusement accepté, vaillamment subi.

A cette teinte générale de mélancolie s'ajoutait une muette expression d'effroi et aussi de répulsion, qui se laissait voir dans le regard, mais à laquelle le duc ne parut pas prendre garde.

— Pardonnez-moi, madame, dit-il en entrant et en baisant la main de la duchesse, qui le fixait d'un œil interrogateur, de vous déranger à une heure aussi avancée, mais l'entretien que je suis forcé de vous imposer ne peut souffrir aucun retard.

Rassurez-vous, d'ailleurs, se hâta-t-il d'ajouter, il ne tiendra pas à moi qu'il ne soit ni long ni pénible.

— Parlez, monsieur, fit la duchesse, d'un ton qui semblait dire qu'elle savait d'avance ce que voulait son interlocuteur.

— Madame, reprit aussitôt le duc en prenant place sur une causeuse, vous connaissez la situation ; vous savez que depuis quelque temps je suis un peu gêné. Gêne passagère, du reste, et qui prendra certainement fin avant trois mois. La panique qui s'est déclarée à la Bourse au commencement de l'année m'a fait perdre des sommes considérables, et le marché n'ayant pu reprendre encore son activité il ne m'a pas été possible jusqu'à présent de réparer cette brèche.

De plus, je crois vous avoir dit, il y a quelques semaines, que la Société du *Rio-Bindo*, dans laquelle je suis engagé, ou plutôt dans laquelle nous sommes engagés pour six cents actions, s'étant trouvée en présence de difficultés d'exploitation qui n'avaient pas été prévues, n'avait pu entrer encore dans la période des bénéfices ; et l'assemblée générale de la Société a décidé aujourd'hui même l'appel du second quart. C'est donc, à cent vingt-cinq francs par action, une somme de soixante-quinze mille francs que nous avons à verser.

Enfin, madame, j'ai le regret de vous annoncer que le banquier Bernheim, ce juif que j'ai eu le tort grave de présenter à nos amis, exige tout à coup, sans que je comprenne pourquoi, le remboursement des emprunts que je lui ai faits à diverses reprises et qui s'élèvent à environ cent cinquante mille francs. Il nous menace de poursuites bruyantes, et, vous le comprenez aussi bien que moi, il est impossible que le nom des d'Ambroge soit compromis dans les officines des huissiers.

La duchesse écoutait silencieuse.

— En somme, continua le duc, il nous faut immédiatement, pour nous tirer d'embarras et nous permettre en même temps de soutenir notre maison jusqu'au moment très rapproché où nous entrerons en possession de la fortune de notre oncle d'Hierville...

La duchesse fit un geste de protestation qu'arrêta le duc.

— Ne vous méprenez pas, je vous en supplie, fit-il vivement, sur le sens de mes paroles. Dieu m'est témoin que personne ne désire plus que moi sa guérison, mais son grand âge ne permet plus d'espérer, et puisque sa fortune doit nous revenir, je puis bien, sans faillir aux sentiments que je lui dois, la faire entrer dans nos calculs d'avenir.

Mais revenons à la somme qui nous est nécessaire. Trois cent mille francs suffiront. C'est justement le prix qui nous a déjà été offert de votre ferme du Saulcy, laquelle, vous le savez, ne nous rapporte pas même trois pour cent.

J'espère donc, madame, et je vous en serai tendrement reconnaissant, que vous voudrez bien consentir à l'aliénation de cette propriété. L'opération est, du reste, excellente, puisque avec un capital qui ne nous donne pas, comme je viens de vous le dire, trois pour cent, je pourrai éteindre des dettes dont je sers l'intérêt à si.

— N'espérez pas, monsieur, répondit la duchesse, d'une voix calme mais résolue, que je commette cette dernière faute.

— Mais, madame...

— Non, monsieur, non, interrompit vivement Mme d'Ambroge. J'ai cédé trop souvent jusqu'ici. Il ne s'agissait jamais que d'un embarras momentané ; je consentais à vendre une propriété, et un mois, deux mois ne s'étaient pas écoulés que vous reveniez à la charge.

— Cette fois, madame, vous pouvez croire...

— Je n'ai plus rien à croire, monsieur. Depuis huit ans, les choses n'ont pas changé. Dès le lendemain de notre mariage, vous avez repris votre vie de dissipation. Ma dot a été dévorée en moins de trois ans, et lorsqu'il n'en est plus rien resté, vous avez commencé à recourir à vos expédients. Vous comptiez sur la mort de mon père, qui est, en effet, survenue, et à laquelle, monsieur, vous le savez, votre conduite n'a pas été étrangère. De ce jour vous m'avez assiégée pour obtenir la vente successive des propriétés qui m'étaient laissées. J'ai toujours cédé ; que m'importait ? Seule au monde, les questions d'argent ne pouvaient m'émouvoir.

Mais aujourd'hui, monsieur, continua la duchesse en baissant la voix, il n'en est plus ainsi. Aujourd'hui que j'ai un enfant...

— Que *nous* avons, madame, interrompit le duc.

— Aujourd'hui que j'ai à me préoccuper de l'avenir de mon enfant, reprit la duchesse sans paraître remarquer l'accentuation donnée par son mari au mot *nous*, je dois résister à vos obsessions. La ferme du Saulcy et celle de Combe-Fontaine forment à peu près tout ce qui me reste. Je dois le garder pour mon enfant.

— D'abord, madame, notre situation n'est pas telle que vous la croyez. Ensuite, je vous ferai remarquer que notre enfant est l'héritier de l'immense fortune des d'Hierville, et que, par conséquent, il n'importe guère que vous lui gardiez aussi obstinément une ferme sans importance, dont le revenu suffirait à peine pour son éducation.

— Précisément, monsieur, c'est sur ce revenu, et uniquement sur ce revenu, que je compte pour l'élever. Vous avez déjà dévoré deux fortunes : la vôtre, avant notre mariage, et elle était considérable ; la mienne, depuis, car il n'en reste guère. Comment espérer, monsieur, que vous n'en ferez pas autant de celle que votre oncle d'Hierville va laisser ?

Vous n'en serez, il est vrai, que l'administrateur, mais vous l'administrerez certainement de telle sorte que quelques années vous suffiront pour la dissiper. C'est pour cela, monsieur, que j'entends défendre les débris de la mienne.

Avec les quatre ou cinq cent mille francs qui me restent, j'élèverai Jehan. J'en ferai un homme ; je lui inspirerai, s'il se peut, le goût du travail ; j'essayerai de le défendre contre les dangers que vous n'avez pas su éviter, et le nom que vous n'aurez peut-être pas su garder pur de toute atteinte, c'est lui, je l'espère, qui le relèvera.

En parlant ainsi, la duchesse, dont la physionomie exprimait maintenant le calme et la résolution, s'était levée comme pour faire comprendre à son mari qu'il n'avait plus qu'à se retirer.

Mais celui-ci était loin de se tenir pour battu. Il paraissait même sûr du succès, et ce fut d'une voix légèrement railleuse qu'il reprit l'entretien.

— Vous êtes, madame, fit-il, bien dure pour quelques erreurs, sur lesquelles, du reste, je n'ai pas à m'expliquer. Je ne veux pas, en effet, entreprendre une justification qui vous ferait perdre inutilement un temps... que vous pouvez employer de façon plus agréable, ajouta-t-il avec ironie. Il me suffira de vous dire que la vente de la ferme du Saulcy est indispensable, que j'ai trouvé acquéreur, que j'ai fait dresser les actes, et qu'il n'y manque plus que

votre signature. Vous allez l'y apposer, et tout sera terminé. Je vous laisserai ensuite... reposer en paix.

Ce disant, il tira de sa poche les papiers qu'il y avait placés avant de quitter son cabinet et les étala sur un petit guéridon, pendant que la duchesse, perdant subitement tout son calme, le fixait avec une sorte d'effroi.

Le duc, lui, ne paraissait toujours rien remarquer. Il regardait autour de lui, comme s'il cherchait de l'encre et une plume. Tout à coup, se rappelant sans doute qu'il s'en trouvait dans la pièce voisine, il se dirigea vers la porte de communication, et il allait soulever la portière, quand Mme d'Ambroge s'élança pour l'arrêter.

— Laissez-moi au moins jusqu'à demain pour réfléchir, s'écria-t-elle.

— Madame, j'en suis vraiment désolé, répondit le duc, mais c'est impossible. Il faut de toute nécessité que les actes partent par le courrier du matin, et ils doivent, par conséquent, être mis à la poste avant quatre heures. Le mieux est donc d'en finir tout de suite.

Et il se retourna de nouveau vers la porte, mais la duchesse, véritablement effrayée, l'arrêta encore une fois.

— Enfin, monsieur, s'écria-t-elle, et le ton devenait suppliant, vous ne pouvez pas cependant me contraindre à dépouiller mon fils !

— Notre fils, madame, rectifia encore une fois le duc, et il souleva la portière. Mais bien qu'il n'eût pas fait un pas, la duchesse se jeta devant lui.

M. d'Ambroge la repoussa brutalement, et son pied s'étant embarrassé dans un tapis, elle tomba à la renverse en poussant un cri.

Avant que le duc eût pu faire un mouvement pour secourir sa femme, un homme, écartant violemment la portière déjà à demi soulevée, s'élançait dans la chambre, crachait à la figure de M. d'Ambroge l'épithète de « Lâche ! » et relevait la duchesse.

Cela fait, l'homme se retourna et jetant sur le duc un regard méprisant :

— Monsieur, dit-il, je suis à vos ordres.

Pendant cette scène, qui n'avait d'ailleurs duré que quelques secondes, le duc, chose étrange, n'avait pas sourcillé. Il avait simplement mis la main droite dans la poche de son veston, et il regardait gouailleusement la duchesse qui, pâle et résolue, se tenait debout près du survenant.

Celui-ci attendait la réponse de M. d'Ambroge.

C'était un homme de taille moyenne et bien prise, à la figure énergique et ouverte. Il paraissait âgé de trente-cinq ans environ.

— Ah ! ah ! fit enfin le duc en riant d'un rire forcé, je comprends maintenant pourquoi Mme la duchesse avait si grand'peur en me voyant approcher de cette porte. Monsieur s'était intrépidement caché derrière.

Le promenoir était bondé chaque soir. (Page 14.)

Puis s'adressant directement à la duchesse :

— Vous voyez, madame, ajouta-t-il, combien vous avez eu tort de ne pas signer tout de suite. Je paraissais ignorer votre conduite, et je me laissais galamment reprocher mes fautes. Or, il me sera désormais impossible de ne pas sourire de vos airs de victime vertueuse. Mes compliments, d'ailleurs ; je vois avec plaisir, à l'inspection de monsieur, et il toisa dédaigneusement le troisième personnage de la scène, que vous restez fidèle à vos principes démocratiques.

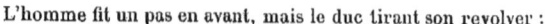

L'homme fit un pas en avant, mais le duc tirant son revolver :

— Vous, fit-il violemment, je vous engage à rester tranquille ; si vous faites un pas de plus, je vous casse la tête.

Et s'adressant de nouveau à la duchesse, qui avait fait un geste de terreur :

— Allons, signez, madame. Finissons-en... pour ce soir. Il ne tient qu'à vous qu'il n'y ait pas de scandale à l'hôtel d'Ambroge. Votre amant sortira, comme il est entré, sans être vu, et j'aime à croire que je le retrouverai demain... si toutefois il est de ceux qu'on retrouve.

— Ah ! misérable, c'en est trop, s'écria celui que le duc venait d'appeler l'amant de sa femme. Ne signez rien, madame ! ne signez pas ! Vous ne voyez donc pas que nous sommes tombés dans un guet-apens ? C'est lui qui m'a fait parvenir le billet que vous ne reconnaissez pas, c'est lui qui m'a fait venir, et la preuve qu'il connaissait ma présence ici, c'est qu'il y est venu armé d'un revolver.

Ah ! il a bien combiné son ignominie. Il s'est dit qu'en l'entendant frapper à la porte, je me retirerais dans la pièce voisine...

Le duc voulut l'interrompre, mais l'homme continua, véhément :

— Tais-toi, misérable !... Oui, c'est bien là son calcul. Il a pensé que, terrifiée par la crainte que je ne fusse découvert, vous consentiriez à tout ; et si vous aviez signé, il s'en serait allé tout joyeux sans plus s'occuper de moi que de son honneur conjugal dont il ne s'est jamais soucié.

Ne signez donc pas. Ses menaces sont vaines. Tant qu'il vous restera quelque chose, il se gardera de tout scandale. Et demain... demain... je tâcherai de remplir le devoir que sa vile tentative me dicte.

Quant à vous, acheva-t-il, s'adressant au duc, j'attendrai vos témoins demain matin.

Et il tira d'un petit portefeuille une carte que le duc ne prit pas.

Depuis quelques secondes et tout en s'entendant ainsi démasquer, le duc paraissait réfléchir. A l'attitude de la duchesse, un peu rassurée par les paroles qu'elle venait d'entendre, il comprenait que la partie était perdue et qu'il n'obtiendrait pas la signature en vue de laquelle il avait si ingénieusement combiné les choses.

Aussi est-ce avec une explosion de rage qu'il cria à la duchesse :

— Voulez-vous signer ?

— Non, monsieur.

— Pour la dernière fois, signez-vous ?

— Pour la dernière fois, non, monsieur. Je vous ai demandé jusqu'à demain pour réfléchir. Jusque-là, quoi que vous fassiez, je ne prendrai aucune résolution.

— Ah ! vous espérez que votre amant pourra me tuer ? Eh bien ! non, il ne me tuera pas. D'abord qu'il ne s'imagine plus que je lui ferai l'honneur d'un duel : les d'Ambroge ne se battent pas avec les gens du peuple. Et c'est moi qui vais le tuer — non comme l'amant de ma femme, mais... comme un voleur qui s'est introduit nuitamment chez moi.

La duchesse jeta un cri d'épouvante, d'horreur plutôt, en même temps que son amant s'élançait sur le duc ; mais celui-ci leva rapidement le bras. Une flamme jaillit du revolver, et l'homme tomba lourdement en arrière, frappé d'une balle en plein front.

La détonation avait à peine retenti qu'une violente rumeur s'élevait dans l'hôtel. Des appels se faisaient entendre, des portes s'ouvraient, des bruits de pas se rapprochaient.

Le duc se baissa, ramassa la carte que tout à l'heure il avait refusé de prendre, fouilla rapidement l'homme étendu, ensuite réunissant les papiers qu'il avait placés sur le guéridon, il glissa le tout dans sa poche.

Puis il alla à la porte de la chambre à coucher et l'ouvrit toute grande ; mais il n'eut pas besoin d'appeler les gens de l'hôtel. Ceux-ci arrivaient effarés.

Quand, à la suite du duc, ils pénétrèrent dans la chambre, ils virent la duchesse évanouie sur le tapis, à côté d'un homme dont le visage était inondé de sang et qui paraissait n'être plus qu'un cadavre.

— Madame Angélique, commanda brièvement le duc, transportez la duchesse dans mon appartement, et vous, Justin, courez chercher la police.

Ces ordres furent immédiatement exécutés.

CHAPITRE II

Le duc d'Ambroge.

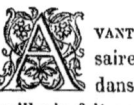VANT d'aborder le récit des événements qui vont suivre, il est nécessaire de présenter au lecteur, un peu moins sommairement que dans la tragique scène qui vient d'être racontée, les personnages qu'il n'a fait encore qu'entrevoir.

Le duc d'Ambroge, c'est par lui qu'il convient de commencer, est un homme d'environ trente-six ans, mais les excès de tout genre l'ont épuisé avant l'âge, et malgré la vivacité voulue de ses gestes, on devine facilement chez lui une fatigue générale qu'il ne parvient pas toujours à dissimuler.

Il appartient à une des trois ou quatre familles qui parlent entre elles avec dédain du reste de la noblesse française, et qui se targuent d'avoir conservé pur de tout mélange ce fameux sang bleu — *sangre azul*, comme disent orgueilleusement les grands seigneurs espagnols — dont l'aristocratie de nos jours n'a plus guère que quelques gouttes dans les veines.

Le duc n'a pas connu sa mère.

Quand celle-ci est morte, il n'avait pas encore deux ans.

Il a été élevé jusqu'à l'âge de huit ans par une grand'tante qui a commencé à le gâter, et quand la vieille douairière est morte à son tour, le duc, son père, a dû le reprendre et l'a confié aux soins d'un précepteur, accepté sur la simple recommandation d'un compagnon de plaisir.

Le duc d'Ambroge d'alors était, en effet, un grand viveur. Du temps de sa femme, il avait encore observé une certaine réserve, mais, celle-ci morte, il s'était rapidement laissé aller au courant de la vie brûlée de Paris.

Le sport, les boudoirs des demi-mondaines à la mode, les coulisses de théâtre, les cabinets particuliers des restaurants en renom et surtout le jeu se partageaient tout son temps, dont il ne restait rien, par conséquent, pour la surveillance de l'éducation du jeune Christian.

Tout cela coûtait cher.

Le duc jetait littéralement l'argent par les fenêtres, et bien que sa fortune fût immense, il fût certainement parvenu à en voir la fin, si, un beau jour, on ne l'eût rapporté à l'hôtel d'Ambroge, la poitrine traversée d'un coup d'épée, qui l'envoya, au bout de deux jours de souffrance, rejoindre la longue suite de ses nobles aïeux.

Christian d'Ambroge avait alors une douzaine d'années, et il était pour son âge d'une remarquable ignorance.

Voilà donc le jeune duc orphelin.

Les mesures prescrites par la loi sont prises ; un tuteur est désigné, et celui-ci décide, avec l'assentiment du conseil de famille, que Christian sera placé dans un collège.

Tout naturellement, ce sont les bons pères qui sont choisis pour faire du dernier rejeton des d'Ambroge l'homme accompli qu'il doit être, et il reçoit chez eux cette éducation élégante et hypocrite, cette instruction facile et factice qui caractérise si bien les produits des jésuitières que la marque qu'ils en reçoivent est indélébile.

A dix-neuf ans, Christian a quitté la couveuse artificielle de la rue des Postes, et quand il a franchi le seuil du saint établissement, les bons pères ont pu se frotter les mains.

Le jeune homme qu'ils lâchent ainsi dans la société est tout à fait propre à leur faire honneur.

Il a peut-être bien un certain nombre de vices qui ne s'avouent pas, mais son caractère a été soigneusement modelé suivant la formule de l'ordre, et si un jour, dans quelque circonstance ou situation que ce soit, il se laisse arrêter par des scrupules de conscience, c'est que, véritablement, il aura oublié les bons et sains principes qu'on lui a inculqués avec tant de soin, et qu'il a promis de mettre en pratique.

Ses premiers pas dans la vie ont été des succès, et une aventure tragique dont il a été la cause l'a mis en haute estime dans le monde où l'on s'amuse.

C'était vers 1854.

Entré, dès sa sortie du collège, dans un cercle de jeunes gens élevés comme lui dans les bons principes, il avait été immédiatement initié aux plaisirs intelligents de la jeunesse dorée du commencement de l'Empire, et il n'avait pas tardé, son immense fortune et l'éclat de son nom aidant, à les dépasser dans la carrière.

Un impresario hardi, et qui comprenait merveilleusement ce qu'il fallait à la corruption blasée de son temps, venait alors de fonder un établissement étrange qui tenait, à première vue, le milieu entre le théâtre et le café-concert.

Il y exhibait des phénomènes et des acrobates, et y donnait des ballets qui n'étaient que des prétextes à d'audacieux déshabillements de femmes. Même,

à plusieurs reprises, il avait risqué des tableaux vivants, et si, dans ce genre,
il n'avait pas osé aller aussi loin qu'on devait aller plus tard aux Tuileries, où
devait régner Mlle de Montijo gouvernée par Mme de Metternich, il ne s'en
était pas moins créé des titres sérieux à la reconnaissance des collégiens et
des vieillards respectables qu'on voit, ruban à la boutonnière et chaîne énorme
au gilet, rôder le soir dans les endroits suspects.

Mais l'idée de génie de Karus, qu'on appelait dans toutes les gazettes de
théâtre l'intelligent directeur, c'était d'avoir compris que ce n'était pas avec
le spectacle lui-même qu'il fallait chercher à attirer la foule.

C'est dans la salle, suivant lui, que devait être l'attraction.

Aussi, au lieu de confiner le spectateur dans son fauteuil, avait-il fait cons-
truire autour de la salle un vaste et luxueux promenoir, garni d'épais tapis, où
les hommes pouvaient, en fumant leur cigare, flirter avec un nombreux essaim
de femmes plus que faciles.

Car le malin Karus avait su attirer toutes les « tendresses » tarifées qui peu-
plent le versant de Montmartre ; il leur avait généreusement donné leurs entrées
gratuites, et le promenoir des Folies-Pastorales — ainsi Karus avait, par une
audacieuse antiphrase, baptisé son bizarre établissement — était presque immédiatement devenu la grande « Petite-Bourse » de l'amour vénal.

On allait là chercher une femme comme on va au café boire un bock, et il
y avait toujours du choix.

Le promenoir était bondé chaque soir, et Karus faisait des recettes formidables.

On le voyait quelquefois, dans les galeries supérieures, contemplant, d'un
œil épanoui et le ventre triomphant, le grouillement fructueux de la salle, et
celui qui lui eût dit alors qu'entre son commerce et celui de certaines maisons
inavouables, il n'y avait aucune différence, l'eût certainement surpris.

Le jeune duc d'Ambroge venait quelquefois, en compagnie de trois ou quatre de ses amis, passer une demi-heure dans le promenoir des Folies-Pastorales.

Il échangeait des poignées de main avec celles des habituées du lieu qui
le connaissaient, puis l'inspection terminée, si rien ne lui avait convenu, il se
retirait pour aller se mettre en tenue de soirée, et se rendre où l'appelaient
de continuelles invitations.

— Reste encore un instant, lui dit un soir, au moment où il se disposait à
partir, un de ses compagnons habituels, il va y avoir un début, et il paraît que
ce sera curieux.

Deux minutes après, deux nouveaux acteurs entraient en scène.

Un homme et une femme.

L'homme était vêtu d'un costume bizarre destiné à lui donner l'air d'un brigand espagnol, et, du reste, il avait une assez honnête figure de bandit. Il n'avait peut-être aucun crime sur la conscience, mais, rien que sur sa mine, un jury quelconque l'eût condamné de confiance.

Grand et fort, il avait un regard d'une dureté extraordinaire, qu'accentuaient encore deux sourcils broussailleux descendant sur les yeux. La figure était glabre et la bouche féroce.

La femme était ravissante.

Toute mignonne dans son costume de gitane, elle s'était avancée légèrement jusqu'à la rampe, et elle avait envoyé avec tant de grâce deux baisers à la foule qu'un murmure de sympathie s'était immédiatement élevé et qu'une traînée d'applaudissements avait couru, bruyante et prolongée, du parterre au promenoir et du promenoir aux galeries.

Puis on avait attendu.

L'orchestre avait entamé une sorte de mélopée écrite dans les notes basses, et la femme — que l'affiche appelait la señora Pepita — s'était adossée, toute souriante, à un tableau noir dressé au fond de la scène.

En même temps, l'homme — el señor Sanchez — tirait d'une énorme gaine, qu'un des valets du théâtre venait de lui apporter, une vingtaine de couteaux à lame courte et solide, semblables à peu près aux couteaux de boucher.

Un à un, il les lançait à ses pieds, où ils s'implantaient avec une vibration sèche, comme pour montrer au public que ce n'étaient point là couteaux pour rire, mais couteaux pour tuer.

La preuve ainsi donnée, il les retira un à un, avec un petit effort, du plancher de la scène, et les posant sur une petite table placée à environ huit pas du tableau où Pepita attendait, il se tourna vers celle-ci.

Pepita envoya un nouveau baiser au public, étendit les bras en croix, ouvrit les doigts et demeura immobile.

Sanchez prit un des couteaux, le brandit derrière lui, visa une seconde, et soudain l'arme lancée de toute la vigueur de l'homme se planta avec un bruit sourd dans le tableau noir, entre le médius et l'annulaire de la main droite de Pepita.

Celle-ci n'avait pas sourcillé.

Sanchez lança un deuxième couteau, puis un troisième, un quatrième, et chacun d'eux vint se placer en vibrant entre les doigts de la jeune fille.

La foule, que l'effrayante étrangeté de ce terrifiant exercice avait d'abord surprise, commençait à haleter, mais elle n'applaudissait pas.

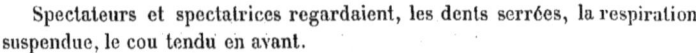

Spectateurs et spectatrices regardaient, les dents serrées, la respiration suspendue, le cou tendu en avant.

Le cinquième couteau arracha un cri d'épouvante aux plus nerveux. Il avait pénétré dans le tableau en rasant le cou de Pepita, et la lame, immobile maintenant, touchait la peau, qui devait en sentir le froid.

Pepita rassura la foule d'un sourire, et le sixième couteau, faisant pendant à celui qui l'avait précédé, vint se placer, avec la même sûreté, de l'autre côté du cou. Ce fut un ouragan de bravos qui se déchaîna dans toute la salle.

Cinq minutes durant, les salves d'applaudissements se succédèrent, et Sanchez dut s'interrompre pour venir à la rampe saluer ses bruyants admirateurs.

Puis l'exercice recommença.

Un à un, les couteaux entourèrent, en la touchant presque, la tête de Pepita, et quand le dernier fut lancé, la brune Espagnole apparut à la foule enthousiaste dans un nimbe de lames d'acier du plus saisissant effet.

Ce fut alors un trépignement et des cris comme Karus n'en avait jamais entendu.

Rappelés dix fois, Sanchez et Pepita furent littéralement comblés par la foule ; les bouquetières furent dévalisées en l'honneur de la jeune fille, et Karus, transporté par la perspective des énormes recettes qu'il allait sûrement encaisser, serra énergiquement la main de l'homme et sauta au cou de la jeune fille au moment où ils rentraient dans les coulisses — ce qui, par parenthèse, fit faire à Sanchez une horrible grimace dont, du reste, l'heureux impresario n'eut pas l'air de s'apercevoir.

C'était un succès sans précédent aux Folies-Pastorales, qui, désormais, promettaient de ne pas désemplir.

Le jeune homme tira un écrin de sa poche et continua : (Page 20.

CHAPITRE III

Un Drame aux Folies-Pastorales.

E début de Sanchez et de Pepita nous a fait perdre un instant de vue le jeune duc d'Ambroge.

Aucun spectateur cependant n'avait suivi plus anxieusement les phases de ce début, et tout le temps qu'avait duré le terrible jeu des couteaux, on eût pu le voir, penché sur la galerie du promenoir, tout son être exprimant une véritable terreur.

A chaque couteau lancé, un frémissement lui secouait le visage, immédiatement suivi d'un soupir de soulagement, et ce n'est que quand l'exercice avait été terminé que Christian avait repris possession de lui-même.

Comme ses voisins, il s'était précipité sur les éventaires des bouquetières et la plus belle gerbe avait été pour lui.

Il l'avait payée royalement, et, après y avoir glissé sa carte, l'avait fait remettre à Pepita par une ouvreuse qui, à la vue d'un billet de cent francs, lui avait dit en souriant d'un air entendu :

— Soyez tranquille, monsieur le duc — car elle le connaissait — je trouverai bien le moyen de lui parler, et son Espagnol n'y verra que du feu!

Christian était rentré chez lui dans un ravissement indicible, et il avait passé la nuit à chercher quel bijou il pourrait bien envoyer le lendemain à la belle Pepita.

De grand matin donc, il s'était rendu chez un joaillier, avait choisi un magnifique bracelet orné de brillants, avait commandé ensuite chez Provost un splendide bouquet, puis une fois muni de ces deux moyens d'introduction ordinairement irrésistibles auprès de la plupart des femmes de théâtre, il s'était aperçu que n'ayant pas l'adresse de Pepita, il ne pourrait en faire usage avant le soir.

Cela, naturellement, ne lui convenait guère.

Il entendait ne pas être confondu dans le troupeau des admirateurs de la veille et il tenait absolument à arriver bon premier.

Il se fit donc conduire aux Folies-Pastorales, obtint du concierge, et moyennant un louis, l'adresse de l'hôtel où logeaient Sanchez et Pepita, se fit indiquer en même temps celle de l'ouvreuse qui avait été sa première messagère, et donna à son cocher l'ordre de toucher chez celle-ci.

Mame Robichon était chez elle, en train de savourer, de compagnie avec un énorme angora, un vaste bol de café au lait.

La digne femme ne songea pas une seconde à s'étonner de la visite matinale du jeune homme, et ce fut sans embarras qu'elle lui offrit le siège occupé par Minet.

C'est qu'elle en avait vu bien d'autres, la complaisante ouvreuse!

Elle *exerçait* depuis vingt ans, et durant ces vingt années, passées dans une dizaine des théâtres de la capitale, elle avait bien porté cinquante mille bouquets dans les loges de « ces dames ».

Elle les connaissait toutes, comme elle savait aussi le nom et le chiffre de fortune, les goûts et même les habitudes de « ces messieurs » de l'orchestre.

Personne ne s'entendait comme elle à mener à bien une affaire de galanterie.

Les débutantes trouvaient en elle un mentor plein d'expérience, dont les conseils étaient toujours marqués au coin de la sagesse.

Celles qui s'étaient laissé guider par elle s'en étaient toujours admirablement trouvées, et elle avait à cet égard, dans le petit monde féminin des théâtres, une réputation justement acquise.

Aux amateurs, elle rendait d'inappréciables services. Elle connaissait, en effet, les désirs ou les besoins de ces dames, et elle savait suggérer à leurs poursuivants l'idée du présent qui était assuré du meilleur accueil.

En outre, elle savait exactement jusqu'où il fallait aller pour obtenir les bonnes grâces de chacune de ses... clientes, et, par conséquent, quand on avait su gagner sa sympathie — ce qui n'offrait rien de particulièrement difficultueux, à condition cependant qu'on eût la bourse bien garnie — on n'avait bientôt plus rien à désirer.

Mame Robichon était donc une personne précieuse, et l'on comprend que son obligeance naturelle avait dû lui rapporter de jolies petites rentes.

Elle était, en effet, à son aise, mame Robichon; elle était couchée sur le Grand-Livre pour une somme tout à fait rondelette; elle possédait en outre des obligations de diverses couleurs bien cotées à la Bourse, et de temps en temps elle donnait encore, à un vieux changeur de ses amis, un petit ordre d'achat au comptant qui arrondissait agréablement son magot.

Certes, elle aurait pu depuis longtemps se retirer des « affaires »; mais, quoi? Elle avait des habitudes. Et puis, ça l'amusait, ça l'intéressait, cette existence-là.

N'ayant plus de passions pour son propre compte, il lui plaisait de servir les amours des autres.

Elle était donc dans les meilleures dispositions — la générosité de la veille aidant — à l'égard de Christian d'Ambroge, et ce fut avec un sourire engageant qu'elle écouta les premières paroles du jeune homme.

— Madame Robichon, dit immédiatement celui-ci en prenant place sur le siège qui lui était offert, vous devinez bien pourquoi je viens vous déranger de si grand matin.

Le sourire de la vieille s'accentua.

— Je vous ai priée hier soir de remettre un bouquet à Mlle Pepita, et je ne vous demande même pas comment il a été accueilli. Dans le nombre, il a dû passer inaperçu...

— Ah! non, par exemple, protesta mame Robichon. Vous pensez bien, monsieur le duc, que j'ai glissé un mot...

— Bien, bien, fit le jeune homme; je sais, madame Robichon, qu'on peut compter sur vous, et c'est justement pour cela que je suis ici. Vous êtes bien disposée à servir mes intérêts, n'est-ce pas?

— Je suis toute à votre disposition, monsieur le duc.

— C'est-à-dire, vous me comprenez, que vous ne travaillerez que pour moi?

— Pour vous seul, monsieur le duc.

— Et que si quelque autre personne vous demandait vos bons offices auprès de Mˡˡᵉ Pepita...

— Soyez tranquille, monsieur le duc, je la rembarrerais carrément. Pour qui donc que vous me prenez? que je lui demanderais.

— Mais non, mais non, madame Robichon, ce n'est pas cela du tout. Il faudrait, au contraire, accepter ses commissions; seulement...

— Ah! très bien, parfaitement, interrompit l'aimable proxénète; je comprends, monsieur le duc. Vous avez raison. J'aurai l'air de travailler ferme pour l'amoureux, et, *en dessous*, je le débinerai.

— C'est bien cela, madame Robichon. Il faut, à tout prix, que vous sachiez dès aujourd'hui intéresser à moi Mˡˡᵉ Pepita. Voici ce que vous aurez à faire d'abord.

Le jeune homme tira l'écrin de sa poche et continua :

— Vous allez d'abord vous rendre avant midi à l'hôtel d'Albion, dans la cité Bergère...

— Je sais, monsieur le duc; oui, c'est là qu'ils sont descendus. Je m'en étais déjà informée à votre intention.

— Vous ferez en sorte de vous introduire auprès de Mˡˡᵉ Pepita, sans éveiller la défiance du rustre. Si elle est seule, votre mission sera des plus faciles; si l'homme est là, vous êtes trop intelligente pour ne pas trouver le moyen de vous faire comprendre, et de faire en sorte qu'elle vous indique le moment où vous pourrez lui parler librement.

Mame Robichon approuvait de la tête.

— Enfin, ma chère messagère, dit le jeune homme en redoublant d'amabilité, je compte sur vous pour que mon bracelet soit accepté aujourd'hui même. Vous aurez peut-être quelques dépenses à faire, des voitures, un louis à donner au garçon de l'hôtel, que sais-je, moi? Voici donc un billet de cinq cents francs.

La vieille avança vivement la main, en remerciant.

— Et ce n'est qu'un acompte, madame Robichon, un simple acompte. Par exemple, ce soir, si vous m'annoncez que Mˡˡᵉ Pepita a accepté mon petit présent, je vous remettrai un nouveau billet de vingt-cinq louis.

— Monsieur le duc est la générosité même, déclara solennellement mame Robichon. Aussi, foi d'honnête femme, je ferai le possible et même l'impossible pour que l'affaire réussisse. Ça demandera peut-être quelque temps, parce que la jeunesse a l'air bien gardée ; mais, soyez tranquille, monsieur le duc, vous aurez la petite. C'est moi qui vous le dis, vous l'aurez, monsieur le duc.

Et sur cette satisfaisante affirmation, mame Robichon glissa le billet de banque dans sa poche.

Les choses marchèrent comme le désirait Christian d'Ambroge.

Le soir même, l'honnête ouvreuse annonçait à son noble client que le bracelet avait été accepté et qu'il ne tarderait pas à orner le bras de Mlle Pepita.

On s'arrangerait pour persuader à Sanchez que le bijou avait été donné par Karus, enthousiasmé du succès qu'avaient remporté ses deux nouveaux pensionnaires.

Au besoin même, Karus, dont l'obligeance ne connaissait pas de bornes, et qui, plus d'une fois déjà, avait fait les honneurs de ces dames du ballet à de gros personnages, simulerait le don, et si l'on avait besoin de lui plus tard, il n'hésiterait pas à être agréable au duc d'Ambroge.

Bref, quinze jours étaient à peine écoulés que Pepita était la maîtresse de Christian.

Le premier rendez-vous avait eu lieu chez mame Robichon, qui, une fois les deux jeunes gens chez elle, s'était tout à coup souvenue qu'elle avait oublié d'acheter le matin du mou pour Minet, et qui était précipitamment descendue en chercher.

La rapidité avec laquelle ces relations d'amour s'étaient établies pourrait faire croire que Pepita était coutumière des liaisons de hasard.

Il n'en était rien cependant.

Certes, ce n'était point une vierge, puisqu'elle vivait avec Sanchez, allant avec lui de ville en ville, au hasard des engagements.

Il y avait longtemps que, pour employer le langage de la très sainte religion catholique, son ange gardien avait dû s'enfuir en fermant les yeux, mais sa chute avait été inconsciente.

Vivant au milieu d'une troupe de saltimbanques, dont faisait partie Sanchez, auquel elle servait déjà de cible vivante, elle avait été prise un jour par cet homme, et depuis lors elle avait été sa femme, sa chose, mais passivement, sans que sa volonté y fût pour rien.

Elle n'avait pu songer à résister. Elle n'avait pas quinze ans. Elle était, comme les autres, une étrangère dans la troupe. Toutes ses compagnes étaient accouplées à un des « artistes », et il eût été anormal, singulier, étrange, qu'elle n'eût pas aussi « son homme ».

Elle s'était donc laissé prendre sans protestation, et quand Sanchez avait quitté la troupe pour aller seul chercher fortune, elle l'avait suivi.

Partout où ils avaient passé, on avait essayé de lui faire la cour, mais Sanchez veillait.

Le saltimbanque était jaloux.

A la longue il s'était attaché à Pepita. Son attachement, tout brutal, n'avait aucune des douces formes de l'amour. Il ne battait pas sa maîtresse, et même il ne la rudoyait guère ; mais il ne la caressait pas non plus.

Quant à Pepita, son indifférence du premier jour était restée la même. Elle n'éprouvait pour Sanchez ni répulsion ni amour.

Elle se prêtait à tous ses caprices, mais ses sens étaient toujours restés absolument muets. Il faut dire, du reste, que Sanchez n'avait guère essayé de les éveiller.

Il n'avait jamais cherché en Pepita que son seul plaisir, et, dans ses bras, Pepita n'avait pu apprendre l'amour.

La jeune fille était donc merveilleusement préparée pour se laisser séduire par les protestations amoureuses d'un jeune homme élégant, de manières raffinées, au langage passionné, et qui lui promettait à la fois le bonheur et la fortune.

Ce n'est pas toutefois cette considération qui agit sur elle avec le plus de force.

Brusquement Pepita avait soupçonné ce que devait être l'amour ; tout au moins elle s'en était fait une idée tout autre que celle qu'elle pouvait tirer de la nature de ses relations avec Sanchez, et elle avait été prise d'une curiosité du cœur et des sens à laquelle il lui avait été impossible de résister.

Elle s'était donc donnée à Christian, et tout de suite, dès le premier baiser, elle s'était crue arrivée au terme du bonheur.

Il avait été convenu entre les jeunes gens que Pepita resterait encore une huitaine avec Sanchez : le temps de préparer une élégante installation et de donner à Karus le moyen de remplacer sur son affiche le jeu des couteaux par quelque autre attraction.

C'était bien le moins, du reste, qu'on montrât un peu de complaisance envers le bon Karus. Il avait, dès le premier jour, favorisé les amours de Christian, et celui-ci ne croyait pas trop faire en lui payant d'abord une énorme indemnité pour l'enlèvement de sa séduisante pensionnaire, et en lui donnant ensuite une semaine pour se retourner.

Tout avait donc été arrangé ainsi, et les précautions les plus minutieuses avaient été prises pour que Sanchez ne se doutât de rien.

Christian avait toutefois fait jurer à Pepita qu'elle simulerait une indisposition pour se soustraire, pendant ces huit derniers jours, aux exigences de Sanchez.

La fin de la semaine arrivait, et celui-ci n'avait pas le moindre soupçon.

Tous les jours il venait flâner sur la scène des Folies-Pastorales, se faisant quelquefois la main pour la représentation du soir et émerveillant les employés ou les pensionnaires de Karus en lançant ses couteaux dans des petits cercles, qu'en manière de défi ils lui traçaient sur des planches.

La veille du jour qui avait été fixé pour la fuite de Pepita, il se livrait à cet exercice quand il crut entendre derrière lui quelques mots qui lui donnèrent l'éveil.

Un garçon du théâtre, qui avait probablement écouté à la porte du cabinet de Karus, disait à demi-voix à un de ses camarades :

— Tu sais, je crois qu'il ne les lancera plus longtemps, ses couteaux.

Et le dialogue continuait ainsi :

— Pourtant, ça a l'air d'avoir joliment pris.

— Oui,.mais il paraît que la donzelle va filer.

— Avec qui ?

— Ça, par exemple, je n'en sais rien, mais d'après ce que le patron disait hier au secrétaire, ça doit être avec un qui a le sac.

— Comment ? le patron le sait, et il la laisse se donner de l'air sans rien dire ?

— T'es bête. Tu ne comprends donc pas qu'il est d'avec. Il touche de la braise, bougre de gnolle.

— Et quand est-ce qu'elle s'esbigne ?

— P't-être demain, p't-être après ; mais, dans tous les cas, ça ne traînera pas.

Sanchez, qui, bien que parlant horriblement le français, le comprenait assez pour n'avoir rien perdu des propos des deux hommes, n'avait pas sourcillé.

Il continuait à essayer la pointe de ses couteaux avec une tranquillité en apparence absolue.

Mais celui qui l'eût examiné avec attention l'eût vu pâlir et rougir tour à tour et eût surpris dans son regard un éclair de menace.

Sanchez rentra à son hôtel à l'heure accoutumée.

Il trouva Pepita en conversation animée avec mame Robichon, et même à son aspect les deux femmes se turent d'un air embarrassé, mais il ne parut pas s'en apercevoir.

Après quelques mots de politesse banale, l'ouvreuse prit congé et Pepita la reconduisit jusqu'à l'escalier, sans remarquer qu'un petit papier plié en quatre tombait de sa poche.

Sanchez s'en empara et l'ouvrit vivement, mais il était écrit en français et il ne put le déchiffrer.

Il n'y avait pas là, du reste, de quoi l'embarrasser. Sous prétexte d'aller acheter du tabac, il descendit, entra dans un des cafés du faubourg Montmartre, et, après s'être fait servir une absinthe, il pria le garçon de lui lire le billet.

Celui-ci commença :

— C'est demain, chère bien-aimée, que tu seras enfin toute à moi...

Le lecteur continua, mais Sanchez n'écoutait plus.

En entendant les premiers mots, il avait reçu comme un coup de massue, et le reste de l'épître avait été complètement perdu pour lui.

Qu'importait, d'ailleurs? Ne savait-il pas tout ce qu'il voulait savoir?

Le garçon des Folies-Pastorales avait dit vrai : Pepita voulait fuir.

Rien autre chose ne pouvait intéresser Sanchez, et il ne lui vint même pas à la pensée de faire répéter le nom qui servait de signature.

Ce nom — Christian — ne lui eût, d'ailleurs, rien appris.

Après avoir remercié le garçon avec le même calme que si le billet n'avait pas été la preuve de la trahison de sa maîtresse, il avala son absinthe d'un trait et en demanda une autre.

Celle-là, il la but à petits coups, et comme absorbé par une profonde méditation. Il cherchait une vengeance, car c'était là le premier désir qui lui était venu.

Longtemps il chercha, et il parut enfin avoir trouvé. Un sourire féroce releva les coins de sa bouche.

Il commanda une troisième absinthe qu'il but rapidement, impatient d'aller mettre à exécution le projet qu'il venait de former.

Puis il retourna à son hôtel.

Pepita paraissait troublée.

Elle s'était évidemment aperçue de la disparition de son billet, et elle avait dû le chercher partout. Toutefois c'était sans grand espoir qu'elle avait fait ses recherches, car elle avait pensé tout de suite avec terreur qu'il avait dû être trouvé et emporté par Sanchez.

Ce fut donc un rapide regard d'angoisse qu'elle jeta à celui-ci au moment où il franchit le seuil de la chambre; mais le visage de l'Espagnol était impé-

Le couteau de Sanchez l'avait atteinte au milieu du front. (Page 27.)

nétrable. Tout au plus, les trois verres d'absinthe qu'il avait bus avaient-ils amené un peu de sang à ses joues.

Il s'assit tranquillement, invitant Pepita à faire monter le dîner.

Celle-ci, qui redoutait une scène de violence, commença à respirer.

Elle connaissait bien les dessous du caractère de Sanchez, mais elle se dit qu'après tout rien ne prouvait qu'il eût trouvé le billet. Peut-être le papier était-il tombé sur le carré au moment où elle avait reconduit l'ouvreuse, et, dans ce cas, rien ne s'opposait à ce qu'il eût été ramassé par un des locataires ou des voyageurs de l'hôtel.

Cette hypothèse, il est vrai, n'écartait pas absolument tout danger, mais elle le retardait certainement, et comme dans vingt-quatre heures au plus elle aurait quitté Sanchez, il était au moins inutile de s'effrayer aussi vite.

Voilà ce qu'elle se disait pendant que le garçon de l'hôtel disposait le couvert, la pauvre petite Pepita ; mais, tout de même, elle ne se rassurait qu'à demi, car il lui semblait que Sanchez évitait de la regarder, et que sa voix, naturellement dure, avait encore des sons plus rauques que de coutume.

Le dîner fut silencieux, mais il en était presque toujours ainsi, à moins que Pepita n'entretînt la conversation ; or, on pense bien qu'elle n'y songeait guère en ce moment, et, par conséquent, elle n'eut aucun indice à tirer d'un silence qui pouvait n'être que son fait.

Le repas terminé, Sanchez but du cognac et fuma quelques cigarettes.

Son calme ne se démentait pas.

Se sentant observé par Pepita, l'Espagnol faisait effort pour se contenir, et il y réussissait.

Vint enfin l'heure de se rendre aux Folies-Pastorales.

Pour Pepita, c'était la dernière fois qu'elle allait se prêter aux périlleux exercices de son compagnon. Le lendemain, devait commencer un avenir de bonheur, mais la pauvrette était oppressée. La perte du billet l'avait épouvantée ; elle sentait sur sa tête un danger, et quand elle regardait l'Espagnol marchant placidement à côté d'elle, comme un homme qui va à son travail monotone de chaque jour, elle ne pouvait s'empêcher de frissonner.

En arrivant aux Folies, elle put voir l'ouvreuse une minute, et elle la mit précipitamment au courant de la situation.

— J'ai peur, madame, disait-elle. Il m'a jeté tout à l'heure un regard mauvais qui m'a fait frémir.

— Allons, allons, répondait la vieille, pas d'enfantillage. Il ne sait rien. S'il savait quelque chose, est-ce qu'il ne vous aurait pas fait tout de suite une scène terrible?

— Ah! madame, vous ne le connaissez pas, insistait Pepita. Il doit méditer quelque chose.

— Tranquillisez-vous, petite folle ; il n'a rien vu, rien trouvé, et, du reste, puisqu'il ne sait pas lire le français, qu'est-ce que vous avez à craindre?

A ce moment, le régisseur vint avertir Pepita qu'elle n'avait plus que le temps de s'habiller.

Dix minutes après, l'orchestre attaquait la mélopée du jeu des couteaux, et les deux Espagnols, la *great attraction* du jour, paraissaient sur la scène. Comme les soirs précédents, la salle éclata en applaudissements.

Jamais le public n'avait été plus nombreux et ne s'était montré plus avide des émotions qu'il puisait dans l'effrayant spectacle qui l'attirait depuis trois semaines.

Brusquement, les filles plâtrées du promenoir avaient été délaissées ; les buveurs du jardin s'étaient précipités dans la salle et chacun avait joué des coudes pour se rapprocher le plus possible.

Les spectateurs du parterre et des loges avaient essuyé leurs lorgnettes, et le silence s'était fait complet.

Pepita alla s'adosser au tableau, après avoir jeté dans la salle un long regard douloureux que personne ne comprit, mais qui n'avait pas échappé à Sanchez, et celui-ci lança son premier couteau.

Malgré les trois absinthes et le cognac bus avant la représentation, l'œil et la main de l'Espagnol avaient conservé toute leur sûreté.

Le couteau s'était planté, vibrant, entre les doigts de Pepita, et la foule, enthousiasmée, acclamait l'adroit saltimbanque.

Un deuxième couteau suivit le premier, puis un troisième, un quatrième, et ainsi de suite jusqu'à ce que l'ovale du délicieux visage de Pepita parût complètement dessiné par les lourds poignards de son partenaire.

Un seul restait à lancer, celui qui devait se planter au sommet de la tête, fermant ainsi la dangereuse couronne.

L'Espagnol brandit le couteau, mais, comme s'il voulait viser avec plus de soin, il le tint quelques secondes au-dessus de sa tête, pendant que ses yeux, dont Pepita seule pouvait voir le regard, lançaient à celle-ci un tel éclair de jalousie furieuse que l'infortunée comprit son sort.

Elle pâlit affreusement, mais son agonie ne dura que le vingtième d'une minute.

Elle jeta un cri désespéré : — Christian ! — et elle voulut s'élancer, mais en cette seconde même un coup sourd retentit, et la malheureuse s'affaissa inanimée.

Le couteau de Sanchez l'avait atteinte au milieu du front, et telle était la force avec laquelle il avait été lancé qu'il avait pénétré de plusieurs pouces dans le crâne, et qu'il y restait planté comme s'il y eût été enfoncé à coups de marteau.

Un immense cri d'effroi s'éleva dans la salle, et tout le personnel du théâtre se précipita au secours de Pepita ; mais au premier coup d'œil jeté sur la blessure, le médecin de service comprit que la mort avait dû être foudroyante.

Quant à Sanchez, il avait d'abord regardé le cadavre de sa compagne d'un œil égaré, puis il était tombé, raide, sur le plancher de la scène.

En l'emportant dans les coulisses, les garçons de théâtre qu'il avait entendus quelques heures plus tôt s'expliquaient ainsi le tragique événement :

— C'est pas sa faute, à c't homme. Alle a évu peur ; alle a remué, et, dame, il a manqué son coup...

Ce fut là, du reste, la version unanimement acceptée par la foule, et même par le commissaire de police qui procéda sur-le-champ à la première enquête.

Mame Robichon eût peut-être pu donner quelques éclaircissements à l'autorité, mais la bonne dame était trop émue, et, d'ailleurs, elle réfléchit immédiatement que tout ce qu'elle pourrait dire ne ressusciterait pas Pepita, et qu'après tout, il n'y avait jamais rien à gagner à entrer en relations avec la justice.

A Karus seul, elle avait dit un mot au moment de l'entrée en scène des Espagnols, mais Karus était la circonspection en personne, et il ne parlait que quand ses paroles devaient lui rapporter quelque chose.

CHAPITRE IV

Monsieur le duc est ruiné.

LA fin tragique de Pepita fut, on le devine bien, une excellente aubaine pour la presse de reportage.

La plupart des journaux lui consacrèrent la moitié de leurs colonnes. Quelques-uns même publièrent le portrait de l'infortunée en l'accompagnant d'une notice biographique de la fantaisie la plus échevelée.

Gaspar Lassy, le roi des reporters d'alors, distança comme toujours ses confrères en improvisant à la morte une généalogie qui la faisait descendre d'un chef illustre des tribus de Bohême.

Mais trois jours après, l'événement était oublié.

Du jour au lendemain, pour ainsi dire, Karus avait bouché le trou fait dans son programme par le couteau de Sanchez — lequel, soit dit en passant, n'était sorti de son évanouissement que pour entrer dans la folie — et la recette avait à peine souffert.

Il avait découvert un dompteur nègre qui jouait avec ses lions de façon à humilier l'illustre Martin lui-même, et il l'avait immédiatement servi au public des Folies-Pastorales, espérant bien qu'un jour ou l'autre, Othello — ainsi avait-il baptisé lui-même le nègre — aurait la probité de se faire dévorer par ses fauves.

Et Christian d'Ambroge?

Christian d'Ambroge avait entendu l'appel suprême de Pepita; mais, avant qu'il l'eût compris, la jeune fille avait roulé inanimée sur la scène.

Il s'était élancé comme les autres et d'un bond il avait passé par-dessus la rampe de gaz; cependant, à ce moment même, quelqu'un qui l'eût observé eût pu le voir jeter un rapide regard de côté sur le meurtrier, comme s'il en eût redouté quelque chose.

Il se pencha sur le cadavre, déjà entouré et soutenu dans les bras d'un employé du théâtre, mais pas un cri ne lui jaillit des lèvres.

On eût dit que dans les deux secondes qu'il lui avait fallu pour arriver jusqu'à sa maîtresse, il avait trouvé le temps de réfléchir.

Et, en effet, il avait réfléchi.

L'élève des jésuites avait instantanément dominé l'homme en lui.

Arrivé près de Pepita, Christian d'Ambroge n'était plus qu'un spectateur comme les autres. Même son émotion était plus contenue, et la froideur de son attitude en une telle circonstance, où chacun criait et gesticulait violemment, avait quelque chose d'étrange.

La main de Pepita pendait encore chaude mais inerte le long de son corps, balayant le plancher de la scène, Christian ne la releva pas.

Il ne se jeta pas sur le corps, ne poussa pas un cri, ne versa pas une larme, et quand, se sentant légèrement touché à l'épaule, il se retourna, Karus, qui l'avertissait ainsi de son désir de lui parler, ne vit pas un seul muscle de son visage tressaillir.

Les deux hommes sortirent de la foule sans qu'on songeât même à le remarquer, et quand ils furent entrés dans le cabinet directorial, dont Karus ferma soigneusement la porte, ils se regardèrent pour s'interroger.

— Eh bien! en voilà une affaire! s'écria Karus.

— Quel malheur! répondit Christian qui crut devoir s'affaisser dans un fauteuil.

— Vous savez, il l'a assassinée.

— Assassinée?

— Eh! oui, assassinée.

— Et pourquoi?

— Comment, vous ne savez pas qu'il avait trouvé un de vos billets?

— Ah! mon Dieu! vous en êtes sûr?

— Absolument.

— Mais alors, vous allez le faire arrêter?

— Pourquoi faire? A quoi bon mettre la justice dans l'affaire? Est-ce que ça vous rendrait la petite? Tout le monde croit à un accident, laissons croire à l'accident.

Le front de Christian parut s'éclairer.

— Au fait, dit-il, le malheur est irréparable.

— Le plus malheureux dans tout cela, reprit d'un air navré le malin Karus, c'est encore moi. Ce que cela va me faire de tort, je n'ose y penser. Les gens impressionnables, les familles ne vont plus vouloir mettre les pieds chez moi. Il va y en avoir, maintenant, des trous dans l'orchestre...

Christian crut devoir risquer un mot de consolation.

— Mon Dieu, monsieur Karus, dit-il, c'est, en effet, un événement déplorable pour tout le monde, et moi-même vous m'en voyez bouleversé, anéanti; mais il ne faut pas vous en exagérer les conséquences. D'ailleurs, je n'ai pas besoin de vous dire que ce qui a été dit entre nous reste dit. Je vous ai payé une indemnité pour vous prendre Pepita; vous la garderez, puisque vous croyez que c'est la découverte de ma liaison qui a été la cause de sa mort. Quant à l'assassin, nous le laisserons aller se faire pendre ailleurs. Le mieux est, comme vous le disiez tout à l'heure, de laisser faire le silence sur tout cela, et, en ce qui me concerne particulièrement, je compte sur votre discrétion.

— Parbleu! s'écria l'honnête Karus, enchanté de voir l'affaire se terminer rapidement au gré de ses désirs.

— Maintenant, conclut Christian, vous me rendriez service si vous vouliez bien vous occuper de l'enterrement. Faites faire les choses décemment, et quand tout sera terminé, vous me ferez dire combien vous aurez dépensé.

Sur ce mot, les deux hommes se séparèrent, et tout se passa ainsi qu'il avait été convenu.

Mais le jeune duc d'Ambroge n'échappa pas complètement à la gloire qui, légitimement, devait lui revenir de la sanglante aventure.

Quelques jours après, au cercle des Haricots — un des deux ou trois clubs célèbres par les parties formidables qui s'y jouaient chaque nuit — la conver-

sation étant tombée, Christian présent, sur l'accident des Folies-Pastorales, le jeune homme, fortement pris de champagne, laissa échapper quelques mots qui éveillèrent la curiosité de ses amis, et, pressé de questions, il
finit par raconter qu'il avait été l'amant de Pepita, et que même il lui avait
meublé, dans les environs de l'Arc-de-Triomphe, un petit hôtel qu'elle devait
occuper le lendemain même du jour où elle avait été assassinée.

— Assassinée! se récria-t-on.

— Tuée, reprit vivement le duc, et il continua ses confidences, corrobo-
rées par le témoignage d'un ami qui avait su quelque chose de sa liaison avec
Pepita; mais le mot assassinée avait porté, et après la démonstration savam-
ment faite par un des jeunes auditeurs qu'il ne pouvait y avoir accident, la version de l'assassinat, infiniment plus flatteuse pour Christian, fut adoptée par
acclamation par les membres du club des Haricots.

Comme on le pense bien, du grand salon et de la salle d'armes des Haricots, elle passa immédiatement dans les boudoirs des tendresses en vogue, et,
en quelques jours, Christian eut dans le monde spécial des cercles et de la
haute bicherie — c'était le mot du temps — une légende que tous ses amis lui
envièrent.

La justice ne fut pas sans avoir vent de tout ce bruit, mais elle fit la sourde
oreille.

A quoi bon, en effet, s'émouvoir? Le rapport du commissaire de police, très
affirmatif en faveur de l'accident, expliquait tout. Sanchez, fou, ne pouvait
être utilement interrogé.

Quelle utilité y eût-il pu avoir, par conséquent, à évoquer une affaire qui
eût été certainement désagréable à de puissantes familles, puisque le nom des
d'Ambroge y eût été nécessairement mêlé?

Qu'importait, en face d'une considération de cette valeur, la vie d'une saltimbanque dont le public ne s'occupait déjà plus?

L'affaire en resta donc là, et son seul résultat fut de donner au jeune duc
d'Ambroge, à peine sorti du collège, une célébrité à laquelle, malgré de longues années de dissipations et de folies de tous genres, aucun de ses compagnons de plaisir, ses maîtres hier, n'avait pu atteindre.

Il sut, du reste, s'en montrer digne.

Un mois ne s'était pas écoulé qu'il n'était bruit que de sa liaison avec une
Anglaise, miss Diamant, qui avait déjà ruiné deux banquiers et quatre ou
cinq jeunes millionnaires, et qui s'était fait, en outre, afficher par un prince
du sang.

En même temps, sa réputation de beau joueur s'établissait sur des bases inébranlables, et l'on racontait avec admiration que, dans une formidable partie avec Khiamil-Bey, il avait perdu huit cent mille francs sans la moindre trace d'émotion.

Mais ses succès de boudoirs et de cercles ne lui suffisaient pas.

Il lui avait aussi fallu ceux du turf, et il avait acheté une nombreuse écurie de courses, pour laquelle il avait dépensé une fortune.

Infatigable, il se montrait partout à la fois.

L'après-midi était régulièrement consacrée aux visites de galanterie, puis venait le dîner, au café Anglais ou dans le monde.

Après le dîner, les premières, s'il y en avait, ou une heure dans un fauteuil d'orchestre aux Variétés.

Au théâtre succédaient de bruyants soupers qu'il ne quittait que pour le cercle. Et quand l'aube venue, le baccarat avait suffisamment vidé ses poches, le beau Christian rentrait se coucher, à moins qu'il ne se fît conduire à son écurie installée dans les environs de Longchamps.

Cette existence-là avait duré une dizaine d'années, et le duc d'Ambroge y avait perdu bien des choses : la plus grande partie de ses cheveux d'abord, et, ce qui était peut-être plus grave, la totalité de sa fortune.

Dès la fin de la première année de son entrée dans la vie, son intendant avait pris la liberté de lui faire remarquer que ses dépenses avaient considérablement dépassé ses revenus ; mais le jeune homme avait pris l'avis de travers, et M. Gracieux, homme d'expérience, avait compris.

Plus jamais, il ne lui était venu la bizarre idée de faire la moindre observation à son maître.

Mais il lui en était venu une autre.

M. Gracieux s'était dit qu'au train qu'il prenait, M. le duc verrait certainement un jour la fin de sa fortune, et que ce jour-là, lui, M. Gracieux, perdrait sa bonne place d'intendant. Que le plus sage, par conséquent, était, en prévision de cette fâcheuse éventualité, d'assurer l'avenir.

Cela était facile, car M. le duc n'était pas homme à vérifier ses comptes de trop près.

Cela, en outre, était légitime, car en détournant de la lamentable destination que leur donnait M. le duc une faible, une infime partie des sommes énormes qu'il gaspillait journellement, il ne faisait, lui, M. Gracieux, qu'entrer par avance en possession de ce qu'il eût honnêtement gagné à la longue, si M. le duc n'avait pas pris le chemin de la ruine.

Est-ce que l'inconduite de M. le duc devait avoir pour conséquence, dans un avenir plus ou moins rapproché, la misère pour son fidèle serviteur ?

Il avait encore perdu mille francs.

Cela eût été immoral, et l'honnête M. Gracieux avait, par conséquent, le droit, le devoir même de s'arranger intelligemment pour qu'il n'en fût pas ainsi.

M. Gracieux s'arrangea donc pour assurer le pain de ses vieux jours.

Il fut le Calonne de M. d'Ambroge.

Celui-ci n'avait qu'à lui dire, chaque semaine ou chaque matin, quelle somme il lui fallait. Elle lui était remise immédiatement.

Toutes les notes de joailliers, de tapissiers, de couturières, de lingères, de modistes, de cordonniers, que M. le duc faisait envoyer à l'hôtel étaient soldées sur-le-champ.

Aucune des dépenses personnelles de M. le duc, et elles étaient nombreuses, ne restait en souffrance.

Seulement M. Gracieux savait s'entendre avec les innombrables fournisseurs pour une discrète majoration de leurs factures, et le produit de cet innocent artifice allait arrondir ses petites économies.

Mais pour fournir aussi facilement aux dépenses excessives de son maître, comment donc pouvait s'y prendre M. Gracieux?

De la façon la plus simple.

Il s'était fait donner une procuration générale par M. d'Ambroge, et au fur et à mesure des besoins, il empruntait, il hypothéquait, il vendait.

Il faisait, en un mot, toutes les opérations nécessaires pour que sa caisse ne fût jamais vide.

Du reste, il ne manquait jamais, à la fin de chaque trimestre, de faire approuver par le duc toutes les mesures qu'il avait prises, et celui-ci, que le langage des affaires ennuyait, ne lui laissait jamais terminer ses explications.

S'il fallait des signatures, il les donnait, et tout était dit.

Inutile d'ajouter que dans toutes ses opérations, emprunts ou ventes, M. Gracieux se faisait invariablement donner une petite commission, ce qui est, d'ailleurs, de principe absolu chez tous les intendants du monde habité.

On comprend que menée de cette façon, et par le maître et par le serviteur, la fortune des d'Ambroge, déjà fort ébréchée par le père du duc actuel, ne pouvait durer éternellement, et, en effet, un beau matin, M. Gracieux fit respectueusement prier son noble maître de vouloir bien le recevoir.

M. Gracieux, naturellement grave, était plus grave encore que d'habitude.

On peut même dire qu'il était solennel.

Il avait sous le bras un énorme portefeuille en maroquin noir, bourré de papiers, qu'il posa avec précaution sur un petit guéridon, pendant que le duc, qui était encore couché, se retournait en bâillant pour écouter la communication de l'intendant.

— Qu'y a-t-il donc, monsieur Gracieux, demanda M. d'Ambroge, pour que vous soyez si pressé de me parler?

— Monsieur le duc, répondit l'intendant, j'ai une grave communication à vous faire. J'aurais voulu vous entretenir dès la semaine dernière, mais vous avez été presque continuellement absent, et c'est pour cela que j'ai dû prendre le parti de vous déranger.

— Mon cher Gracieux, fit le duc en souriant, votre solennité m'effraye. Quelle mauvaise nouvelle avez-vous à m'annoncer ?

— Mauvaise, en effet, monsieur le duc. Mais d'abord permettez-moi de vous soumettre mes comptes du dernier trimestre.

L'intendant tira ses papiers, les fit passer successivement sous les yeux du duc, qui, pour la première fois peut-être, les examina avec attention ; puis, les comptes approuvés, M. Gracieux reprit la parole.

— Maintenant, monsieur le duc, dit-il, nous allons, si vous le voulez bien, procéder à une récapitulation générale ; et vous vous ferez une idée de la situation. Elle est très pénible, je dois vous le dire tout de suite ; mais, je me hâte de l'ajouter, elle est loin d'être désespérée...

Ces précautions oratoires n'étaient pas, on le comprend, pour rassurer le duc.

Aussi sa physionomie s'assombrissait-elle, et fut-ce d'un ton brusque qu'il interrompit l'intendant.

— Voyons, au fait, fit-il brutalement ; je suis ruiné, n'est-ce pas ?

— A peu près, monsieur le duc, répondit après une seconde d'hésitation M. Gracieux.

Le duc d'Ambroge blêmit légèrement.

— Il me semble, fit-il, que cela a marché bien vite.

— Voici les comptes, monsieur le duc ; j'ose croire que vous les trouverez parfaitement en règle.

On se remit aux chiffres, et moins d'une demi-heure après, le duc d'Ambroge savait, à n'en plus douter, qu'il lui restait à peine une centaine de mille francs, c'est-à-dire de quoi aller quelques mois en continuant son train habituel, mais en en supprimant, bien entendu, les plus coûteuses folies.

On pouvait, il est vrai, faire des dettes, ajourner les fournisseurs, emprunter de-ci de-là ; mais le prudent M. Gracieux n'était pas pour l'emploi de ces moyens qui, dans tous les cas, n'auraient qu'un temps, et dont le résultat certain serait de faire rapidement connaître à tout le monde la situation de M. le duc.

Toutefois, si M. le duc le lui permettait, il oserait lui soumettre un moyen infaillible de sortir d'embarras.

Il y avait déjà longtemps que l'idée lui en était venue et qu'il se proposait de s'en ouvrir à M. le duc, mais il avait craint d'être accusé d'indiscrétion, et il s'était tu.

Aujourd'hui, par exemple, que la situation était devenue critique, il n'y avait plus à hésiter, et M. le duc excuserait sa hardiesse.

— Allons, Gracieux, pas tant de phrases, fit le duc, curieux, quel est votre moyen?

— Monsieur le duc, c'est tout ce qu'il y a au monde de plus simple : il faut vous marier !

— C'est assez simple, en effet, mais c'est plus tôt dit que fait.

— Oh ! monsieur le duc, protesta l'intendant, je pense que vous n'allez pas croire la chose difficile.

— Eh ! eh ! elle n'est pas aussi aisée que vous avez l'air de le croire, mon cher Gracieux. Il n'y a pas, dans nos entours, autant de filles à marier qu'il peut vous paraître. Je n'en vois guère, pour ma part, qu'une demi-douzaine, et encore deux ou trois d'entre elles n'auront-elles qu'une fortune très médiocre.

Mlle de Sagran, par exemple, est d'une famille qui peut aller de pair avec les d'Ambroge; malheureusement, les Sagran ont à peine cent mille livres de rentes, et, par conséquent, ne peuvent donner qu'une misère à leur fille.

Les Pontevès sont riches, eux, et Mlle Lucile aura certainement une dot respectable, sans compter la fortune de la vieille duchesse de Lusigny qui lui reviendra un jour ; mais je suis en froid avec son frère qui n'est pas sans savoir quelque chose de ma situation actuelle ; et, d'ailleurs, mon oncle d'Hierville, qui passe la moitié de ses soirées avec le marquis, ne lui parle pas d'autre chose que de ce qu'il appelle mes débordements.

Mlle de Vergy, qui sort à peine des Oiseaux, est une délicieuse enfant, et je crois qu'il ne me serait pas difficile de me faire agréer ; mais, quoi, elle a cinq frères, la malheureuse petite...

Je pourrais peut-être essayer du côté des Vaudray, mais le vieux comte n'est pas homme à donner sa fille sans avoir mis le nez très avant dans les affaires de son futur gendre ; or, mon cher Gracieux, quelle que soit votre habileté, je doute que vous puissiez arriver à lui prouver que ma fortune n'est pas envolée.

Alors, qui nous reste-t-il ? Les Rochemure ? Les Jessé ? Les Valbrègue ?

Mais c'est partout la même chose. Ou il y a de la fortune et l'on en exigerait ; ou il n'y en a pas, et alors ce n'est même pas la peine d'y songer.

Vous voyez, mon cher Gracieux, que votre moyen est peut-être excellent, mais qu'il n'est pas commode à mettre en pratique.

— Mon Dieu, monsieur le duc, répondit l'intendant qui n'avait pas ouvert la bouche pendant que son maître passait sa revue des filles à marier, je ne prétends pas qu'il soit facile de trouver du jour au lendemain une jeune fille qui vous apporte à la fois un grand nom et une grande fortune. Mais, je vous demande pardon d'avance pour ce que je vais dire, il me semble que si vous consentiez à vous montrer moins exigeant sous le rapport du nom, nous trouverions bien vite la fortune.

— Qu'est-ce à dire, maître Gracieux?

— Veuillez m'écouter, monsieur le duc. Je ne vous apprendrai pas que le marquis de Simiane, ruiné comme vous l'êtes maintenant, n'a pas hésité à se marier avec l'une des filles du banquier Lafont qui lui a apporté une dot de dix millions. Je ne vous apprendrai pas davantage que le comte d'Aygues a redoré de la même manière son blason. Or, vous le savez mieux que moi, monsieur le duc, ni M. le marquis de Simiane, ni M. le comte d'Aygues n'ont été sérieusement blâmés de cette mésalliance, et leurs femmes ont trouvé toutes grandes ouvertes les portes des salons les plus fermés.

A l'époque où nous sommes arrivés, monsieur le duc, ce qui était jadis sévèrement jugé est facilement accepté, et aux deux exemples que je viens de vous citer j'en pourrais ajouter beaucoup d'autres.

— Mon cher Gracieux, répondit le duc dont la physionomie, un instant irritée, s'était adoucie, vos exemples ne prouvent pas grand'chose. Ni les Simiane, ni les d'Aygues ne sont des d'Ambroge. Ce que le marquis et le comte ont pu faire, je ne saurais le faire, moi, et vous m'obligerez en ne revenant pas sur ce sujet.

— Monsieur le duc...

— Assez, mon cher Gracieux. Je sais ce que j'ai à faire. Laissez-moi réfléchir. Nous aurons à causer demain, et je vous attendrai à deux heures. Nous étudierons alors sérieusement la situation, et nous aviserons au parti à prendre.

Sur ces derniers mots, M. Gracieux ramassa ses papiers, les réintégra dans le grand portefeuille, et sortit en saluant profondément, mais avec un vague et presque imperceptible sourire sur ses lèvres minces.

CHAPITRE V

Mariage de raison.

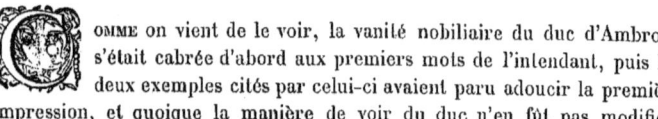 ᴏᴍᴍᴇ on vient de le voir, la vanité nobiliaire du duc d'Ambroge s'était cabrée d'abord aux premiers mots de l'intendant, puis les deux exemples cités par celui-ci avaient paru adoucir la première impression, et quoique la manière de voir du duc n'en fût pas modifiée, c'était sans la moindre irritation qu'il avait congédié M. Gracieux.

Il s'était mis ensuite entre les mains de son valet de chambre, et, après un déjeuner rapide, avait quitté l'hôtel.

La journée avait été à peu près semblable aux précédentes ; cependant, par une sorte d'ironie du hasard, jamais le duc n'avait rencontré autant d'occasions de dépenses.

Il était, par exemple, tombé chez la petite Talamon, du corps de ballet de l'Opéra, au moment où un huissier, envoyé par un couturier féroce, procédait à la saisie du mobilier, et, en gentilhomme réputé archi-millionnaire, il avait dû, pour sécher les pleurs de la belle enfant, se porter caution pour une somme de dix-sept mille et quelques cents francs.

Cet incident, auquel, la veille encore, il n'eût pas fait attention, l'avait mis de mauvaise humeur pour le reste de la soirée, et c'est dans un état d'agacement, très dangereux pour un joueur, qu'il était arrivé au cercle.

Comme d'habitude, il s'était mis au jeu, et tout de suite il avait perdu.

Sa déveine avait même été si caractérisée que, bien que la partie eût été modérée, comparée à celles qui se jouaient fréquemment aux Haricots, il devait le matin à l'un de ses adversaires de la nuit une trentaine de mille francs.

Aussi fut-ce avec une rage sourde que le duc d'Ambroge quitta le cercle.

Ayant renvoyé sa voiture vers deux heures du matin, le duc, au lieu de prendre un des fiacres qui stationnaient sur la chaussée, reprit à pied le chemin de son hôtel.

Tout en marchant dans l'air frais, le duc réfléchissait à sa situation.

L'intendant lui avait déclaré la veille qu'il lui restait à peine une centaine de mille francs, et voilà qu'en moins de vingt-quatre heures il en avait déjà dissipé la moitié.

La journée, en effet, ne lui coûtait pas moins de cinquante mille francs.

Avec le reste, il irait à peine un mois.

Puis ce serait fini.

Il faudrait disparaître...

Mais, disparaître... c'est bientôt dit. Disparaître comment?

Partir? Aller loin? Mais où?

Se brûler la cervelle?

Ce serait bien bruyant.

Alors, quoi? En vérité, la situation n'avait pas d'issue.

Quant à se mettre au travail, le duc n'y songea même pas.

A quoi, d'ailleurs, eût-il été propre?

Du jour où il avait quitté sa jésuitière, muni d'une instruction toute super-ficielle qu'il n'avait pas tardé à perdre, il n'avait pas ouvert un livre sérieux.

Les petits journaux à scandale, le *Figaro*, la *Vie parisienne*, telle avait été, et à peu près uniquement, sa nourriture intellectuelle.

Les dix années qui venaient de s'écouler, il les avait entièrement dépensées au jeu, aux courses, dans les coulisses et chez les filles.

Il en résultait tout naturellement qu'il était devenu incapable de toute occupation sérieuse, et qu'il n'eût même pu faire un expéditionnaire passable.

Le duc d'Ambroge ruiné eût donc été fort en peine de gagner un morceau de pain.

C'est au milieu de ces pensées peu réjouissantes que lui revinrent à l'esprit les conseils de M. Gracieux.

Il se révolta d'abord, mais le sentiment de sa ruine et de son impuissance lui revint bien vite, et il se dit qu'après tout, s'il se décidait jamais à prendre femme dans la roture, il ne serait pas le premier à en agir ainsi.

Combien d'exemples, en effet, il eût pu ajouter à ceux que, la veille, lui avait cités M. Gracieux!

Et non seulement dans le présent, mais encore dans le passé.

Est-ce que l'étincelant marquis de Lassay, cet émule de Lauzun, aux mots piquants duquel n'échappait même pas le Roi-Soleil, n'avait pas épousé Marianne Pajot, la fille d'un tabellion?

Or, pour se mésallier ainsi, Lassay n'avait même pas l'excuse de la ruine.

D'ailleurs, si Lassay ne s'était pas trouvé là, est-ce que la belle Marianne n'eût pas été épousée par un duc de Lorraine?

Il y avait donc de nombreux précédents, et de ceux qu'on pouvait haute-ment invoquer.

Mais, d'abord, comme l'avait dit Gracieux, qui songeait maintenant à s'étonner des mariages contractés par tous les gentilshommes qui voulaient redorer leurs blasons, ou, comme on disait plus brutalement, fumer leurs terres?

Personne.

La chose était maintenant acceptée sans l'ombre d'étonnement, ni même de raillerie.

Il est vrai que l'histoire des d'Ambroge était nette de toute mésalliance et que leur blason était intact. Il est vrai encore que les d'Ambroge avaient toujours été intraitables sur ce chapitre, et que pour obtenir l'honneur de leur alliance, il fallait comme eux remonter aux Croisades.

L'abandon de cette étroite et hautaine tradition pouvait donc être remarqué, mais après?

En résumé, l'orgueil du duc était vaincu, et il était bien résolu à faire le sacrifice qu'imposait la situation.

Aussi, en se couchant, ordonna-t-il à son valet de chambre de prévenir M. Gracieux qu'il serait attendu une heure plus tôt qu'il n'avait été dit d'abord.

L'intendant fut exact, et au premier coup d'œil jeté sur son maître, il comprit que ses conseils avaient porté leurs fruits.

— Mon cher Gracieux, dit immédiatement le duc, j'ai encore fait des folies hier. On viendra probablement dans la journée vous présenter une note de dix-sept ou dix-huit mille francs.

L'intendant s'inclina.

— Mais ce n'est pas tout, continua le duc. Je n'ai pas été heureux le soir, au cercle, et je dois trente mille francs à M. de la Roche-Landon. Il faudra, mon cher Gracieux, les lui faire porter avant quatre heures.

— Ce sera fait, monsieur le duc.

— Vous voyez, mon cher Gracieux, reprit M. d'Ambroge, que j'ai fait une terrible brèche à mes derniers cent mille francs.

— En effet, monsieur le duc, mais au point où nous en sommes, cela ne change pas grand'chose à la situation. Cela vous oblige simplement à prendre un peu plus vite un parti.

— Quel parti, Gracieux?

— Celui dont vous parliez hier, monsieur le duc, et pour l'examen duquel vous avez bien voulu me convoquer aujourd'hui.

— Mon cher Gracieux, fit le duc, après quelques secondes de silence, j'ai longuement réfléchi à ce que vous m'avez dit hier, et, quoi qu'il m'en coûte, je dois reconnaître que vous avez raison.

Il n'y a qu'un mariage qui puisse me rendre la fortune, et comme ce ma-

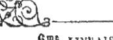

M. d'Ambroge fut véritablement séduit. (Page 41.)

riage est impossible ou à peu près dans mon monde, il faudra bien me résou-
dre à aller chercher une femme ailleurs.

Mais où? Je ne connais personne en dehors du faubourg Saint-Germain,
et des gens que je vois au cercle ou ailleurs.

— Oh! qu'à cela ne tienne, monsieur le duc, s'écria joyeusement l'honnête Gracieux. L'important est que vous ayez pris une sage résolution. Le
reste ira de soi.

Les deux hommes causèrent longtemps encore, et quand ils se séparèrent il était convenu que l'intendant allait se mettre à la recherche d'une riche héritière, et que, jusqu'au mariage, il s'arrangerait de façon à ce que la ruine de son maître ne pût être soupçonnée.

Cette dernière partie de la tâche était des plus faciles, car M. Gracieux n'avait qu'à ouvrir sa propre caisse et y puiser à pleines mains.

Elle était bien remplie, en effet ; durant les années qui venaient de s'écouler, l'intendant — il faut le dire à sa louange — ne s'était pas départi un seul jour de la règle qu'il s'était tracée, et il avait réussi à économiser un beau petit million sur les prodigalités de M. le duc.

Alors, quoi ? Allait-il donc jeter ce million dans les poches percées de son maître, pour se retrouver ensuite au point de départ ?

Erreur. M. Gracieux était ambitieux, mais l'ambition, chez lui, n'excluait pas la prudence.

Il se sentait sûr de marier le duc, et, par conséquent, outre qu'il serait remboursé le lendemain du mariage, il aurait une nouvelle fortune à administrer.

Ce serait bien le diable, alors, s'il ne trouvait pas, dans les quelques années que le duc mettrait à la dévorer, le temps de mettre de côté un nouveau petit million.

Un petit million ajouté à un autre petit million, cela fait deux jolis millions, sans compter les cinq ou six cent mille francs rapportés par le premier, et les intérêts donnés par le deuxième pendant son incubation.

En réalité, M. Gracieux, si les choses continuaient à marcher comme il l'espérait, finirait par avoir ses deux cent mille livres de rentes, et alors, ma foi ! il se reposerait et jouirait honnêtement de la vie.

Ce qui, du reste, lui donnait la certitude de réussir, c'est qu'il croyait déjà avoir trouvé la femme, la fortune plutôt, qu'il fallait à M. le duc.

M. Gracieux connaissait, en effet, pour avoir été mis en rapport avec lui à propos de la délimitation de deux forêts contiguës, un grand propriétaire terrien, M. Grandlieu, qui vivait dans un château en province, mais qui venait passer chaque hiver quelques mois à Paris.

M. Grandlieu, qui était veuf depuis de longues années, avait une fille ravissante qu'il adorait, et à cause de laquelle il ne s'était jamais remarié.

Mlle Andrée avait à cette époque dix-neuf ans.

C'était une délicieuse brune qui promettait d'être une femme accomplie.

Bien élevée, instruite, d'un caractère généreux et ferme, elle eût mérité d'être unie à un honnête homme, mais elle ne songeait pas encore à quitter son père, auprès duquel elle se sentait pleinement heureuse.

C'est alors que M. Gracieux commença à dresser ses batteries.

Trouver un prétexte pour mettre le duc d'Ambroge et M. Grandlieu en présence était la chose du monde la plus simple, et il fut bien vite imaginé.

Dès le lendemain du jour où le duc était entré dans les vues de son intendant, la rencontre avait lieu, et le duc s'étant montré charmant, M. Grandlieu, sans se douter de ce qui se tramait, avait été enchanté.

Il ne se doutait, en effet, de rien, le bon M. Grandlieu ; mais il faut dire que s'il eût soupçonné quelque chose, il en eût été enthousiasmé.

Avoir un duc pour gendre !

Pouvoir offrir à son Andrée un titre de duchesse !

Jamais les rêves d'avenir qu'il faisait pour sa fille n'étaient allés aussi loin !

M. Gracieux connaissait l'innocent travers du bonhomme ; il savait quel prestige les titres de noblesse exerçaient sur lui, et c'était là précisément la raison du choix dont il l'honorait.

Un beau jour donc, il avait habilement amené la conversation sur le duc, et il avait confié à M. Grandlieu que M. d'Ambroge était harcelé par de vieilles douairières, marieuses enragées, qui voulaient à tout prix lui faire prendre femme, mais qu'il résistait, parce qu'aucune des jeunes filles qu'on lui destinait n'avait su lui plaire.

— Entre nous, disait M. Gracieux, le duc se marierait volontiers. Il va vers la trentaine — ce qui est le bon âge pour quitter la vie de plaisir, dont il commence à avoir assez — et la vie de famille lui sourirait particulièrement. Mais c'est précisément pour cela qu'il ne veut pas des poupées qu'on lui jette à la tête. La duchesse d'Ambroge doit répondre à un idéal qu'il s'est fait et que, pour ma part, j'approuve complètement.

Il ne lui demanderait pas de s'enterrer avec lui dans son hôtel ou dans un château perdu en province ; mais il ne voudrait pas non plus que le monde la lui prît tout entière.

Par conséquent, toutes ces petites filles qui ne voient dans le mariage qu'une émancipation et qui n'épousent que pour pouvoir ensuite se livrer librement à tous les caprices de leur tête folle, sans s'occuper du mari qui n'a guère d'autre rôle que de payer les notes des fournisseurs, ne sauraient convenir à M. d'Ambroge.

Ces propos et d'autres du même genre faisaient rêver le crédule M. Grandlieu, et quand, un beau jour, M. Gracieux lui exprima discrètement le regret que le duc ne connût pas Mlle Andrée, ajoutant qu'il serait certainement frappé de ses hautes qualités, l'excellent père eut de la peine à contenir sa joie.

Dans ces conditions, on comprend que l'entente était facile et qu'une rencontre fut bientôt arrangée.

Le duc s'y montra parfait.

La jeune fille, qui ne se doutait de rien, y parut dans toute sa grâce, et un moment, en effet, M. d'Ambroge fut véritablement séduit.

Quant à M. Grandlieu il exultait et, le soir même, il demandait à sa fille ce qu'elle pensait du duc.

Andrée comprit sur-le-champ et son cœur se serra.

Certes, elle ne pouvait méconnaître que le duc d'Ambroge n'eût toutes les apparences d'un gentilhomme accompli ; il s'était, en effet, présenté avec tous les avantages que donne à un homme la parfaite habitude du monde.

Il s'était montré empressé auprès d'elle, mais sans la fatiguer des fades compliments qu'elle entendait quelquefois.

Il était bien fait de sa personne et d'une figure agréable, bien qu'un peu hautaine ; cependant on ne remarquait en lui aucune fatuité.

En un mot, Andrée eût été bien embarrassée pour indiquer en M. d'Ambroge quelque chose qui l'eût choquée.

Mais la question de son père ne la surprenait pas moins assez péniblement.

En somme, c'était un mari que M. Grandlieu voyait dans le duc d'Ambroge.

Or, ce n'était pas ainsi que la chaste enfant avait, dans ses rêveries solitaires, entrevu le roman de sa vie.

Elle avait, en effet, rêvé quelquefois, et le songe ne ressemblait pas du tout à la réalité. On ne lui jetait pas alors brusquement un mari à la tête. Il y avait, dans les nuages roses de sa rêverie, un beau et doux jeune homme qui se faisait aimer et qui, un heureux jour, demandait timidement sa main. Et son père les unissait. Et c'était alors une vie de bonheur sans mélange qui commençait pour ne plus finir.

La question de M. Grandlieu arrêtait brusquement ce rêve.

— Pourquoi me fais-tu cette question, père ? demanda la jeune fille.

— Mais, mon enfant, parce que je voudrais voir si ton impression sur M. d'Ambroge s'accorde avec la mienne ?

— Quel intérêt l'impression d'une petite fille peut-elle avoir pour toi ? Est-ce que ton jugement a besoin du secours du mien ?

— D'abord, mon enfant, reprit M. Grandlieu, tu n'es plus une petite fille. Et la preuve, c'est que tu gouvernes la maison avec une sagesse qui fait chaque jour mon bonheur. C'est même précisément parce que tu n'es plus une petite fille que je te fais cette question. Il s'agit, en effet, mon enfant, de songer bientôt à ton avenir. Quelque douleur que je puisse éprouver un jour à me séparer de toi, il faudra bien que tu te maries.

— Oh! père, nous avons le temps d'y songer. Je veux rester avec toi.

— Soit, le temps ne nous presse pas. Mais ce n'est pas une raison pour écarter la question. Je reviens donc à ce que je te demandais tout d'abord : que penses-tu de M. d'Ambroge?

— Mais rien, père. Comment veux-tu que j'aie pu le juger en si peu de temps? Il m'a paru très distingué, voilà tout.

— Te plairait-il d'être duchesse?

— Je t'avoue, père, que ce titre me laisse bien indifférente. Tu n'es pas duc, toi, et ma mère n'était pas duchesse. Avez-vous jamais eu à le regretter?

— Eh bien! moi, ma fille, je serais heureux de te voir l'égale des premières, à la condition, bien entendu, que ton bonheur fût assuré.

Mon enfant, nous allons avoir souvent désormais la visite du duc d'Ambroge. Je crois qu'il voudrait te plaire.

Son nom est celui d'une des premières familles de France. Il est riche, ce qui nous est assez indifférent, d'ailleurs, car tu le seras assez pour deux ; mais ce qui prouve que ce n'est pas ta fortune qu'il vise.

D'après ce que j'en sais, ton caractère s'accorderait parfaitement, je crois, avec le sien. Vos goûts sont les mêmes et tout me fait penser que tu pourrais être heureuse avec lui.

Du reste, mon enfant, tu imagines bien que je te laisse absolument libre, Étudie M. d'Ambroge aussi longtemps que cela te paraîtra nécessaire, et quand tu te croiras suffisamment édifiée sur son compte, dis-moi ce que tu auras décidé.

L'entretien s'était arrêté là.

M. d'Ambroge avait commencé sa cour et M. Grandlieu n'avait plus rien dit à sa fille, mais, à mille indices, Andrée avait parfaitement compris que son père désirait ardemment le mariage.

Elle n'avait, d'ailleurs, aucune objection capitale à y faire. Elle n'éprouvait pour M. d'Ambroge rien qui ressemblât à de l'amour, mais il ne lui inspirait non plus aucune antipathie.

Parfaitement maître de lui, le duc n'avait fait aucune imprudence ; il n'avait froissé aucun des sentiments de la jeune fille ; il s'était appliqué, au contraire, à flatter ses goûts, et Andrée s'était assez rapidement habituée à lui.

Bref, trois mois après, le mariage était résolu, et M. Grandlieu était au comble du bonheur.

Dans les dispositions d'esprit où était le bonhomme, la question du contrat ne présentait pas la moindre difficulté.

M. Gracieux était, d'ailleurs, trop habile pour échouer au port, et M. Grandlieu n'eut pas le moindre doute sur la réalité de la fortune de son gendre. D'ailleurs, il l'avait dit, cette question n'aurait pu l'arrêter.

Il donnait six millions à sa fille, et encore était-il tenté de s'excuser de ne pouvoir donner qu'une aussi maigre dot.

Son excuse était, toutefois, dans ce fait que la plus grande partie de sa fortune était en terres.

Le duc, lui, ne voulut pas entendre parler du contrat. Il déclara qu'il acceptait d'avance tout ce qui serait fait, et, pour lui obéir, on ne lui en parla plus.

Le jour venu, il signa le contrat sans en avoir écouté la lecture.

En un mot, il fut admirable de désintéressement, et M. Grandlieu eut peine à retenir son enthousiasme.

La cérémonie eut lieu discrètement, à Sainte-Clotilde, et le soir même les nouveaux époux partaient pour l'Italie.

En quittant la gare où il était allé conduire ses enfants, M. Grandlieu essuyait une larme; mais l'excellent M. Gracieux lui frappait familièrement sur l'épaule :

— Allons, allons, monsieur Grandlieu, ne nous attristons pas; nous venons de faire deux heureux.

L'honnête Gracieux aurait pu dire trois heureux, car il était rentré dans ses avances, et il avait devant lui un champ fertile à exploiter.

<hr/>

CHAPITRE VI

L'instruction.

RANCHISSONS un espace de sept ans et arrivons aux suites de la tragique scène par laquelle a commencé ce récit.

Nous connaissons maintenant deux des personnages qui y ont figuré; le troisième va passer devant nous et se révéler tout entier.

Sur l'ordre du duc d'Ambroge, Mme Angélique, aidée des autres femmes de la duchesse, avait transporté celle-ci, toujours évanouie, dans l'appartement du duc. De sorte que, quand le commissaire de police, accompagné de son secrétaire, d'un médecin et de deux agents, s'était présenté à l'hôtel, il n'y avait plus sur le tapis de la chambre à coucher que le corps de l'homme que le revolver du duc y avait jeté.

Ce fut le duc qui, après être allé constater que sa femme était toujours évanouie, reçut le magistrat.

Rapidement, en quelques mots, il le mit au courant de ce qui s'était passé.

Vers minuit, il était entré chez la duchesse, et, après un instant de conversation, il allait se retirer dans son appartement particulier, quand un léger bruit venant de la pièce voisine avait attiré son attention.

Il avait pris un flambeau pour aller se rendre compte d'où venait le bruit, mais se sentant découvert, un homme, le voleur, s'était élancé pour fuir, et avait essayé ainsi de traverser la chambre à coucher.

Le duc avait saisi l'homme au collet, et le hasard faisant justement qu'il eût dans la poche de son veston un petit revolver qu'il avait essayé le matin même dans son fumoir, il avait mis fin à la résistance du bandit en lui tirant à bout portant une balle dans la tête.

Par parenthèse, le détail de l'essai du revolver était exact, et les domestiques eussent pu en témoigner au besoin.

Naturellement, pendant la courte lutte que le duc avait soutenue, la duchesse, épouvantée, s'était évanouie, et elle était en ce moment entre les mains de ses femmes.

Interrogé, pour la forme, sur la question de savoir s'il n'avait jamais vu l'homme rôder autour de l'hôtel, le duc déclara qu'il ne pouvait rien dire de précis à cet égard ; que cependant il ne serait pas impossible que le malfaiteur eût jadis travaillé dans l'hôtel comme décorateur.

Il lui semblait, en effet, avoir vu une figure de ce genre parmi les ouvriers qui avaient alors restauré l'hôtel, mais il ne pouvait rien affirmer.

Le renseignement, si vague qu'il fût, parut avoir, aux yeux du commissaire, une importance considérable, car le madré magistrat sourit d'un air entendu.

Pour lui, ce qui n'était que doute pour le duc était déjà une certitude.

Pendant que le commissaire recueillait ainsi les premiers éléments de son enquête, le médecin qu'il avait amené se penchait sur le corps, et, du premier coup d'œil, constatait que l'homme n'était pas mort.

Le sang, qui inondait la face, coulait encore, vermeil, de la blessure.

Le blessé, étendu sur le dos, n'était qu'évanoui, et, à en juger par les mouvements réguliers du cœur, il n'allait probablement pas tarder à revenir à lui.

— Cet homme n'est pas mort, dit le médecin en se relevant.

— Pas mort! s'écria le duc, blêmissant soudainement.

Mais personne ne remarqua ce changement soudain de physionomie.

Tous les regards s'étaient tournés vers le blessé, dont le visage commençait, en effet, à se recolorer légèrement.

— Comment, il n'est pas mort, docteur? demanda le commissaire; mais il n'en vaut guère mieux, n'est-ce pas?

— Mon Dieu, monsieur le commissaire, répondit le médecin, avec les blessures de la tête, il est difficile de se prononcer tout de suite. Il faut d'abord, dans le cas présent, procéder à l'extraction de la balle. Si, comme son petit calibre et la position dans laquelle a été tiré le coup de feu permettent de l'espérer, elle n'a fait que traverser la première plaque frontale en s'aplatissant sur la seconde, notre homme en sera peut-être quitte pour un mois ou six semaines d'hôpital.

Mais si la seconde table est brisée ou simplement enfoncée, des accidents cérébraux pourront se produire, et la méningite préviendra peut-être la cour d'assises.

Dans tous les cas, tout interrogatoire sera impossible avant vingt-quatre heures, et peut-être même avant une dizaine de jours.

La déclaration du docteur simplifiait pour le moment la tâche du commissaire, qui n'avait plus guère qu'à envoyer le blessé à l'Hôtel-Dieu, ce qui fut fait sur-le-champ.

Pour la forme, il interrogea brièvement les domestiques, mais ceux-ci ne savaient rien.

Ils avaient entendu une détonation et ils étaient accourus, mais ils n'avaient vu qu'un homme étendu à terre et la duchesse évanouie.

De celle-ci, il n'y avait aucun renseignement nouveau à recueillir, puisqu'elle n'avait même pas vu toute la scène.

Le commissaire rédigea donc un bref procès-verbal et prit congé du duc, remettant au lendemain la suite de son enquête.

Resté seul, le duc d'Ambroge eut un mouvement de rage.

Le mot du docteur: « Cet homme n'est pas mort » faisait crouler sa fable.

La première parole de l'homme revenu à lui serait, en effet, pour protester contre l'accusation dont il était l'objet dès qu'elle lui serait connue.

Il parlerait évidemment. Il raconterait la scène qui s'était terminée par le coup de revolver.

Certes, le duc pourrait soutenir sa version et la justice l'accueillerait plus volontiers que celle de l'accusé; mais est-ce que la duchesse n'était pas là pour venir au secours de celui-ci?

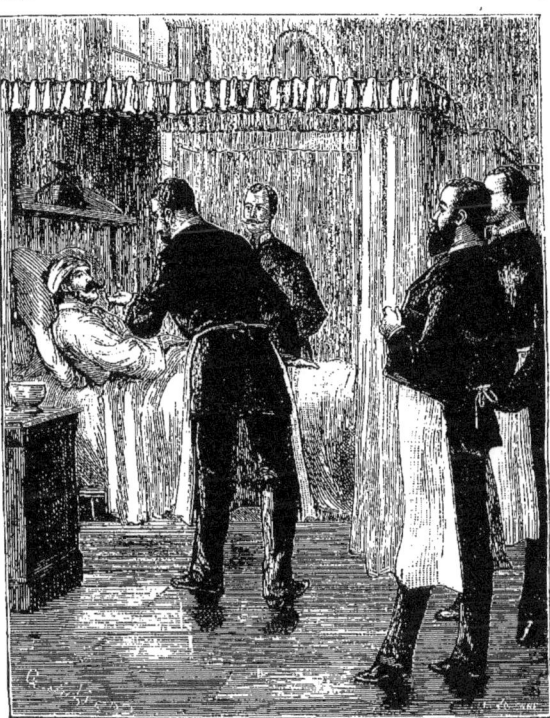

Quand le matin le professeur fit sa visite quotidienne. (Page 53.)

Son évanouissement avait été tout à fait opportun et il avait permis au duc de raconter au commissaire ce qu'il lui avait convenu d'imaginer ; mais il ne durerait pas toujours, cet évanouissement.

Or, la duchesse, si courageuse, si ferme, n'était pas femme à abandonner son amant.

Elle se perdrait, s'il le fallait, mais elle sauverait l'homme qu'elle aimait.

Elle dirait tout ; elle dévoilerait l'infamie de son mari ; elle montrerait quel piège infâme il leur avait tendu à tous deux ; elle expliquerait dans quel but il avait dressé ce guet-apens ; elle prouverait qu'il connaissait la situation et qu'il avait voulu en user.

Elle ferait, en un mot, une telle lumière que le duc, alors même que la justice le laisserait indemne, en serait à tout jamais couvert d'infamie.

Au moment où le duc d'Ambroge faisait ces lugubres réflexions, Mme Angélique lui apportait des nouvelles de la duchesse.

— Mme la duchesse est bien mal, monsieur le duc.

— C'est bien, je vais me rendre auprès d'elle. Son évanouissement a-t-il cessé ?

— Oui, monsieur le duc.

— Et... elle n'a... rien dit ?

— Non, monsieur le duc.

Puis après avoir fixement regardé le duc, la mégère — on a déjà deviné le rôle qu'elle avait joué dans l'odieuse tragédie — la mégère ajouta :

— Mme la duchesse est d'ailleurs incapable de parler. En revenant de son évanouissement, elle a été prise d'un violent délire. Le docteur Chamblay que, sans attendre les ordres de monsieur le duc, j'ai envoyé prévenir immédiatement, est déjà auprès d'elle, et il m'a paru effrayé de l'état dans lequel il a trouvé Mme la duchesse.

Le duc respira avec une visible satisfaction, et les plis de son front se détendirent.

Un des dangers qui le menaçaient était momentanément écarté, et peut-être les circonstances le serviraient-elles jusqu'au bout.

Ce fut donc le cœur plus léger, et avec un semblant d'empressement, qu'il se rendit auprès de sa femme.

Il s'était fait avant d'entrer un visage de circonstance, et ce fut du ton de l'inquiétude la mieux jouée qu'il questionna le célèbre praticien.

— Eh bien ? cher maître.

— Mon cher duc, répondit le savant, qui traitait d'égal à égal avec ses aristocratiques clients, je ne vous cacherai pas que l'état de la duchesse est grave. Je ne puis me prononcer encore d'une façon définitive, mais j'ai tout lieu de craindre une fièvre cérébrale.

Pendant ce temps, la malade répétait avec l'insistance du délire :

— Voleur !... voleur ! voleur !...

Ce mot fit tressaillir le duc, mais le docteur n'y pouvait trouver que la suite naturelle de l'émotion qu'avait dû éprouver la duchesse en voyant un voleur dans son appartement et en assistant au drame qui s'en était suivi.

Le savant s'était de nouveau penché sur la malade dont il interrogeait attentivement le pouls.

— Mais peut-être, interrogea le duc, quand l'accès de délire sera passé, le repos remettra-t-il la duchesse?

— Je voudrais pouvoir vous le faire espérer, répondit le docteur, mais je ne l'espère pas moi-même. Je suis persuadé, au contraire, que notre malade va traverser une crise redoutable.

Ne nous effrayons pas trop cependant; avec des soins et du temps — du temps surtout, car il faudra peut-être des mois — nous viendrons certainement à bout de la maladie qui commence, et qui, certains indices me le font supposer, n'a guère été que hâtée par l'événement de cette nuit.

En entendant le savant, l'infaillible docteur Chamblay, déclarer qu'il faudrait du temps, « des mois peut-être », pour guérir la duchesse, — ce qui laissait en outre supposer qu'elle pouvait être en danger de mort — le duc d'Ambroge avait dû faire effort pour retenir un mouvement de joie.

Pendant quelque temps au moins, en effet, la duchesse n'était plus à craindre, et, tout portait à le croire, son amant serait jugé et condamné pour le moment où elle serait revenue à la santé.

La nuit s'acheva ainsi, et quand, le lendemain matin, les reporters envahirent l'hôtel, celui-ci avait déjà repris son calme habituel.

Les journaux du soir racontèrent l'événement avec force détails.

Ils avaient trop rarement, en effet, pareil fait-divers à servir à leurs lecteurs, et c'était bien le moins qu'ils brodassent un peu sur un thème aussi intéressant.

Songez donc! Un duc d'Ambroge surprenant lui-même un voleur dans son hôtel, et l'attaquant bravement, et lui cassant la tête de sa noble main!

C'était là un assez joli drame, n'est-ce pas? Et il eût fallu ignorer l'A B C du métier pour n'en pas tirer un splendide parti.

En conséquence, vingt-quatre heures après l'événement, il était avéré pour tout Paris que le duc d'Ambroge avait blessé et fait arrêter un voleur, un assassin plutôt, qui s'était caché dans l'appartement de la duchesse, avec l'intention trop évidente de lui voler ses diamants et de l'assassiner si elle s'éveillait pendant la perpétration du crime.

Quant à l'identité du misérable, on n'avait pu, malheureusement, l'établir encore.

Le commissaire de police qui avait procédé à la première enquête n'avait trouvé sur lui aucun papier de nature à l'éclairer.

Le seul indice un peu sérieux qui pût le mettre sur la trace était la marque du linge, qu'il retrouvait semblable sur la chemise et sur le mouchoir.

Cette marque était formée des deux lettres : J. F.

Le costume déroutait un peu le commissaire.

Ce costume, dont les deux pièces principales étaient une redingote de drap noir et un pantalon de couleur sombre, n'était pas d'une grande élégance, et l'on voyait qu'il était l'œuvre d'un tailleur assez ordinaire, mais il était presque neuf, et il était, en tout cas, très convenable.

Le chapeau, de petite forme, ne sortait pas non plus d'une chapellerie connue, mais il pouvait être porté par tout le monde.

Les bottines, à boutons, avaient dû être achetées toutes faites.

Quant au linge, assez fin, il était d'une propreté irréprochable.

Ce n'était pas là, on le voit, le costume d'un voleur de profession, et, du reste, ce qui achevait de le démontrer, c'est que le linge du blessé portait une marque.

Or, messieurs les voleurs prennent rarement la précaution de rassembler sur leur personne des signes ou des marques qui puissent servir d'indication à la police.

La seule chose qui parût indiquer une précaution prise avant le crime, c'était l'absence de tout papier.

Dernier détail, le blessé avait une montre d'or, sans chaîne ni cordon, et un porte-monnaie contenant une soixantaine de francs.

Le commissaire était assez perplexe.

Certes, c'était bien à un voleur qu'on avait affaire, mais ce n'était certainement pas à un voleur ordinaire.

Le duc avait donné une indication assez sérieuse en parlant d'une vague ressemblance avec un ouvrier qui avait jadis travaillé dans l'hôtel ; toutefois, ce renseignement auquel il avait d'abord attaché une grande importance, le commissaire le trouvait maintenant bien insuffisant.

On verrait cependant.

Quand l'homme serait en état d'être interrogé, peut-être dirait-il lui-même tout ce qu'il était nécessaire de savoir, mais c'est le juge d'instruction qui opérerait alors, et de cette affaire, qui pouvait être une occasion de mise en lumière, le commissaire ne profiterait pas.

Il était donc urgent de se hâter, et le commissaire se hâta, en effet.

Efforts vains, ou à peu près.

Le maître décorateur qui avait restauré l'hôtel était mort, et son successeur ne connaissait pas tous les ouvriers employés jadis. Pour le moment, il n'en avait aucun dont le prénom et le nom eussent les initiales J. F.

Aucun non plus de ceux-ci, tous nouveaux dans la maison, ne connaissait de camarade auquel on pût les appliquer.

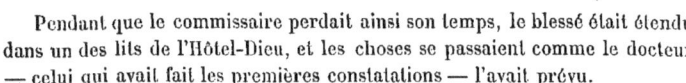

Pendant que le commissaire perdait ainsi son temps, le blessé était étendu dans un des lits de l'Hôtel-Dieu, et les choses se passaient comme le docteur — celui qui avait fait les premières constatations — l'avait prévu.

Quand le matin, le professeur Prélat fit sa visite quotidienne, entouré de ses élèves, il n'eut qu'à approuver ce qu'avaient fait les internes de service.

Sans attendre leur maître, ceux-ci avaient procédé à l'extraction de la balle, et ils purent constater que la première table seule avait été perforée ; la seconde avait été fracturée, mais elle ne présentait qu'une très légère dépression.

Le cerveau n'avait eu à souffrir que de l'énorme ébranlement causé par le choc violent de la balle.

L'ethmoïde avait été brisé, ce qui ouvrait, par les sinus frontaux, une communication entre la blessure et les fosses nasales, mais ce n'était là qu'un désordre sans grande importance.

Le célèbre professeur examina attentivement le blessé qui, malgré la fièvre ardente dont il était pris depuis quelques heures, avait toute sa connaissance. Il lui fit faire toute une série de mouvements qui furent exécutés sans hésitation, puis, satisfait de cet examen, il prescrivit le régime provisoire à suivre.

Ce régime était des plus simples, puisqu'il ne consistait guère que dans une diète absolue, et l'application continue sur le front d'un sac en caoutchouc rempli de glace pilée.

Dix jours se passèrent ainsi avec des alternatives de fièvre et de délire ; puis tout danger disparut.

La complication — qui eût été mortelle — de la méningite écartée, la convalescence était sûre ; le blessé commençait à prendre une nourriture légère, et, le matin du onzième jour, Prélat levait la consigne qui avait jusque-là écarté du lit le juge d'instruction.

Dès le lendemain, celui-ci, M. Barneville, se présentait à l'Hôtel-Dieu, et procédait à un premier interrogatoire.

Depuis qu'il était saisi de l'affaire, M. Barneville, jugeant d'après les impressions du commissaire de police, s'imaginait qu'il allait avoir affaire à un homme qu'il serait difficile de faire parler et qui essayerait de cacher son nom.

Il avait donc combiné ses premières questions avec une habileté qu'il croyait de bonne foi extraordinairement machiavélique, et il se disait que le blessé serait bien malin s'il ne s'enferrait pas dès le premier interrogatoire.

A la grande surprise du magistrat, l'accusé répondit sans hésitation aux premières questions, et notamment à celle qui avait le plus d'importance.

— Comment vous nommez-vous ?

— Jacques Fargueil.

— Quel âge avez-vous?

— Trente ans.

— Profession?

— Peintre.

— En bâtiments?

— Non, monsieur ; peintre de genre.

— Vous peignez des tableaux?

— Oui, monsieur.

— Des portraits?

— Oui, monsieur.

L'étonnement de M. Barneville augmentait ; cependant un léger sourire d'incrédulité plissait sa lèvre.

— Je connais, reprit le magistrat, beaucoup de noms de peintres, mais le vôtre n'est jamais passé sous mes yeux et je ne l'ai jamais entendu.

— Cela tient probablement, monsieur, à ce que je ne suis que très peu connu.

— Vous n'avez jamais exposé?

— Si, monsieur.

— Plusieurs fois?

— Non, monsieur, une seule.

— Quand cela?

— Au dernier Salon.

— Sous votre nom?

— Sous mon nom. Vous pourrez, du reste, vérifier avec le catalogue.

Toutes les habiletés préparées par le juge d'instruction devenaient inutiles ; l'accusé répondait sans hésitation, et ce qu'il avait dit jusqu'alors paraissait être l'expression de la vérité.

Le magistrat continua :

— Où est votre domicile?

— 17 bis, rue Duperret.

— C'est là qu'est votre atelier?

— J'habite mon atelier même, ou du moins une petite pièce qui en dépend.

M· Barneville dit quelques mots à son greffier, qni disparut une minute, puis le scribe de retour, l'interrogatoire fut repris.

— Gagnez-vous beaucoup d'argent?

— Non, monsieur ; mais je gagne de quoi vivre.

— Alors, vous n'avez guère de commandes? Pour qui travaillez-vous? Pour les marchands?

— Pour les marchands, oui, monsieur.

— Ils ne payent guère, eux, n'est-ce pas?

— Le moins qu'ils peuvent.

— Et le public?

— Le public, je vous l'ai déjà dit, monsieur, ne me connaît pas encore.

J'ai bien de temps à autre la commande d'un portrait, mais c'est un fait assez rare. Mes ressources viennent surtout des marchands pour lesquels je fais des petits tableaux de genre, et des copies des toiles du Louvre ou du Luxembourg.

— Vous n'avez jamais été peintre en bâtiments?

— Non, monsieur.

— Ni peintre décorateur?

— Si, monsieur.

— Est-ce qu'alors vous n'avez pas été employé aux travaux de restauration de l'hôtel d'Ambroge?

— Si, monsieur ; c'est moi qui ai fait les maquettes et qui ai été chargé de peindre toutes les figures.

A ce moment, on apportait au magistrat le catalogue du dernier Salon, que le greffier avait fait acheter, et M. Barneville constatait qu'il y avait bien un peintre du nom de Jacques Fargueil, que ce Jacques Fargueil habitait bien 17 bis, rue Duperret, et qu'enfin il avait bien eu une toile, un portrait d'homme admise à la dernière exposition.

— Comment se fait-il, reprit le juge d'instruction, qu'on n'ait trouvé sur vous aucun papier?

— Aucun papier? fit le blessé avec étonnement.

— Non, on n'a rien trouvé dans vos vêtements.

— Mais, mon portefeuille?

— Vous aviez un portefeuille?

— Mais, parfaitement, monsieur. Un petit portefeuille, un porte-cartes plutôt, en maroquin noir, et dans lequel se trouvaient une douzaine de cartes à mon nom et quelques papiers.

— Êtes-vous sûr que ce portefeuille n'était pas resté chez vous?

— Absolument sûr, monsieur.

— De quelle nature étaient les papiers qu'il contenait?

— C'étaient deux ou trois lettres de marchands de tableaux, des commandes, et quelques notes pour mes travaux.

— Il n'y avait rien autre chose?

— Non, monsieur.

— Et vous êtes bien sûr que vous aviez ce portefeuille au moment où vous avez été blessé ?

— Encore une fois, monsieur, j'en ai l'absolue certitude.

— Ce portefeuille avait-il un signe quelconque qui pût le faire reconnaître ?

— Oui, monsieur, à l'intérieur, dans l'un des coins, j'avais tracé un F sur le cuir, mais la lettre est très peu apparente, et il faut certainement en connaître l'existence pour la voir.

Ce détail du portefeuille disparu sembla d'abord intriguer vivement le magistrat, qui y réfléchit silencieusement quelques minutes ; mais l'étonnement de M. Barneville n'était rien auprès de celui du blessé.

Celui-ci finit cependant par s'expliquer que l'objet avait dû être volé par le duc, dans le but de faire disparaître toute preuve écrite — s'il en existait — des relations de sa femme avec l'homme qu'il avait tenté d'assassiner.

D'où Pierre Fargueil pouvait facilement conclure que c'était bien comme voleur qu'il avait été arrêté.

Son parti fut bientôt pris ; aussi quand le juge d'instruction, après avoir médité quelques instants sur le fait de la disparition du portefeuille, voulut continuer son interrogatoire, eut-il à constater un changement soudain des dispositions dans lesquelles il avait d'abord trouvé l'accusé.

— Dans quel but, recommença-t-il, vous étiez-vous introduit dans l'hôtel d'Ambroge ?

Le blessé garda le silence.

— Nous voici, reprit le juge, arrivé au point important de votre interrogatoire et vous vous taisez. Je vous préviens qu'en refusant de me répondre vous ne ferez qu'aggraver votre position.

Jacques Fargueil regardait le magistrat, mais sa pensée paraissait être ailleurs.

— Pourquoi, répéta M. Barneville, vous trouviez-vous la nuit dans l'hôtel d'Ambroge ?

Même silence.

— Vous ne voulez pas avouer que vous étiez là pour voler ?

— Je ne suis pas un voleur.

— Qu'êtes-vous donc ?

Et comme l'accusé redevenait de nouveau muet, le juge d'instruction s'écria ironiquement :

— Ah ! je comprends. Maintenant que vous êtes pris, vous voudriez peut-être vous faire passer pour l'amant de Mᵐᵉ la duchesse d'Ambroge ?

Jacques Farguoil est né dans un petit village de la Lorraine. (Page 64.)

— Non, monsieur, interrompit vivement le blessé en se soulevant malgré sa faiblesse.

— Ou pour un amoureux? insista le magistrat.

— Pas davantage, monsieur, reprit l'accusé en retombant tout pâle sur son oreiller.

— Alors, j'en reviens à ma première idée, qui est la bonne. Vous étiez à l'hôtel d'Ambroge pour voler.

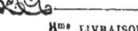

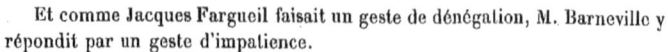

Et comme Jacques Fargueil faisait un geste de dénégation, M. Barneville y répondit par un geste d'impatience.

— Voyons, voyons, fit-il, ne perdons pas notre temps en propos inutiles. Vous me paraissez un garçon intelligent et, par conséquent, je n'ai pas besoin de vous démontrer qu'un homme qu'on trouve à minuit dans l'appartement d'une femme ne peut être qu'un amant, un amoureux ou un voleur.

— Êtes-vous un amant ?

— Non, monsieur.

— Êtes-vous un amoureux ?

— Non, monsieur.

— Donc, vous êtes un voleur.

— Je ne suis pas un voleur, protesta le blessé.

— Si, vous êtes un voleur, reprit le juge. Il est probable qu'en ce moment vous avez des embarras d'argent. Vous avouez que vous ne travaillez que pour les marchands, et tout le monde sait que ceux-ci ne payent guère.

En cherchant les moyens de sortir de la situation où vous êtes, vous avez dû vous rappeler que vous aviez travaillé jadis dans l'hôtel d'Ambroge, et, connaissant les êtres, vous vous êtes dit qu'il vous serait facile de vous introduire dans l'appartement de la duchesse.

Vous n'avez même pas songé à aller chez le duc, parce qu'il ne saurait y avoir que peu de chose à dérober chez un homme, tandis que chez une femme comme la duchesse, il y a des bijoux de prix et surtout des diamants.

Ce sont les diamants que vous vouliez.

Vous vouliez attendre que la duchesse fût endormie, et alors vous auriez fait main basse sur tout ce que vous auriez pu découvrir.

Je ne crois pas que vous eussiez l'intention d'aller jusqu'à l'assassinat, puisqu'on n'a trouvé sur vous aucune espèce d'arme, mais qui dit que si la duchesse s'était éveillée vous n'eussiez pas prévenu ses cris en l'étranglant ?

Non, vous n'êtes ni un amant, ni un amoureux, et, du reste, je n'avais pas besoin de vous le demander, car, dans son délire, la duchesse répète à chaque instant le mot voleur ! avec une horreur qui montre bien de quel effroi elle a été saisie à votre vue.

— Dans son délire ? interrogea l'accusé, qui s'était soulevé de nouveau.

— Oui, dans son délire, accentua le juge. Car, il faut que vous le sachiez, en voulant la voler, vous avez à peu près assassiné la duchesse. Au moment où le duc vous tirait le coup de revolver qui vous a mis où vous êtes, la duchesse, succombant à l'épouvante, s'est évanouie, et depuis lors elle n'a pas repris connaissance.

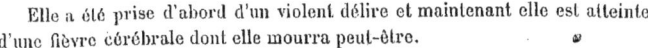

Elle a été prise d'abord d'un violent délire et maintenant elle est atteinte d'une fièvre cérébrale dont elle mourra peut-être.

Vous voyez donc que vous avez été, en même temps qu'un voleur, un assassin, et que votre situation est encore plus grave que vous ne l'imaginiez.

Pendant que le juge parlait, le regard de Jacques Fargueil se voilait et deux grosses larmes s'amassaient lentement sous sa paupière.

Il les essuya furtivement et reprit son impassibilité.

Le juge qui n'avait rien remarqué ou qui avait attribué cette émotion à la peur, reprit ses questions.

— Décidément, avouez-vous que le vol était votre but?

— Encore une fois, je n'avoue rien, monsieur.

— Mais enfin, ce n'est pas pour rien que vous vous trouviez à minuit dans l'appartement de la duchesse d'Ambroge. Il faudrait, au moins, fournir une explication quelconque. Votre système de défense est absurde.

— Je ne me défends pas, monsieur. La justice fera de moi ce qu'elle voudra. Au surplus, je vous en fais mes sincères excuses, mais je ne répondrai plus à vos questions.

Le juge n'en insista pas moins pour arracher un aveu au blessé ; mais, comme celui-ci venait de l'en prévenir, il lui fut désormais impossible d'en obtenir une réponse.

De guerre lasse, il fit signer le procès-verbal de son interrogatoire à l'accusé qui se prêta sans objection à cette formalité, puis il se retira en annonçant qu'il reviendrait le lendemain.

Le lendemain, en effet, et même chaque jour pendant une semaine, M. Barneville se présenta à l'Hôtel-Dieu, mais toutes ses tentatives, toutes ses menaces furent vaines ; Jacques Fargueil ne répondit plus à une seule de ses questions.

Dans ces conditions, il n'y avait plus qu'à attendre le rétablissement du blessé pour le faire comparaître devant la cour d'assises, et c'est à quoi la justice se résolut.

Quant à Jacques Fargueil, il était, depuis son premier interrogatoire, tombé dans une tristesse sombre que le personnel de l'hôpital prenait pour la peur d'une condamnation, et dont rien, quoi qu'on fît, ne pouvait le distraire.

CHAPITRE VII

Ce qu'aurait pu dire M⁰ Domange, avocat d'office... s'il l'avait su.

EUX mois après la nuit tragique, Jacques Fargueil était à peu près rétabli.

Depuis trois semaines environ, il se levait et faisait, étroitement surveillé, quelques promenades dans le jardin de l'hôpital, quand un matin on lui annonça qu'il passerait quinze jours après devant la cour d'assises.

Il était invité en même temps à se choisir un avocat.

Jacques Fargueil, qui n'avait pas voulu répondre au juge d'instruction, n'entendait pas davantage se défendre devant la justice, et il refusa de s'adresser à un membre quelconque du barreau.

On dut donc lui donner un défenseur d'office.

Le jeune stagiaire, M⁰ Domange, sur lequel s'arrêta le choix du président, était un garçon intelligent et qu'on avait déjà remarqué au Palais.

Il avait plaidé — à titre d'avocat d'office — dans plusieurs affaires criminelles, et il s'en était tiré avec assez de bonheur.

Doué d'une émotion communicative, il avait su attendrir le jury en faveur de deux ou trois gredins de la pire espèce, et lui avait enlevé de haute lutte les circonstances atténuantes.

Il s'annonçait, en somme, comme un futur brillant avocat d'assises, et c'était très probablement en raison de son talent naissant qu'il avait été désigné par le conseiller président pour défendre le singulier accusé qu'on allait avoir à juger.

Singulier accusé, en effet. La lecture du dossier avait frappé le président des assises, M. Chandaz, — qu'on appelait, entre avocats, l'Homme qui rit, à cause du rictus aussi déplaisant qu'involontaire qui plissait continuellement ses lèvres, et qui lui donnait l'air de plaisanter cruellement avec les accusés.

Le vieux conseiller avait la pratique des criminels. Il en avait vu, dans sa longue carrière, de toutes les couleurs, et cependant celui-ci l'étonnait.

Aussi, la veille de l'affaire, dans l'interrogatoire qu'il lui fit subir, essaya-t-il, vivement intéressé, de lui arracher son secret.

Jacques Fargueil resta impénétrable ; néanmoins M. Chanduz crut deviner la vérité.

Mais quoi ? ce n'était qu'un soupçon.

De son côté, l'avocat avait fait de vains efforts pour obtenir la confiance de son client. Il l'avait supplié de lui fournir les éléments d'une défense sérieuse, ou tout au moins de lui donner des indications qui permissent de plaider avec quelque chance les circonstances atténuantes.

Jacques Fargueil s'était contenté de remercier le jeune avocat de la peine tout à fait inutile qu'il se donnait, et lui avait déclaré qu'il entendait se laisser condamner sans rien dire.

— Vous m'obligeriez donc, monsieur, concluait-il, en répétant simplement devant la cour ce que je vous dis en ce moment.

— Mais c'est absurde, s'écriait Me Domange, vous ne pouvez pas ne pas vous défendre, ne pas vous expliquer tout au moins, et, quant à moi, je manquerais à mon devoir si je me prêtais à ce que vous attendez de moi.

Je plaiderai donc, et tant pis pour vous si ma plaidoirie n'est pas ce qu'elle aurait pu être.

Le jour des assises arriva.

L'affaire Fargueil — tentative de vol, la nuit, dans une maison habitée — était inscrite entre un infanticide et un assassinat.

L'infanticide fut rapidement expédié. Dix ans de prison à une malheureuse petite servante que son maître, un honnête bourgeois du Marais, avait séduite, puis mise à la porte une fois enceinte.

On appela ensuite l'affaire Fargueil.

L'accusé fut introduit, et deux gardes municipaux s'assirent à ses côtés.

Un bandeau cachait son front, dont la blessure n'était pas encore fermée.

Son visage amaigri était d'une grande pâleur, mais le regard était clair et calme.

L'accusé était entièrement vêtu de noir.

L'appel des témoins commença par le nom du duc d'Ambroge.

En l'entendant, l'accusé tressaillit et une fugitive rougeur passa sur ses joues pâles, mais ce ne fut qu'un éclair.

Les autres témoins étaient les domestiques de l'hôtel, parmi lesquels Mme Angélique, puis le commissaire et le médecin qui avaient procédé aux premières constatations.

Le président aborda ensuite l'interrogatoire, qui reproduisit à peu de chose près celui que M. Barneville, le juge d'instruction, avait déjà fait subir à Jacques Fargueil dans son lit de l'Hôtel-Dieu.

Ainsi qu'il en avait pris la résolution, Fargueil se contenta de répondre aux questions qui lui étaient posées sur son état civil, sur sa profession, sur ses moyens d'existence ; mais quand le président, faisant, pour l'acquit de sa conscience vaguement troublée par l'inconnu de l'affaire, un dernier effort pour amener l'accusé dans la voie des aveux, aborda la série des questions relatives à la présence de celui-ci dans l'hôtel d'Ambroge, Jacques Fargueil se renferma, après des excuses présentées avec dignité, dans un silence absolu.

Cette attitude, qui étonnait tout le monde, impressionnait diversement le jury, mais il fut impossible de décider l'accusé à la modifier.

Le président y renonça donc et l'audition des témoins commença.

Le duc d'Ambroge fut appelé le premier.

La physionomie du duc en entrant dans la salle était visiblement inquiète, mais un coup d'œil jeté sur M. Gracieux, qui était assis sur un banc, près de la porte des témoins, la rasséréna subitement.

Le duc savait, en effet, que Jacques Fargueil avait refusé de répondre à l'instruction, et tous les dangers qu'il redoutait, les révélations de sa femme et celles de Fargueil, se trouvaient écartés.

Toutefois, il lui restait des inquiétudes.

L'accusé s'était bien tu à l'instruction, mais ne se réservait-il pas de parler à l'audience ?

Quel scandale, alors !...

Il est vrai qu'il avait évité jusqu'ici avec un tel soin de compromettre la duchesse qu'il y avait lieu d'espérer qu'il persévérerait dans cette attitude, que, chez un gentilhomme, on eût qualifiée de chevaleresque, mais qui, chez un homme du peuple, le duc trouvait simplement grotesque.

Il était, dans tous les cas, nécessaire de savoir, avant de déposer, si Fargueil avait renoncé à son système, et c'est pour cela que M. d'Ambroge avait donné à Gracieux la consigne de se placer sur le passage des témoins.

Au moment donc où l'huissier introduisait le duc, Gracieux, sans le regarder, secoua légèrement la tête de droite à gauche et de gauche à droite, et M. d'Ambroge, qui attendait ce geste, se sentit immédiatement rassuré.

Fargueil n'avait rien dit ; tout était encore une fois sauvé.

Cependant il fallait de la prudence.

Le duc avait toutes prêtes deux dépositions.

La première, c'était celle qu'il avait déjà faite devant le commissaire, un instant après l'événement.

La seconde, sans contredire la première, l'aggravait au moyen de certaines nuances, et le duc ne songeait à s'en servir que, dans le cas où l'accusé ayant fait des révélations soit devant le juge d'instruction, soit à l'audience, il faudrait lutter contre lui.

Cette nécessité écartée, il convenait de s'en tenir à la première version, et c'est ce que fit le duc.

Il se contenta donc de répéter ce qu'il avait déjà dit au commissaire, et même on eût pu croire qu'il cherchait à l'atténuer, ce qui fut mis, par une partie de l'auditoire et peut-être des jurés, sur le compte d'un sentiment de pitié.

Tout le temps que dura sa déposition, qui, d'ailleurs, fut courte, le duc évita de regarder l'accusé.

Celui-ci, au contraire, couvait le témoin d'un œil ardent, et plusieurs fois il fit un mouvement brusque comme pour l'interrompre, mais il parvint à se dominer, et quand le duc se retira, on put le voir pousser un soupir de soulagement.

Les dépositions des autres témoins, même celles du commissaire et du médecin, ne présentaient qu'un intérêt médiocre, et elles furent rapidement expédiées.

La parole fut ensuite donnée au ministère public, représenté par un jeune substitut aux favoris prétentieux, qui se leva avec un effet de manches longuement étudié.

Le réquisitoire fut banal.

L'aspirant procureur n'avait rien compris à l'affaire, n'avait rien deviné, n'avait rien soupçonné.

Il n'y avait vu qu'une vulgaire tentative de vol, et c'est dans ce sens qu'il enfilait consciencieusement les phrases toutes faites qui serviront aux procureurs tant qu'il y aura des procureurs.

Seulement, le bon substitut — et cela seul prouvait qu'il saurait faire son chemin — le bon substitut avait trouvé, pour corser son réquisitoire, ce qu'on appelle familièrement « un joint ».

Il avait découvert que l'accusé était républicain !

N'oublions pas qu'on était alors sous l'Empire, et que, comme on sait, un républicain, à cette bienheureuse époque, ne pouvait être — surtout pour un substitut qui avait la noble ambition d'arriver — qu'un être horriblement dégradé, un misérable capable de tous les forfaits.

Aussi l'éloquent substitut s'en donna-t-il à cœur joie.

L'accusé n'avait, au moins à en juger sur les apparences, attenté qu'au seul principe de la propriété ; mais, de bonne foi, un réquisitoire sérieux, un réquisitoire digne d'un magistrat de la bonne école, pouvait-il passer sous silence les deux autres grands principes, les principes sauveurs sur lesquels repose toute société bien organisée, la religion et la famille.

— Non, messieurs, non ! si l'accusé a tenté de violer le principe de la pro-

priété, c'est précisément parce qu'il a dès longtemps méconnu et méprisé les
lois de la religion, dont il n'a pas trouvé l'enseignement dans la famille.

Vous sentirez, messieurs, la nécessité d'affirmer une fois de plus ces trois
immuables principes et de donner un exemple à tous ceux qui seraient tentés
de les fouler aux pieds.

Vous serez sévères, mais vous serez justes, et la société, rassurée, vous
remerciera.

Ce pathos dura trois bons quarts d'heure ; après quoi le loquace substitut
se laissa tomber comme épuisé sur son siège, non sans jeter un regard circulaire sur la cour, les jurés et l'auditoire, afin de juger de l'effet de sa brillante
péroraison.

C'était au tour de l'avocat de prendre la parole.

Contrairement à ce qu'on pouvait attendre de lui, Mᵉ Domange manqua
absolument de relief.

Sa plaidoirie, très brève, n'eut pas la banalité du réquisitoire, mais elle
n'eut rien non plus de remarquable.

Le jeune stagiaire avait peut-être entrevu quelque chose, mais le mutisme
obstiné de son client l'avait empêché d'éclaircir ses doutes, et il avait dû
s'abstenir.

Il plaidait donc sans espoir, sentant vaguement qu'il était « à côté », et sa
parole manquait de chaleur.

Ah ! s'il avait connu la vérité, la vérité tout entière, quel parti sa jeune
éloquence eût su en tirer !

Voici, en effet, brièvement résumé, ce qu'il aurait pu dire :

— Messieurs, l'accusé que vous avez devant vous, et qui, pour des raisons
que je vais vous dire malgré lui, se renferme dans un silence inexplicable pour
vous, n'est pas un voleur, mais simplement un héros.

Oui, un héros ; un héros d'abnégation ! Un héros de dévouement, — et je
vais le prouver.

Mais, d'abord, je dois vous raconter rapidement sa vie.

Jacques Fargueil est né dans un petit village de la Lorraine.

Ses parents étaient pauvres, si pauvres même, qu'à peine sorti de la première enfance, il dut lui-même gagner sa vie.

Un paysan le prit, moyennant sa simple nourriture, une écuelle de soupe,
un morceau de pain, quelques pommes de terre, pour surveiller ses bestiaux
au pâturage.

Le petit Jacques passait donc des journées entières seul, dans les champs,
n'ayant autour de lui, comme êtres vivants, que les animaux de son maître.

Un jour, maître Lebouvier le surprit dans l'atelier. (Page 68.)

Dans son désœuvrement, dans cette solitude si pesante pour son âge, l'enfant cherchait des jeux, et sa jeune imagination se donnait carrière.

Un jour, poussé par son instinct, il essaya de dessiner sur une large pierre plate, avec la pointe de son petit couteau, une des vaches, qui posait placidement devant lui.

Ce que fut le résultat de l'essai, on le devine aisément, mais tel qu'il était, il satisfit si pleinement le petit bonhomme, qu'à partir de ce jour le dessin devint sa distraction favorite.

Du matin au soir, il cherchait de belles pierres bien lisses, et il les couvrait immédiatement de vaches, de chevaux, de moutons, de chiens, de poules, de canards, et même de petits hommes et de petites femmes, qui, si grossièrement dessinés qu'ils fussent, n'en étaient pas moins très reconnaissables.

En réalité, le petit Jacques avait des dispositions artistiques assez marquées, auxquelles il ne faudrait un jour qu'une occasion pour se développer, tout au moins pour s'éveiller complètement.

Cette occasion finit, alors que l'enfant atteignait sa treizième année, par se présenter sous les espèces et apparences d'un peintre décorateur de la ville voisine, qui avait été appelé par le conseil de fabrique pour repeindre le modeste maître-autel de l'église du village.

Il y avait un agneau pascal à dorer et à enrubanner, un Saint-Esprit à enluminer et deux ou trois anges joufflus dont les couleurs s'en étaient allées : sans compter que les tableaux des deux chapelles latérales, un Saint-Nicolas et une Immaculée-Conception, étaient crevés par le milieu dans toute leur largeur, et qu'il fallait une main experte pour réparer le dommage.

Un « artiste » avait donc été appelé, et tandis qu'il procédait à la réfection économique des instruments ou des accessoires du culte, on n'avait pas manqué de lui parler, dans l'unique auberge du village où il prenait ses repas, du petit Fargueil et de ses dessins.

L' « artiste » voulut voir l'enfant ; il lui fit dessiner un cheval sur du papier blanc, et, après examen, déclara que le petit bonhomme avait « quelque chose », et que ce serait un meurtre de laisser perdre ce quelque chose.

Il fallait pousser cet enfant, qui irait loin si on savait le diriger.

Les parents écoutaient béants, mais quoi ! notre bon monsieur, ils n'avaient pas les moyens.

— Écoutez, avait dit alors le « bon monsieur », je m'en charge. Confiez-le-moi, et dans quelques années d'ici, vous m'en direz des nouvelles.

L' « artiste » était un malin. Il avait flairé là l'occasion de se donner gratuitement un domestique qui ferait les courses de madame et les grosses besognes du ménage, et il n'avait garde de la laisser échapper ; et c'est ainsi que huit jours après, le petit Jacques était installé chez monsieu Lebouvier, peintre décorateur, qui faisait aussi la dorure et l'argenture, et, généralement, tout ce qui concernait son état.

L'enfant vit bientôt de quoi il retournait. Accablé de besogne par madame, il n'entrait guère à l'atelier que pour le balayer et laver les brosses de monsieur.

Insuffisamment nourri, mais largement malmené, il regrettait le bon temps où il gardait ses vaches et les dessinait tranquillement.

Maintenant ce n'était plus qu'à la dérobée et quand le maître était absent qu'il pouvait s'introduire dans l'atelier et y essayer furtivement, sur un bout de papier maculé, quelque réminiscence de ses anciens compagnons.

Heureusement pour le petit Jacques, le sieur Lebouvier avait un apprenti, un ouvrier plutôt, d'une vingtaine d'années, que la complaisance de l'enfant avait séduit.

Il l'avait pris en amitié, et quoiqu'il ne fût pas bien fort lui-même, il profitait des absences du maître pour corriger, autant qu'il le pouvait, les essais de son petit camarade.

Il lui permettait de prendre un pinceau et de barbouiller quelque morceau de carton inutile.

Il lui faisait quelquefois un modèle bien simple, un fleuron, un fruit, un vase que l'enfant s'efforçait d'imiter.

Surtout, surtout, il lui permettait de feuilleter quelques grands albums de chromolithographies représentant des décorations d'appartements, de palais, des plafonds, des attributs d'art ou d'industrie, et où maître Lebouvier puisait les géniales inspirations qui avaient porté sa renommée à dix lieues à la ronde.

Ces chromolithographies, si mal exécutées qu'elles fussent, en apprenaient plus à l'enfant que toutes les leçons de l'apprenti.

Il y prenait le sentiment de la couleur et il y trouvait d'excellents modèles pour ses essais de dessin.

Aussi, chaque fois qu'il pouvait s'échapper de la cuisine, accourait-il à l'atelier.

Il eut, du reste, dans sa seconde année de soi-disant apprentissage, quelques bons moments.

Maître Lebouvier eut des travaux assez considérables au dehors. Durant plusieurs mois il dut s'absenter, ne rentrant que le samedi pour repartir le lundi matin.

Il emmenait avec lui l'apprenti, de sorte que l'atelier restait complètement vide. Madame elle-même, profitant de l'absence de son seigneur et maître, passait la plus grande partie de la journée à caqueter chez des voisines, de sorte que Jacques, sa besogne habituelle terminée, se trouvait libre de se livrer à sa passion.

Comme bien on pense, il en profitait largement.

Tout de suite il se mit à l'œuvre, il se choisit dans un des albums un « modèle » pas trop difficile, et il entreprit de le reproduire sur un grand carton enduit de céruse.

Mais malgré les leçons de l'apprenti, il n'y réussit que d'une façon tout à fait médiocre.

Toutefois il ne se découragea pas.

Cherchant à deviner ce qu'il ignorait, il recommença, recommença de nouveau, et s'y mit avec tant d'opiniâtreté qu'il finit par obtenir quelque chose de passable.

Puis il passa à un autre modèle, qui exigea les mêmes tâtonnements et les mêmes recommencements.

Enfin, d'efforts en efforts, il en arriva, par l'intuition et la force de la volonté, à exécuter des choses tout à fait remarquables pour un enfant de son âge — il n'avait pas encore quinze ans — et qui, certes, étaient réellement supérieures comme intention à ce que faisait l'apprenti.

Les procédés seuls lui manquaient, mais quelques leçons, quelques conseils les lui apprendraient bien vite.

Le hasard devait encore le servir.

Un jour, maître Lebouvier, rentrant inopinément chez lui, au milieu de la semaine, le surprit dans l'atelier au plus fort d'un essai qu'il ne parvenait pas à mener à bien.

Le premier mouvement du peintre fut de réprimander l'enfant.

— Qu'est-ce que tu f...ais là, crapaud? C'est comme cela que tu uses mes couleurs?

Mais tout en parlant ainsi, il s'était approché et ce qu'il voyait le stupéfiait.

— C'est toi qui as fait cela?

— Oui, monsieur, répondit le pauvre Jacques qui tremblait déjà d'être chassé.

— Jules — c'était l'apprenti — ne t'a pas aidé?

— Non, monsieur.

— Ce n'est pas le premier carton que tu me salis comme cela, n'est-ce pas?

L'enfant, se sentant de plus en plus coupable, baissait la tête sans répondre.

— Montre-moi les autres cochonneries que tu as faites.

Jacques alla prendre dans un coin trois ou quatre cartons et les apporta tout penaud.

Maître Lebouvier les examina rapidement, puis, d'un ton plus doux, s'adressant de nouveau à l'enfant :

— Pourquoi ne me montrais-tu pas ce que tu faisais?

— Je n'osais pas, monsieur.

— Imbécile! Allons, c'est bien; à partir de lundi tu viendras travailler avec moi.

L'enfant faillit tomber à la renverse, et sa joie se traduisit soudainement par un flot de larmes.

— Comment! crapaud, tu ne veux pas venir avec moi?

— Oh! si, monsieur. Oh! si, monsieur, répétait le pauvre petit en sanglotant. Si, monsieur, je veux bien aller avec vous.

— Alors, pourquoi pleures-tu, nigaud?

— Parce que... je suis... trop content.

Et les sanglots continuaient.

On a déjà compris qu'en voyant ce dont le petit Jacques était capable, maître Lebouvier, homme pratique, s'était dit qu'il y avait folie à ne pas profiter d'aussi magnifiques dispositions, et qu'il fallait se hâter de réparer le temps perdu.

En quelques mois il ferait de Jacques un excellent ouvrier. Il n'y avait, en effet, qu'à lui enseigner les procédés, les petites ficelles, les petits trucs du métier.

Une fois qu'il les connaîtrait, il n'y aurait plus qu'à le laisser aller, et il en saurait bientôt plus que les plus malins « de la partie ».

Maître Lebouvier aurait donc ainsi et pour rien, ou presque rien, — car pour l'encourager et le retenir, il faudrait bien lui donner quelques sous de temps à autre — un auxiliaire hors ligne.

Du reste, une idée lui vint, et il la mit immédiatement à exécution.

En prenant l'enfant, il n'avait pas songé à régulariser l'affaire par un contrat. C'était là une lacune qu'il fallait combler au plus vite.

Il partit donc sur-le-champ, et sans dire où il allait, pour le village de Jacques, et muni de deux feuilles de papier timbré, il se présenta chez les parents.

Il passait là, par hasard, et il en profitait pour leur donner des nouvelles de l'enfant.

Le métier ne lui entrait pas très vite dans la tête, mais il avait de la bonne volonté, de la docilité, et on finirait par en faire un gaillard qui, dans six ou sept ans, gagnerait facilement ses dix et même ses quinze francs par jour.

Les braves gens ouvraient de grands yeux.

Seulement, bien entendu, il ne pouvait, lui, Lebouvier, faire le laborieux sacrifice de lui enseigner un si brillant métier sans être assuré d'une compensation.

— Ah! c'est qu'il en gâche, allez, de la couleur! Et ça coûte cher, les couleurs! Il y en a, le carmin, par exemple, qui se vendent au poids de l'or. Je suis sûr que toutes les semaines, ce crapaud-là m'en use pour au moins vingt francs. Mais, ça ne fait rien ; coûte que coûte, j'en ferai quelque chose, et dans quelques années vous pourrez être fier de votre fils.

La mère Fargueil s'essuyait les yeux avec le coin de son tablier, et le père Fargueil ne trouvait pas un mot pour remercier mossieu Lebouvier d'un pareil désintéressement.

D'ailleurs, maître Lebouvier demandait la moindre des choses.

L'enfant allait avoir quinze ans. Eh bien ! il resterait chez son maître jusqu'à sa majorité.

Il serait, comme il l'était déjà, bien logé, bien nourri et bien entretenu, et dans trois ans, quand il commencerait à savoir quelque chose — oh ! pas grand'-chose, mais enfin ! — il serait payé. La quatrième année, il recevrait trente francs par mois, trois cent soixante francs par an, et, la cinquième année, cinquante francs par mois, six cents francs par an !

C'était gentil, cela, n'est-ce pas ?

Après quoi, il serait libre. Il resterait chez son maître qui le payerait cher, ou il s'établirait lui-même ; ce serait son affaire.

Mais dans tous les cas, son avenir était assuré.

Les deux braves paysans signèrent tout ce que voulut maître Lebouvier. Le père traça grossièrement et laborieusement son nom au bas de « l'écrit » ; la mère y mit une croix, et tout fut ainsi terminé.

Jacques Fargueil était pour cinq ans l'esclave de maître Lebouvier, peintre décorateur, qui faisait aussi la dorure et l'argenture.

Le lundi suivant, Jacques, qui ne se sentait pas de joie, partit avec son maître et l'apprenti. Il abandonnait définitivement le couteau de cuisine pour le couteau à palette et l'époussette pour la brosse en blaireau.

Il eut bien d'abord quelques désillusions.

Par exemple, on ne lui confia pour commencer que les travaux de prépa-ration que le premier peintre vitrier venu eût été capable d'exécuter. Il posait les couches destinées à recevoir le travail du maître et de l'apprenti. Il enduisait d'une mixture rouge et collante les parties qui devaient être dorées, argentées, ou bronzées.

Mais, petit à petit, on le mit aux filets, aux ornements déjà tracés. Il y passait la couche de fond.

Enfin le même motif d'ornementation se répétant à l'infini sur les murs d'une chapelle, on lui en fit essayer un, et comme il l'avait réussi, il fut chargé du tout.

C'était la première fois qu'il exécutait un travail définitif, et il s'y mit avec tant d'ardeur que maître Lebouvier ne put que s'en déclarer complète-ment satisfait.

Les progrès de Jacques étaient surprenants.

Au bout de la première année, son maître n'hésitait pas à lui confier des travaux difficiles, et avant la fin des trois années pendant lesquelles il ne devait recevoir aucun salaire, il en savait à coup sûr beaucoup plus que maître Lebouvier lui-même.

C'est que ses dispositions naturelles étaient admirablement servies par un surprenant acharnement au travail.

Contrairement aux habitudes de la corporation, qui, soit dit sans l'ombre d'un blâme, a un goût très vif pour la douce flânerie, pour la flème fantaisiste, Jacques travaillait comme un tâcheron.

Quand il n'y avait pas de travaux en train, il travaillait pour lui-même.

Il dessinait ; il peignait.

Il dessinait et peignait d'après nature, car il avait bien vite compris que les modèles qu'il trouvait dans les albums de son maître ne pouvaient plus rien lui apprendre, et que c'était la vie, vie animale ou végétale, qu'il fallait chercher à saisir dans ses multiples manifestations.

Toute sa journée du dimanche était consacrée à ces études, et bien que ses efforts n'eussent encore abouti qu'à des ébauches pleines d'inexpériences, on y pouvait aisément deviner que le jour où le jeune homme aurait un maître sérieux, il deviendrait un véritable artiste.

Les deux dernières années de son séjour obligatoire chez son exploiteur s'écoulèrent sans incident.

La plus grande partie du peu d'argent que Jacques recevait, aux termes du contrat signé, il l'envoyait à ses parents.

Le reste, il l'employait à l'achat d'ouvrages relatifs à son art.

Car, l'auteur a oublié de le dire, et la chose était cependant d'importance, Jacques avait appris à lire et à compter.

Quand il était entré chez maître Lebouvier, le pauvre petit ne savait pas grand'chose.

Il n'avait guère fréquenté l'école du village que pendant les mois d'hiver, et pendant l'été suivant il oubliait le peu qu'il avait appris.

Mais livré à lui-même, il avait compris la nécessité de s'instruire, et, tout seul, comme toujours, comme pour la peinture, il avait travaillé chez maître Lebouvier.

Ce n'était pas, on le devine bien, que les moyens abondassent chez celui-ci ; mais les quelques livres, tomes dépareillés, qu'il y avait trouvés, les quelques journaux qui lui étaient tombés sous la main lui avaient suffi ; il en avait tiré tout ce qu'ils contenaient.

Il les avait lus, relus et copiés, de sorte qu'il lisait couramment et que, grâce à une grammaire qu'il s'était procurée, son orthographe était presque suffisante.

Les cinq ans écoulés, Jacques était plus qu'un ouvrier ; c'était un artiste, encore dans sa chrysalide, mais qui ne tarderait pas à éclore.

Il avait vingt ans.

C'était un beau jeune homme, à la physionomie franche et ouverte.

Le visage était énergique ; tous les détails n'en étaient peut-être pas d'une correction absolue, mais l'ensemble était harmonieux et plaisait dès le premier coup d'œil.

Les cheveux bruns, bien plantés, étaient coupés presque ras. Une légère moustache, également brune, ombrageait une bouche bien dessinée, qui montrait, dans le rire, des dents irréprochables.

Si Jacques n'eût été absorbé par son incessant travail, peut-être eût-il remarqué que les jeunes filles du voisinage le regardaient avec une certaine complaisance, et que Mme Lebouvier elle-même, — une grosse blonde, fort appétissante encore, ma foi ! — avait pour lui une foule d'égards qui ne rappelaient guère les rudoiements de jadis ; mais tout cela passait pour lui inaperçu.

Sa volonté, incessamment tendue vers le même but, devenir un artiste, maintenait inconsciemment son cœur dans une sorte de sommeil, dont il n'était pas près de s'éveiller encore.

Le jour où expirait le contrat, maître Lebouvier offrit une petite fête à Jacques, et profitant du léger étourdissement causé par le café et les liqueurs succédant à un repas copieux, lui proposa de signer un engagement de deux ans à raison de cent cinquante francs par mois, nourriture et logement.

C'était presque la fortune que lui offrait là maître Lebouvier, et puis, quoi ? est-ce qu'il n'était pas de la famille ?

Pourquoi s'en aller si vite ? Est-ce qu'il ne se trouvait pas bien dans une maison qui était pour ainsi dire la sienne ?

Est-ce que Mme Lebouvier n'était pas pour lui comme une mère ?

Cent cinquante francs, c'était joli, cela ! Il pouvait les mettre presque entièrement de côté. Quand même il en dépenserait cinquante par mois, il lui en resterait encore douze cents au bout de l'année, deux mille quatre cents dans les deux ans, deux mille cinq cents avec les intérêts.

Avec cela on peut commencer ; et d'ailleurs, est-ce qu'il n'était pas là, lui, Lebouvier, pour l'aider, au besoin, à s'établir ?

Dieu merci, il y avait assez de travail pour deux dans le pays. On ne se gênerait pas.

Et puis, qu'est-ce qui empêcherait de s'associer ?

Ce n'était qu'avec la duchesse qu'il pouvait s'occuper des travaux à exécuter. (Page 73.)

Justement, il commençait à être fatigué, lui, Lebouvier, et les gros déplacements n'étaient plus guère son affaire.

Jacques était jeune, garçon ; rien ne le retenait, et, par conséquent, on pourrait se partager la besogne au gré de chacun.

Ce que le madré Lebouvier ne disait pas, c'est que la prospérité de la maison était l'œuvre de Jacques, et que c'était lui qui, depuis environ trois ans, en faisait la réputation.

Si les commandes affluaient, c'est que les travaux de Jacques étaient appréciés, non à leur valeur exacte, car les architectes du pays étaient loin d'être des aigles, mais comme bien supérieurs à ceux de son maître.

Si donc Lebouvier laissait partir Jacques, celui-ci emporterait certainement avec lui une bonne partie des gains annuels, et c'est pour cela qu'il s'efforçait de le retenir.

Dans sa modestie, Jacques ignorait tout cela, et autant par reconnaissance que par inexpérience de la vie, il signa l'engagement.

Maître Lebouvier était ravi, et la volumineuse et sentimentale Mme Lebouvier ne l'était pas moins.

Elle espérait, en effet, que le beau Jacques comprendrait enfin un jour le sens, pourtant terriblement clair, hélas ! des œillades que sans cesse elle lui décochait, et que le siège en règle qu'elle avait entrepris finirait par emporter la place.

Mais ses efforts devaient rester vains et ses soupirs inutiles.

Jacques continua à ne rien voir.

Les deux années s'écoulèrent paisibles, et quoi que maître Lebouvier pût faire, il ne réussit pas à le conserver plus longtemps.

Le jeune homme, qui avait économisé un peu plus de deux mille francs dans ce but, voulait aller à Paris.

Il comprenait que là seulement, il pourrait trouver des maîtres et acquérir enfin ce talent qui était son rêve.

Il partit donc, le cœur rempli d'espoir, regretté — mais pour des raisons différentes — par M. et Mme Lebouvier.

CHAPITRE VIII

Ce qu'aurait pu dire Me Domange, avocat d'office,... s'il l'avait su. (Suite.)

E plan de Jacques était bien arrêté dans son esprit, et il le mit immédiatement à exécution.

Il commença par chercher du travail chez les maîtres décorateurs de la capitale, et bien que ce ne fût pas chose absolument facile pour un provincial qui ne connaissait personne dans la grande ville, il y réussit au bout de quelque temps.

Son existence se trouvait donc assurée.

Les premiers jours qu'il passa à l'atelier et au milieu de ses nouveaux camarades ne furent pas des plus heureux.

Par exemple, le travail ne ressemblait guère à celui de sa petite ville de Lorraine, et ce fut, pour ainsi dire, un nouvel apprentissage à faire.

Ensuite, son accent, les formes ordinaires de son langage, et mille petites habitudes provinciales fournissaient matière aux railleries des loustics de l'atelier.

A force de volonté et d'application, il se mit bien vite, pour l'exécution du travail, au niveau de ses camarades ; et la douceur de son caractère, la bonne humeur avec laquelle il accueillait farces et plaisanteries lui concilièrent rapidement les sympathies de tout le monde.

Dans les premiers jours de son entrée à l'atelier, Jacques fit comme ses camarades.

D'abord il paya largement sa « bienvenue » et, durant quatre ou cinq soirs, il les accompagna, le soir, au café.

Mais lorsqu'il eut bien montré ainsi qu'il n'était point avare, il prétexta l'éloignement de sa demeure et quelques petits travaux particuliers pour ne plus avoir à perdre plusieurs heures chaque jour autour d'un billard ou en compagnie de la dame de pique.

Les camarades clignèrent de l'œil, persuadés que le Lorrain avait quelque amourette, et, après l'avoir, pendant un jour ou deux, amicalement plaisanté sur ses « travaux particuliers », — il n'avait qu'à dire un mot pour qu'on lui donnât un coup de main, parbleu ! Et tout l'atelier de s'offrir, chacun se prétendant très fort pour les « travaux particuliers » — on le laissa tranquille.

C'est alors que Jacques, débarrassé du souci de la vie matérielle, se mit en quête de ce qu'il était venu chercher à Paris.

Il l'eut bientôt trouvé.

Un des ouvriers du célèbre décorateur Labastre savait par un parent, élève de Ponnat, l'illustre portraitiste, que deux ou trois places étaient libres dans l'atelier où celui-ci enseignait.

Présenté par l'élève, il soumit à Ponnat quelques-uns de ses dessins, et le maître, après l'avoir interrogé avec sa bienveillance accoutumée, voulut bien l'admettre dans ce qu'il appelait sa famille artistique.

Jacques paya son droit d'entrée et sa cotisation, subit avec résignation la brimade traditionnelle, offrit un punch à ses bourreaux, et, toutes ces formalités étroitement obligatoires accomplies, fut solennellement installé sur le tabouret qui lui était destiné, et dont les quatre pieds avaient été préalablement sciés par une main prévoyante.

La culbute qui en résulta fut la dernière épreuve.

Sésostris Grimpard, le modèle des massiers, inscrivit Jacques Fargueil sur le registre de l'atelier, où se lisaient déjà les noms de Moll, le futur auteur de l'*Incendie* et de la *Grève du Creuzot*, de Jean Bérard, dont les petites *Parisiennes* devaient faire fureur dix ans plus tard, de Corvex, dont le talent décoratif s'annonçait déjà, de Gunsberg, qui avait, comme lui, gardé les moutons, dans les montagnes de la Suède, et qui aujourd'hui peignait une *Agar* destinée au prochain Salon ; enfin de plusieurs autres jeunes hommes dont le nom était appelé à la célébrité ou à la simple notoriété.

La plupart des élèves de Ponnat avaient leur atelier particulier où chacun d'eux travaillait à un tableau.

On s'y rendait mutuellement visite, chacun étant heureux de montrer l'œuvre commencée, avide d'entendre les éloges des camarades, ou désireux de recevoir des conseils.

Jacques Fargueil sortit presque découragé de ses premières visites.

Il mesurait la distance qui le séparait de ses nouveaux amis, et, malgré leurs encouragements, il déclarait naïvement qu'il n'arriverait jamais à la franchir.

Mais l'énergie de son caractère reprit bientôt le dessus, et quelques bonnes paroles de Ponnat, qui avait tout de suite senti en lui d'excellentes dispositions servies par un grand amour du travail, lui rendirent tout son courage.

Obligé de travailler pour vivre, Jacques ne pouvait suivre assidûment les séances ; aussi dut-il chercher une combinaison qui lui permît de concilier les nécessités de l'existence avec celles de l'étude qu'il entreprenait.

Pour l'hiver, la question était des plus simples ; il y avait, en effet, une séance le soir à l'atelier Ponnat.

Rien n'empêchait donc Jacques de travailler toute la journée chez son patron décorateur, et de consacrer sa soirée à l'étude.

En été, malheureusement, il n'y avait de séances que le jour, et il fallait, par suite, opter.

Jacques décida qu'il ne travaillerait chez son patron qu'une semaine sur deux. Il perdrait ainsi la moitié des séances, mais le modèle gardant la pose du lundi au samedi, il en profiterait complètement.

Seulement, il fallait d'abord faire accepter son absence périodique à son patron, et c'est ce qui n'alla pas sans difficultés.

Ensuite, il fallait vivre avec une stricte économie, puisque le travail d'une seule semaine devait suffire pour les dépenses de deux.

Il est vrai que Jacques aurait la ressource de mettre de côté pendant tout l'hiver une partie de son salaire, de façon à ce que les privations de l'été fussent moins pénibles.

Tout étant arrangé ainsi, le jeune homme commença une existence de travail acharné.

Toujours arrivé le premier à l'atelier Ponnat, dont une des salles se trouvait alors rue Duperret, où il avait loué une mansarde afin d'éviter la moindre perte de temps, il en sortait le dernier. "

On sait que dans les ateliers de jeunes peintres, le plus léger incident qui vient rompre la monotonie de la séance est accueilli avec enthousiasme.

Tout est matière à distraction.

Un bon bourgeois vient-il demander un des élèves, ce sont immédiatement des cris et des lazzis qui ahurissent le malheureux.

— Poireau, y a un mossieu qui te demande.

— Y n'est pas là, Poireau.

— Pourriez-vous me dire, messieurs, où je pourrais le rencontrer ?

— Jamais de la vie, monsieur ; les règles de la pudeur fortifiées par celles de la bienséance nous l'interdisent absolument, à moins toutefois que vous ne soyez, comme l'infortuné Poireau, l'esclave des passions les plus viles.

— Allons, v'là Bérard qui se f... du mossieu ! Ne l'écoutez pas, mossieu ; je vais vous dire où vous avez des chances de rencontrer Poireau. Je l'ai vu, il y a huit jours, sur le banc en face du Gymnase. Il y est peut-être encore.

Naturellement, le malheureux bourgeois se sauve épouvanté.

Il y a ensuite les histoires qu'on fait raconter au modèle, pendant les repos.

Si c'est une femme, il faut qu'elle donne les renseignements les plus précis sur les circonstances dans lesquelles elle a perdu... sa timidité.

Alors les plaisanteries les plus crues se croisent, les propos les plus naturalistes s'échangent. Tout cela sans que, du reste, les gais compères songent à autre chose qu'à la « rigolade ».

Jacques restait étranger à toutes ces folies. Il travaillait comme un nègre, ou plutôt comme un blanc, suivant le mot de Cochinat au vieux Polydore Millaud, et il n'entendait même pas son voisin quand celui-ci hurlait la scie célèbre :

> La peinture à l'huile,
> C'est bien difficile ;
> Mais c'est bien plus beau
> Qu' la peinture à l'eau,

Du reste, ses camarades ne cherchaient pas à le troubler.

Malgré leur apparente légèreté, ils avaient le respect de cet acharnement au travail.

Ils savaient que leur ami était pauvre et qu'il ne pouvait donner que la moitié de son temps à l'étude, et ils se seraient fait scrupule de lui en faire perdre la moindre parcelle.

L'un d'eux ayant un jour, en son absence, et alors qu'on faisait son éloge, émis l'avis que l'atelier devrait le dispenser de la cotisation mensuelle, Bérard le combattit, déclarant qu'on humilierait ainsi gravement Fargueil, et il n'en fut plus question.

Jacques avait donc l'estime et la sympathie de tous ses camarades.

Quelques années s'écoulèrent ainsi.

Pour tout autre, elles eussent été pénibles ; pour le jeune peintre, elles furent pleines de douceur.

Les privations le laissaient indifférent ; il les subissait sans même les remarquer, et on l'eût certainement surpris si l'on se fût avisé de l'en plaindre ou de l'en admirer.

Il vivait tout entier dans le travail, et ses seules distractions consistaient en de longues stations, le dimanche, dans les galeries du Louvre ou du Luxembourg.

Ponnat se sentait de plus en plus de sympathie pour ce jeune homme, silencieux et modeste, qui marchait à son but avec une ténacité héroïque, et quand, au cours de sa visite bi-hebdomadaire à l'atelier, il arrivait à Jacques, il passait de longs instants près de lui, critiquant son travail avec bienveillance, lui en signalant les faiblesses, en louant les qualités, lui donnant des

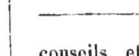

conseils, et, joignant l'exemple au précepte, prenait lui-même le pinceau
pour exécuter une partie des corrections indiquées.

— C'est égal, il te « gobe » joliment, le patron, disait quelquefois à Jacques
son voisin d'atelier.

Jacques sentait, en effet, qu'il inspirait un vif intérêt à l'illustre maître, et
il lui en était profondément reconnaissant.

Ici se place un incident, insignifiant par lui-même, mais dont les conséquences devaient bouleverser dans l'avenir toute la vie de Jacques.

Le maître décorateur chez lequel il travaillait ayant été chargé de la restauration de l'hôtel d'Ambroge, et cette restauration comportant des travaux
d'une assez grande importance et d'une certaine difficulté d'exécution, ce fut
à Jacques qu'il confia la préparation des maquettes qui devaient être soumises
au duc et à la duchesse.

Le jeune homme s'acquitta de cette tâche avec un succès remarquable, et
les premiers cartons présentés furent approuvés avec force éloges.

Sur ces entrefaites, le maître décorateur tomba malade, et ce fut Jacques
qui dut désormais se rendre à l'hôtel d'Ambroge pour y soumettre ses projets et prendre les ordres du duc.

Tantôt il rencontrait celui-ci, tantôt il ne voyait que la duchesse, mais il
était rare qu'il les trouvât tous les deux à la fois.

Du reste, ce n'était guère qu'avec la duchesse qu'il pouvait s'occuper
sérieusement des travaux à exécuter.

Le duc n'avait pas l'ombre du sens artistique ; il ne voyait, il ne sentait
que le joli. Sa femme, au contraire, avait un sentiment très juste de l'art.

Dessinant bien, d'ailleurs, peignant même quelque peu, elle pouvait
donner des avis motivés et comprendre les nécessités du développement
logique des projets de l'artiste.

Elle avait, en effet, senti du premier coup, à la première maquette, que
ce n'était pas un simple ouvrier, mais un véritable artiste qu'elle avait devant
elle.

Les pourparlers et les essais durèrent plusieurs mois, puis, quand tout fut
bien arrêté, l'exécution sur place commença.

Jacques s'était naturellement réservé la partie la plus difficile, la plus
artistique des travaux, c'est-à-dire les figures ; mais, poursuivant le genre de
vie qu'il avait adopté du jour de son entrée à l'atelier Ponnat, il ne paraissait
à l'hôtel d'Ambroge qu'une semaine sur deux.

La duchesse qui visitait fréquemment les travaux, et qui avait vu tout de
suite que ses observations n'avaient d'effet que lorsqu'elle les adressait à

Jacques, s'aperçut bientôt de cette alternance, et, un jour, avec la plus entière bienveillance, elle lui en demanda la raison.

Elle s'imaginait, en effet, que le jeune homme donnait la moitié de son temps à d'autres travaux du même genre, et elle désirait, dût la dépense en augmenter, qu'il n'abandonnât pas un seul jour la direction de ceux de l'hôtel d'Ambroge.

Jacques lui révéla alors la raison pour laquelle il disparaissait périodiquement pendant huit jours. Il le fit simplement, modestement, sans réticences, et, comme cela devait être, la duchesse étant une femme d'intelligence et de cœur, cette confidence lui attira immédiatement ses sympathies.

Certes, Mᵐᵉ d'Ambroge n'avait jamais parlé au jeune homme que sur le ton de la plus bienveillante politesse — ce qui faisait contraste avec le langage hautain du duc — mais de ce jour, son attitude envers lui se modifia d'une façon qui le toucha singulièrement.

Elle le traita absolument comme un homme de son monde, comme un artiste, et elle ne manqua plus jamais l'occasion de lui faire comprendre qu'elle regardait les travaux qu'il dirigeait ou exécutait comme indignes de son talent.

Avec lui, elle ne parlait plus seulement travaux, elle parlait art, et, la pente y conduisant naturellement, la conversation tombait bientôt sur les espérances du jeune homme, sur ses rêves d'avenir, sur ses efforts pour y atteindre.

Ces entretiens ravissaient Jacques, et la duchesse y prenait elle-même, inconsciemment, un plaisir d'une douceur étrange qu'elle ne songeait pas à analyser.

Pourtant, elle eût pu remarquer que durant les semaines d'absence du jeune peintre, sa mélancolie habituelle était plus lourde encore, et que lorsqu'il était présent une partie de sa tristesse s'envolait.

Il est facile de deviner ce qui devait arriver.

D'un côté, il y avait une jeune femme, qui, ainsi qu'on l'a vu plus haut, n'avait jamais représenté qu'une fortune aux yeux de son mari, et qui, presque immédiatement après son mariage, avait été délaissée.

Cette jeune femme, il faut encore le dire, ne s'était guère mariée que pour répondre aux désirs et à l'ambition de son père.

Si encore, la maternité était venue la consoler ! Mais elle n'avait pas eu cette joie pour adoucir ses peines, et, riche, intelligente, belle, faite pour être comprise et aimée, elle était seule dans la vie.

De l'autre côté, un beau jeune homme, au cœur neuf, qui ignorait tout de

La misérable apprit au duc « son malheur ». (Page 85.)

la vie, et que son rêve obstiné avait éloigné de tout ce qui eût pu le distraire du but qu'il s'était imposé.

S'ignorant lui-même, inconscient de son héroïsme, n'imaginant pas qu'on pût songer à l'admirer, il n'en attirait que plus impérieusement l'intérêt.

Ces deux êtres devaient s'aimer, et ils s'aimèrent.

Ils s'aimèrent d'abord sans le savoir eux-mêmes.

Le doux poison était entré en eux goutte à goutte, et il y avait fait sourdement, sans leur donner l'éveil, ses délicieux ravages.

Ils s'aimèrent ensuite sans se le dire, car un jour était venu où, chacun de leur côté, ils avaient fait avec épouvante la découverte de l'état de leur cœur.

Seulement chacun d'eux s'était dit qu'il saurait garder son enivrant et cruel secret.

Quelle audace, d'ailleurs, n'eût-il pas fallu à Jacques Fargueil, l'ouvrier d'aujourd'hui, le petit pâtre de jadis, pour lever les yeux jusqu'à cette belle duchesse, si vertueuse et si noble, qui voulait bien, dans sa grâce bienveillante, s'intéresser à ses efforts, mais qui, si elle eût seulement soupçonné la vérité, l'eût certainement chassé de sa présence !

Oui, certes, il l'aimait.

Il l'aimait passionnément, il l'aimait éperdument, mais il l'aimait honnêtement ; et jamais, — non jamais ! — elle ne soupçonnerait la pure passion qu'elle lui avait inspirée.

Il ne la fuirait pas ; non.

Il irait comme de coutume à l'hôtel d'Ambroge jusqu'à la fin des travaux ; puis il disparattrait, emportant dans son cœur la chère image.

Dans sa pureté, la duchesse avait fait le même périlleux raisonnement.

L'effroi l'avait d'abord saisie, et elle avait tout de suite songé à l'éloignement du jeune homme.

Oui, c'était bien là ce qu'il y avait à faire sur-le-champ. L'hésitation n'était pas permise.

Mais, comment l'éloigner ? Que lui dire ?

Comment lui faire comprendre qu'il devait s'abstenir désormais de venir à son travail quotidien ?

Cela n'était pas possible.

Il y avait, il est vrai, un autre moyen ; c'était qu'elle même, la duchesse, évitât de le rencontrer.

Mais là encore il y avait un danger.

Si, après ses visites journalières aux travaux et ses fréquents entretiens avec le jeune peintre, la duchesse cessait tout à coup de paraître, il ne manquerait pas d'attribuer le fait à un mécontentement quelconque qu'il n'avait pas provoqué, et il en serait justement blessé.

Or, à aucun prix, elle n'eût voulu lui laisser une mauvaise impression.

Le mieux était donc de ne rien changer aux habitudes prises.

Elle était assez forte pour se dominer, pour se contenir. Elle en souffrirait peut-être, mais il ne saurait rien, lui, et le jour où il s'éloignerait, ignorant de l'amour qu'il avait inspiré, le calme rentrerait peut-être dans l'âme qu'il avait inconsciemment troublée.

C'est ainsi que tous deux, s'aveuglant sur leurs forces, allaient au-devant du danger.

Ce qui devait arriver arriva.

Ces deux âmes loyales ne pouvaient se tromper longtemps ; et un jour, sans qu'ils s'en rendissent compte, sans que leur volonté y eût la moindre part, Jacques Fargueil et la duchesse d'Ambroge tombèrent dans les bras l'un de l'autre.

Alors commença pour chacun d'eux une vie de délices et de tourments.

L'un et l'autre en étaient à leur premier amour, et ils s'y précipitaient avec une furie où l'âme avait plus de part que les sens, mais qui ne leur en laissait pas moins de cuisantes amertumes.

Andrée n'avait jamais aimé le duc d'Ambroge, mais elle ne s'en sentait pas moins coupable d'une violation à la foi jurée, que n'excusait pas, à ses yeux, l'indigne conduite de son mari.

Jacques pleurait de rage, lorsque, rentré chez lui, dans sa petite chambre, il pensait qu'un autre était le maître de cette femme qui avait désormais toute sa vie.

On a déjà deviné que, tout entiers à leur passion, les deux amants n'avaient guère su dissimuler. Aussi ne s'était-il pas encore écoulé une quinzaine que déjà la dame de compagnie de la duchesse, cette Mme Angélique que nous avons entrevue au premier chapitre de ce récit, connaissait toute la vérité.

Mme Angélique, qui était dans son sexe le digne pendant de l'honnête M. Gracieux, avait été introduite dans l'hôtel par celui-ci.

Veuve d'un petit officier de fortune — c'est-à-dire sans fortune — qui ne l'avait prise que pour les trente mille francs qu'elle lui avait apportés et dont la plus grande partie avait servi à payer des dettes de café, elle avait conservé du temps de son mariage un triste souvenir, une aigreur profonde.

Le jour où son mari était mort, brûlé par l'absinthe, elle s'était trouvée sans ressources, et n'ayant d'autre perspective qu'une domesticité plus ou moins déguisée.

C'est alors que M. Gracieux, à qui elle s'était fait recommander, lui avait fait obtenir son emploi de dame de compagnie.

Si Mme Angélique n'eût eu une nature foncièrement mauvaise, qu'avaient encore aggravée les déceptions et les misères de sa vie, elle eût été touchée de la bonté de sa maîtresse, de sa douceur, de son affabilité, des égards qu'elle lui témoignait ; mais tout bon sentiment avait disparu de son cœur, et il n'y restait plus que l'envie et la rapacité, qu'elle savait, d'ailleurs, dissimuler sous les dehors les plus obséquieux.

Le jour où, par un entre-bâillement de portière, Mme Angélique surprit le secret de la duchesse, elle crut sa fortune faite.

Il ne s'agissait plus, en effet, que d'exploiter ce secret, et la première question qui se posait était de celle de savoir s'il y aurait plus de profit à servir la duchesse qu'à la trahir.

Il ne pouvait guère y avoir de doute.

En trahissant la duchesse, on serait peut-être récompensé par le duc, mais où cela mènerait-il?

Quand Mme Angélique aurait reçu un billet de mille francs, elle pourrait s'estimer heureuse, et cette aubaine ne se renouvellerait pas.

Tandis qu'en servant la duchesse, c'était autre chose. Une fois que celle-ci se sentirait à la merci de sa dame de compagnie, elle ne pourrait plus se dispenser d'acheter à chaque instant son silence ou sa complicité.

Il y avait là une mine d'or, et il eût fallu être bien inintelligente pour ne pas s'empresser de la mettre en exploitation.

Le parti de Mme Angélique fut bientôt pris, et dès le jour même, elle donnait à entendre à la duchesse, par de discrètes allusions, que M. Jacques Fargueil lui était extrêmement sympathique.

Puis, petit à petit, Mme d'Ambroge n'ayant pas l'air de prendre garde à son manège, elle sut faire comprendre qu'elle savait tout.

La duchesse fut d'abord effrayée, mais à quelques paroles de la mégère qui lui donnait à entendre qu'on pouvait se confier à elle, sa fierté se révolta, et elle signifia à Mme Angélique l'ordre de se taire.

Il lui eût, en effet, souverainement répugné de se confier à cette femme qui s'offrait à jouer un rôle infâme, et son premier mouvement avait été de la congédier, mais elle avait bien vite réfléchi au danger d'un brusque renvoi, et elle s'était résignée à la garder auprès d'elle.

De son côté, Mme Angélique, humiliée de l'insuccès de sa tentative, avait songé tout de suite à s'en venger, et la chose était facile.

La vengeance, il est vrai, ne rapporterait pas autant que les complaisances, si elles avaient été acceptées; peut-être même n'aurait-elle d'autre conséquence pour Mme Angélique que la perte de sa place; mais, n'importe, puisque cette pécore de duchesse, qui, ayant déjà le tort grave d'être jeune, belle et riche, se permettait encore d'être fière, repoussait d'une façon humiliante ses offres de service, elle recevrait une leçon et il lui en cuirait d'avoir rejeté des ouvertures si obligeantes.

En conséquence, Mme Angélique se rendit un soir, en secret, dans l'appartement de M. le duc d'Ambroge, et sollicita l'honneur d'un court entretien.

Avec d'interminables précautions oratoires, entremêlées de protestations de dévouement, la misérable apprit au duc « son malheur ».

Elle s'attendait à une explosion, à des cris de fureur ; mais grand fut son étonnement quand elle vit avec quel calme le gentilhomme avait reçu le choc.

Celui-ci, en effet, n'avait pas sourcillé.

Il avait écouté Mme Angélique avec la plus grande attention, sans l'interrompre, et quand l'horrible vérité lui avait été révélée, il n'avait même pas fait un geste.

Peut-être une tempête grondait-elle en lui ; en tout cas, il avait sur lui-même une puissance infinie, car aucun signe ne s'en manifestait sur son visage.

C'était à croire qu'il ne comprenait pas ; aussi la digne Mme Angélique crut-elle nécessaire de mettre les points sur les i.

Elle n'était pas au bout de ses surprises, car, après avoir paru réfléchir un instant, le duc lui dit d'une voix très calme :

— Madame Angélique, je vous suis très reconnaissant de l'intérêt que vous prenez à mon honneur, et je saurai vous le prouver.

Mais vous comprenez que ce que vous venez de m'apprendre est trop grave pour que je n'aie pas besoin d'une certitude absolue.

Vous avez pu vous tromper...

— Oh ! monsieur le duc...

— Oui, madame Angélique, vous avez pu être dupe d'une apparence, j'ai peine à croire que la duchesse en soit arrivée à oublier ainsi ses devoirs, et avant d'agir, je veux être sûr que tout est bien ainsi que vous me l'affirmez.

J'ai en vous la plus grande confiance, et la démarche que vous venez de faire, alors que vous auriez pu devenir la complice d'une ignominie, redouble encore cette confiance. Aussi vais-je vous charger de surveiller minutieusement la duchesse et celui que vous croyez son complice.

Je sais bien que ce rôle n'aura rien d'agréable, et que vous serez peut-être ainsi obligée d'assister à des scènes qui blesseront votre honnêteté ; mais je fais appel à tout votre dévouement, et, je vous le répète, je saurai le récompenser.

A partir de demain donc, vous aurez l'œil constamment ouvert, sans donner l'éveil bien entendu, et, tous les soirs, vous me rendrez compte de ce que vous aurez vu.

Ce disant, le duc congédia la misérable, après lui avoir mis quelques louis dans la main.

— Enfin !... s'écria-t-il, quand elle fut dehors.

Et il n'y avait pas à s'y tromper, c'était bien la joie qui lui faisait pousser cette étrange exclamation !

Oui, la joie !

Ceci demande explication.

Le lecteur n'a peut-être pas oublié qu'il a été question, au premier chapitre de ce récit, d'un marquis d'Hierville qui devait laisser sa fortune au jeune Jehan d'Ambroge, celui que la duchesse, en refusant de signer les papiers du duc, appelait obstinément : «Mon» enfant.

Ce marquis d'Hierville, qui était immensément riche, était le grand-oncle du duc, ayant épousé Yolande d'Ambroge, la sœur du grand-père de celui-ci.

N'ayant eu qu'un fils, qui s'était fait marin, et qui avait été tué dans un combat naval, le marquis d'Hierville n'avait d'autre héritier que son petit-neveu, le duc d'Ambroge ; mais les folies de celui-ci l'avaient détourné de lui.

Longtemps il avait essayé de l'arracher à sa déplorable existence, mais Christian, qui ne prévoyait pas alors qu'il viendrait un moment où il n'aurait plus d'espoir que dans la succession de son grand-oncle, qu'il traitait de vieille ganache et de vieux radoteur, lui avait un jour gravement manqué de respect, et le marquis d'Hierville avait formellement déclaré qu'il ne lui laisserait pas un sou.

A son mariage, pourtant, il s'était un peu radouci.

Le vieux marquis n'avait pas les sots préjugés de sa caste, et la grâce de la jeune duchesse l'avait tout de suite conquis.

Il l'avait même immédiatement prouvé en lui faisant un présent quasi-royal : il lui avait donné les magnifiques diamants de la marquise, qu'il avait conservés jusque-là comme de précieuses reliques.

Le marquis avait espéré un instant que le mariage allait assagir son petit-neveu ; mais il ne tarda pas à perdre cette illusion, et quand il fut bien démontré que la très grande fortune apportée par la jeune femme finirait par être dévorée par son mari, le marquis renouvela sa déclaration.

— Jamais, dit-il au duc, tu n'auras ce que je possède. Je veux bien toutefois le laisser à tes enfants, si tu en as, mais mon testament sera formel. Tes enfants seuls hériteront de moi. Je n'entends pas qu'après t'être follement ruiné et avoir criminellement ruiné ta femme, tu voles encore à tes enfants ce que je puis leur laisser.

Cette déclaration avait fait sourire le duc, car, que ce fût à ses enfants ou à lui qu'échût l'héritage, il n'en serait pas moins à sa disposition. C'est lui qui, comme administrateur légal, en toucherait les revenus, et s'il était jamais nécessaire d'en vendre quelque chose, M. Gracieux saurait bien passer à travers les mailles du Code.

Tout était donc pour le mieux.

Il est vrai que l'enfant ou les enfants étaient encore à venir ; mais ce n'était là qu'un détail.

Le mariage datait bien déjà de quelques années, mais est-ce qu'on ne voit pas souvent les enfants ne venir qu'au bout de trois, quatre ou cinq ans ?

Il n'y avait qu'à attendre,... en s'y prenant toutefois de façon à hâter l'événement.

Le duc attendit donc tranquillement et avec confiance, mais un an se passa sans qu'aucun symptôme annonçât que le vieux marquis d'Hierville aurait un héritier.

Quelque infatué qu'il fût de sa personne, le duc commençait à douter de lui-même.

Il consulta des médecins, des charlatans plutôt, qui, chacun à leur tour, lui promirent le succès ; mais une nouvelle année s'écoula sans que la situation fît mine de se modifier.

Il se décida alors à en appeler à la science d'un des professeurs de la Faculté, qui, après l'avoir confessé, lui déclara nettement, brutalement, que tel accident de sa jeunesse dont il venait de faire l'aveu, le condamnait, sans recours possible, à mourir sans enfants.

Ce fut un coup terrible.

Toutes les espérances du duc se trouvaient ainsi renversées.

La fortune de son grand-oncle lui échappait.

Une fureur sourde, une rage sombre s'emparèrent du gentilhomme ; mais l'accès passé, il envisagea d'un œil froid la situation.

Il ne fallait pas songer à amener le marquis d'Hierville à modifier sa détermination. Le vieillard n'avait qu'une parole et il l'avait donnée.

Son testament était déjà fait et il portait que sa fortune appartiendrait aux enfants du duc d'Ambroge, ou qu'elle reviendrait à des collatéraux éloignés, nommément désignés dans l'acte.

Pas d'enfant, pas d'héritage.

Or, l'homme de la science l'avait dit, et il n'avait pu se tromper, le duc d'Ambroge ne pouvait être père.

La situation paraissait, comme on voit, inextricable.

C'est alors qu'une pensée infernale, monstrueuse, si avilissante que le duc la rejeta d'abord comme honteux de l'avoir eue, germa dans le cerveau enfiévré de cet homme, qui n'avait plus qu'un seul dieu, qu'une seule croyance, qu'un seul amour, l'argent.

Mais il eut beau la chasser ; elle revint, l'ignoble pensée.

Elle revint, obsédante, affolante, et en quelques heures, elle avait vaincu le duc, qui l'acceptait comme une planche de salut.

— Oui, se disait le misérable gentilhomme, je ne puis avoir un enfant... mais, ma femme... peut en avoir !...

Cette monstrueuse possibilité admise, il n'y avait plus qu'à dresser un plan, et ce fut l'affaire de quelques minutes.

Ce plan était, d'ailleurs, des plus simples.

Il consistait uniquement à faire une douce violence aux goûts de la duchesse, à l'entraîner dans le monde, dans les fêtes qu'elle n'aimait guère, et à laisser faire le hasard et le temps.

Le duc n'était pas sans savoir que sa femme ne l'aimait pas, et qu'elle ne faisait que le subir ; et il se disait, par conséquent, qu'elle était dans les meilleures dispositions pour se laisser aller à écouter les galanteries qu'on ne manquerait pas de lui débiter.

Il lui faisait l'honneur de la croire vertueuse, mais il croyait aussi que la vertu avait des bornes, et il n'imaginait pas que cette vertu pût résister à un amour qui serait le premier.

Il lui laisserait, d'ailleurs, la liberté la plus entière, ne la surveillant que pour s'assurer qu'elle tomberait bien dans le piège.

Justement l'hiver arrivait avec ses dîners, ses bals et ses fêtes de chaque jour, et le duc, rompant avec ses habitudes des années précédentes, témoigna à sa femme le désir de la voir l'accompagner dans le monde plus fréquemment qu'elle ne l'avait fait jusque-là.

La duchesse fit quelques objections, puis elle se soumit.

Pendant tout l'hiver, le duc et la duchesse d'Ambroge furent de toutes les fêtes, et la surprise en fut générale.

On se dit que la jeune femme, qu'on avait regardée jusque-là comme un peu sauvage, s'était enfin humanisée, mais, comme elle était la grâce et la douceur même, elle devint l'idole de tous les salons.

Entourée, elle l'était par tout ce que le monde où on la voyait comptait d'hommes distingués ou de jeunes gens élégants, et c'était à qui obtiendrait d'elle un regard.

Jamais reine n'eut une cour plus brillante, et il est certain que si la jeune femme n'eût pas été un esprit supérieur, toutes ces adulations l'eussent inévitablement grisée.

Mais, on l'a dit, c'était un esprit rare, une âme pure et un cœur ferme ; et l'essaim qui tourbillonnait autour d'elle lui causait plus d'ennui que de plaisir.

Les ignobles calculs du duc se trouvaient donc déjoués.

En entendant sa condamnation, Jacques pâlit affreusement. (Page 96.)

Il avait eu beau surveiller, il n'avait rien surpris qui pût lui donner... de l'espoir.

C'était à s'arracher les cheveux.

Il y avait bien encore la vie de château, qui pouvait amener un heureux hasard, mais l'été s'écoula sans apporter aucune espérance au noble duc.

Puis l'hiver revint et, avec lui, ses fêtes ; mais, pas plus que pendant la saison précédente, la duchesse ne parut faire attention aux hommes qui se pressaient autour d'elle.

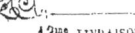

Le duc perdit tout espoir, et, pour un moment, parut renoncer à la poursuite de son but.

Il avait, en tout cas, repris son existence ordinaire, et la duchesse était de nouveau laissée à sa solitude ; ce qui, du reste, lui convenait beaucoup mieux que le bruit des fêtes.

C'est à cette époque qu'avaient été entrepris les travaux de restauration du vieil hôtel d'Ambroge.

Le salut allait venir d'où le duc ne l'attendait guère, et le lecteur doit maintenant comprendre le calme qui avait si fort étonné Mᵐᵉ Angélique, et la joie si singulière contenue dans l'exclamation du duc.

Comme cet industriel ingénieux qui, reculant les limites de l'art de la réclame, imprimait en tête d'une gigantesque affiche : « Enfin ! nous avons fait faillite ! » le duc d'Ambroge, pouvait s'écrier :

— Enfin ! Je suis... trompé !

C'était, en effet, la fortune qui lui souriait de nouveau, après lui avoir tenu rigueur.

Et cette imbécile de dame de compagnie qui s'imaginait qu'il allait faire un éclat !

Ces petites gens ! quelles brutes !

Le duc souriait, ravi.

Ah ! Ah ! madame la duchesse d'Ambroge a enfin un amant ? Eh bien ! mais, et cette vertu triplement fortifiée contre laquelle ont échoué tous les bons amis du duc, qu'est-ce que nous en avons donc fait ?

Par exemple, les bons amis seraient joliment humiliés s'ils savaient pour quel intéressant amoureux ils ont été dédaignés.

Ah ! mes bons, vous vous figuriez éblouir Mᵐᵉ la duchesse avec vos élégances ? Erreur, très chers, erreur. La duchesse d'Ambroge est une démocrate. Mam'zelle Grandlieu a bien voulu entrer dans votre monde, dans le nôtre, mais son cœur est resté avec le peuple, avec le bon, avec le courageux, avec le magnanime peuple.

C'est la loyale étreinte d'une main plébéienne qu'il lui faut, à la belle duchesse.

Du reste, pas déjà si bête le choix de la duchesse.

Les gentilshommes de notre temps sont évidemment d'une distinction raffinée, et il n'en est pas un qui ne sache mener le cotillon avec une grâce suprême ; mais on ne mène pas toujours le cotillon, et il y a des moments dans la vie où les talents de ces messieurs sont peut-être... un peu mièvres.

Dans ces moments-là, la vigueur d'un enfant du peuple a peut-être quelques avantages sur la grâce du petit baron, hé! hé!

Oui, décidément, la duchesse avait eu raison. Après tout, il n'était pas mal, l'individu qu'elle avait choisi. Il avait l'air solide, le gaillard, et le duc jouerait vraiment de malheur s'il ne devenait pas père avant la fin de l'année.

Par exemple, il fallait veiller à ce que rien n'entravât les chastes amours de la vertueuse duchesse et du plus beau des peintres décorateurs!

Pourvu que Mᵐᵉ Angélique, dans son zèle, n'allât pas faire la bêtise de leur donner l'éveil!

Il ne manquait plus que cela, que cette affreuse femelle eût découvert le pot-aux-roses! Cela avait eu, il est vrai, l'avantage d'en permettre la révélation au duc, mais, quoi! est-ce qu'il était bien indispensable qu'il sût? Est-ce que l'événement... désiré s'en fût moins produit pour cela?

Dame Angélique devenait, au contraire, fort gênante, car, devant l'inertie du duc, elle finirait par deviner quelque chose, et alors, il faudrait peut-être acheter cher un silence qu'elle ne garderait probablement pas.

D'ailleurs, ce n'était pas de cela qu'il fallait se préoccuper, et la situation était, en réalité, trop belle, trop pleine d'espoir, pour qu'on s'irritât inutilement des inconvénients minuscules qu'elle pouvait avoir.

Le point important, le point capital, c'est que la duchesse avait un amant, et que toutes les chances étaient pour que cet amant ne fût pas dans la position de santé du duc.

C'est dans ces nobles pensées et après ce chevaleresque monologue que M. le duc d'Ambroge, un des plus grands seigneurs du beau pays de France, se mit, pour se coucher, entre les mains de son valet de chambre.

Un quart d'heure après, il rêvait qu'il prenait possession de la fortune du marquis d'Hierville, et qu'il achetait un hôtel et pour cent mille francs de diamants à la petite Tata des Bouffes.

CHAPITRE IX

Ce qu'aurait pu dire Mᵉ Domange, avocat d'office,... s'il l'avait su. (Suite).

L E lendemain matin, au déjeuner, le duc d'Ambroge fut envers sa femme d'une amabilité inusitée.

Jamais il ne s'était enquis de sa santé avec autant d'empressement, et, pendant tout le repas, il l'entoura de prévenances qu'elle n'avait guère connues que dans les premiers mois de son mariage.

Cette manière d'être, succédant tout à coup à une certaine froideur, éveilla l'attention de la duchesse.

Cependant elle ne l'inquiéta pas.

Mᵐᵉ d'Ambroge se dit que son mari avait probablement des embarras d'argent, qu'il avait perdu au cercle, qu'un créancier se montrait exigeant, et que cette amabilité soudaine était la préface probable de la demande d'une signature.

Toute la journée elle s'attendit à cette demande, mais le duc qui avait quitté l'hôtel après le déjeuner n'y reparut que très tard dans la soirée.

En rentrant, il se rendit dans l'appartement de sa femme, et, dès les premiers mots, celle-ci comprit qu'il entendait y passer la nuit, ce qui ne lui était pas arrivé depuis des mois.

La duchesse essaya de l'écarter; elle prétexta une grande fatigue, une indisposition, mais M. d'Ambroge avait son siège fait, et il ne parut pas prendre garde aux objections de sa femme.

On devine bien, sans qu'il soit besoin d'y insister, le hideux motif qui amenait le duc dans la chambre à coucher de Mᵐᵉ d'Ambroge.

Il voulait avoir le droit de ne pas s'étonner le jour où se produirait l'événement qu'il avait si longtemps préparé, et qui allait, selon toutes probabilités, sortir d'un bienheureux hasard.

Il fallait que la duchesse crût qu'il s'attribuait de bonne foi la paternité de l'enfant qui pouvait survenir, et c'est pour cela qu'il lui imposait une présence désormais mille fois plus odieuse qu'elle n'avait jamais pu l'être.

Ce que le duc attendait se produisit.

La duchesse sentit un jour qu'elle était mère, et bien que l'enfant qu'elle portait dans son sein fût le fruit de l'adultère, elle en ressentit une joie immense.

Aucune crainte, du reste, ne pouvait lui venir.

D'abord elle n'avait rien à redouter de son mari, puisqu'on vient de le voir, celui-ci s'était arrangé de façon à ne pouvoir décliner sa paternité officielle.

Ensuite, les choses ne se fussent-elles pas passées ainsi qu'elle n'était pas femme à reculer devant les conséquences de la situation.

Certes, puisque tout pouvait se passer sans scandale, il y eût eu folie à le provoquer ; mais la duchesse était bien décidée à ne pas dire un mot qui fût un mensonge.

Quand le moment en fut venu, elle annonça simplement au duc qu'elle allait être mère ; mais elle resta glacée devant la joie que celui-ci crut devoir manifester bruyamment, et que, du reste, pour le motif que nous connaissons, il éprouvait réellement.

Le duc affectait de répéter sans cesse : « Notre enfant... »

La duchesse disait : « Mon enfant... »

M. d'Ambroge sentait fort bien la nuance, mais il entrait dans son plan de ne pas comprendre, et il ne comprenait pas.

Jamais jeune mère en expectative ne fut entourée de plus de soins que la duchesse. Le duc passait maintenant auprès d'elle de longues heures, veillant, on peut dire ici le mot, sur son trésor, car l'enfant que Mme d'Ambroge portait dans son sein, c'était la fortune de l'oncle d'Hierville.

Ah ! si la duchesse avait pu soupçonner ce qui se passait dans l'âme de son mari, de quel insurmontable dégoût n'eût-elle pas été prise !

Mais elle ne savait rien, et même, quoiqu'elle n'eût pour lui aucune espèce d'affection, si légère qu'elle pût être, elle se prenait quelquefois à le plaindre.

Les couches de la duchesse furent excellentes, et ce fut avec d'indicibles transports qu'elle couvrit pour la première fois son fils de baisers et de larmes.

Mais quelque chose manquait à son bonheur.

Jacques n'était pas là pour embrasser son enfant.

Il devait errer anxieusement dans le voisinage, attendant, fiévreux, l'ineffable nouvelle, pendant que le faux père, feignant la joie, caressait hypocritement la petite créature qu'il savait bien n'être pas sortie de lui.

Pauvre Jacques ! Il s'en allait comme un fou, s'étreignant le cœur, le long des grands hôtels du Faubourg, et heurtant du pied les pavés inégaux.

Parfois, il s'arrêtait, l'oreille tendue, comme s'il eût entendu les cris de douleur d'Andrée ou le premier vagissement de son enfant, et alors, alors, un sanglot soulevait la poitrine du pauvre garçon, qui, les yeux pleins de larmes, reprenait, en trébuchant, sa course sans but !

Un mois durant, il supporta cet effroyable supplice de ne pas même apercevoir le doux petit être qui était sa chair et qu'il eût voulu dévorer de baisers ; puis le jour arriva enfin où il put, pendant une fugitive minute et à la dérobée, s'emplir les yeux de la douce vision.

Les années qui suivirent la naissance du petit Jehan furent des années d'un bonheur presque sans mélange pour Andrée et pour Jacques.

Le duc ne s'occupait plus de sa femme ; elle lui avait donné ce qu'il en attendait, et il était satisfait.

Il lui montrait, lorsqu'ils se rencontraient, les plus galants égards, mais cela n'allait pas plus loin, et il lui laissait une liberté absolue.

Mᵐᵉ Angélique surveillait toujours la duchesse, et continuait à instruire le duc de tous les secrets et de toutes les démarches qu'elle pouvait surprendre ; mais, à la joie bruyante affichée par celui-ci lors de l'accouchement de la duchesse, elle avait compris de quoi il retournait, et elle s'acquittait maintenant de son office sans s'étonner de l'indifférence de ce singulier mari.

Quant à Andrée, elle profitait de la liberté sans limites que lui laissait le duc pour consacrer à Jacques tous les moments dont elle pouvait disposer aux heures où celui-ci n'était pas à son travail.

Le jeune peintre avait quitté sa mansarde pour un petit atelier bien éclairé et pourvu d'une modeste chambre qui lui suffisait.

Il avait meublé le tout simplement, mais avec goût, et c'était là qu'Andrée, imaginant un prétexte quelconque pour se débarrasser de la gouvernante de l'enfant, apportait celui-ci aux baisers de son père.

Trois années passèrent vite ainsi.

Jacques travaillait le cœur gai. Ponnat le félicitait sans cesse de ses efforts et de ses progrès ; il avait fait admettre au Salon un portrait qui y avait honorablement figuré, et si, les commandes étant encore trop rares, il était obligé de travailler pour l'engeance rapace des marchands, du moins, pouvait-il entrevoir le moment où le public le connaîtrait et l'apprécierait.

Jacques et Andrée se laissaient donc aller à leur bonheur, ignorants de la catastrophe qui se préparait.

Un soir, le jeune peintre reçut, apporté par un commissionnaire, un billet écrit avec un gros crayon et dont l'écriture, rapide, heurtée, était méconnaissable.

Ce billet, qui n'était pas signé, était ainsi conçu :

« Viens ce soir, à onze heures et demie. Il faut absolument que je te voie. »

Cet appel surprit Jacques.

Il n'allait jamais à l'hôtel d'Ambrege, bien que la duchesse lui eût donné les moyens de pénétrer secrètement jusqu'à son appartement qui donnait sur des jardins, et il fallait, par conséquent, qu'il y eût urgence pour qu'il fût mandé ainsi d'une façon pressante.

Il n'eut cependant aucune défiance. Le billet, il est vrai, n'était pas signé, et il n'en reconnaissait pas l'écriture ; mais, d'abord, la duchesse ne pouvait signer un billet confié à un commissionnaire, et ensuite toutes les écritures au crayon se ressemblent.

A l'heure dite, Jacques se rendit chez la duchesse, qui ne comprit rien à sa visite, et qui lui apprit immédiatement que le billet n'était pas d'elle.

Il était donc à présumer qu'un piège avait été tendu au jeune homme, et il n'y avait qu'à se retirer sur-le-champ ; mais au moment même où Jacques prenait congé d'Andrée, le duc frappait à la porte de la chambre de sa femme.

Le lecteur sait le reste.

C'était bien, en effet, un piège qui avait été tendu par le duc, mais il n'avait pas eu le succès qu'en attendait son auteur, qui n'avait songé d'abord, comme l'avait bien compris Jacques, qu'à profiter de la terreur de la duchesse pour la faire consentir à la vente de ses dernières propriétés.

Voilà ce que le jeune avocat, M⁰ Domange, eût pu dire aux jurés, mais il l'ignorait complètement, et, d'ailleurs, Jacques Fargueil l'en eût empêché.

Aussi se borna-t-il à un plaidoyer classique, qui ne souleva pas même un coin du voile, et dans lequel il ne s'attacha qu'à obtenir le bénéfice des circonstances atténuantes.

Son client avait dû succomber à un instant d'égarement, mais tout son passé plaidait pour lui, et les jurés sauraient, dans leur sagesse, faire la part des faiblesses humaines.

Deux ou trois fois, Jacques Fargueil essaya d'interrompre M⁰ Domange, mais celui-ci voulait faire son devoir jusqu'au bout, encouragé dans sa tâche par les approbateurs hochements de tête de la Cour et l'attention des jurés.

Interrogé sur la question de savoir s'il n'avait rien à ajouter pour sa défense, Jacques se borna à déclarer qu'il désavouait tout ce qu'avait dit son avocat, et qu'il n'avait qu'à répéter qu'il n'était point un voleur.

Les débats furent clos.

Le jury se retira dans la salle de ses délibérations, et, un quart d'heure après, il en rapportait un verdict aux termes duquel la Cour condamnait Jacques Fargueil à trois ans de prison.

En entendant sa condamnation, Jacques pâlit affreusement, et on le vit, d'un mouvement brusque, porter ses mains à son cœur, mais il se remit bientôt, et ce fut d'un pas ferme, le front haut, qu'il sortit entre ses deux gardiens.

CHAPITRE X

Disparu!

ES journaux, en racontant le drame de l'hôtel d'Ambroge, n'avaient pu donner le nom du « voleur », et l'arrestation de Jacques Fargueil était, par conséquent, restée d'abord inconnue à l'atelier Ponnat.

Justement, du reste, le guet-apens avait été tendu au jeune homme le dernier jour de la semaine consacrée à l'étude ; de sorte que, pendant huit jours au moins, ses camarades ne pouvaient s'attendre à le voir.

Mais quand revint le lundi, son absence fut tout de suite remarquée.

Ce fut Sésostris qui en fit le premier l'observation.

— Tiens, fit-il, on ne voit pas Fargueil ce matin.

— C'est vrai, répondit Bérard, qu'est-ce que cela veut dire?

— Il est peut-être malade, opina Gunsberg.

— Ça doit être cela, en effet, reprit Sésostris, car c'est la première fois qu'il lui arrive de manquer sa semaine. Je passerai chez lui après la séance.

Il y passa, comme il l'avait dit, mais à son grand étonnement, la concierge lui déclara qu'elle n'avait pas vu le jeune homme depuis une dizaine de jours, qu'il était parti un samedi soir sans rien dire, et qu'il n'avait pas reparu.

— Il est peut-être en voyage, remarqua Sésostris.

— Je ne crois pas, monsieur, car il n'aurait pas manqué de me le dire. Du reste, il n'emportait rien.

— Avait-il l'air préoccupé?

— Non. Il avait sa figure de tous les jours. Voyez-vous, monsieur, moi, je crois qu'il lui est arrivé un accident.

— ... J'étais en train d'écumer le pot-au-feu... — (Page 100.)

— Qu'est-ce qui vous fait penser cela?

— Rien; c'est une idée.

— Êtes-vous montée chez lui depuis son départ?

— Bien sûr. J'ai fait le ménage tous les jours, comme d'habitude.

— Et le dimanche qui a suivi sa disparition, vous n'avez rien remarqué de particulier chez lui? Tout y était en ordre?

— Oui, monsieur. On voyait seulement qu'il avait changé de linge et de vêtements avant de partir, comme s'il allait faire une visite. J'ai pensé qu'il avait voulu coucher dehors, et c'est seulement le lendemain que j'ai commencé à être inquiète.

Je serais bien allée demander à son atelier, à côté, si on l'avait vu ; mais d'abord j'ai craint que la démarche ne lui déplût, et ensuite je savais qu'il ne devait **pas y aller de toute la semaine.**

Si **vous** n'étiez pas venu aujourd'hui, monsieur, — car je vous connais bien, je **vous** ai vu assez souvent avec M. Fargueil, — je me serais décidée à aller **vous trouver.**

Voyez-vous, comme je vous le disais tout à l'heure, ça n'est pas naturel. Pour **sûr,** il lui est arrivé **quelque** chose.

— Est-ce qu'il découchait **quelquefois** ?

— **Jamais,** monsieur... **On venait le voir.**

— Qui cela, on ?

— **Eh bien, dame,** il avait une connaissance, M. Fargueil.

— Ah ! il venait une dame chez lui ?

— Oui, monsieur, et, vous savez... ça avait **l'air d'une grande dame.**

Sésostris sourit, quoiqu'il fût loin d'être **gai.**

— **Comme je vous le dis,** monsieur, reprit **la** concierge dont la langue se déliait, **une grande dame,** et une vraie, vous **pouvez me croire.**

D'abord, elle était toujours mise simplement, mais, vous savez, c'était du beau !

Et son **bébé,** c'est **lui qui était joliment arrangé. Rien que des** dentelles, le pauvre chérubin.

— Cette dame **apportait** un enfant chez M. **Fargueil** ?

— Tiens, qu'est-ce qu'il y a de drôle, si c'était à **lui,** cet enfant ?

— Vous croyez qu'il était à lui ?

— J'en suis sûre, monsieur.

— Sûre ?

— Tout ce qu'il y a de plus sûre, puisque j'ai entendu...

Et comme la concierge s'arrêtait, Sésostris questionna :

— Qu'est-ce que vous avez entendu ? Vous pensez bien que ce n'est pas par simple curiosité que je vous demande cela. Puisque vous me connaissez, vous savez que je suis l'ami de Fargueil, et vous devez comprendre que je suis inquiet. Dans les renseignements que vous pouvez me donner, il y a peut-être quelque chose qui nous mettra sur sa trace.

Parlez donc sans crainte, madame Forgeot, — vous voyez que je vous connais aussi, moi, — et s'il y a indiscrétion, eh bien ! on ne pourra pas dire que nous avons de mauvaises intentions.

— Vous avez raison, monsieur, reprit la concierge, et je vais vous dire le peu que je sais.

Oui, je suis sûre que M. Fargueil est le père du bébé qu'apportait la dame, parce qu'une fois j'ai entendu — sans le vouloir — ce qui se disait dans l'atelier. M. Fargueil pleurait ; il sanglotait même, et la dame lui disait, en pleurant aussi : « Allons, ne pleure pas, mon ami, embrasse ton enfant. »

Du reste, j'avais déjà vu cette dame. Avant d'avoir son enfant, elle venait déjà chez M. Fargueil.

— Vous disiez tout à l'heure, madame Forgeot, que cette personne était une grande dame.

— Oh ! pour ça, monsieur, il n'y a pas de doute, parce que quand elle causait avec M. Fargueil j'entendais quelquefois des mots comme ceux-ci : A l'hôtel... le duc... ma voiture.

Et même, sa voiture, mon mari l'a vue un jour qu'il sortait de la maison en même temps qu'elle. Elle a remonté la rue, elle a pris le boulevard, et, sur la place Pigalle, elle est montée dans un beau coupé qui l'attendait.

On comprend que ces renseignements ne faisaient guère la lumière sur la disparition de Jacques, mais ils n'en intriguaient que plus vivement son ami ; aussi questionna-t-il encore longtemps Mme Forgeot.

Malheureusement, elle n'en savait guère plus long que ce qui vient d'être dit.

Un peu moins indiscrète que l'immense majorité des chevalières du cordon, elle n'avait écouté aux portes que quelquefois, et le hasard des conversations entendues ne lui en avait pas appris davantage.

En la quittant, Sésostris lui recommanda de le prévenir immédiatement si elle apprenait quelque chose, lui promettant à son tour de la tenir au courant de ce qu'il pourrait savoir.

Le lendemain, à l'atelier, le massier apprit à ses camarades que Fargueil avait disparu de son domicile depuis dix jours, et que sa concierge n'en avait plus entendu parler.

Il ne leur raconta pas, naturellement, les diverses particularités que son entretien avec la concierge lui avait révélées, mais il exprima l'opinion que leur ami avait dû être la victime d'un accident.

Un des élèves émit l'avis qu'on devrait avertir le commissaire de police du quartier afin qu'il pût faire faire des recherches, mais le sentiment général fut qu'il convenait d'attendre encore, Jacques ayant pu avoir des raisons pour s'absenter une quinzaine, sans juger à propos d'en avertir personne.

Deux jours se passèrent dans la même incertitude, et peut-être allait-on se décider à recourir au commissaire, quand, dans le courant de la matinée du troisième jour, Mme Forgeot se présenta la figure toute bouleversée à l'atelier et demanda à parler à M. Grimpard.

Sésostris se montra aussitôt et, du premier coup d'œil, vit que la concierge de son ami avait de mauvaises nouvelles.

— Eh bien! madame Forgeot, qu'est-ce qu'il y a?

— Venez vite, monsieur, je vais vous dire cela.

Tout l'atelier s'était levé, comprenant qu'il s'agissait de Fargueil, mais la bonne femme entraîna vivement Sésostris au dehors.

A peine avaient-ils franchi le seuil, qu'elle lui disait sans préambule :

— M. Fargueil est arrêté !

— Arrêté?

— Oui, monsieur, arrêté ! Je viens de l'apprendre à l'instant.

— Mais pourquoi est-il arrêté?

— Pour vol.

Sésostris partit d'un éclat de rire. Effrayé d'abord en apprenant l'arrestation de son ami, le mot de « vol » l'avait subitement rassuré. Ce ne pouvait être qu'un conte en l'air qu'on avait débité à la naïve concierge.

Mais celle-ci ne lui laissa pas le temps de prendre la parole.

— Ne riez pas, monsieur, s'écria-t-elle ; c'est bien pour vol que M. Fargueil est arrêté.

— Mais c'est impossible !

— C'est ce que j'ai dit d'abord, mais il n'y a pas de doute.

— Comment le savez-vous?

— Justement, monsieur, c'est ce que je voulais vous dire; mais je ne sais plus où j'en suis.

Figurez-vous que j'étais tout à l'heure en train d'écumer tranquillement le pot-au-feu, quand un individu que je ne connaissais pas entre dans la loge.

— Bonjour, madame, qu'il me dit, est-ce que c'est bien ici qu'habite un nommé Fargueil?

Oui, c'est ici que je lui réponds, seulement vous pourriez bien dire monsieur Fargueil ; ça ne vous écorcherait pas la bouche.

C'est bon, qu'il me dit ; il est joli, votre monsieur.

Il allait continuer, mais vous comprenez, la moutarde me monte au nez, et je lui dis : Ah ! çà, qui donc que vous êtes, vous, et qu'est-ce que vous venez f...aire ici?

Allons, allons, qu'il me répond, ne nous emportons pas, nous nous en porterons mieux ; je suis un inspecteur de la sûreté, et je suis envoyé par le juge d'instruction pour prendre des renseignements sur votre locataire, qui s'est fait pincer.

M. Fargueil... fait pincer... qu'est-ce que vous me chantez?

Je ne vous chante rien, ma bonne femme ; votre M. Fargueil est à l'ombre à l'heure qu'il est depuis bientôt quinze jours. Seulement si vous n'en avez pas entendu parler plus tôt, c'est qu'il n'y avait pas moyen de l'interroger, à cause de sa blessure...

— Sa blessure? interrompit anxieusement Sésostris.

— Oui, monsieur, reprit la bonne femme en s'essuyant les yeux, M. Jacques est blessé.

L'agent m'a dit qu'il avait été surpris la nuit, au moment où il allait voler des diamants, et que le maître de la maison lui avait tiré un coup de pistolet dans la tête.

On avait cru d'abord qu'il était mort, mais, heureusement, il n'était que blessé, et il paraît qu'il est sauvé, et qu'on a commencé à l'interroger.

Pendant que la concierge parlait, les yeux du pauvre Sésostris s'emplissaient de larmes.

Il ne comprenait rien à cette terrible aventure ; mais pas une seconde il ne lui vint à l'esprit que son ami pouvait être coupable.

Jacques, un voleur ! Allons donc !

Mais quel drame y avait-il là-dessous ?

— Vous a-t-on dit où il est, madame Forgeot? demanda Sésostris.

— Vous pensez bien, reprit la concierge, que j'ai tout de suite questionné l'homme, mais il m'a rembarrée en me disant : Ce n'est pas tout ça ; je ne suis pas venu chez vous pour que vous m'interrogiez. C'est moi, au contraire, qui vais vous poser des questions, et je vous engage à y répondre sérieusement. Vous savez, il ne faut pas badiner avec la justice.

Bref, il avait l'air de vouloir m'intimider, mais, moi, je ne perds pas la carte, et je lui dis tranquillement qu'il pouvait commencer.

Alors, le voilà qui me fait un tas de questions sur M. Jacques : combien il y a de temps qu'il est dans la maison ; où il travaille ; ce qu'il gagne ; s'il paye bien ; s'il a des créanciers ; s'il va au café ; s'il se dérange ; s'il reçoit souvent des lettres ; s'il vient des femmes chez lui.

Par exemple, là-dessus, je n'ai rien dit. Si M. Jacques a une connaissance ça ne regarde pas la justice. Quel rapport ça peut-il avoir avec son affaire ? Est-ce que j'ai bien fait, monsieur Grimpard ?

— Oui, madame Forgeot, vous avez très bien fait. Il faut être prudent, et si on revient encore vous questionner, ou si on vous appelle chez le juge d'instruction, ne parlez pas du tout de la dame qui venait chez Jacques.

— C'est entendu, monsieur Grimpard.

— Et l'agent? Il ne vous en a pas appris davantage sur le compte de Jacques?

— Non ; j'ai eu beau essayer de le faire parler, il n'y a pas eu moyen. Il écrivait sur un calepin tout ce que je lui disais — et vous pensez, monsieur, si j'ai donné de bons renseignements : la vérité, quoi ! — et quand il a eu fini, il est parti en me disant que je serais peut-être appelée comme témoin.

C'était tout ce que savait la bonne femme, et elle ne pouvait en dire davantage.

Sésostris la quitta donc, en lui demandant de l'avertir immédiatement si quelque chose de nouveau se produisait, et il s'en retourna tristement à l'atelier, où il savait qu'on l'attendait avec impatience.

CHAPITRE XI

Aristide Grimpard, dit Sésostris.

ROFITONS de ce que l'ami de Jacques retourne à l'atelier, où il est si anxieusement attendu, pour esquisser rapidement son portrait physique et moral.

Aussi bien, est-il nécessaire que le lecteur le connaisse, car il reparaîtra à plusieurs reprises au cours de l'action.

Aristide Grimpard, dit Sésostris, était un petit homme d'une quarantaine d'années, blond et chauve, qu'on s'étonnait à première vue de voir dans un atelier de jeunes gens, dont il aurait pu être le mentor plutôt que le camarade.

D'où lui venait ce surnom bizarre de Sésostris, contre lequel on lui avait changé son prénom d'Aristide — ce à quoi il n'avait guère perdu — et sous lequel il était uniquement désigné dans les ateliers de Montmartre?

La plupart de ses camarades eussent été fort embarrassés pour le dire, mais Jean Bérard, qui était curieux, avait fait des fouilles, et avait fini par apprendre qu'au temps de ce qu'il appelait sa prime jeunesse, alors qu'il fréquentait l'atelier du vieux Couture, Aristide Grimpard avait perpétré un *Sésostris assistant à l'inauguration d'un obélisque, à Luxor, en 1402 avant Jésus-Christ*, qu'il avait triomphalement convié ses camarades à venir admirer, et qui avait excité chez eux un tel accès de fou rire, que le malencontreux tableau en était devenu légendaire.

Des pèlerinages avaient été organisés d'atelier à atelier pour aller admirer le chef-d'œuvre, et quinze jours ne s'étaient pas écoulés que le nom de Sésostris était devenu célèbre sur toutes les pentes de Montmartre et même en certains coins des tranquilles Batignolles.

Petit à petit le souvenir du tableau s'était effacé, mais le surnom était resté, et il faut dire que l'ami Grimpard le portait joyeusement.

C'était un gai compagnon.

De talent, il n'en avait guère, mais il avait eu la chance de venir au monde avec une assez jolie fortune, et la peinture était pour lui surtout un passe-temps.

Il n'allait pas à l'atelier pour peindre, quoiqu'il y peignît avec autant d'ardeur que les camarades; inconsciemment il y allait pour y aller, c'est-à-dire pour y respirer une atmosphère à laquelle il s'était accoutumé.

Il lui fallait le mouvement, le bruit, les lazzis, les chants de l'atelier.

Et puis, comme, à l'unanimité, il avait été, dès la création de l'atelier, promu aux importantes fonctions de massier, il se sentait investi d'une mission qu'il remplissait avec une exactitude, avec une ponctualité scrupuleuses.

C'était lui qui recevait les cotisations, qui payait les modèles, qui s'occupait du loyer, du chauffage, de l'éclairage, de l'entretien de l'atelier. C'était lui, en un mot, qui avait le soin de tous les petits intérêts matériels du phalanstère artistique.

Ces grosses petites affaires l'absorbaient, et sans cesse il se plaignait des tracas insupportables qu'elles lui causaient, des courses effrayantes auxquelles elles l'obligeaient, si bien que Bérard, qui aimait à le taquiner, lui proposait quelquefois de demander l'élection d'un autre massier.

La proposition faisait bondir Sésostris.

Eh bien! ça ferait du propre!

Est-ce qu'il y en avait seulement un dans l'atelier qui fût capable de tenir une comptabilité sérieuse, ou même de ne pas se faire voler sur le charbon de terre?

Et Sésostris restait massier par dévouement.

L'insuccès homérique de son inauguration d'obélisque avait dégoûté Sésostris de la grande peinture d'histoire; il avait renoncé à manier des masses, et il s'était rabattu sur un genre qui lui paraissait mieux dans ses moyens.

Jean Bérard, toujours ironique, disait qu'il faisait le duo.

Et, en effet, l'atelier particulier de Sésostris n'était tapissé que d'esquisses dans lesquelles ne figuraient, invariablement, que deux personnages, mâle et femelle.

On y voyait par exemple *Samson et Dalila, Judith et Holopherne, Daphnis et Chloé, Ruth et Booz, Éliezer et Rebecca, David et Bethsabée, l'Amour et Psyché, Hercule et Omphale, Œdipe et Antigone, Antoine et Cléopâtre* et bien d'autres « duos », pour parler comme Bérard, tout aussi originaux, tout aussi imprévus que ceux qui viennent d'être cités.

Seulement aucun d'eux n'était achevé. Tout cela était à l'état d'esquisses, ce qui paraissait indiquer que l'artiste ne brillait pas précisément par l'esprit de suite.

Sésostris, c'était la vérité, ne pouvait rien achever.

Était-ce de l'impuissance ?

Pas tout à fait.

Ce petit homme remuant ne pouvait rester en place pendant quinze jours devant la même toile ; quand son travail commençait à prendre tournure, il en était déjà invinciblement dégoûté, et il le mettait de côté « pour le terminer plus tard ». De sorte que des centaines d'esquisses s'entassaient dans son atelier.

Sésostris avait trop d'imagination.

— Moi, disait-il, c'est l'imagination qui me tue. Il y en a qui ne peuvent pas trouver un tableau ; moi, j'en ai toujours cinquante dans la tête. Seulement, voilà, je n'arriverai jamais à les faire, parce qu'il faudrait pour cela trois vies d'artistes.

Ainsi, je travaillais tranquillement hier à mon *Philémon et Baucis*, sur lequel je compte beaucoup, et que Ponnat a trouvé pas mal, quand il m'est venu tout à coup une idée superbe, et pas banale du tout !

— Fais voir, ton idée ? questionnait-on.

— *Jupiter et Danaé !* Qu'est-ce que vous dites de ça, vous autres ?

— Épatant ! criait Jean Bérard. Il n'y a que cet animal de Sésostris pour faire ces trouvailles-là.

Et le bon Sésostris de répondre modestement :

— Oh ! il n'y a pas grand mérite, puisque c'est naturel chez moi. Eh bien ! pour revenir à ce que je disais, il n'y a pas eu moyen de continuer le *Philémon et Baucis.* J'ai essayé de m'y cramponner. Peine perdue ! Il a fallu me mettre tout de suite à mon *Jupiter et Danaé.*

Et ce qu'il y a de plus embêtant, c'est que j'avais à peine commencé qu'il m'est venu une autre idée : *Atala et Chactas !*

Est-ce assez trouvé, ça, hein ?

Mais tant pis, je ne lâche pas *Jupiter et Danaé.*

Toute la bande reconduisait l'austère magistrat. (Page 107.)

Si quelqu'un veut *Atala et Chactas*, je lui donne mon idée.

— Je la prends, moi, hurlait Bérard.

— Et moi aussi, glapissait Corvex.

— Mon pauvre Corvex, reprenait Sésostris, tu as parlé trop tard. C'est à Bérard que ça revient. Il a de la chance, ce fumiste-là ; s'il veut s'en donner la peine, il pourra faire quelque chose de bien.

Voilà l'artiste qu'était Sésostris ; mais si, comme peintre, il était légèrement ridicule, comme ami, il était admirable.

Plus âgé que tous ses camarades, il se sentait sur eux une sorte de droit de protection, et comme, par ses fonctions de massier, c'est-à-dire de collecteur des cotisations, il était souvent au courant de leurs petits embarras, il avait de fréquentes occasions de les obliger.

Il le faisait d'ailleurs avec une discrétion et un tact absolus.

De temps à autre, Sésostris réunissait toute la bande chez lui, c'est-à-dire dans son atelier, et alors c'était une ripaille et une fête à faire trembler toute la maison.

Sésostris, qui était du Midi, adorait les plats de son pays, et, dans ces grandes occasions, c'était lui-même qui les préparait.

Beaucoup plus fort en cuisine qu'en peinture, il confectionnait des bouillabaisses exquises qui vous emportaient la bouche pour trois jours, et sa recette pour l'aubergine farcie eût fait la fortune d'un restaurant de Provençaux.

Ses ayolis étaient des poëmes.

Tant pis pour ceux des camarades qui eussent préféré une cuisine un peu moins exaspérée : il fallait ces jours-là qu'ils se résignassent, et même force leur était de s'extasier sur le velouté des enragées pimentades que Sésostris leur servait triomphant.

Il est vrai qu'il y avait de quoi rafraîchir les palais incendiés.

Sésostris, dédaignant les bouteilles, carafes et flacons généralement quelconques inventés par la mesquinerie bourgeoise, faisait simplement mettre une pièce de vin en chantier près de la table, et celui des convives que le hasard plaçait le plus près du tonneau avait la charge de veiller à ce que les verres — des récipients qui tenaient plus d'un demi-litre ! — fussent constamment pleins.

L'eau était sévèrement exclue de ces fraternelles agapes, à la fin desquelles, on le devine bien, les têtes étaient fortement échauffées.

Aussi la rue était-elle en émoi lorsque Sésostris « recevait », et les passants s'arrêtaient-ils ahuris quand, des fenêtres largement ouvertes du bruyant atelier, s'échappait, dans un tutti formidable, la scie fameuse :

> Ah ! pour moi que la vie serait belle,
> Si j'étais Ca,
> Si j'étais ba,
> Si j'étais Cabanel.

Les loustics de la rue expliquaient que c'était un orphéon en train de répéter.

Une fois, la fête s'étant prolongée un peu plus tard que de raison, les braves sergents de ville avaient voulu rappeler les convives de Sésostris au respect du sommeil des voisins, mais leur intervention avait eu si peu de succès qu'ils avaient cru devoir en aller référer au commissaire de police du quartier.

Le magistrat s'était muni de son écharpe, et « au nom de la loi », avait pénétré dans l'antre, mais il y avait trouvé de si gais lurons, qui lui avaient fait une réception si cordiale, que, ma foi, après l'échange de toutes sortes de politesses, il avait fini, tout en les suppliant de faire moins bruit, par s'asseoir à la joyeuse table.

Deux heures après, le commissaire était abominablement gris ; Jean Bérard faisait sa charge en pochard sur une toile de huit, et le lendemain matin, toute la bande reconduisait à son commissariat l'austère magistrat, qui, titubant et chantant à tue-tête, portait au cou, comme une pancarte d'aveugle, la fantaisie picturale de Bérard.

Jamais plus Sésostris ne revit le commissaire.

On comprend donc que, malgré ses petits ridicules, tous les élèves de Ponnat eussent pour Sésostris une solide amitié.

En dehors de la peinture, d'ailleurs, c'était un garçon d'un grand sens et de bon conseil, et beaucoup de ses jeunes camarades ne faisaient rien sans le consulter.

Il s'était tout de suite attaché à Fargueil, et dès les premiers mois de l'entrée de celui-ci à l'atelier, il lui avait offert ses bons services ; mais Jacques avait décliné l'offre tout en l'en remerciant avec effusion.

Cette discrétion n'avait fait qu'intéresser davantage Sésostris, et il n'avait jamais laissé passer une occasion de prouver son amitié au fier jeune homme.

Celui-ci, qui en était très touché, avait, de son côté, voué une vive affection à Sésostris, et petit à petit il lui avait fait ses confidences.

Il lui avait raconté son enfance, sa jeunesse, ses efforts ; il l'avait mis au courant de son genre de vie, et Sésostris admirait l'héroïque ténacité qui, d'un petit pâtre ignorant, finirait peut-être par faire une des illustrations de l'art français.

Toutefois Jacques n'avait jamais rien dit de l'amour qui illuminait sa vie. Jamais il n'y avait fait la moindre allusion ; jamais le nom de la duchesse d'Ambroge n'était sorti de ses lèvres.

Seulement, quand, par hasard, la question femmes était mise sur le tapis, Jacques se contentait de sourire un peu tristement.

Sésostris ne pouvait, par conséquent, rien savoir des amours de Jacques, et, d'ailleurs, pensant que son ami avait ses raisons pour n'en rien dire, il ne lui avait jamais fait la moindre question à ce sujet.

La révélation de la concierge ne surprit donc pas Sésostris, mais elle lui donna à réfléchir ; et pendant qu'il s'en retournait, le cœur gonflé de tristesse, il se demandait, douloureusement inquiet, si la femme dont on venait de lui apprendre l'existence, n'était pas la cause de la catastrophe qui venait de fondre sur son ami.

CHAPITRE XII

Vaines démarches.

 UAND Sésostris arriva à l'atelier, ce fut un feu roulant de questions. Tous les jeunes peintres l'entourèrent, avides de savoir ce qui était arrivé à leur ami, et pressentant que le massier ne rapportait que de mauvaises nouvelles.

L'attitude de celui-ci ne pouvait, du reste, laisser aucun doute à cet égard.

— Mes amis, dit-il tristement, il est arrivé un grand malheur à Fargueil.

— Lequel? Quoi? Qu'est-ce qu'il y a? interrogèrent vingt voix.

— Fargueil est arrêté, continua Sésostris.

— Arrêté?... Pourquoi arrêté?

— Il est accusé de vol.

— De vol?...

— Ou de tentative de vol, je ne sais pas au juste.

— Eh bien! elle n'est pas mauvaise, la blague, mon vieux Sésostris, dit, en essayant de rire, Jean Bérard qui n'en avait pas moins pâli au mot de vol prononcé par le massier.

Mais la première impression de stupeur passée, les protestations se croisèrent, ne laissant pas à Sésostris le temps de s'expliquer.

Fargueil arrêté pour vol, c'était impossible, invraisemblable, ridicule! On s'était f... moqué de Sésostris. On l'avait fait poser. Comment avait-il pu couper là dedans?

Le pauvre Sésostris laissait dire, mais quand il put placer un mot, il reprit plus triste encore :

— Mes amis, vous avez parfaitement raison; c'est impossible, c'est invraisemblable, c'est ridicule, mais... cela est.

Fargueil a été arrêté dans la nuit du samedi qui a précédé le lundi où

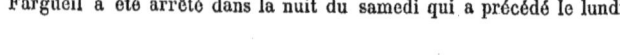

nous avons été surpris de ne pas le voir arriver à l'atelier, et de plus il est grièvement blessé.

— Blessé ! exclama-t-on de tous les côtés à la fois.

— Oui, un agent de la sûreté qui est venu tout à l'heure questionner sa concierge, faire une enquête sur lui, a raconté qu'il avait été surpris la nuit dans une maison où il allait voler des diamants, et que le maître de cette maison l'avait blessé d'un coup de pistolet. On l'a même cru mort un moment, mais il a pu être sauvé, et il est maintenant sous la menace de la cour d'assises.

Tout l'atelier écoutait consterné, mais Jean Bérard prit immédiatement la parole.

— Tout ça, dit-il en hochant la tête, ça ne m'a pas l'air très clair.

Fargueil allant voler des diamants la nuit et recevant un coup de pistolet du maître de la maison, ça ne ressemble guère à une vulgaire histoire de voleurs. Où il y a des diamants, il y a généralement une femme, et le tireur de coups de pistolet pourrait bien n'être autre chose qu'un mari.

— Parbleu ! s'écrièrent tous les jeunes gens.

Et de fait, l'hypothèse de Bérard pouvait expliquer toute l'aventure, en même temps qu'elle se conciliait avec l'inébranlable estime que Fargueil avait si justement inspirée à tous ses camarades.

— Attendez donc ! attendez donc ! fit rapidement Sésostris. Bérard doit avoir raison... Il a certainement raison !

En même temps qu'elle m'annonçait son arrestation, la concierge de Fargueil m'a appris qu'il avait pour maîtresse une dame du grand monde qui venait le voir très souvent chez lui.

Qu'est-ce qui nous dit que ce n'est pas chez elle qu'il a été surpris, et que le mari ne l'aura pas pris pour un voleur?

Oui, ça doit être cela.

D'ailleurs, je vais m'informer, et nous saurons bientôt à quoi nous en tenir.

Au même instant, Corvex brandissait un journal tout froissé, duquel il venait de retirer un paquet d'une cinquantaine de pinceaux.

C'était un numéro du *Figaro*, dans lequel il se souvenait tout à coup d'avoir lu un fait divers qui paraissait justement se rapporter à l'affaire de Fargueil et qui pouvait bien en être le récit.

On lut le fait-divers, on le relut, on le commenta, et l'avis général, unanime, fut que c'était bien la tragique aventure de Jacques qui avait été ainsi racontée par le reporter de Villemessant.

On avait donc des jalons.

On savait, ou plutôt on croyait savoir que c'était à l'hôtel d'Ambroge que Fargueil avait été blessé.

Il n'y avait plus qu'à s'informer de l'endroit où il avait été transporté et renfermé — ce qui ne pouvait présenter aucune difficulté sérieuse — et peut-être alors pourrait-on parvenir jusqu'à lui.

On verrait ensuite ce qu'il y aurait à faire.

Après une courte délibération, il fut décidé que Sésostris et Jean Bérard feraient les recherches et les démarches le jour même afin qu'on sût dès le lendemain à quoi s'en tenir exactement.

Là-dessus on se sépara.

Toute l'après-midi fut employée en courses par Bérard et le massier.

Ils se rendirent d'abord du côté de l'hôtel d'Ambroge, dans les débits de vin fréquentés par les domestiques du quartier, et là ils eurent bientôt appris, moyennant quelques tournées de petits verres, que l'individu qui avait été pris chez le duc d'Ambroge avait été transporté à l'Hôtel-Dieu.

Ils y coururent immédiatement, et s'informèrent, auprès du portier, du blessé qui avait été apporté par la police il y avait une dizaine de jours ; mais le portier leur déclara que bien qu'il eût déjà été interrogé par le juge d'instruction, « ce gaillard-là » était encore au secret.

Il ajouta, du reste, que le blessé paraissait maintenant hors de danger, mais que, d'après ce qu'il avait entendu dire aux internes, il en avait bien encore pour six semaines avant d'être sur pied.

Questionné sur le nom du blessé, le portier ne fit aucune difficulté pour dire qu'il se nommait Farguel ou Fargol, — il ne savait pas au juste — mais qu'il paraissait que c'était un peintre ; et le digne fonctionnaire ajouta senten-cieusement que quand on avait un métier comme celui-là, où on gagne de riches journées, il fallait être vraiment « un pas grand'chose » pour s'enga-ger dans le régiment des voleurs.

Il n'y avait plus de doute possible pour Sésostris et Bérard ; c'était bien leur ami qui était à l'Hôtel-Dieu.

Mais comment l'approcher, puisqu'il était au secret?

Sésostris opina qu'il fallait aller trouver le juge d'instruction, ce qui four-nirait l'occasion de lui soumettre l'idée qui était venue le matin à Bérard, et qui était certainement la clef de l'affaire.

Mais ce ne fut pas l'avis de Jean Bérard qui faisait le raisonnement suivant, assez logique d'ailleurs :

Si Fargueil, comme tout paraît l'indiquer, est l'amant de la duchesse d'Ambroge, et s'il s'est laissé prendre par le mari pour un voleur, nous n'avons pas le droit de déranger son plan.

Dans tous les cas, disait-il, puisqu'il a déjà été interrogé par le juge d'instruction, de deux choses l'une : ou il lui a dit la vérité, et alors notre intervention serait inutile ; ou il croit nécessaire de la lui cacher, et c'est à lui seul de rester juge de ce qu'il a à faire.

— Allons chez le juge d'instruction, conclut-il, mais bornons-nous à lui demander l'autorisation de voir Fargueil.

Le Palais était tout près, ils s'y rendirent.

Il ne leur fut pas difficile d'apprendre que c'était M. Barneville qui était chargé de l'instruction : malheureusement le juge avait déjà quitté son cabinet, et ce ne fut qu'à grand'peine qu'ils obtinrent l'indication de son domicile.

Nouvelle course, et celle-ci tout à fait infructueuse.

Quand Bérard et Sésostris se présentèrent chez M. Barneville, celui-ci venait de rentrer, et il trouva très mauvais d'être dérangé.

Il reçut donc assez mal les deux amis, et leur laissa à peine le temps de formuler leur requête, à laquelle il répondit par un brusque et brutal refus.

La décision du juge coupait court à tout, et il ne restait plus qu'à remonter à Montmartre.

Le lendemain, une sorte de conseil fut tenu à l'atelier.

C'était justement le jour où Ponnat y faisait sa visite bi-hebdomadaire, et, dès son arrivée, le massier le mit au courant de l'affaire. Il lui apprit l'arrestation de Fargueil, sa blessure, l'accusation qui pesait sur lui, sa présence à l'Hôtel-Dieu, sa mise au secret, et les démarches faites la veille, démarches qui n'avaient pas complètement abouti, mais qui n'en avaient pas moins eu ce résultat de confirmer la nouvelle donnée la veille par l'agent de la sûreté.

Surtout, il ne négligea, dans son récit, aucun des faits et des circonstances qui militaient en faveur de l'innocence de Fargueil.

Mais, sur ce point, la chaleur que mettait Sésostris à sa démonstration était parfaitement inutile.

Ponnat, très ému par la triste nouvelle, n'avait pas eu une seconde le moindre soupçon contre l'honnêteté de Jacques. Lui portant le plus vif intérêt, il l'avait, sans trop y songer, étudié avec soin, et il eût répondu de lui sans la moindre hésitation.

La particularité de la « grande dame » qui se rendait mystérieusement chez Fargueil, et le fait qu'il avait été surpris la nuit à l'hôtel d'Ambroge dans l'appartement de la duchesse, lui paraissaient se relier d'une façon évidente, et, tout de suite, il conclut, comme ses élèves, que le malheureux jeune homme devrait être la victime d'une imprudence d'amoureux.

Mais si le maître comprenait parfaitement que Jacques se fût laissé prendre pour un voleur, afin de sauver sa maîtresse, comment admettre que celle-ci eût le féroce égoïsme de le laisser se sacrifier ainsi?

C'est alors que le vieux numéro du *Figaro* apporta un renseignement auquel on n'avait prêté la veille qu'une médiocre attention.

Il racontait, en effet, qu'au moment où le duc d'Ambroge avait courageusement tiré un coup de revolver au misérable qui n'attendait que le sommeil de la duchesse pour la dévaliser et peut-être aussi pour l'assassiner, celle-ci, succombant à la terreur, s'était évanouie.

Elle avait ensuite été emportée par ses femmes dans l'appartement du duc et, là, le célèbre professeur Chamblay, appelé après l'événement, avait constaté un commencement de fièvre cérébrale qui s'annonçait par un délire intense et par tous les autres symptômes de cette redoutable maladie.

Tout s'expliquait ainsi.

La duchesse avait dû être surprise par le coup de pistolet, et son évanouissement l'avait empêchée de sauver, sur-le-champ, l'honneur de Jacques au prix du sien.

Mais, si le mystère s'éclaircissait, la situation n'en devenait que plus difficile, et n'en réclamait que plus de prudence.

Comment, d'ailleurs, prendre, sans l'assentiment du principal intéressé, l'initiative de déshonorer la femme qu'il aimait, et à la réputation de laquelle il avait commencé à se sacrifier, marquant ainsi sa volonté de la préserver de toute souillure?

Il n'y fallait pas songer, et Ponnat approuvait complètement Bérard d'avoir, la veille, retenu Sésostris qui croyait bon d'aller faire des révélations au juge d'instruction.

D'ailleurs, quelque douloureuse que fût actuellement la situation de Jacques, il y avait une autre raison de ne pas se presser.

Tant qu'il ne serait pas guéri, il ne pourrait passer en jugement; on avait, par conséquent, du temps devant soi.

Or, d'ici là, on pourrait le voir, se concerter avec lui, et, d'un autre côté, la duchesse d'Ambroge serait peut-être rétablie; dans tous les cas, on pouvait espérer que la connaissance lui serait revenue, et qu'elle ferait alors son devoir.

Jusque-là il fallait attendre.

Toutefois il y avait, en attendant que Jacques fût rendu à la liberté, quelques dispositions à prendre; il fallait notamment assurer le payement de son loyer, et il fut décidé que Sésostris s'engagerait envers le propriétaire pour le terme courant et, au besoin, pour ceux à courir ensuite.

Va-t'en! sors d'ici, misérable assassin! (Page 120.)

Cela fait, l'atelier reprit quelque tranquillité.

On se remit au travail, mais, on le pense bien, toutes les conversations roulaient sur le pauvre Jacques, victime de sa générosité.

Du reste, on eut bientôt reconnu, et Ponnat le premier, qu'il n'y avait rien à tenter. Il fallait laisser l'affaire suivre son cours comme elle avait été engagée.

Loin de s'améliorer, l'état de la duchesse d'Ambroge ne faisait que s'aggraver, et Jacques, consulté lors de la levée du secret, avait nettement exprimé la volonté que personne n'intervînt en sa faveur.

C'est ainsi que le malheureux jeune homme avait été, comme le lecteur le sait déjà, condamné à trois ans de prison.

CHAPITRE XIII

Folle !

ous avons laissé la duchesse d'Ambroge au moment où le docteur déclarait à son mari qu'elle allait être atteinte d'une fièvre cérébrale, et nous avons vu avec quelle joie féroce cette nouvelle avait été reçue par le misérable.

L'illustre professeur ne s'était pas trompé.

La commotion avait été si violente que le cerveau de la pauvre duchesse en avait été horriblement ébranlé, et qu'à l'évanouissement avait succédé un délire intense, sur les indications duquel le médecin avait deviné tout de suite ce qui se préparait.

La duchesse proférait des mots sans suite, parmi lesquels — on le sait déjà — revenait sans cesse celui de voleur, qu'elle prononçait sur le ton de l'horreur et de l'épouvante.

Le fait, du reste, ne pouvait rien avoir de surprenant pour ceux qui l'entendaient, puisque l'état de la duchesse n'était pour eux que la conséquence naturelle de la frayeur qu'elle avait éprouvée en assistant à la scène racontée par M. d'Ambroge.

Tout conspirait donc en faveur de celui-ci.

Les choses se passèrent comme le docteur l'avait prévu.

La fièvre cérébrale se déclara avec une grande violence, et pendant six semaines au moins, Mme d'Ambroge fut entre la vie et la mort.

La force de sa constitution reprit cependant le dessus, et un matin, en faisant sa visite quotidienne, le docteur Chamblay put annoncer au duc que la malade était sauvée.

Cela ne faisait guère l'affaire de l'honnête gentilhomme, mais il n'en exprima pas moins une joie à laquelle le médecin et ses gens purent se tromper.

— Pourvu, se disait en tremblant M. d'Ambroge, que la convalescence ne marche pas trop vite!

Le duc connaissait assez, en effet, la loyauté et la résolution de sa femme pour ne pas douter un seul instant que le jour où elle apprendrait la vérité, elle n'hésiterait pas à faire son devoir.

En ce cas, il était perdu.

Mme d'Ambroge disant tout, c'est-à-dire proclamant l'infamie de son mari, déclarant à la justice que Jacques Fargueil n'était pas un voleur, mais son amant, mais le père de son enfant, et que M. d'Ambroge le savait, et que, dans la nuit terrible, il avait proposé à sa femme un vil marché, offrant de fermer les yeux si elle autorisait la vente de ses propriétés, tout cela ferait un scandale énorme, dans lequel disparaîtraient le nom des d'Ambroge et la personne même du duc.

Quand cette terrible perspective se dressait devant celui-ci, il en frémissait de la tête aux pieds, et il se demandait par quel nouveau crime il échapperait à ce danger.

Mais il était dit que le misérable serait heureux jusqu'au bout, et que rien ne viendrait, en ce moment du moins, déranger ses horribles calculs.

Chose singulière, depuis que le docteur avait déclaré la duchesse sauvée, il paraissait, à chaque visite qu'il lui faisait, plus soucieux qu'au temps même où la vie de la malade était en question.

Celle-ci cependant paraissait se rattacher à l'existence, de façon à ce que sa guérison complète ne laissât plus aucun doute.

Elle prenait un peu de nourriture. Ses joues, qui s'étaient creusées, commençaient à se remplir et la pâleur en disparaissait peu à peu.

Les lèvres se recoloraient ; la vie, en un mot, reprenait possession de cette tête charmante qu'elle avait paru fuir d'abord.

Mais le regard restait étrange. Il était fixe et vague, et il était facile de s'apercevoir que la duchesse ne voyait pas l'objet sur lequel son œil paraissait fixé.

On eût dit qu'elle regardait en dedans.

Parfois, elle considérait longuement ses mains amaigries, mais il ne semblait point que la pensée accompagnât le regard.

De plus, elle restait muette.

Il n'y avait guère que le docteur qui pût la faire parler.

Quand il la questionnait sur son état, elle lui répondait volontiers, mais sa conversation se bornait à des réponses.

Elle n'interrogeait pas. Au contraire de tous les malades qui accablent leur médecin de questions sur le moment où ils seront rétablis, sur le temps que durera leur convalescence, sur les suites que pourra avoir leur maladie, elle ne montrait pas la moindre curiosité.

— Comment vous trouvez-vous ce matin, chère duchesse? demandait le médecin, qui, on l'a dit, traitait d'égal à égal avec ses aristocratiques clients.

— Très bien, docteur?

— Et la tête, comment va-t-elle? Y souffrez-vous?

— Pas du tout, docteur,

Toujours la même réponse.

Avec ses gens, pas un mot en dehors des ordres que nécessitaient ses besoins. Elle leur demandait doucement ce qu'elle désirait, et c'était tout.

Le duc avait craint qu'une fois la fièvre et le délire disparus la malade ne fît un éclat, mais il n'en avait rien été. Il lui avait parlé, et elle lui avait répondu avec une douceur parfaitement indifférente, comme si aucun souvenir ne lui était resté du terrible événement,

Qu'est-ce que cela voulait dire? Fallait-il s'en réjouir ou s'en effrayer?

La duchesse ne cachait-elle son désespoir et sa haine que pour mieux se venger une fois complètement guérie?

Le duc ne pouvait songer, on le pense bien, à rappeler lui-même ce qui s'était passé; le moment des explications arriverait toujours trop tôt. Aussi était-il dévoré d'inquiétude, et le mutisme continuel de la duchesse, son apparente concentration en elle-même lui paraissaient gros de menaces.

Le docteur, lui aussi, était inquiet; il se demandait si l'état actuel de sa malade n'était pas l'indice qu'elle allait subir les suites fréquentes de la dangereuse affection qui avait menacé sa vie; si, en un mot, sa raison n'était pas en péril.

Il fallait au plus tôt sortir de cette incertitude, et un matin l'éminent praticien entreprit un examen en règle.

Longtemps il questionna la duchesse, lui rappelant discrètement l'origine de sa maladie, mais elle paraissait avoir oublié.

Un épais brouillard semblait s'être étendu entre sa pensée et le tableau de la nuit du crime. Ce brouillard, la pensée ne le perçait pas, et le mot de voleur, qu'elle avait répété tant de fois dans son délire, n'éveillait plus rien dans son cerveau.

Le docteur lui parla de son enfant, et il le fit même amener, mais si elle l'embrassa maternellement, elle eut bientôt assez de son babil qui paraissait la fatiguer, et l'on dut emmener le bébé.

Pour tout le reste, pour son état, pour les choses ordinaires de la vie, elle répondait très clairement, mais il était visible que cet entretien lui était pénible, et que ce n'était que par politesse qu'elle s'y prêtait aussi longtemps.

Quand le docteur se retira, sa conviction était faite, et son devoir était d'avertir le duc.

Celui-ci étant justement à l'hôtel, dans son cabinet, le docteur s'y rendit et tout de suite il entama sa triste communication.

— Mon cher duc, dit-il comme préambule, nous avons à causer sérieusement de notre chère malade.

— Vous m'effrayez, mon cher docteur; est-ce qu'elle serait plus mal?

— Non; sa convalescence suit son cours normal, et j'espère que dans peu de temps nous pourrons la regarder comme complètement guérie.... physiquement.

— Physiquement?... Mais alors, sa raison ?...

— Mon cher duc, il faut avoir du courage.

— J'en aurai, docteur, mais, de grâce, parlez. Quoi! Qu'y a-t-il? Que craignez-vous? Quel effroyable malheur avez-vous à m'annoncer?

— Calmez-vous, mon cher duc, calmez-vous. Je n'ai pas, à proprement parler, un malheur, comme vous dites, à vous annoncer. Seulement, je ne puis vous cacher que j'ai des craintes sérieuses pour l'intégrité des facultés intellectuelles de la duchesse.

— Ma femme deviendrait folle?

Malgré lui, le misérable avait accentué le mot « folle » d'une telle façon, avec une telle énergie, qu'un observateur attentif n'aurait pu s'y tromper.

Mais l'honnête médecin ne pouvait soupçonner les profondeurs de la scélératesse de l'homme qu'il avait devant lui, et ce fut naturellement à l'émotion, à l'épouvante qu'il attribua l'espèce de cri qu'avait laissé échapper le duc.

— Ne mettons pas les choses au pis, reprit vivement le docteur. Nous n'en sommes pas là, Dieu merci. Cependant il est certain que si les choses ne s'améliorent pas, notre pauvre malade se ressentira gravement du terrible ébranlement moral qu'elle a subi.

Je l'ai examinée longuement tout à l'heure, et j'ai fait plusieurs constatations très pénibles. Par exemple, la duchesse ne paraît pas avoir gardé le moindre souvenir de la scène qui a causé son évanouissement d'abord et sa maladie ensuite.

Je lui ai parlé du voleur; le mot l'a laissée complètement indifférente.

La figure du duc s'éclairait à chacune des paroles du docteur, mais celui-ci ne songeait guère à le remarquer ; il s'étudiait uniquement à adoucir pour son interlocuteur la brusquerie du coup dont il s'imaginait, naïvement et honnêtement, le frapper.

C'est donc avec une sorte de hâte qu'il continua :

— Toutefois, si elle a perdu la mémoire de l'événement, ses facultés cérébrales ne paraissent pas irrémédiablement atteintes en ce qui concerne le présent. Elle parle de son état, de sa maladie, de sa convalescence d'une façon très sensée, et c'est ce qui me fait espérer que tout n'est pas perdu.

Je ne devais pas moins vous dire toute la vérité. Et cette vérité, la voici : la duchesse a perdu la mémoire, au moins en ce qui concerne les principaux événements de sa vie ; elle est actuellement dans un état de torpeur intellectuelle qui peut se dissiper à la longue, mais qui, il faut bien l'avouer, peut, au contraire, s'aggraver.

Encore une fois, nous n'en sommes pas là ; mais il faut nous préparer à tout événement. Si le malheur voulait que notre chère malade perdît complètement la raison, vous devez être prévenu, et c'est pourquoi je viens de vous parler en toute franchise.

— Mon cher docteur, fit le duc d'un ton pénétré et en portant son mouchoir à ses yeux, où il n'y avait pas l'ombre d'une larme, je vous remercie de cette franchise. C'est un coup douloureux que vous venez de me porter, mais, vous avez raison, il le fallait. Je devais savoir de quel affreux malheur je suis menacé.

Voilà qui est fait. Maintenant il ne me reste plus qu'à vous supplier de tout mettre en œuvre pour sauver la raison de ma pauvre femme. Docteur, je vous en prie à genoux, faites le possible, faites l'impossible, faites un miracle, mais n'abandonnez pas ma femme.

— Comptez sur moi, mon cher duc, et espérons.

C'est sur ce dernier mot que le célèbre médecin se retira, laissant le duc à la joie la plus complète.

Ainsi le misérable se sentait encore une fois sauvé.

Mais ce n'était pas tout. Puisque sa femme était sur la pente de la folie, puisqu'elle allait devenir folle — il en avait la conviction maintenant, car il avait très bien démêlé la vérité dans les hésitations de docteur — il fallait doublement profiter de ce bonheur, et se débarrasser complètement de toute gêne.

Il fallait, en un mot, faire constater le plus tôt possible la folie, de façon à ne plus rencontrer aucune entrave dans la dilapidation de ce qui restait encore de fortune à la malheureuse.

Le duc réfléchit quelques instants, puis, son plan arrêté, il voulut s'assurer par lui-même de la réalité de ce que lui avait dit le docteur.

Il se rendit donc auprès du lit de sa femme.

Celle-ci l'accueillit avec son indifférence habituelle, mais elle ne fit aucune difficulté de répondre aux questions banales qu'il lui adressa sur son état.

Après quelques instants de cette conversation, la duchesse manifestait l'intention de se reposer, mais le duc voulait savoir exactement à quoi s'en tenir et, sans hésitation, il demanda à sa femme si elle se souvenait de la terrible frayeur qu'elle avait éprouvée dans cette nuit où un voleur s'était introduit chez elle.

Le docteur avait dit vrai : la duchesse ne se rappelait rien.

Le duc, voulant pousser jusqu'au bout l'expérience, insista :

— Comment, chère amie, vous ne vous souvenez pas qu'un voleur s'était caché chez vous, que je l'ai découvert et que je l'ai tué ?

— Tué ? fit la duchesse en levant légèrement la tête.

— Oui, d'un coup de revolver.

— Tué ? répéta encore la malade, paraissant faire un effort de mémoire qui plissait son beau front et rapprochait ses sourcils.

— Oui, tué.

Et le duc ajouta, complétant ainsi l'expérience :

— C'était un nommé Jacques Fargueil, un ouvrier qui avait travaillé autrefois dans l'hôtel.

La duchesse restant impassible, le duc répéta le nom de sa victime :

— Le voleur s'appelait Jacques.

— Jacques ! s'écria tout à coup la duchesse se dressant violemment dans son lit.

Jacques !... Où est-il ?

Elle porta les mains à son front qu'elle pressa fiévreusement.

— Jacques, reprit-elle.

Elle se tut un instant, puis un sanglot souleva sa poitrine.

— Il est mort ! fit-elle. Il l'a tué...

A ce moment son regard s'arrêta sur son mari, qui écoutait haletant. Une minute environ elle le considéra avec une expression d'inquiétude d'abord, d'horreur ensuite. Son regard vague jusque-là, s'éclairait progressivement et à mesure que l'intelligence y reparaissait, y entraient à la fois la douleur et la colère.

Tout à coup la malade éclata en imprécations,

— Misérable, criait-elle, c'est toi qui l'as tué. Assassin ! Assassin ! Vil assassin ! Je me souviens maintenant... Tu l'as tué comme un voleur... C'est toi le voleur, le voleur de nuit.

Le duc, effrayé, se leva, essayant de la calmer, mais elle continuait d'une voix éclatante :

— Va-t'en ! Sors d'ici, misérable assassin !... Mais tremble, car Jacques sera vengé. Oui, je publierai ton infâmie. Oui, je dirai que tu voulais me vendre ton honneur, et que c'est parce que je te refusais trois cent mille francs que tu as tué mon amant, l'amant de la duchesse d'Ambroge, le père — entends-tu bien ? — le père de mon enfant !...

Car, tu le sais bien, n'est-ce pas, qu'il est le père de mon enfant ?

Et dans un suprême effort, la malade se jetant sur le tapis, essaya de se précipiter sur le duc :

— Va-t'en ! mais va-t'en donc, lâche assassin !

Aux derniers cris de la duchesse, on était accouru.

Mme Angélique s'était élancée la première, et, aidée d'une autre femme, elle essayait de contenir doucement la malade ; mais celle-ci se débattait avec une force qu'on ne lui eût pas soupçonnée, tout en répétant, dans une sorte de râle, le mot : « Assassin ! assassin ! » et il fallut que le duc aidât les deux femmes pour qu'elles parvinssent à la replacer dans son lit.

La duchesse n'y fut pas plus tôt, du reste, qu'elle tomba dans une prostration qui ressemblait presque à un évanouissement.

La réaction se produisait naturellement, et, plus violente avait été la crise, plus complet devait être l'espèce d'anéantissement qui lui succédait.

Pendant qu'on faisait respirer des sels à la malade, le duc et Mme Angélique échangèrent un long regard.

Les deux complices se comprenaient.

Ce fut le duc qui rompit le premier le silence :

— Quelle crise, mon Dieu ! fit-il d'un ton douloureux.

Et il ajouta en hochant tristement la tête :

— Ah ! le docteur ne m'a pas trompé tout à l'heure, quand il m'a dit que la raison de la duchesse était menacée.

— Hé quoi ! monsieur le duc, répliqua immédiatement la duègne, qui comprenait que ces paroles s'adressaient surtout à l'autre femme, et que leur auteur voulait qu'elles fussent répétées dans la domesticité, qui avait pu entendre les imprécations et les accusations de la malade, M. le docteur craint pour la raison de Mme la duchesse ?

— Hélas ! oui, ma pauvre madame Angélique ; il m'a prévenu ce matin, et il ne m'a même laissé aucun espoir. Vous voyez bien, du reste, qu'il ne se trompait pas, puisque nous venons d'assister à la première crise.

— Vous êtes, mon neveu, un fieffé coquin. (Page 128.)

— Mon Dieu ! mon Dieu ! gémit la dame de compagnie.

— Madame Angélique, reprit le duc, vous allez, je vous prie, veiller attentivement sur la duchesse. Je veux que vous ne la quittiez pas un instant, et je
désire que vous restiez seule auprès d'elle, afin de lui éviter tout déplaisir qui
pourrait provoquer un nouvel accès.

Le duc appuyait sur le mot « accès » afin de frapper le plus possible
l'imagination de l'autre femme.

— Si un nouvel accès se produisait, vous me feriez prévenir immédiatement, et j'accourrais.

Pendant ce court colloque la duchesse, épuisée, s'était endormie.

Quand le docteur Chamblay vint le lendemain matin faire sa visite accoutumée, le duc le mit au courant de ce qui s'était passé la veille.

Seulement, bien entendu, il arrangea la scène à sa façon.

Il se garda de répéter ce que la duchesse lui avait crié dans son désespoir et en pleine raison. Il imagina un conte dans lequel sa femme, le voyant subitement auprès de son lit, l'avait pris pour le voleur de la nuit tragique, et s'était mise à pousser des cris d'effroi en l'appelant voleur et assassin.

Le récit était trop vraisemblable pour que le docteur songeât à le mettre en doute, et c'est sous l'impression des mensonges du duc qu'il examina sa malade.

Il la trouva extrêmement faible et affaissée. La scène de la veille l'avait épuisée, et il semblait, en effet, que l'intelligence l'eût de nouveau abandonnée.

Le docteur secoua la tête :

— Je vous ai prévenu, mon cher duc, dit-il avec une sympathique commisération ; il faut avoir du courage.

L'accès d'hier sera vraisemblablement suivi de plusieurs autres ; peut-être ne se renouvellera-t-il pas, et il faut se garder d'en provoquer le retour, mais le mal me paraît encore plus profond que je ne l'avais soupçonné hier.

— Plus d'espoir, alors ? questionna anxieusement le duc.

— Hélas ! je le crains, répondit le docteur.

A partir de ce jour, et sous prétexte d'éviter le retour de l'accès, le duc ne se montra plus auprès du lit de sa femme.

Mme Angélique le tenait minutieusement au courant des moindres faits et gestes et des plus insignifiantes paroles de la duchesse.

Celle-ci, du reste, restait presque constamment muette ; elle ne parlait que pour demander les objets dont elle avait besoin ou pour donner des ordres relatifs à sa toilette ou à sa nourriture. Le reste du temps, elle paraissait vaguement réfléchir, mais alors son œil paraissait vide.

Elle ne s'animait un peu que lorsqu'on lui apportait son enfant. Quand elle le tenait sur son lit, elle le couvrait de baisers et de caresses ; mais elle paraissait avoir oublié son nom. Du moins, elle ne le prononçait jamais, et jamais non plus elle ne demandait qu'on lui apportât la chère créature.

Le bruit s'était répandu peu à peu que la duchesse était devenue folle.

Les domestiques en avaient été persuadés dès le jour de la scène, et ils avaient été les premiers à en colporter la nouvelle.

De son côté, le duc avait su prendre, dans les courtes visites qu'il faisait, dans tous les endroits où il se rendait, un air si discrètement navré ; il avait su faire de si habiles demi-réponses aux questions empressées, et surtout curieuses, qu'on lui adressait sur la santé de la duchesse, qu'au bout de quinze jours, de trois semaines au plus, tout Paris savait que Mme d'Ambroge avait perdu la raison à la suite d'une fièvre cérébrale, occasionnée par la frayeur qu'elle avait éprouvée le jour où elle avait failli être assassinée.

Si le duc était universellement plaint, il n'est pas besoin de le dire ; c'était à qui lui prodiguerait des marques de sympathie.

Quant à lui, il attendait impatiemment le moment d'agir, et ce moment ne tarda pas à arriver.

Le procès de Jacques Fargueil terminé et celui-ci envoyé dans la prison départementale où il devait subir sa peine, le duc laissa passer six semaines ; puis, à chacune des visites du docteur Chamblay, il lui fit raconter par Mme Angélique que la duchesse avait eu une crise la veille, dans la soirée ou dans la nuit,

Le médecin, qui n'avait aucune raison de se défier, était de plus en plus frappé par ces récits, et un beau jour — c'était là que le duc l'attendait — il insinua avec beaucoup de ménagements à celui-ci qu'il serait peut-être bon de faire transporter la malade dans un établissement spécial, où un traitement approprié pourrait lui être appliqué.

Le duc, comme il fallait le prévoir, se récria bruyamment ; mais l'illustre praticien sut lui faire valoir habilement toutes les raisons qui militaient en faveur de sa proposition.

D'abord, la duchesse ne perdrait absolument rien au point de vue du confortable. Elle pourrait être entourée, à la maison de santé, du même luxe qu'à l'hôtel. Il y avait des maisons qui ne laissaient rien à désirer sous ce rapport, et, d'ailleurs, rien n'empêcherait le duc de faire meubler lui-même à sa guise, et suivant les goûts de la malade, l'appartement qu'il choisirait pour elle dans l'établissement. Il pourrait même la faire accompagner de ses femmes, et Mme Angélique, par exemple, Mme Angélique qui paraissait si dévouée à la duchesse, pourrait rester auprès d'elle.

Une fois là, la duchesse pourrait être soumise à un traitement qui nécessitait la présence constante de médecins spéciaux et une installation toute particulière.

C'était, au sens du docteur, le seul moyen de combattre efficacement l'affection mentale de la duchesse.

Bref, le bon docteur s'épuisait en arguments pour convaincre le duc, dont il servait si complètement, et si inconsciemment, les projets.

Le duc d'Ambroge joua consciencieusement la comédie qu'il avait organisée.

Le premier jour, il ne voulut rien entendre, et le docteur dut revenir, le lendemain et les jours suivants, à la charge.

Ce manège dura huit jours, après lesquels le duc parut se rendre.

Mais avant de prendre le douloureux parti qu'on lui conseillait, il voulut qu'il ne pût lui rester aucun doute sur l'état mental de sa femme, et le docteur lui offrit alors d'appeler en consultation un célèbre aliéniste, le professeur Labègue, qui vaincrait certainement ses dernières hésitations.

Le docteur Labègue fut mandé et la consultation eut lieu.

Par déférence pour son illustre confrère, le docteur Labègue examina à peine la malade, qui présentait, d'ailleurs, à première vue, tous les signes de la folie commençante, et les deux docteurs rédigèrent l'arrêt qui condamnait, peut-être à jamais, la pauvre femme.

Huit jours après, les journaux du *high life* annonçaient, dans des notes émues, que l'infortunée duchesse d'Ambroge avait dû être transportée dans la maison de santé du docteur Grise, et que le désespoir du duc arrachait des larmes à tous ceux qui l'approchaient.

CHAPITRE XIV

Le testament.

ENDANT que se déroulaient les événements, qui viennent d'être racontés, le marquis d'Hierville, dont le nom a été prononcé au début de ce récit, achevait dans son lit une longue existence d'austère loyauté.

C'était un grand vieillard, qui, naguère encore, se tenait ferme et droit, malgré ses quatre-vingts ans bien sonnés.

Sa chevelure d'un blanc de neige, encore assez fournie, encadrait dans ses longues boucles un visage vénérable qui respirait ordinairement la bienveillance, mais qui savait aussi, à l'occasion, exprimer la sévérité.

Le marquis d'Hierville avait à peine quatre ans quand avait commencé l'émigration, et son père, qui devait servir dans l'armée de Condé et, plus tard, se faire tuer à Quiberon, l'avait emmené avec sa mère en Allemagne.

Il avait donc séjourné jusqu'à l'âge de vingt-sept ans, dans ce pays et aussi en Angleterre, et il n'était rentré en France qu'en 1815.

Une grande partie de sa fortune, en possession de laquelle il entrait immédiatement, puisque son père était mort en 1795, et que sa mère n'avait guère survécu que quatre ans, avait disparu dans les ventes de biens nationaux, mais ce qui en restait constituait encore un capital de plusieurs millions, et le jeune marquis d'Hierville était en mesure de faire grande figure à la cour de Louis XVIII.

Mais le jeune homme, qui était doué d'une intelligence très vive et qui avait eu dès sa première enfance les fécondes leçons du malheur, ne s'était pas laissé prendre aux frivolités des gentilshommes qui, ramenés dans les fourgons de l'étranger, avaient envahi, à la suite du ventripotent comte de Provence, le palais des Tuileries enfin reconquis.

Il en avait trop appris, pendant l'exil, pour ne pas sentir toute la vanité de l'orgie royaliste qui recommençait, et, sans se séparer de son parti, il avait tout de suite montré une grande réserve.

Cette réserve augmenta encore sous le règne de Charles X ; le marquis d'Hierville n'avait pas tardé à comprendre que l'abandon du système prudent de Louis XVIII conduisait de nouveau la monarchie bourbonienne à sa perte, et quand 1830 arriva, il put s'écrier au milieu du cercle peu nombreux qui se réunissait chaque semaine dans son hôtel de la rue de l'Université : « Je l'avais bien dit ! »

Il ne pouvait, bien entendu, se rapprocher de la royauté des barricades, et du jour où le duc d'Orléans monta sur le trône, le marquis d'Hierville se tint complètement à l'écart du monde politique.

La monarchie de Juillet s'écroula, la République se laissa égorger, le second empire s'éleva sur les cadavres du boulevard Montmartre : le marquis d'Hierville assista impassible, en philosophe désintéressé, à ces bouleversements.

Il avait épousé, en 1820, la sœur du duc d'Ambroge, et il en avait eu un fils qui, d'un caractère grave et aventureux à la fois, était entré dans la marine. Bien que le marquis n'eût aucun rapport avec le pouvoir d'alors, il n'avait pas songé un seul instant à entraver la vocation de son fils ; il avait laissé entrer celui-ci à l'école navale, se disant que ce n'était pas Louis-Philippe qu'il servirait, mais simplement la France.

Ce fils, tout l'espoir du marquis, avait été tué, enseigne, au cours d'une croisière marquée par plusieurs combats, et le marquis en était resté inconsolable.

La marquise avait succombé à son désespoir, et M. d'Hierville resté seul, à l'âge de cinquante-cinq ans, c'est-à-dire alors qu'il approchait de la vieillesse, n'avait pas songé à se remarier.

Il s'était renfermé plus étroitement dans son hôtel, où il ne recevait que de vieux amis, ayant les mêmes goûts et les mêmes vues que lui, et on ne le voyait dans son monde qu'alors qu'il lui était impossible de ne pas s'y montrer.

Plus tard, il avait cru pouvoir reporter sur son neveu, le jeune duc d'Ambroge, une partie de la tendresse qu'il avait eue pour son fils, et rien, en effet, n'eût été plus naturel, car le jeune homme devait être son seul héritier.

Mais quand une fois Christian, sorti de sa jésuitière, eut commencé la vie de dissipation qui devait le mener si rapidement à la ruine, et que tous les efforts du pauvre marquis d'Hierville pour le ramener à une conduite plus sage eurent échoué sans recours, le vieillard sentit que son cœur n'avait rien à espérer de ce côté, et il abandonna le jeune fou à lui-même.

Un rapprochement s'opéra cependant à l'occasion du mariage de celui-ci.

Le marquis d'Hierville n'avait aucun des préjugés de sa caste, et il n'avait pas fait une seule observation contre ce que les vieilles douairières du Faubourg appelaient la mésalliance de son neveu.

Bien plus, il avait été immédiatement séduit par la grâce d'Andrée, par sa douceur, par sa modestie, par sa simplicité, et tout de suite, sans hésiter, sans marchander, il lui avait donné une paternelle affection.

De son côté, Andrée avait compris tout ce que le cœur du vieillard contenait de tendresse; elle s'était sentie émue de ses malheurs, et elle s'était mise à l'aimer filialement.

Le marquis avait espéré que le mariage assagirait son neveu, et c'était surtout à cause de cela qu'il s'était rapproché de lui; il avait voulu soutenir de ses conseils l'influence que prendrait peut-être la jeune femme; mais il avait été bientôt obligé de reconnaître que ses espérances étaient vaines.

Quelques mois à peine après son mariage, le duc avait repris son existence d'autrefois; la dot d'Andrée fondait comme cire entre ses mains, et aux observations de son oncle il avait répondu en homme qui entend n'être pas conseillé malgré lui.

Le marquis avait été forcé de rompre de nouveau, ou à peu près, avec son neveu, qui ne s'acquittait envers lui que de ses stricts devoirs de politesse; mais il avait conservé avec Andrée, qu'il aimait de jour en jour plus tendrement, les relations les plus affectueuses.

Même son souci était de savoir comment il pourrait donner sa fortune à celle-ci sans que le duc, légalement ou illégalement, pût la dissiper comme il avait fait de la sienne, et comme il était en train de faire de celle de sa femme.

Il avait eu beau chercher, il n'avait rien trouvé, et finalement il s'était arrêté à un expédient.

Il avait déclaré au duc d'Ambroge que le jour où il aurait un enfant, il ferait, lui, d'Hierville, son testament en faveur de cet enfant ; mais que, dans le cas où Andrée ne deviendrait pas mère, sa fortune serait tout entière, après sa mort, employée à des fondations de bienfaisance.

— Je n'entends pas, avait-il dit nettement et sévèrement, que ma fortune serve uniquement à entretenir des danseuses et à enrichir des croupiers ou des piliers de maisons de jeu.

Il y a longtemps, trop longtemps que vous accueillez dédaigneusement mes observations. Vous vous dites libre de votre conduite, et je n'ai rien à objecter, mais, moi, je suis libre de ma fortune, et j'aime à croire que vous ne trouverez rien non plus à redire à l'emploi que j'en veux faire.

Le marquis ne disait pas ainsi toute sa pensée ; il avait, en effet, certains projets au sujet d'Andrée, mais il n'avait pas à les faire connaître à son neveu.

Le duc d'Ambroge avait éprouvé une vive, une cruelle déception ; mais il avait longuement réfléchi, et, finalement, il s'était dit qu'avec un peu d'habileté il n'en aurait pas moins la jouissance de la fortune de son oncle après la mort de celui-ci.

Le plus pressé était d'avoir un enfant, et nous avons vu comment il s'y était pris.

Une fois la fortune donnée à l'enfant, on trouverait facilement le moyen d'en user.

L'enfant était né ; le marquis d'Hierville avait testé en faveur du petit Jehan, et il n'y avait plus qu'à laisser les choses suivre leur libre cours, quand l'infamie du duc avait involontairement tout dérangé.

Le marquis d'Hierville, qui était déjà gravement malade lors de l'événement de l'hôtel d'Ambroge, avait été péniblement affecté par la maladie de sa nièce.

Il avait longuement médité, dans ses heures d'insomnie, sur les circonstances étranges de la découverte du voleur et du procès qui avait suivi, sur les conséquences, hors de proportion avec l'événement, que celui-ci avait eues sur la santé de la duchesse ; sur mille riens qui avaient échappé à l'attention du public et qui l'avaient frappé ; et le jour où il apprit que le duc avait fait transporter sa femme dans une maison de santé, après avoir pris la singulière précaution de se faire délivrer une attestation de la folie de la malade, il sentit un soupçon traverser son esprit, et il comprit clairement, en tout cas,

que le duc avait l'intention de se débarrasser pour toujours de sa femme, de façon à rester seul maître de l'enfant et de sa fortune.

Le résultat de ces méditations fut que le vieillard fit mander son notaire et qu'il lui dicta un nouveau testament.

Le fait, toutefois, fut tenu secret, et le duc d'Ambroge n'en eut pas même le soupçon.

Quelques jours après il se présentait chez le marquis d'Hierville, et lui annonçait, sur le ton d'une douleur qui, quelque effort qu'il fît, sonnait horriblement faux, le terrible malheur qui venait de frapper sa femme.

Malgré son désespoir, il avait dû céder aux représentations des docteurs Chamblay et Labègue, qui lui avaient fait comprendre que le seul moyen de guérir la pauvre duchesse était de la placer dans un établissement spécial où elle suivrait un traitement approprié. Tout espoir, du reste, n'était pas perdu. Les médecins comptaient beaucoup sur l'effet du temps.

La malade était admirablement installée, dans un appartement où il avait fait transporter les propres meubles de la chambre à coucher de la duchesse.

Elle avait deux de ses femmes auprès d'elle, notamment sa dame de compagnie.

Elle était, en un mot, entourée des soins les plus minutieux, et le duc n'attendait que le premier indice d'un mieux sensible pour la ramener à l'hôtel.

Le vieillard laissait dire son neveu, tout en l'observant attentivement, et celui-ci, qui comprenait que le marquis n'était pas dupe de ses protestations, finit bientôt par perdre contenance.

Néanmoins il continuait à balbutier ses circonstances atténuantes.

— Allons, en voilà assez ! interrompit enfin le malade. Vous vous êtes débarrassé de votre femme, et vous vous êtes mis en règle ; c'est parfait, mais...

— Comment, mon oncle, protesta le duc, vous pouvez supposer...

— Assez, assez ! cria le marquis. Vous êtes, mon neveu, un fieffé coquin, et je vois clair dans votre jeu ; mais, soyez tranquille, je saurai déjouer votre coquinerie.

Et maintenant, vous pouvez vous retirer.

Le duc s'était donc retiré, la rage et l'inquiétude au cœur, la rage de se sentir démasqué, l'inquiétude de savoir ce que signifiaient les dernières paroles du marquis.

Il connaissait, en effet, son oncle ; il savait par expérience que ses menaces n'étaient jamais vaines ; aussi n'eut-il rien de plus pressé, en le quittant, que de courir auprès de son intendant pour lui raconter la scène qui venait d'avoir lieu, et lui demander ses conseils.

— C'est tout, n'est-ce pas, monsieur le notaire? (Page 134.)

M. Gracieux était un homme de réflexion, qui ne parlait pas à la légère, et qui, avant de donner son avis, tournait, suivant le précepte du sage, sept fois sa langue dans sa bouche.

Il écouta attentivement le récit du duc, et réfléchit ensuite longuement.

Le duc était sur des charbons ardents, mais M. Gracieux ne se pressait pas de rendre son oracle.

Il finit cependant pas ouvrir la bouche, mais ses paroles n'eurent tout d'abord rien de consolant : .

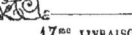

— Mon Dieu ! monsieur le duc, dit-il en hochant la tête, il est difficile de deviner quels sont les projets de M. le marquis.

S'il n'avait autour de lui personne qui connût les affaires, je crois que vous n'auriez pas pas grand'chose à craindre. Il se contenterait de laisser, comme il l'a fait par le testament que nous connaissons, sa fortune à votre fils ; et il s'en irait bien tranquille, s'imaginant vous avoir joué un bon tour.

Mais il a son notaire ; et, celui-là, je le connais. M⁰ Harant de Ribes est le type du vieux tabellion, bourru et retors, et si le marquis lui a demandé conseil, il n'aura certainement pas hésité à lui indiquer un moyen sûr de vous frustrer.

Il faudrait donc, avant tout, savoir si le notaire a été appelé récemment chez le marquis.

— Oui, mais comment s'y prendre pour cela ? Mon oncle n'a auprès de lui que de vieux serviteurs qui lui sont absolument dévoués, et ce n'est certainement pas d'eux qu'on pourra tirer le moindre renseignement.

D'ailleurs, à quoi nous servirait-il de savoir si le notaire a été appelé ? Cela empêcherait-il le mal, s'il est déjà fait ?

— Non, certes, monsieur le duc ; vous avez parfaitement raison. Le renseignement, si nous pouvions l'avoir, n'aurait guère qu'un intérêt de curiosité ; mais encore est-il bon de savoir à quoi s'en tenir.

Peut-être alors trouverions-nous le moyen de parer, ou, tout au moins, d'atténuer le coup.

— L'atténuer ? Comment ?

— Que sais-je, moi ? Vous pourriez revoir M. le marquis. Vous pourriez également faire ramener Mᵐᵉ la duchesse à l'hôtel pendant les quelques mois, les quelques semaines plutôt, qui s'écouleront d'ici à la mort de votre oncle ; et cela suffirait peut-être à changer ses résolutions. Il pourrait croire qu'il s'est trompé.

Cet expédient n'était pas pour plaire au duc, qui redoutait le retour de scènes semblables à celle qui l'avait si justement effrayé, et M. d'Ambroge secoua mélancoliquement la tête.

— En somme, mon cher Gracieux, conclut-il, vous ne trouvez rien pour nous mettre à couvert des menaces de mon oncle ?

— Hélas ! monsieur le duc, j'avoue mon impuissance. D'abord, pour combattre un mal, il faut le connaître, et nous ignorons complètement ce que veut faire M. le marquis ; ensuite, il ne faut pas nous dissimuler que s'il est conseillé par M⁰ Harant de Ribes, nous avons affaire à forte partie.

D'ailleurs, nous nous exagérons peut-être la malveillance de votre oncle, qui pourrait bien n'avoir voulu que vous effrayer.

Là-dessus, le duc ne pouvait conserver aucune illusion, et l'hypothèse de M. Gracieux ne le rassurait pas.

Il n'y avait, en somme, qu'à attendre l'événement, et c'est à quoi M. d'Ambroge se résigna.

Il n'attendit pas, du reste, bien longtemps.

Le vieux marquis d'Hierville, malgré l'énergie morale qui l'avait longtemps soutenu, s'éteignit comme une lampe dont l'huile est épuisée. Deux mois à peine après le court entretien qu'il avait eu avec son neveu, il expirait doucement, en prononçant le nom de sa femme et de son fils, que, dans sa conviction de gentilhomme discrètement chrétien, il allait enfin rejoindre.

Les obsèques eurent lieu avec simplicité, et le duc d'Ambroge, bien qu'il n'eût pas revu son oncle, y fit montre d'une douleur tout à fait décente.

Ce fut lui qui conduisit le deuil, et, tout en marchant derrière le cercueil, il se demandait avec une véritable angoisse quelles avaient bien pu être les dispositions dernières du défunt, en supposant que, comme ses menaces le faisaient craindre, il eût déchiré son premier testament.

Cette inquiétude l'aidait singulièrement à simuler le chagrin ; mais ceux qui eussent pu lire au fond de son cœur eussent été effrayés des malédictions qui s'y heurtaient, et de la rage haineuse qui y couvait contre le mort hypocritement pleuré.

Deux jours après les funérailles, Me Harant de Ribes convoqua le duc d'Ambroge pour l'audition du testament du marquis d'Hierville.

Le duc attendait fiévreusement cette convocation.

Il séchait d'impatience ; néanmoins elle lui fit, toute proportion gardée, la même impression que celle que ressent un condamné à mort brusquement réveillé dans sa cellule par l'entrée des gens qui viennent lui annoncer que sa dernière heure est venue.

A la date indiquée, il se rendit à l'invitation, et, aussitôt arrivé à l'étude, il fut introduit dans le cabinet du notaire.

Me Harant de Ribes, qui était assisté d'un confrère, était assis devant un vaste bureau d'acajou, le seul meuble, avec un certain nombre de sièges, qui ornât la pièce, dont les murs étaient, du haut en bas, couverts de cartonniers fermés et de casiers remplis de registres.

Le bureau était surchargé de papiers.

Me Harant de Ribes, n'était pas un de ces aimables et fringants tabellions qui ont complètement changé les mœurs du notariat parisien, et qu'on voit aujourd'hui dans tous les lieux de plaisir, où ils rivalisent de gaieté, d'étourderie et d'élégance avec les clubmen les plus admirés.

C'était un notaire de la vieille école, austère, sec et froid.

Long et maigre, la face complètement rasée, l'œil vif, quoique constamment couvert d'éternelles lunettes d'or, et toujours vêtu d'un habit noir, Mᵉ Harant de Ribes déconcertait d'abord par la sévérité de son aspect.

Mais pour ceux qui le connaissaient et qui étaient faits à sa sécheresse de formes, c'était le meilleur et le plus honnête homme du monde.

C'était surtout le conseiller le plus sûr et toujours écouté.

Il avait repris l'étude à la mort de son père, et il connaissait à fond la situation de toutes les grandes familles du Faubourg, soit qu'elles fussent les clientes de l'étude, soit que ses propres clients eussent été en rapports d'affaires avec elles.

Mᵉ Harant se leva à l'entrée du duc d'Ambroge et le salua correctement, mais froidement.

Quelqu'un qui eût été prévenu eût même pu remarquer une fugitive expression de mépris dans un léger plissement des lèvres ; mais le duc songeait bien à autre chose qu'à observer les nuances de l'accueil qui lui était fait.

Il venait entendre son arrêt, et il ne s'occupait pas d'autre chose.

Il paraissait toutefois complètement maître de lui.

— Monsieur le duc, dit le notaire, en indiquant un siège rapproché de son bureau, veuillez vous asseoir. Vous arrivez le premier, mais j'espère que vous n'aurez pas longtemps à attendre.

Mᵉ Harant avait volontairement pesé sur le mot « premier », mais le duc ne parut pas le remarquer, et il prit le siège qui lui était offert.

Une conversation complètement banale s'engagea. Elle ne dura, du reste, que quelques minutes, car, un à un, les personnages convoqués se présentaient.

C'étaient d'abord des vieux amis du marquis d'Hierville, auxquels celui-ci avait probablement voulu laisser un souvenir ; puis quelques parents d'un degré si éloigné qu'ils paraissaient tout surpris de n'avoir pas été oubliés ; enfin toute la maison du défunt, vieux serviteurs blanchis à son service, et qui, en s'asseyant timidement sur le bord des sièges qui leur étaient donnés, essuyaient furtivement une larme.

Quand Mᵉ Harant de Ribes eut constaté la présence de toutes les personnes qu'il avait convoquées, il prit dans un tiroir de son bureau un grand pli scellé et cacheté, et, après avoir brièvement, mais solennellement, annoncé qu'il allait donner lecture du testament de Louis-Bonaventure-Marie-Dieudonné de la Force, marquis d'Hierville, comte de Béhaigne, baron de Lussac, seigneur de Rocamère, de Lastours et autres lieux, il rompit les cachets et déploya le testament.

Il commença ensuite, d'une voix forte, la lecture des dernières volontés du marquis.

A mesure que le notaire énonçait les legs, souvenirs ou sommes d'argent, faits par le défunt à ses amis et à ses serviteurs, on entendait, dans l'auditoire, un soupir ou un sanglot.

Tous les yeux se mouillaient ; seul, le duc d'Ambroge conservait tout son calme, et il sentait, d'ailleurs, qu'il allait en avoir besoin.

Certes, s'il eût pu se dispenser de se rendre à la convocation du notaire, il l'eût fait de grand cœur ; mais il ne pouvait décemment se soustraire à ce qui était un devoir d'obligation étroite, et c'était uniquement pour le monde qu'il était venu assister à la lecture du testament.

Le notaire arriva enfin à la partie principale des suprêmes volontés du mort, et tout de suite le duc d'Ambroge vit que les craintes de M. Gracieux et les siennes étaient plus que fondées.

Le marquis d'Hierville laissait bien, il est vrai, toute sa fortune, moins les legs déjà énoncés, à son petit-neveu, le jeune Jehan d'Ambroge, fils du duc Christian et de la duchesse, née Andrée Grandlieu ; mais, et c'était là ce qui jetait à bas tout l'édifice de coquinerie si péniblement construit, il disposait que, jusqu'à la majorité du jeune Jehan d'Ambroge, la fortune qui lui était laissée, et qui s'élevait à environ douze millions en valeurs, terres, hôtels et châteaux, serait administrée par le comte de Péronnie, un des légataires du défunt, ou, en cas de mort, par le baron d'Alzac, autre légataire, avec la collaboration et les conseils de M° Harant de Ribes.

Le testament disposait en outre que quarante mille francs seraient mis chaque année à la disposition du duc d'Ambroge, tant pour l'entretien de la duchesse dans la maison de santé où elle recevait des soins, que pour l'éducation du jeune Jehan, mais à la charge par le duc de justifier, par pièces et documents, de l'emploi légitime de cette somme.

Dans le cas, était-il dit, où la duchesse d'Ambroge recouvrerait la santé et sortirait de la maison où elle avait été placée, les exécuteurs testamentaires se souviendraient des instructions verbales qui leur avaient été données, et qui, pour couvrir complètement leur responsabilité, avaient été minutieusement détaillées dans une sorte d'appendice au testament, lequel appendice ne serait ouvert par M° Harant de Ribes, ou son successeur, que dans le cas où Jehan d'Ambroge, parvenu à sa majorité et mis en possession de son héritage, contesterait l'administration qui en aurait été faite par les exécuteurs testamentaires.

Une fois les volontés officielles ou secrètes du testateur exécutées le surplus des revenus devait être capitalisé. Une part cependant y était prélevée pour l'éducation d'un certain nombre d'enfants pauvres.

La lecture de ces dispositions avait été longue ; mais pendant le siècle qu'elle avait duré, le duc n'avait pas sourcillé.

Il avait cependant laissé tomber son masque de tristesse, et un sourire de dédain s'était fixé sur ses lèvres.

Il avait la mort dans le cœur ; tous ses plans étaient définitivement renversés ; il se voyait acculé à la ruine ; mais il entendait que rien ne parût sur son visage de la fureur intérieure qui le brûlait et, s'il n'y réussissait pas tout à fait, du moins les apparences étaient-elles aussi bien gardées que possible.

Quand tout fut terminé, quand le notaire eut reposé sur son bureau le testament qu'il venait de lire, le duc se leva tout d'une pièce, et s'adressant à Mᵉ Harant :

— C'est tout, n'est-ce pas, monsieur le notaire ?

— Oui, monsieur le duc, répondit celui-ci en fixant sévèrement l'héritier déçu.

— Alors, permettez-moi de me retirer.

Et le duc quitta fièrement le cabinet du notaire, en saluant à peine, mais en jetant à MM. de Péronnie et d'Alzac un regard de défi auquel ceux-ci ne parurent même pas prendre garde.

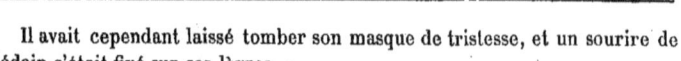

CHAPITRE XV

Monsieur le duc est heureux au jeu.

N rentrant à l'hôtel, le duc d'Ambroge fit appeler immédiatement M. Gracieux, et le digne intendant s'empressa d'accourir.

Au premier coup d'œil jeté sur son maître, il devina la situation.

Le duc, en effet, venait de déchirer ses gants et de les jeter sur le tapis, et toute sa physionomie, si longtemps contrainte, exprimait une rage froide, doublée par la conscience de son impuissance.

— Eh bien ! vous aviez raison, Gracieux, cria le duc ; cette canaille de notaire m'a volé comme dans un bois.

— Il fallait s'y attendre, monsieur le duc, répondit philosophiquement l'intendant ; mais comment s'y est-il pris ? Est-ce que votre fils est déshérité ?

— Pas du tout ; il a toute la fortune.

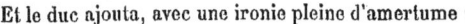

Et le duc ajouta, avec une ironie pleine d'amertume :

— M. Jehan d'Ambroge a douze millions, et peut-être davantage, et M. son père n'a pas le sou.

— Mais alors, reprit l'intendant, tout n'est pas perdu, et je ne vois pas en quoi la situation diffère de celle que nous avons toujours prévue...

— Mon cher Gracieux, interrompit le duc, vous me paraissez bien naïf pour un intendant. Comment ! vous ne devinez pas ? Jehan hérite, c'est vrai ; mais à sa majorité seulement, et, d'ici à ce qu'il l'ait atteinte, la fortune sera administrée par un des exécuteurs testamentaires du marquis, le comte de Péronnie.

La figure de M. Gracieux s'était subitement allongée.

Ce n'était pas que l'honnête intendant fût véritablement surpris ; en fait de subtilités, rien ne pouvait l'étonner, car il les connaissait toutes ; mais il avait espéré jusqu'au dernier moment que le testament connu du marquis d'Hierville ne serait pas modifié.

La déception était pénible.

Avoir espéré, attendu si longtemps une aussi magnifique proie, et se la voir arracher au moment de la saisir !

M. Gracieux était consterné.

Mᵉ Harant de Ribes était décidément un coquin, car c'était lui, bien certainement, qui avait inspiré au marquis d'Hierville le moyen de frustrer ainsi son neveu, et, par la même occasion, l'intendant d'icelui.

On pense bien, en effet, que maître Gracieux ne songeait sérieusement qu'à lui-même. La déconvenue du duc lui importait peu, uniquement rapportée à celui-ci ; ce qu'il voyait dans le désastre, c'est qu'il ne fallait plus songer à en agir avec la fortune du jeune d'Ambroge comme avec celle du duc et de la duchesse.

C'était, au bas mot, une perte sèche de deux millions, car, sur une douzaine de millions, rien n'eût été plus facile que d'en glaner deux.

A peine le seize pour cent !

Pendant que M. Gracieux se livrait à ces pénibles réflexions, le duc d'Ambroge continuait à exhaler sa fureur, ce qui, du reste, ne l'empêchait pas de réfléchir de son côté.

Quel coup, en effet !

A quoi bon toutes les infamies, tous les crimes commis, puisque leur résultat final était aussi cruellement négatif ?

Le duc avait tout tenté pour que sa femme prît un amant et lui donnât ainsi le pseudo-fils qui devait lui assurer la fortune du marquis d'Hierville, et voilà que c'était précisément cet enfant qui lui enlevait l'héritage convoité.

C'était le fils de Jacques Fargueil qui, du même coup, usurpait le nom des d'Ambroge et la fortune des d'Hierville.

Tout se retournait subitement contre le duc, et c'était lui qui avait été l'artisan de sa propre ruine.

C'était à son propre piège qu'il était pris.

Aussi de quelle haine farouche était-il rempli contre l'innocent qui devait être d'abord un instrument et qui n'était plus qu'un obstacle !

Mais il était inutile de s'attarder à ces stériles réflexions. Il fallait agir, si toutefois l'action était possible.

C'est donc avec un peu plus de calme que le duc revint à son intendant, lequel continuait à réfléchir.

— Voyons, mon cher Gracieux, ne perdons pas notre temps à nous lamenter. Qu'allons-nous faire?

— Que voulez-vous que nous fassions, monsieur le duc?

— Mon Dieu, Gracieux, vous devez le savoir mieux que moi. Vous passez pour être extrêmement habile: c'est le moment de montrer votre habileté. Il est impossible qu'il n'y ait rien à faire. Ne pourrait-on pas, par exemple, attaquer la validité du testament?

— Attaquer la validité du testament?...

— Pourquoi non?

— D'un testament rédigé par cette vieille canaille de Mᵉ Harant?

— Rédigé par lui ou un autre, qu'est-ce que cela peut faire? Il me semble qu'on pourrait plaider l'insanité du marquis, qui a remplacé, quelques jours avant de mourir de vieillesse, un testament raisonnable par un testament tel qu'on n'en voit jamais.

— Ne vous bercez pas d'illusions, monsieur le duc. Mᵉ Harant de Ribes est un trop expert praticien pour ne pas avoir fait un testament absolument inattaquable.

Croyez-vous donc qu'il n'a pas prévu le cas où l'envie vous prendrait de faire un procès?

Mᵉ Harant prévoit tout et pourvoit à tout. J'ai eu affaire à lui à diverses reprises, et je le connais bien. C'est pour cela que je suis absolument convaincu qu'il n'y a rien à tenter de ce côté.

— Alors, n'y pensons plus ; mais, vous, avez-vous une autre idée?

— Aucune, monsieur le duc.

— Comment ! rien?

— Absolument rien.

— Monsieur, lui dit-il, je suis convaincu de votre innocence. (Page 144.)

— Je ne vous reconnais plus, Gracieux, fit le duc d'un ton railleur.

— Mon Dieu, monsieur le duc, j'en suis désolé, mais je vous avoue, en toute humilité, que je ne me sens pas de taille à lutter contre Me Harant.

— Alors, vous abandonnez la partie?

— Il le faut bien, monsieur le duc.

— C'est bien, répliqua froidement M. d'Ambroge ; mais, que comptez-vous faire?

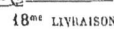

Puisque je suis ruiné, ou à peu près, et que vous ne voyez rien à tenter au sujet du testament du marquis, je me demande de quelle utilité me seront maintenant vos services, et cela d'autant mieux qu'il me sera désormais impossible de les rétribuer comme ils le méritent.

— Monsieur le duc, répondit l'intendant, j'allais précisément vous offrir de me retirer ; il m'en coûtait beaucoup de vous faire cette communication, mais vous me mettez tout à fait à l'aise, et je serai prêt, quand vous le désirerez, à vous rendre mes comptes.

— Quand il menace ruine, murmura philosophiquement le duc, les rats quittent le bâtiment.

— Oh ! monsieur le duc, protesta l'intendant, ne vous méprenez pas sur les motifs qui me guident. Ce n'est pas votre situation actuelle qui m'a inspiré le désir de me retirer. Elle m'engagerait plutôt, au contraire, à rester à votre service.

Mais je commence à me faire vieux, et il y a déjà longtemps que j'aspire au repos.

Or, puisque vous venez de me dire vous-même que je ne puis désormais vous être d'aucune utilité, rien n'empêche plus que je prenne enfin ce repos...

— Que vous pourrez assaisonner de toutes sortes d'agréments, n'est-ce pas, monsieur Gracieux ? ajouta le duc, car j'imagine que, pendant que je me ruinais, vous avez été assez prudent pour faire des économies.

— J'ai pu, en effet, monsieur le duc, répliqua l'intendant avec une dignité qui eût pu faire illusion à tout autre qu'à M. d'Ambroge, mettre quelques milliers de francs de côté pour mes vieux jours ; mais si l'on m'eût dit, il y a quelques années, que vous me reprocheriez le prix de mes services, ou je ne l'eusse pas cru, ou je me fusse mis immédiatement hors de la portée de ce reproche.

Monsieur le duc, continua l'intendant d'une voix qui faisait effort pour être émue, j'attends vos ordres pour vous soumettre mes derniers comptes.

— Allons, allons, mon cher Gracieux, ne vous fâchez pas si vite, s'écria le duc ; je n'ai pas eu le moins du monde l'intention de vous offenser et encore moins de suspecter votre probité. Je sais que vous m'avez toujours bien servi ; je n'ai jamais eu qu'à me louer de vous, et je crois vous l'avoir prouvé en maintes occasions.

Ne prenez donc pas si vite la mouche, et, si j'ai dit un mot de trop, oubliez-le.

Non seulement je ne songe pas à me séparer de vous, mais je n'ai jamais eu aussi besoin de vos services, et c'est moi qui vous prie de me les continuer.

Peut-être, à nous deux, en cherchant bien, arriverons-nous à me tirer d'affaire.

Que diable! il me reste encore quelque chose. La ferme de Combe-Fontaine est encore intacte, et maintenant que nous avons rempli toutes les formalités légales de la mise en tutelle de la duchesse, rien ne nous empêche de chercher un acquéreur.

Avec le produit que nous en tirerons, nous pourrons aller quelque temps et attendre les événements.

L'intendant laissait parler le duc, mais il secouait la tête.

— Monsieur le duc, répliqua-t-il, j'aurais mauvaise grâce à ne pas oublier immédiatement les duretés qui vous ont échappé, et puisque vous paraissez attacher encore quelque prix à mes services, je ne me permettrai pas de vous les refuser; mais, je crois que vous auriez tort de nourrir des illusions.

La fortune de votre fils va être bien gardée...

— La fortune de mon fils, fit le duc en ricanant.

Mais M. Gracieux ne prit pas garde aux paroles du duc.

— Il ne faut pas songer à y toucher, et vous n'en verrez certainement que ce qu'il plaira à M. de Péronnie et à Me Harant.

Aussi, monsieur le duc, s'il m'était permis de vous donner un conseil, j'opinerais pour que, la ferme de Combe-Fontaine vendue, puisque vous tenez à la vendre, vous missiez la plus grande réserve à toucher au capital qu'elle vous donnera.

Ce sera une sérieuse ressource qu'il faudra éviter de gaspiller.

— Mais, mon cher Gracieux, vous savez bien que je ne puis rien changer à notre train de maison, et que nous ne pourrons aller loin avec les deux ou trois cent mille francs que nous donnera cette vente.

— Avec ces deux ou trois cent mille francs, monsieur le duc, nous pouvons aller deux ans, et sans que personne s'aperçoive de notre gêne; mais à la condition que vous renonciez au jeu et à certaines autres sources de dépenses.

Or, en deux ans, il peut se passer bien des choses.

— Quelles choses? Quoi, mon cher Gracieux?

— Je n'en sais rien, monsieur le duc, mais il peut survenir un événement heureux; l'important est donc d'aller le plus longtemps possible, de façon à atteindre cet événement s'il doit se produire.

— Vous raisonnez très sagement, mon cher Gracieux, et je suis fort disposé à suivre vos conseils; mais je crains que ce ne soit bien difficile.

— Pas si difficile que vous le pensez, monsieur le duc. Vous pouvez modifier votre manière de vivre sans que personne songe à s'en étonner; l'état de Mme la duchesse, le malheur qui vous a frappé vous y autorisent, et la preuve, c'est que, depuis l'événement, vous avez dû observer une certaine réserve qui s'est traduite par une énorme diminution de dépenses.

Ce que disait l'intendant était parfaitement exact. Le chagrin qu'avait simulé le duc avait profité à ses finances. Ses dépenses s'étaient subitement arrêtées, et le train de l'hôtel n'avait guère dépassé un chiffre normal.

Il était donc possible, en suivant les conseils de Gracieux, de faire illusion pendant quelque temps encore, et qui sait si, comme il le disait, il ne surviendrait pas quelque chose d'heureux.

Il fut donc arrêté entre les deux hommes que les choses seraient arrangées comme le désirait l'intendant. Des économies seraient faites dans le service de l'hôtel, mais elles seraient conçues de telle sorte qu'elles ne parussent être que la conséquence naturelle de l'absence de la duchesse ; et, de son côté, le duc renoncerait à ses coûteuses habitudes de dépense. Il ne jouerait plus, et il mettrait un terme à ses libéralités envers ces dames du corps de ballet.

Pendant quelques semaines, le programme tracé fut fidèlement exécuté de part et d'autre.

M. Gracieux réduisit légèrement la domesticité de l'hôtel et revisa sévèrement les dépenses.

Le duc ne mit pas les pieds à son club dans la soirée et déserta complètement les boudoirs qu'il fréquentait jadis avec tant d'assiduité.

Si cet état de choses avait duré, les calculs de l'intendant se fussent certainement réalisés.

Malheureusement, le duc eut bientôt la nostalgie de son ancienne existence, et, un beau jour, toutes ces belles dispositions s'envolèrent. Dans la soirée, il avait rencontré un de ses vieux compagnons de plaisir, le vicomte de Lastigues, qui l'avait entraîné aux Haricots, et il s'était laissé installer à une table de jeu.

Or, il avait gagné, gagné superbement, insolemment, toute la nuit, et quand le matin était venu, il était rentré à son hôtel les poches bourrées de billets de banque.

Il rapportait de son échappée cent soixante-quinze mille francs !

Comment, après un coup aussi heureux, ne pas retourner au cercle ?

S'abstenir eût été folie.

Il y avait peut-être là, en effet, le moyen de soutenir brillamment le rang dont le duc n'entendait pas déchoir.

Puisque la dame de pique, qui avait dévoré la plus grande partie de sa fortune, paraissait enfin lui sourire, il fallait en profiter et le duc reprit immédiatement ses anciennes habitudes.

M. Gracieux avait bien essayé quelques observations, mais elles avaient été complètement perdues.

Le duc n'en avait tenu aucun compte, et, d'ailleurs, l'intendant n'avait pas insisté.

Pendant quelque temps, la chance n'abandonna pas le duc ; chaque matin le voyait revenir à l'hôtel avec un gain plus ou moins élevé, et il s'applaudissait de plus en plus de s'être laissé entraîner par son ami de Lastigues.

L'argent affluait à l'hôtel ; le duc, qui avait recommencé à satisfaire ses fantaisies les plus coûteuses, n'avait plus besoin de recourir à la caisse de M. Gracieux, et, par conséquent, le produit de la ferme de Combe-Fontaine, qui avait été vendue, restait intact.

Tout allait donc pour le mieux.

La duchesse, dont l'état ne s'améliorait pas, vivait, chez le docteur Grise, dans un luxe relatif qui ne permettait pas la moindre critique contre M. d'Ambroge. Elle avait toujours auprès d'elle Mme Angélique, qui venait fréquemment à l'hôtel mettre M. le duc au courant de l'état de la malade.

L'enfant, resté à l'hôtel, entre les mains de sa gouvernante, était comblé de soins, et quoique son prétendu père ne s'enquît jamais de lui, il n'avait pas à souffrir de cet oubli.

Les choses marchèrent ainsi pendant trois mois, et, tout en jetant l'argent par les fenêtres, le duc avait réalisé des sommes considérables.

Il avait pris pour maîtresse une fameuse actrice de la Comédie française, qui ne devait tenir la scène que quelques années, mais qui, subitement, et sans qu'on sût trop pourquoi, était devenue l'idole des habitués de la maison de Molière.

Lucie Reinette lui coûtait cher, mais elle satisfaisait pleinement sa vanité, et aucun de ses caprices ne lui paraissait trop coûteux.

La comédienne n'était cependant pas une beauté.

C'était une épaisse gaillarde, à la poitrine volumineuse, et dont la figure effrontée rappelait, au premier coup d'œil, celle de mainte gouge de carrefour.

Elle avait, certes, quelque talent, et, bien qu'inférieure à la plupart de ses camarades de la Comédie, elle n'était pas déplacée sur la scène de la rue de Richelieu ; mais les qualités de son jeu à gros effet avaient été considérablement exagérées, et l'admiration bruyante dont elle était l'objet n'était rien moins que justifiée.

Quoi qu'il en fût, elle était pour le moment la comédienne en vogue ; les journaux ne parlaient que d'elle ; les modistes et couturiers donnaient à l'envi son nom à leurs nouvelles « créations »; on vendait de la farine de craie décorée du nom de Lucie Reinette ; grandes dames et bourgeoises s'efforçaient de copier ses toilettes les plus tapageuses ; elle avait, en un mot, soulevé un de ces engouements ridiculement fous dont les Parisiens, si bêtement spirituels ou si spirituellement bêtes, donnent de temps à autre le bizarre spectacle.

Le salon de Lucie Reinette, où elle trônait avec plus d'assurance que de tact, réunissait la plupart des célébrités de la littérature, de l'art et de la finance ; mais sa chambre à coucher, trop peu fermée à ses débuts, ne s'ouvrait plus que discrètement pour quelques feuilletonistes redoutés ou pour de rares amis de la première heure.

Le duc d'Ambroge était jaloux, et il entendait ne partager avec personne des faveurs qui lui étaient cotées à si haut prix ; mais comme, chez lui, c'était surtout la vanité qui était en jeu, il n'avait même pas songé à demander à Lucie Reinette de fermer sa porte.

C'était surtout le bruit qu'elle faisait qu'il entendait payer, et la comédienne, qui démêlait fort bien les sentiments du duc et qui trouvait son compte à les exploiter, s'arrangeait d'autant plus volontiers pour le satisfaire qu'elle était elle-même follement amoureuse du bruit.

L'argent fondait sous les doigts de Lucie Reinette ; mais la prodigalité de son amant ne se lassait pas.

Pourquoi, du reste, eût-il regardé à quelques dizaines de billets de mille francs, alors que quelques coups de carte les lui procuraient si facilement ?

Il avait eu, il est vrai, quelques avertissements.

La veine insolente dont il profitait depuis trois longs mois lui avait été, quatre ou cinq fois, infidèle ; mais sa sérénité n'en avait pas été troublée.

Il n'allait pas tarder cependant à éprouver combien la fortune est changeante.

CHAPITRE XVI

La Prison.

ENDANT que le duc reprenait tranquillement son existence de viveur, et que la duchesse végétait dans la maison du docteur Grise, Jacques Fargueil commençait, à la prison de Clairvaux, les trois années d'emprisonnement auxquelles il avait été condamné.

On se rappelle comment les choses s'étaient passées.

Jacques, qui connaissait la raison du silence de la duchesse, dont la vie était alors si gravement menacée, ne s'était pas défendu.

D'un mot, il eût fait cesser l'équivoque, mais, fût-ce pour sauver sa tête, il ne l'eût pas prononcé. Ce n'était même pas sa situation qui le préoccupait le plus ; il ne songeait qu'à Andrée.

Mille tortures le déchiraient.

Il se reprochait maintenant le mouvement irréfléchi qui l'avait fait se précipiter au secours de la duchesse, alors qu'il était bien évident que le duc ne voulait que lui arracher la vente d'une ferme.

Est-ce qu'il n'eût pas mieux valu pour la duchesse elle-même la laisser dépouiller encore une fois ?

Au moins elle ne serait pas aujourd'hui aux portes de la mort.

En voulant la secourir, en l'empêchant ensuite de signer, Jacques l'avait peut-être tuée.

Voilà ce que se disait le pauvre garçon qui, dans tous ces regrets, n'en trouvait pas un pour lui-même.

Il pensait aussi à son fils.

Il se demandait avec terreur si le duc ne soupçonnerait pas désormais la vérité, et s'il ne chercherait pas à se venger du père sur l'enfant.

C'est pendant qu'il remuait en lui-même ces tristes pensées que sa condamnation avait été prononcée.

L'arrêt ne l'avait pas étonné ; il l'attendait, car il comprenait fort bien que les jurés ne pussent, en l'absence de toute défense, deviner d'eux-mêmes ce qui se justifiait.

C'est donc avec calme qu'il s'était entendu condamner, et c'est avec calme également qu'il avait repris le chemin de la prison.

Il y avait été bientôt rejoint par Me Domange qui, voulant remplir son devoir jusqu'au bout, venait l'engager à signer un pourvoi en cassation.

Jacques avait souri tristement.

— Un pourvoi? avait-il dit. Pourquoi faire? Je n'ai pas voulu me défendre aujourd'hui ; je ne me défendrais pas davantage une autre fois, et le résultat serait, par conséquent, le même.

— L'avocat, intéressé, fit un nouvel effort pour arracher son secret à son étrange client.

Mais Jacques l'arrêta net.

— Ne me questionnez pas, mon cher maître, lui dit-il. Je n'ai pas voulu parler pour sauver mon honneur ; je ne parlerai pas pour satisfaire votre curiosité ou pour exciter votre intérêt.

Ni vous, ni les jurés, ni les juges n'avez percé le mystère du drame qui m'a jeté ici ; c'est ce que je désirais.

Je n'en demande pas plus.

Et comme le visage du jeune stagiaire exprimait un étonnement croissant :

— Mon cher maître, reprit Jacques, ce n'est pas votre faute si un innocent est condamné, puisque cet innocent n'a pas voulu vous dire le mot qui l'eût fait acquitter. Nous nous retrouverons peut-être un jour, et peut-être alors pourrai-je vous donner la preuve que ce n'est pas un voleur que vous avez eu à défendre. Jusque-là, je vous supplie de suspendre votre jugement personnel.

Quoi qu'il en soit, permettez-moi de vous remercier bien sincèrement de la tâche ingrate que vous avez essayé de remplir.

Le jeune avocat, frappé de la fermeté et de la noblesse de ce langage, était vivement ému, et ce fut en lui tendant la main qu'il prit congé de Jacques Fargueil.

— Monsieur, lui dit-il, je suis convaincu de votre innocence, et je crois avoir deviné en vous écoutant les raisons de votre silence devant la cour. Si je ne me suis pas trompé, je vous admire, monsieur ; mais je n'approuve pas cet héroïsme.

Je respecte toutefois votre volonté, et je n'insiste pas sur le but immédiat de ma visite. Je vous dirai seulement qu'en quelque occasion que ce soit, vous pouvez compter sur moi.

Les deux hommes se serrèrent énergiquement la main, et le jeune stagiaire quitta la prison.

Le premier soin de Jacques fut alors d'écrire à Sésostris.

Il l'avait vu à l'audience, entouré de tous ses camarades, et il avait échangé avec tous des regards de sympathie ; mais il n'avait pu leur parler.

Il savait déjà une partie de ce qui s'était passé à l'atelier à la nouvelle de son arrestation, et il était reconnaissant à tous ces braves cœurs de n'avoir pas douté de lui un seul instant ; aussi tenait-il à les remercier immédiatement de la nouvelle marque de sympathie qu'ils venaient de lui donner.

Au moment où sa condamnation avait été prononcée, il avait jeté un coup d'œil sur le groupe de ses amis, et il avait vu la consternation se peindre sur leurs visages ; il en avait été touché jusqu'au fond du cœur.

C'est ce qu'il voulait leur dire, en même temps qu'il avait à prier Sésostris de solliciter l'autorisation de lui faire une visite.

Deux jours après, Jacques était appelé au parloir de la prison, et il s'ar-

— Mais, je connais ça, s'écria-t-il. C'est l'île Saint-Ouen. (Page 151.)

rêtait stupéfait sur le seuil en apercevant Ponnat qui l'attendait en compagnie de Sésostris.

L'illustre maître était si ému qu'il ne trouva pas d'abord une parole, et qu'il se contenta d'ouvrir les bras à son malheureux élève.

Jacques s'y précipita, les yeux subitement gonflés de larmes, la poitrine secouée par un sanglot.

Sésostris, lui, pleurait naïvement en regardant les deux hommes embrassés.

— Mon cher Jacques, dit Ponnat, quand son émotion fut un peu calmée, je suis venu pour vous prouver que, malgré votre condamnation, je vous regarde toujours comme un honnête homme, et ensuite pour vous dire que je puis faire et que je suis prêt à faire toutes les démarches qui pourraient être nécessaires en votre faveur.

— Merci, mon cher maître, merci, fit Jacques avec effusion; merci de m'avoir gardé votre estime. Je savais déjà que vous ne m'avez jamais cru coupable; mais je n'aurais pas osé espérer que vous viendriez me le dire vous-même.

— Et pourquoi donc, mon cher enfant? Est-ce que vous ne savez pas que j'ai toujours eu pour vous la sympathie la plus vive? J'ai toujours admiré votre courage, votre énergie, et je suis persuadé que vous serez un jour un des premiers dans notre art.

— Oh! maintenant, cher maître, c'est bien fini!

— Fini? Non, ce n'est pas fini. Le jour viendra bien, nous devons l'espérer, où votre innocence sera reconnue, et vous pourrez alors rentrer la tête haute parmi nous, qui vous garderons votre place.

Courage, mon cher enfant; est-ce qu'il n'y a pas quelqu'un qui a le devoir de vous faire réhabiliter?

Nous ne vous demandons pas de confidences; nous ne vous faisons pas de questions indiscrètes, mais il nous est bien permis, je pense, de deviner ce que vous ne voulez ou ne pouvez dire.

Et comme Jacques le regardait étonné:

— Ne craignez rien, mon cher enfant, continua le maître; nous n'abuserons pas de ce que nous savons ou de ce que nous croyons savoir. Nous ne rendrons pas votre sacrifice inutile.

Mais, quand le moment en sera venu, je crois qu'il sera de mon devoir d'aller à la personne pour laquelle vous êtes ici et de faire appel à sa loyauté.

— Oh! mon cher maître, interrompit Jacques, ne faites pas cela, je vous en supplie. Je suis bien sûr, d'ailleurs, que si elle revient à la santé, son premier mouvement sera de tout dire.

C'est même de cela que j'ai peur.

Je tremble qu'elle ne se perde inutilement, et puisque vous voulez bien, mon cher maître, vous intéresser à moi, je vous demanderai en grâce de vouloir bien, au contraire, la voir et lui dire que ma volonté formelle est qu'il ne soit rien fait contre l'arrêt qui m'a mis ici.

Et le pauvre garçon ajouta, en secouant la tête:

— C'est long, trois ans, mais ils passeront, et alors, je pourrai voir avec elle ce qu'il y aura à faire.

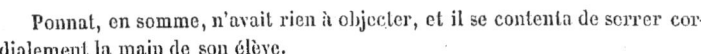
Ponnat, en somme, n'avait rien à objecter, et il se contenta de serrer cordialement la main de son élève.

Pendant ce colloque, Sésostris n'avait rien dit. Le brave garçon essuyait silencieusement ses larmes, attendant son tour de causer avec son ami.

— Mon bon Sésostris, dit celui-ci, tu as bien dû penser que je voulais d'abord te charger de remercier tous nos camarades de l'amitié qu'ils m'ont témoignée, et je veux, en effet, t'embrasser pour eux tous. Mais j'ai encore un service à te demander.

Puisque je vais être absent pendant trois longues années, il est inutile que je garde un atelier que je ne pourrais payer.

Qui sait, d'ailleurs, si, lorsque je sortirai de prison, je pourrai me remettre à notre chère peinture?

J'ai donc pensé à toi pour liquider ma situation. Tu vendras mon petit mobilier et tout ce qui, dans mon atelier, n'est pas absolument indispensable, et avec le produit qui sera, je pense, suffisant, tu payeras le loyer.

Quant à mes chevalets, à mes pinceaux, à tout mon petit attirail et à mes études, tu voudras bien serrer tout cela dans un coin, chez toi, où je les retrouverai plus tard.

— Mon cher Jacques, répondit Sésostris, l'atelier a déjà délibéré là-dessus. Bérard avait proposé de garder ton atelier à ton nom, et tout le monde l'avait approuvé; mais j'ai fait observer que, lors de ta mise en liberté, tu ne tiendrais peut-être pas à t'y réinstaller, et que le mieux serait de faire transporter ton mobilier chez moi.

C'est ce qui a été décidé et c'est ce qui sera fait dès demain.

Mais on ne vendra absolument rien.

— Cependant, le loyer...

— Ne t'occupe de rien, et laisse-nous faire.

— Non, non, je ne veux pas de cela. Mon mobilier m'est inutile maintenant, et j'entends qu'il serve à payer mon propriétaire.

— Je te répète que ceci nous regarde, et j'ajoute que tu nous causerais à tous une vive peine, un réel chagrin, si tu nous empêchais de faire ce qui a été résolu.

Et comme Jacques, tout ému, lui prenait la main, l'excellent Sésostris ajouta :

— Ah! çà, nous ne sommes donc pas tes amis, que tu veux nous refuser la consolation de nous occuper un peu de toi?

D'ailleurs, tu rendras cela plus tard à la masse, si cela te convient, et, par conséquent, tu n'as aucune bonne raison pour nous désobliger.

— Chers amis, murmurait Jacques.

— Maintenant, continua Sésostris, j'ai une autre communication à te faire ; mais, ma foi, tu as des idées si bizarres que je ne sais plus comment m'y prendre, et que je vais, ajouta-t-il en se tournant vers Ponnat, vous prier, mon cher maître, de la lui faire à ma place.

— Volontiers, répliqua Ponnat. Je serai même heureux, mon cher Jacques, dit-il en s'adressant à celui-ci, de vous donner une nouvelle preuve de l'amitié et de l'estime de vos camarades.

Ils ont donc décidé que, tant que vous serez éloigné d'eux, l'atelier se chargera de vos besoins.

— Mais je n'en aurai pas, mon cher maître...

— Vous vous trompez, mon cher enfant. Le régime ordinaire des prisons est très dur, et nous ne voulons pas... — il se reprit vivement — l'atelier ne veut pas que vous en souffriez, comme vous en souffririez certainement. Vos camarades veulent que vous gardiez toutes vos forces.

Nous avons pris des renseignements au ministère, et il est probable que nous pourrons obtenir pour vous l'autorisation de suivre à vos frais un régime supportable, ce qu'ils appellent dans l'administration le régime de l'infirmerie.

Il a donc été résolu que je ferais les démarches nécessaires, et que l'atelier se chargerait de la toute petite dépense qui en résultera.

— Non, c'est trop, mon cher maître, mon cher Sésostris...

— Je vous en prie, Jacques, reprit le grand artiste, n'insistez pas. Laissez à vos camarades, comme le disait tout à l'heure Sésostris, la consolation de s'occuper de vous.

Si vous refusiez, vous leur causeriez un grand chagrin, et ce serait, de votre part, de la fierté mal comprise.

— Allons, je me rends, mon cher maître.

Et Jacques tendit les mains à Ponnat et à Sésostris.

Ces deux points réglés, l'entretien continua un certain temps encore, puis les deux visiteurs prirent congé du prisonnier, après l'avoir embrassé.

Quelques jours après, Jacques Fargueil était dirigé sur la prison de Clairvaux, mais, premier effet de l'intervention de Ponnat, la plupart des humiliantes formalités du transport des prisonniers lui furent épargnées.

A Clairvaux même on eut pour lui des égards très visibles.

On ne lui fit pas endosser le costume de la prison et il ne subit pas un seul instant la répugnante promiscuité des maisons centrales.

Il ne vit pas même un de ses co-détenus, car, tout de suite, il fut installé dans une des lugubres cellules qui abritèrent jadis les compagnons de saint Bernard.

Il allait vivre seul durant trois années, et c'était, du reste, tout ce qu'il demandait.

Les guichetiers devaient avoir reçu des ordres à son égard, car, contrairement à son attente, il n'eut à subir aucune brutalité.

Trois ou quatre jours après son installation, le directeur de la prison entra dans sa cellule.

C'était un ancien officier, de dehors un peu brusques, et qui, d'ailleurs, avait dû se croire obligé à la sévérité, du jour où ces fonctions lui avaient été données ; mais l'homme, au fond, ne paraissait pas mauvais.

Pour lui, Jacques Fargueil était certainement un coupable, puisqu'il avait été condamné ; mais les recommandations qui avaient été faites à son sujet et qui venaient de l'administration — les seules qu'il pût accueillir — lui prouvaient que son prisonnier était digne d'intérêt.

Ce devait être, selon lui, un garçon qui s'était laissé aller à un instant d'égarement, et qu'il fallait aider à se relever.

C'est dans ces sentiments que le digne directeur aborda Jacques Fargueil.

Il lui annonça qu'une certaine somme avait été déposée pour lui au greffe et que, d'après les ordres venus de Paris, il pourrait, en payant, suivant le tarif de l'établissement, demander une nourriture plus substantielle et surtout moins grossière que celle fournie aux autres prisonniers.

Cette question n'était pas celle qui intéressait le plus Jacques ; mais quand le directeur lui apprit qu'il pourrait travailler à sa fantaisie dans sa cellule, et qu'on allait lui apporter tout ce qui lui serait nécessaire, le pauvre garçon se sentit transporté de joie.

Quelques minutes ne s'étaient pas écoulées, en effet, que deux guichetiers paraissaient chargés d'un chevalet, de toiles, de boîtes à couleurs.

Sésostris, qui envoyait tout cela, avait pensé à tout.

Rien n'était oublié.

Même, le brave garçon, prévoyant que Jacques serait fort empêché de travailler sans modèle, avait réuni toutes ses études de paysage afin qu'il pût en tirer des tableaux.

Une longue lettre accompagnait l'envoi, et il y était sévèrement recommandé à Jacques de ne cacher aucun de ses besoins à ses amis, car si, à l'atelier, on pouvait soupçonner qu'il se privât de quelque chose, on en serait cruellement froissé.

· Le directeur de la prison, qui, naturellement, avait lu la lettre, était tout surpris de cette abondance des sympathies qui entouraient Jacques.

Il avait bien eu déjà des prisonniers politiques à garder, mais, pour ceux-là, il n'y avait pas à s'étonner. C'étaient des vaincus, simplement, et il était tout naturel que le gouvernement lui-même prescrivît pour eux certains égards et ne leur imposât pas le régime ordinaire.

Mais, quoi, Jacques Fargueil n'était pas dans ce cas-là. Ce n'était, ni plus ni moins, qu'un condamné de droit commun.

Certes, il n'avait pas la basse mine d'un voleur de profession ; mais ce n'en était pas moins un voleur ; il n'en avait pas moins été condamné pour vol, et, tout en admettant l'excuse de l'égarement, l'honnête directeur était un peu désorienté.

Quoi qu'il en fût, il n'en exécutait pas moins ponctuellement les ordres qu'il avait reçus, et même, l'air d'honnêteté et de franchise de son étrange prisonnier l'ayant tout de suite frappé, il était tout prêt, lui aussi, à lui témoigner de la sympathie.

Jacques, resté seul, se mit immédiatement au travail.

Il s'y mit avec une ardeur décuplée par la longue privation qu'il avait subie, et deux jours après, alors qu'il était devant son tableau commencé, celui qui lui eût dit brusquement que son atelier était une prison l'eût péniblement étonné.

Pourtant le réveil venait fréquemment.

Chaque fois que, lassé d'un travail qu'il poursuivait avec acharnement, Jacques s'asseyait un instant sur son escabeau, la réalité, un moment écartée par la fièvre de l'art, revenait implacable.

C'était, chaque fois, un coup aigu qui le frappait dans tout son être ; mais il se raidissait bien vite, et toute faiblesse disparaissait.

Il se rappelait.

Sa pensée s'envolait vers Andrée et vers son enfant, et ce souvenir le rassérénait.

Il se disait que c'était pour eux qu'il souffrait, mais qu'il les reverrait un jour, elle plus aimante encore, lui grandi et paré de toutes les grâces de l'enfance, et cet espoir lui rendait sa force.

Il n'était pas cependant, on l'a déjà dit, sans inquiétude sur le sort de ces deux êtres si chers, et il lui tardait de recevoir, par Sésostris, des nouvelles de la malade.

Se rétablissait-elle ? Était-elle enfin hors de danger ?

Mais, dans ce cas, quelle attitude allait prendre à son égard le misérable qui ne pouvait plus feindre l'ignorance ?

Le duc d'Ambroge n'allait-il pas la torturer ?

Il est vrai qu'il avait lui-même à redouter quelque chose, et que cette considération l'arrêterait peut-être.

Cela seul le rassurait un peu.

D'ailleurs, quand ces pensers le tourmentaient trop cruellement, il se mettait à son chevalet, et le calme lui revenait peu à peu.

CHAPITRE XVII

L'île Saint-Ouen.

UINZE jours après son arrivée, Jacques reçut une nouvelle visite du directeur de la prison.

Le digne fonctionnaire venait, en apparence, s'enquérir de la façon dont son pensionnaire supportait la solitude, mais, en réalité, c'était surtout la curiosité qui l'amenait dans la cellule de Jacques.

Il voulait se rendre compte du talent de celui-ci.

Ce n'est pas qu'il se crût connaisseur, mais, comme il le disait naïvement, il se rendait à peu près compte de ce qui était bien et de ce qui ne l'était pas.

Au premier coup d'œil jeté sur la toile à laquelle travaillait Jacques, il fut émerveillé.

— Mais, je connais ça, s'écria-t-il. C'est l'île Saint-Ouen!

C'était, en effet, ce ravissant coin de la banlieue parisienne que l'artiste avait voulu rendre.

— Oui, oui, c'est bien ça, continuait le directeur. Voilà le pont avec le bureau du péage. Il faut donner un sou pour passer sur ce sacré pont-là. A moins, bien entendu, qu'on ne passe en barque, mais alors c'est deux sous.

Et le brave homme continuait son examen.

— Ça, je le reconnais aussi, c'est une guinguette où l'on danse le dimanche, et ça, c'en est une autre où l'on mangeait de fameuses fritures, sans compter les matelotes et les omelettes au lard.

Combien de fois y suis-je allé avec un camarade, le lieutenant Potard, quand nous étions au fort de l'Est ; une sacrée garnison, par parenthèses.

Nous allions là, à quatre bien entendu, avec deux petites blanchisseuses de Saint-Denis, et je vous promets qu'on s'en payait, sous les petites tonnelles du père Vigneron.

Tenez, les voilà, ces tonnelles, tout au bord de l'eau.

Cré mâtin, comme c'est ça! Vrai, vous n'avez rien oublié.

On buvait là un petit pichenet à six sous le cruchon qui aurait fait sauver le diable si on lui en avait mis une goutte sur la queue, mais qui se laissait boire tout de même.

Ah! sacré mâtin, il y a longtemps de cela, et ça ne me rajeunit pas, ces souvenirs-là!

Jacques laissait aller le bonhomme qui, tout entier à ses réminiscences, regardait la toile avec une insistance joyeuse.

— Il n'y a pas à dire, ça y est en plein! Il n'y manque absolument rien. Voilà les arbres dans le fond. Pour ça, je ne les reconnais pas; je ne les ai même jamais regardés, mais les maisons, par exemple, je les reconnais toutes. La rive du côté de Paris est étonnante d'exactitude... Tenez, voilà des Parisiens qui arrivent. Ils vont héler le passeur, le père Vigneron, et il va aller les prendre.

Mais comment donc pouvez-vous bien vous rappeler aussi exactement les moindres détails?

Je reconnais tout, moi, mais parce que je le vois, parce que je l'ai devant les yeux.

— Mon Dieu! monsieur le directeur, répondait Jacques en souriant, c'est bien simple. Sur chacun de ces cartons que vous voyez là — et il lui montrait cinq ou six des études envoyées par Sésostris — il y a un coin de l'île. J'ai fait ça dans le temps, précisément pour en tirer plus tard un petit tableau d'ensemble, et le voilà.

Certainement, il n'a pas l'exactitude qu'il aurait si je pouvais le terminer avec le paysage sous les yeux, mais je vois avec plaisir, puisque vous avez tout de suite reconnu le site, que je ne me suis pas trop éloigné de la vérité.

— Comment... éloigné de la vérité?... Mais c'est-à-dire que c'est frappant, absolument frappant, et qu'on croirait y être.

— Eh bien! monsieur le directeur, répliqua Jacques, puisque vous voulez bien trouver ce petit tableau assez réussi, voulez-vous me permettre de vous l'offrir?

Le bonhomme le regarda interdit et comme effrayé de l'offre.

— Il vous rappellera des souvenirs de jeunesse, continua Jacques sans paraître s'apercevoir de l'étonnement du directeur.

Mais celui-ci avait immédiatement changé de visage. Le fonctionnaire correct, qui, tout à l'heure, était bien loin, avait sur-le-champ reparu.

— Je vous remercie sincèrement, fit-il d'un ton froid, mais je ne saurais accepter.

— Pourquoi, monsieur le directeur?

— Comment veux-tu que cette affreuse pensée me quitte un seul instant? (Page 160.)

— Mais, parce que... les règlements s'opposent à ce qu'un directeur de prison reçoive quelque chose de ses pensionnaires.

— Et si les règlements n'étaient pas là, monsieur le directeur, est-ce que vous refuseriez quand même mon petit tableau?

— Pourquoi cette question?

— Parce que, monsieur le directeur, je crois comprendre que le motif de votre refus n'est pas tout entier dans la lettre des règlements.

Eh bien ! permettez-moi, monsieur — et c'est tout ce que je vous dirai jamais sur ce sujet — permettez-moi de m'enorgueillir devant vous de la sympathie, de l'estime que me témoignent non seulement tous mes anciens camarades, mais encore leur illustre maître et le mien, le grand artiste Ponnat.

J'ai été condamné pour tentative de vol, mais je suis innocent.

Tous les condamnés disent la même chose, n'est-ce pas ?

Mais, ce qu'ils ne peuvent montrer, c'est le cortège d'affections et les témoignages d'estime dont je suis entouré.

Je n'ai rien à vous apprendre là-dessus, puisque ma correspondance vous passe sous les yeux.

J'ai été condamné, mais je ne l'ai été que parce que je n'ai pas voulu me défendre.

Pourquoi, me direz-vous, ne me suis-je pas défendu ?

Cela, c'est mon secret.

Je ne l'ai confié à personne, mais mon maître et mes amis l'ont deviné. Ils savent, eux, que je suis innocent, et ils savent également pourquoi je n'ai pas fait éclater mon innocence.

Et la preuve, monsieur le directeur, que la justice elle-même n'est pas sûre d'avoir eu un coupable devant elle, c'est que vous avez reçu des instructions vous autorisant à me traiter comme on ne traite jamais un malfaiteur.

— Oui, c'est vrai, répondit l'honnête fonctionnaire comme se parlant à lui-même ; c'est la première fois que je reçois des ordres pareils. Et c'est aussi la première fois que je vois un de mes prisonniers recevoir de pareils témoignages d'estime. Il y a là, évidemment, un mystère...

— Mystère qui s'éclaircira peut-être un jour, interrompit le jeune peintre.

Et il ajouta :

— Monsieur le directeur, je vous renouvelle l'offre que je vous ai faite. Vous pouvez l'accepter, elle vient d'un malheureux, mais aussi d'un honnête homme.

— Je veux le croire, monsieur Fargueil — il l'appelait monsieur ! — mais quelle que soit désormais mon opinion à votre égard, permettez-moi de vous faire remarquer que c'est une œuvre d'une grande valeur que vous m'offrez là, et que cette seule considération m'empêcherait de l'accepter.

— Allons, monsieur le directeur, si c'est votre dernière objection, laissez-moi insister. Mon tableautin vous a plu : faites-moi la grâce de l'emporter.

— Eh bien ! oui, j'accepte ; mais je ne l'emporterai pas. Il restera dans votre cellule tant que vous l'habiterez, et vous me le laisserez lors de votre départ, qui, soit dit entre nous, n'est pas aussi éloigné que vous le supposez peut-être.

— Que voulez-vous dire?

— Je veux dire que quand on est protégé comme vous l'êtes, on a de grandes chances de ne pas aller jusqu'au bout de son temps, comme on dit ici.

Monsieur Fargueil, ajouta le digne homme, qui décidément était gagné, il ne dépendra pas de moi que vous n'ayez votre grâce le plus tôt possible. Vous savez peut-être que cela me regarde un peu. Je dois fournir à l'administration supérieure des notes sur chacun de mes pensionnaires, et je n'ai pas besoin de vous dire ce que je compte faire à votre égard.

Quand le moment sera venu de faire une demande en grâce, je vous le dirai, et avec l'appui de vos amis, je suis certain que nous réussirons.

— Monsieur le directeur, répondit le prisonnier en souriant tristement, je vous remercie bien sincèrement, mais je ne demanderai jamais ma grâce.

— Vous ne la demanderez jamais?

— Non.

— Et pourquoi?

— Parce que ce serait me reconnaître coupable.

— Cependant, c'est le seul moyen de sortir d'ici avant le temps fixé par votre condamnation. Une mesure gracieuse ne peut-être prise que sur la demande écrite de l'intéressé.

— Eh bien, je ferai mes trois ans.

— Mais ce n'est pas raisonnable ce que vous dites là, cher monsieur. Vous vous exagérez la portée d'une demande en grâce; ce n'est en somme, qu'une formalité.

— Mon cher directeur, admettons, si vous le voulez, que ce n'est qu'une formalité, mais, cette formalité, je ne la remplirai pas.

Et Jacques ajouta, en secouant la tête :

— A quoi bon, d'ailleurs? Quand je gagnerais six mois ou même un an, j'en serais bien plus avancé! Est-ce que j'en serais moins un condamné libéré?

Le directeur de la prison n'insista pas, et l'entretien en resta là pour cette fois.

Mais, on le pense bien, ses visites à Jacques furent fréquentes et elles devinrent presque quotidiennes.

Une véritable intimité s'établissait entre le directeur et le prisonnier, et cet état de choses se traduisait naturellement par une augmentation au bénéfice du second du bien-être relatif que pouvaient comporter les limites du règlement de la maison centrale.

Celui-ci, du reste, n'était pas violé. Le directeur de la prison était un bon et brave homme ; mais, pour rien au monde, il n'eût dépassé les bornes que, d'après les instructions du ministère, il s'était imposées.

Il était, lui aussi, convaincu que Jacques Fargueil était la victime d'une erreur judiciaire ; cette conviction lui était venue par la simple étude du caractère de son prisonnier, ajoutée aux preuves d'estime qu'il ne cessait de recevoir et à l'intérêt qu'on paraissait lui porter en haut lieu, et il y conformait son attitude ; mais, il faut le répéter, il n'allait pas jusqu'à manquer à ses devoirs de directeur.

De son côté, Jacques observait, à cet égard, la plus entière discrétion. Jamais il ne demandait la moindre faveur ; jamais il ne faisait entendre la plus légère plainte.

Les guichetiers, réglant leur conduite sur celle de leur chef, avaient pour Jacques toutes sortes d'égards. C'étaient, d'ailleurs, d'assez braves gens, un peu rudes avec la plupart de leurs prisonniers, mais compatissants pour ceux qui ne les obligeaient pas à une incessante surveillance.

En somme, le régime que suivait Jacques Fargueil n'avait rien que de très supportable, au point de vue matériel, et il ne manquait aucune occasion d'en remercier le directeur.

Mais il souffrait mille morts dans le fond de son être quand le travail ne chassait plus ses pensées.

Les dernières lettres de Sésostris n'étaient pas, en effet, pour le calmer.

Il lui avait demandé toute la vérité, et Sésostris, qui s'était minutieusement renseigné, lui écrivait que « sa parente » était physiquement rétablie, mais que son mari avait fait courir le bruit qu'elle avait perdu la raison, et l'avait placée dans la maison de santé du docteur Grise.

Sésostris avait longuement hésité avant d'envoyer à Jacques ce triste renseignement ; mais, sur les conseils de Ponnat lui-même, il s'y était décidé, par cette raison qu'il valait encore mieux pour son ami connaître la vérité que de se croire oublié.

Jacques avait amèrement pleuré et s'était de nouveau accusé de tout le mal.

C'était son imprudence qui avait tout fait.

Comment avait-il pu se laisser tromper aussi grossièrement par un billet sans signature, et dont l'écriture ne ressemblait même pas à celle de la personne qui était censée l'envoyer ?

Pourquoi s'était-il imaginé qu'Andrée pouvait avoir besoin de lui, alors que, la veille encore, il l'avait vue dans son atelier ?

Oui, décidément, c'était lui le véritable auteur de la catastrophe, et si

Andrée avait failli mourir, si elle était aujourd'hui prisonnière, comme lui, dans une maison d'aliénés, si elle était menacée d'y subir la terrible contagion de la folie, c'était à lui, à lui seul, qu'il devait s'en prendre.

Aussi, que de cruels reproches il s'adressait dans le silence de ses longues nuits !

Mais, dans ces heures d'angoisse, pas une minute il ne songeait à lui-même.

Certes, il eût ardemment désiré la liberté, et il comptait avec un découragement douloureux les années et les mois qu'il avait à passer dans l'impuissance la plus complète ; mais, s'il eût donné la moitié de sa vie pour être libre, c'est parce qu'il s'imaginait follement que la liberté lui donnerait le moyen de sauver Andrée et de défendre son enfant.

Il croyait, en effet, celui-ci menacé ; il le sentait entouré de dangers, et, à la pensée que le pauvre petit était entre les mains et à la merci du duc d'Ambroge, une terreur douloureuse lui étreignait le cœur.

On voit quelle était l'existence du pauvre garçon.

Pendant le jour, il se réfugiait dans le travail ; mais la nuit était pour lui une longue torture, qu'interrompaient à peine deux ou trois heures de sommeil.

Un moment vint même où le médecin de la prison communiqua ses craintes au directeur.

Le prisonnier maigrissait à vue d'œil ; ses joues se creusaient, ses yeux brillaient du feu de la fièvre, et un tremblement, qu'il ne parvenait pas à dominer, le prenait quelquefois pendant des heures entières.

Le médecin opinait qu'il fallait de la distraction à Jacques Fargueil, mais comment lui en donner plus qu'il n'en avait déjà ? On ne pouvait cependant pas l'envoyer se promener dans la campagne.

Ce n'était pas, certes, que le directeur pût craindre une évasion, car il lui aurait, sans hésitation, confié les clefs de la prison ; mais il ne fallait pas songer à aller plus loin qu'on n'avait été jusqu'alors.

Le directeur eut une idée.

CHAPITRE XVIII

Sésostris à Clairvaux.

'IDÉE qui était venue au directeur de la prison de Clairvaux était excellente.

En secret, l'excellent homme écrivit à Sésostris, dont il connaissait le dévouement, et, sans l'alarmer, il lui confia que son ami était, depuis quelque temps, plus triste que d'habitude. Il avait besoin de distraction et, si M. Grimpard pouvait venir passer quelques jours à Clairvaux, où il verrait Jacques en toute liberté, cette visite serait certainement une grande joie pour celui-ci.

Il n'y avait qu'à demander une autorisation au ministère de l'intérieur, et, pour le surplus, il n'y avait à s'occuper de rien : le brave directeur offrait à Sésostris une modeste mais cordiale hospitalité.

Au reçu de cette lettre, l'excellent Sésostris sautait dans une voiture, se faisait conduire chez Ponnat, et, une heure après, tousdeux se présentaient au ministère de l'intérieur.

Sur l'ordre immédiat du ministre, l'autorisation était délivrée, et, le soir même, Sésostris, succombant sous le poids des paquets que chaque élève de l'atelier lui avait remis pour Jacques et la tête bourrée de recommandations, prenait l'express pour se rendre à Clairvaux.

Il y arrivait le lendemain, et se présentait sur-le-champ chez le directeur de la prison qui le reçut, comme il l'avait annoncé, avec la plus grande cordialité.

Une demi-heure après, la porte de la cellule de Jacques s'ouvrait, et celui-ci, qu'on s'était gardé de prévenir, poussait un cri de joie en apercevant Sésostris.

D'un grand élan, les deux amis s'étaient précipités dans les bras l'un de l'autre, et le directeur, les laissant à leurs épanchements, s'était discrètement retiré.

Tous deux pleuraient, Sésostris silencieusement, Jacques avec de grands sanglots qui le secouaient violemment et qui ne lui laissaient pas la force de prononcer une parole.

Sésostris ne disait rien. Il laissait pleurer son ami, sentant bien que cette crise le soulageait, et que c'était sa tristesse solitairement supportée pendant des mois qui s'échappait dans cette éruption.

A chaque hoquet, à chaque sursaut de Jacques, c'était un flot des amertumes lentement amassées qui s'en allait, et c'est pourquoi Sésostris attendait que l'outre gonflée de tant de larmes se fût vidée jusqu'à la dernière goutte.

— Mon bon Sésostris, put enfin dire le prisonnier, quelle joie de te voir! Mais comment es-tu ici?

Puis reculant d'un pas, en regardant le visiteur dans les yeux :

— Viendrais-tu m'annoncer un malheur?

— Un malheur! s'écria joyeusement Sésostris. Ai-je donc l'air d'un oiseau de mauvais augure? Mon cher Jacques, je suis venu te voir tout simplement, tout bêtement.

— Bien vrai?

— Absolument vrai! Figure-toi, mon cher ami, qu'il y a longtemps que, sans te le dire, je méditais ce petit voyage.

J'en avais parlé à l'atelier, et je n'ai pas besoin de te dire si tout le monde m'y a encouragé.

Tes lettres ne nous suffisaient plus; on voulait savoir si tu es réellement aussi bien que tu nous l'écris, et, en réalité, je ne suis pas autre chose qu'un inspecteur en mission. Je viens vérifier la véracité de tes affirmations.

— Cher ami...

— Du reste, je puis te dire que ce que j'ai vu dès mon arrivée m'a tout de suite rassuré.

Le directeur, je m'en suis aperçu au premier coup d'œil, est un excellent homme...

— Oh! excellent, en effet, interrompit Jacques. Et si tu savais de quels soins il m'entoure, tu verrais que ton jugement est absolument juste.

— Inutile d'aller plus loin, mon cher ami ; je sais même déjà si bien à quoi m'en tenir que je vais être son hôte pendant les huit jours que je passerai ici.

Jacques ouvrait de grands yeux.

— Oui, continua Sésostris, il m'a offert l'hospitalité et je l'ai acceptée. Entre braves gens on se reconnaît tout de suite, n'est-ce pas? Et alors à quoi bon les façons?

Mais ce n'était déjà plus cette nouvelle marque de la sympathie du directeur qui occupait Jacques. Les mots « huit jours » avaient frappé son oreille, et il ne songeait qu'à les faire répéter, ce à quoi, bien entendu, Sésostris se prêta de bonne grâce.

— Oui, mon cher Jacques, huit jours! Pas un de moins.

Le prisonnier était ravi.

On se mit ensuite à parler de l'atelier, et Sésostris dut s'acquitter de ses nombreuses commissions. Bérard l'avait chargé de dire ceci, Corvex lui avait recommandé cela, Gunsberg lui avait confié telle commission, tous avaient envoyé quelque chose.

— Tu verras cela demain, d'ailleurs; je suis arrivé ici chargé de paquets pour toi, mais ils sont chez le directeur. Je ne pouvais décemment me présenter devant toi avec l'aspect peu solennel d'un garçon du Bon-Marché. Qu'est-ce que j'aurais fait de tous mes colis quand tu t'es jeté dans mes bras?

Le bon Sésostris riait, et il éprouvait une grande joie intérieure de la gaieté qui animait le visage amaigri de Jacques.

Toutefois cela ne l'empêchait pas de constater que son ami avait beaucoup changé, et qu'il était temps qu'on s'occupât de chercher une diversion à son mal.

Le directeur l'avait mis à son arrivée au courant de la situation.

Il crut devoir aborder tout de suite cette question.

— Mon cher Jacques, dit-il, il me semble que je ne te retrouve pas en aussi bonne santé que lors de ton départ?

— Mais si, mais si, fit le prisonnier.

— Non, je ne me trompe pas. Tu as maigri, tu as pâli, tes yeux se sont creusés. Il y a quelque chose.

— Je t'assure...

— Non, non, n'assure rien. Le fait n'a, du reste, rien de surprenant. Je sais bien que quand on a eu le courage de faire ce que tu as fait, on a la force de supporter la situation qui en résulte; mais c'est précisément ce qui m'inquiète, parce qu'alors c'est qu'il y a autre chose.

Tu es tourmenté; tu es inquiet. Tu te demandes ce qu'elle devient, n'est-ce pas?

— Hélas! Comment veux-tu que cette affreuse pensée me quitte un seul instant?

— C'est vrai. Ta solitude n'est pas faite pour l'éloigner. Mais il faut être fort.

Et d'ailleurs, ton inquiétude n'est pas fondée. Je n'ai cessé, depuis ton départ, de me tenir informé, et je puis t'affirmer que tu n'as rien à craindre. Elle est, il est vrai, dans une maison de santé; mais elle est entourée de tous les soins, et il y a certainement de grandes chances pour qu'elle se rétablisse complètement.

— Oui, mais..., après?

Il l'avait proprement habillé pour la circonstance. (Page 168.)

— Comment, après?
— Son mari? Que fera-t-il?
— Son mari?
— Oui, son mari.
— Il sait donc...
— Il sait tout, mon pauvre Sésostris.
    — Tout?... Mais alors, s'il sait que tu es l'amant de sa femme, comment a-t-il pu t'accuser d'être un voleur?

Sésostris tombait de son haut, et il fallut, pour le tirer de son étonnement, que Jacques lui racontât en détail la terrible scène dans laquelle il avait failli perdre la vie.

— Ah ! le misérable ! criait le brave massier, complètement hors de lui. Ah ! l'immonde canaille !

Et tu l'as laissé faire ensuite !

— Que voulais-tu que je fisse ? Est-ce que je pouvais la déshonorer, elle ?

— C'est vrai. Mais quelle terrible situation !

— Mon pauvre Sésostris, ce que j'ai fait, tu l'aurais fait comme moi. Mais comprends-tu maintenant que j'aie des craintes pour elle et surtout pour... son enfant ?

Sésostris comprenait tout maintenant, et il réfléchissait laborieusement.

— Je crois, dit-il après un instant de silence, que ton inquiétude n'est pas justifiée. Du moment que le coquin s'est vengé de toi de cette façon, c'est qu'il entend que la vérité ne soit connue de personne. Pour une raison ou pour une autre, il veut éviter le scandale, et, par conséquent, quand la duchesse — c'était la première fois qu'Andrée était ainsi désignée dans l'entretien — sera rétablie, son mari la laissera parfaitement tranquille.

— Comment, tu ne comprends pas qu'il s'est déjà vengé d'elle en la plaçant, en l'enfermant plutôt dans une maison d'aliénés ?

— Il est possible qu'il ait songé, en effet, à cette vengeance, mais, tu peux te rassurer ; lorsque la duchesse sera revenue à la santé, elle saura bien se faire ouvrir la porte. On n'enterre plus les gens comme jadis, et surtout une duchesse. D'ailleurs, le duc n'aura pas les mains aussi libres qu'il pourrait se l'imaginer. Nous serons là, nous autres, et, ce serait bien le diable, si nous ne parvenions pas à déjouer ses plans.

Ce langage rassurait un peu Jacques, qui avait bien besoin d'être soutenu.

— Surtout, fit-il en forme de conclusion, que tout ceci reste entre nous, n'est-ce pas ?

— Ah ! pardon, mon cher ami, c'est là quelque chose que je ne saurais te promettre.

— Quoi ! tu voudrais répéter ce que je t'ai confié ?...

— C'est, en effet, ce que je ferai en arrivant à Paris.

— Sésostris...

— Eh bien ! quoi ? Vas-tu t'imaginer, par hasard, que je vais garder pour moi, tout seul, la preuve de ton innocence ?

Erreur, mon cher ami. Mon premier soin, je te le répète — et tu protesteras tant qu'il te plaira — sera de raconter ce que tu viens de me dire.

Mais, rassure-toi, ton secret n'en sera pas moins bien gardé. Je n'irai pas le crier sur les toits, puisque ce serait rendre inutile ton héroïque sacrifice.

Je ne le confierai qu'à Ponnat et à un de nos amis de l'atelier, à Bérard, par exemple. Ils ne doutent pas de ton innocence, ils te l'ont bien prouvé; mais j'entends qu'ils sachent tout et ils le sauront.

Jacques n'avait pas grand'chose à répliquer, et il s'abstint de toute objection.

En ce moment même, d'ailleurs, le directeur de la prison entrait dans la cellule.

— Eh bien! fit-il joyeusement, avez-vous assez bavardé? Mais ce n'est pas tout que de causer; il faut encore se restaurer, surtout quand, comme vous, monsieur Grimpard, on arrive d'un peu loin.

Je viens donc vous avertir que le dîner est prêt, et comme je ne veux pas vous enlever à votre ami, j'espère qu'il voudra bien me faire l'honneur — le brave homme appuya intentionnellement sur ce dernier mot — de venir, lui aussi, s'asseoir à ma table.

— Oh! monsieur le directeur, fit Jacques...

— Oui, oui, je sais bien ce que vous allez me dire. Ça n'est pas conforme aux règlements, c'est vrai; mais, ma foi, tant pis! Puisque le ministre les viole le premier en votre faveur — car il les viole carrément, vous savez — je ne vois pas pourquoi je ne leur passerais pas, moi aussi, un peu la jambe.

Allons, en route: ma femme nous attend.

Comme il l'avait promis, Sésostris passa huit jours auprès de Jacques, huit jours durant lesquels le prisonnier put dégonfler son cœur et se reprendre à la vie et aussi à l'espérance, au contact de son ami.

Pendant ces huit jours, Sésostris et Jacques avaient écrit à Paris, et Bérard avait répondu au nom de l'atelier. Même chaque élève avait tenu à mettre sa signature au bas de la lettre.

Ponnat avait également écrit à Jacques.

Tout cela, on le pense bien, avait fait une salutaire diversion au chagrin du pauvre garçon, et tout de suite son état s'était notablement amélioré.

Quand Sésostris prit congé de lui, promettant de revenir bientôt, il avait repris une partie de sa bonne mine, et le médecin de la prison se déclarait enchanté du résultat de la visite.

Mais la monotonie de son existence revenue, le malheureux Jacques, malgré tous les efforts du directeur, ne tarda pas à retomber dans ses tristesses. De nouveau, ses inquiétudes l'assaillirent, et un mois ne s'était pas écoulé après le départ de Sésostris que sa santé inspirait de nouvelles craintes.

CHAPITRE XIX

M. Truchard, homme d'affaires.

ous avons laissé le duc d'Ambroge cherchant et trouvant dans le jeu des ressources pour continuer son train habituel de dépenses et entretenir en même temps la coûteuse Lucie Reinette.

Durant plusieurs mois, en effet, les cartes lui avaient été si insolemment favorables que, s'il n'eût été le duc d'Ambroge, ses adversaires malheureux n'eussent pas manqué d'avoir des soupçons.

Le duc, cependant, ne jouait que d'une façon absolument correcte.

Il s'imaginait que c'était fini, qu'il avait dompté le sort, et qu'après lui avoir pris plusieurs fortunes, le jeu allait les lui rendre.

Cependant, comme nous l'avons dit, il avait reçu plusieurs avertissements.

Trois ou quatre fois, la chance l'avait abandonné, et il avait perdu des sommes assez considérables ; mais il ne s'en était pas inquiété, sûr de regagner le lendemain, et au delà, ce qu'une soirée malheureuse lui avait enlevé.

Il n'avait donc fait que s'enfoncer plus avant dans le jeu.

Qu'eût-il fait, d'ailleurs, puisqu'il était bien résolu à ne pas suivre les conseils de Gracieux, et qu'il lui fallait de l'argent pour Lucie Reinette, entre les jolis doigts de laquelle il fondait comme en un brasier ?

Comme cela était facile à prévoir, la chance ne tarda pas à tourner complètement, et quelques soirées de déveine mirent le duc complètement à sec.

Alors commença l'attaque du petit capital qu'avait donné la vente de Combe-Fontaine, la dernière ferme, la dernière ressource, quelque chose comme cette garde impériale que Napoléon, le joueur colossal, avait inutilement jetée dans la fournaise de Waterloo.

Gracieux, qui voulait à tout prix gagner du temps, avait fait un dernier effort, mais il y avait perdu sa peine.

Un instant, la fortune parut sourire encore au duc, mais cela ne dura que quelques jours.

En moins d'un mois, après des alternatives de pertes considérables et de gains sans importance, la ferme avait passé tout entière sur le tapis vert.

Cette fois le duc d'Ambroge était ruiné, et il ne lui restait plus d'autre ressource que la vente de son hôtel.

Mais, est-ce que c'était possible ?

Est-ce que, de son vivant, le duc pouvait subir cette effroyable humiliation de quitter l'hôtel où sa noble maison avait toujours brillé d'un si vif éclat ?

Est-ce qu'il pouvait laisser coller d'ignobles affiches de vente sur les murs de cette somptueuse demeure ?

Est-ce qu'il pouvait, en un mot, avouer aussi nettement sa ruine ?

Non, cela n'était pas possible.

Il fallait lutter.

Mais, comment lutter ?

En jouant, en jouant toujours, en jouant avec acharnement. La mauvaise fortune, déjà vaincue une première fois, pouvait l'être de nouveau, et cette fois peut-être se lasserait-elle.

D'ailleurs, le duc n'avait pas à choisir un autre terrain de lutte.

Il n'était bon qu'à jouer, étant incapable de faire quoi que ce fût de sérieux.

Mais pour jouer, il fallait de l'argent, et il n'en avait plus.

A qui en demander ?

Le duc songea à Gracieux.

Depuis longtemps l'intendant, qui habitait toujours l'hôtel d'Ambroge, n'avait plus l'air de s'occuper de son noble maître.

Après avoir donné des conseils qui n'avaient pas été suivis, il s'était tranquillement renfermé chez lui, ne voyant plus le duc que pour les affaires indispensables.

Il semblait se dire que cela irait autant que cela pourrait, et qu'il serait toujours temps de se retirer lorsque l'hôtel serait mis en vente.

D'ailleurs, qui pouvait connaître la pensée de ce vieux renard, rompu à toutes les finesses, disposé à toutes les coquineries, prêt peut-être à tous les crimes ?

On eût pu, en effet, se demander pourquoi, riche comme il l'était, car on sait qu'il avait fait une grande fortune au service du duc, il ne quittait pas celui-ci, maintenant qu'il n'avait plus rien.

M. Gracieux devait avoir un plan, et peut-être attendait-il que M. d'Ambroge recourût à lui.

Quoi qu'il en fût, le duc entra un matin chez son intendant qui se récria immédiatement sur ce que M. le duc ne l'eût pas fait appeler, au lieu de venir lui-même.

— Laissez donc, laissez donc, mon cher Gracieux, fit amicalement le duc, je voulais vous parler tout de suite, et j'ai trouvé plus expéditif de venir vous trouver.

Ce disant, le duc s'établit dans un fauteuil, et l'entretien commença.

— Mon cher Gracieux, dit le duc, vous savez que je n'ai pas eu la sagesse de suivre vos conseils, et je n'ai pas besoin de vous dire, n'est-ce pas? où j'en suis en ce moment.

L'intendant fit un signe de tête qui disait amplement qu'il savait à quoi s'en tenir.

— Qu'allons-nous faire maintenant? continua M. d'Ambroge.

— Ma foi, monsieur le duc, excusez-moi, mais je n'en sais vraiment rien; c'est à vous de décider.

— Il nous reste l'hôtel, et l'on peut emprunter dessus.

— Certes, on peut, en effet, l'hypothéquer, et c'est ce que nous avons déjà fait avant votre mariage; mais c'est là une ressource à laquelle il ne faudrait recourir qu'au dernier moment.

— Il me semble, mon cher Gracieux, que ce dernier moment est parfaitement arrivé.

— Alors, c'est fini? Il ne vous reste plus rien des dernières sommes que je vous ai remises?

— Pas un sou.

— Vous savez, monsieur le duc, que ma caisse est vide, puisque je vous ai remis intégralement, le jour même, le dernier versement du propriétaire de Combe-Fontaine.

— Parfaitement.

— Je ne puis donc absolument rien.

— Mon cher Gracieux, fit le duc, parlons nettement. Vous avez fait à mon service une jolie fortune — et je suis très éloigné de vous la reprocher. Je vous dirai même que vous avez bien fait, puisque ce que vous avez mis de côté n'en serait pas moins dépensé aujourd'hui. Mais ne serait-il pas juste qu'aujourd'hui que je suis dans la gêne, vous me fissiez un prêt, sur lequel vous ne pourriez avoir aucune inquiétude, puisque l'hôtel serait là pour en répondre?

— Monsieur le duc, répliqua l'intendant d'un ton pénétré, c'est la seconde fois que vous m'accusez d'avoir... fait fortune à vos dépens, et cette accusation me touche aussi péniblement que la première fois...

— Mais, mon cher Gracieux...

— Laissez-moi parler, je vous en prie. Non, monsieur le duc, je n'ai pas fait fortune, comme vous le dites. Je n'ai fait, je vous le répète, que mettre mes vieux jours à l'abri du besoin.

Mais, — et ici l'intendant fit légèrement trembler sa voix, — mais, monsieur le duc, le peu que j'ai est à vous, et vous en pouvez disposer.

Seulement de quel secours pourront vous être quelques milliers de francs?

Peut-être pourrais-je encore, l'hôtel étant libre de toute hypothèque, trouver un prêteur, qui vous avançât ce qui vous est nécessaire; mais pour cela il me faudrait un peu de temps.

— Combien? fit le duc qui n'était pas dupe des protestations de M. Gracieux.

— Quinze jours, peut-être.

— Oui, mais en attendant?

— En attendant, monsieur le duc, je vous répète ce que je vous ai dit tout à l'heure : le peu que j'ai est à vous.

Ce soir, si vous le voulez, je vous remettrai vingt mille francs que je vais emprunter en mon propre nom sur les quelques titres de rente que je possède.

— Mon cher Gracieux, répondit M. d'Ambroge, — mais on n'eût pu dire s'il parlait sérieusement ou si c'était ironie — vous êtes véritablement le dévouement en personne. Je vous remercie et je compte sur vous.

En rentrant dans ses appartements, le duc souriait de son mauvais sourire.

Il avait très bien compris le jeu de son intendant, qui ne se faisait pauvre qu'afin d'exploiter à son aise ses dernières ressources, et il ne doutait pas que le prêteur qu'allait chercher M. Gracieux ne fût... M. Gracieux lui-même.

Le duc ne se trompait pas.

Au bout d'une douzaine de jours, l'intendant se présentait chez le duc et lui annonçait qu'il avait trouvé de l'argent, mais qu'on ne pouvait l'obtenir que par l'intermédiaire d'un homme d'affaires, auquel il faudrait naturellement donner une commission.

Le duc ne fit aucune observation.

Peu lui importait que M. Gracieux le volât un peu plus ou un peu moins. Il lui fallait à tout prix de l'argent.

Les vingt mille francs, le pain des vieux jours de Gracieux, n'avaient fait qu'une bouchée de Lucie Reinette, qui commençait à trouver que le duc ne satisfaisait plus assez vite à ses continuelles demandes.

Or, à aucun prix, M. d'Ambroge ne voulait perdre la comédienne. Il y tenait à divers titres, et c'était surtout son orgueil qui était en jeu dans cette liaison que tout le monde savait effroyablement coûteuse.

Il était donc dans les meilleures conditions pour se faire voler sans rien dire.

Le lendemain, M. Gracieux introduisait chez le duc un individu d'allures louches et de manières cauteleuses, qu'il présenta comme l'homme d'affaires dont il avait parlé la veille.

L'homme s'engageait à faire prêter à M. le duc la somme que celui-ci désirerait, jusqu'à concurrence de trois cent mille francs, à raison de six pour cent, et sur première hypothèque. Mais il réclamait pour prix de ses services une commission de cinq pour cent. .

C'était donc quinze mille francs que M. Gracieux commençait par mettre ou plutôt par garder dans sa poche, en même temps qu'il faisait un magnifique placement à plus de six pour cent.

L'homme, qu'il appelait M. Truchard, n'était, en effet, qu'un pauvre diable, ancien clerc d'huissier, qu'il avait employé quelquefois, et dont il comptait se servir désormais avec le duc d'Ambroge.

Il l'avait proprement habillé pour la circonstance, lui avait fait minutieusement la leçon, et le famélique Truchard, enchanté de trouver un emploi qui lui promettait un bien-être inconnu jusqu'alors, s'était prêté avec empressement à tout ce que M. Gracieux avait exigé de lui.

Le duc avait immédiatement accordé la commission demandée, et il avait été entendu que l'intendant remplirait toutes les formalités nécessaires.

Il fut fait comme il avait été dit, et, deux jours après, M. Gracieux remettait au duc d'Ambroge deux cent quatre-vingt-cinq billets de mille francs.

On dira peut-être que, puisque l'hôtel d'Ambroge n'était grevé d'aucune hypothèque, le duc n'était pas obligé, pour se procurer de l'argent, de se laisser voler ainsi par son intendant ; mais il ne faut pas oublier que la situation du duc vis-à-vis de M. Gracieux était quelque peu délicate.

Ce dernier connaissait ses secrets, et il eût pu en abuser.

Il eût pu, en tout cas, faire répandre habilement le bruit de la ruine de son maître, et le duc ne voulait pas s'exposer à ce danger.

Si M. Gracieux était un auxiliaire précieux, ce pouvait être aussi un ennemi dangereux, et le duc ne croyait pas payer trop cher la certitude de n'avoir rien à craindre de lui.

D'ailleurs, ce n'est pas lui qui eût pu chercher un prêteur, et, commission pour commission, autant que ce fût Gracieux qui l'empochât qu'un autre.

Le duc se prêta donc de bonne grâce à la comédie, et M. Gracieux, pourtant si rusé, ne soupçonna même pas que son maître ne prenait pas le Truchard au sérieux.

Le soir de la fête, les salons de Lucie Reinette... (Page 170.)

CHAPITRE XX

La Provocation.

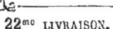ES deux cent quatre-vingt-cinq mille francs fournis au duc d'Ambroge par M. Gracieux arrivaient à point.

Lucie Reinette, qui jetait littéralement l'argent par les fenêtres, venait précisément de recevoir toute une série de notes de fournisseurs, en tête desquels marchait le couturier, dont le formidable total dépassait soixante mille francs.

Le duc s'exécuta en grand seigneur.

La comédienne avait vu, attelés à une des voitures de dressage de Crémieux, une paire de trotteurs russes qui lui faisaient envie.

Crémieux en demandait dix mille francs; le duc donna les dix mille francs.

Lucie Reinette avait essayé chez Fontana un diadème en brillants, avec lequel elle voulait écraser ses camarades dans la pièce en répétitions; le duc acheta le diadème.

Coût : vingt-cinq mille francs.

Jamais la fantasque actrice n'avait eu des caprices plus coûteux, et jamais le duc n'avait mis plus de bonne grâce à les satisfaire.

Tout cela, comme on le pense, écornait terriblement la somme fournie par Gracieux; mais plus la situation exigeait d'économie, moins le duc était disposé à régler sa dépense. Il lui semblait qu'on devinait sa gêne, et il voulait, à force de prodigalité, imposer silence aux bruits qui pouvaient courir.

D'ailleurs, il conservait un imperturbable espoir dans le jeu, et malgré ses dernières déconvenues, il comptait toujours se soutenir par les cartes.

Il eut encore, du reste, quelques jours de veine, mais cela ne fut qu'un feu de paille. Quinze jours après l'emprunt, il lui restait à peine une trentaine de mille francs.

Sur ces entrefaites, Lucie Reinette, qui ne jouait pas dans la pièce du jour, voulut donner une grande fête, et le duc, qui ne voulait pas avouer qu'il n'était plus en fonds, ne fit aucune objection.

Tout fut donc préparé pour cette fête.

Le petit hôtel du parc Monceau fut livré aux fleuristes qui dévalisèrent leurs serres et en firent un éblouissement.

De nombreuses invitations furent lancées dans le monde du duc et surtout dans celui de la comédienne, qui, on l'a déjà dit, voyait à peu près tout ce que Paris comptait de notabilités dans les lettres et dans les arts.

Le soir de la fête, les salons de Lucie Reinette offraient un coup d'œil féerique.

Les femmes, presque toutes des actrices, et la plupart fort jolies, étalaient des toilettes exquises, qui eussent fait pâlir de jalousie les femmes du vrai monde.

Les diamants étincelaient.

Des colliers qui valaient des fortunes ruisselaient sur des épaules dont le satin dégageait d'enivrants effluves.

C'était un mouvement pareil à celui d'un kaléidoscope.

Au milieu de toutes ces splendeurs, Lucie se montrait inquiète et même irritée.

Chose étrange, en effet, le duc ne paraissait pas.

On comprend que si le duc d'Ambroge tirait vanité de la possession de la célèbre comédienne, possession que lui enviaient tant de gens qui eussent fait d'énormes sacrifices pour la lui enlever, Lucie Reinette, de son côté, n'était pas fâchée de se pavaner au bras du duc d'Ambroge.

Telle de ses camarades était entretenue sur un pied magnifique par un banquier, fils d'Israël, qui jouait avec les millions; telle autre par un gros entrepreneur qui ne savait lui rien refuser; mais quelle différence entre un Hébreu tout doré ou un maçon opulent et l'un des rares représentants de la plus haute noblesse de France!

Certes, le Juif et le Limousin devaient avoir plus d'argent que le duc, mais cette considération n'était pas pour influencer la comédienne, étant donné toutefois que son aristocratique amant satisfaisait largement à tous ses caprices.

Ses goûts de dépense étant satisfaits, son amour-propre, sa vanité trouvaient leur compte dans sa liaison, et c'est pourquoi, précisément, elle était furieuse ce soir-là de ne pouvoir exhiber son duc — ce qui l'aurait faite un peu duchesse — devant tous ses invités et surtout devant ses envieuses invitées.

Lucie Reinette rageait intérieurement.

Vainement cherchait-elle quels pouvaient être les motifs de l'absence du duc.

Elle ne trouvait rien, et elle ne s'en exaspérait que davantage.

Ce qui l'irritait surtout, c'est que quelques-unes de ses camarades l'avaient déjà questionnée à ce sujet, et qu'elles avaient mis dans leurs remarques une pointe de doucereuse raillerie.

Elles avaient insinué que le duc ne tenait peut-être pas à s'afficher trop ouvertement comme le maître de céans, et quoique la supposition fût inadmissible puisque le duc avait fait inviter nombre de ses amis, Lucie Reinette était profondément, cruellement blessée de ce qui, dans tous les cas, pouvait passer pour un manque d'égards absolu.

Le duc finit cependant par paraître.

Il arrivait, empressé à s'excuser, mais malgré les sourires, les compliments et les vigoureux *shake-hands* qu'il distribuait aux invités, il était aisé de voir sur son visage les signes d'une vive préoccupation.

Le duc était, en effet, dans un état d'esprit tel qu'il lui fallait une grande puissance sur lui-même pour se dominer.

Que lui était-il donc arrivé?

Il lui était arrivé ceci :

Dans l'après-midi, le duc avait laissé sa maîtresse à ses derniers préparatifs, et, ne pouvant, à cause du tohu-bohu qui régnait dans le petit hôtel, dîner avec Lucie — qui, elle-même, songeait à tout autre chose qu'à manger — il s'en était allé tranquillement dîner à son cercle.

La table des Haricots, qui était peut-être la meilleure de Paris, réunissait précisément ce soir-là d'assez nombreux convives, et le repas avait été particulièrement animé.

Le duc s'était placé à côté d'un de ses vieux amis, joueur acharné comme lui, et le dîner était à peine terminé que celui-ci l'avait entraîné à une table d'écarté.

M. d'Ambroge n'était pas disposé à jouer ; Lucie Reinette l'attendait et il ne voulait pas se mettre en retard ; mais quoi, deux ou trois parties en cinq secs, ce n'était pas là ce qui l'empêcherait de s'habiller et d'arriver à temps.

Il s'était donc laissé tenter, et mal lui en avait pris, car trois parties ayant été gagnées par son adversaire, il ne voulut pas abandonner la place sans lui en avoir gagné au moins une.

Or, les atouts ne lui venaient pas, et le roi paraissait absolument décidé à le fuir.

Il perdit donc la quatrième partie, puis la cinquième, puis la sixième, puis plusieurs autres encore.

Or, si l'enjeu n'avait été, pour commencer, que de cinq louis, il n'avait pas tardé à grossir dans de fortes proportions, le duc voulant regagner toute sa perte d'un seul coup.

Mais il était dit que la soirée serait fatale au duc.

Il eut bientôt perdu tout ce qu'il avait sur lui, c'est-à-dire tout ce qui lui restait du prêt de Gracieux, et il commença à jouer sur parole.

Ce fut un désastre.

Dans l'état d'irritation où le jetaient sa déveine et la conscience de sa situation, le duc jouait tout de travers. Il refusait de donner des cartes alors que son jeu ne valait rien, ou il en donnait alors qu'il avait le point presque sûr.

Bref, il continuait à perdre avec une persistance qui l'emplissait de rage, et, à onze heures, trois heures après avoir pris les cartes, il devait quatre-vingt mille francs à son adversaire.

Le dîner du cercle lui coûtait cher.

Il eût certainement continué à jouer toute la nuit, mais le comte de Chévrial, — c'était le gagnant, — ayant arrêté la partie, force fut au duc de lever le siège, et c'est alors qu'il se souvint qu'il devait être impatiemment attendu chez Lucie Reinette.

Il y arriva d'une humeur massacrante.

Mal accueilli par sa maîtresse qui, à voix basse, lui reprochait aigrement ce qu'elle appelait son inconvenance, son irritation redoubla, et n'eût été la crainte de faire un esclandre, il eût tout envoyé au diable.

Mais tous les yeux étaient braqués sur lui, et, pour couper court à toute discussion, il offrit son bras à Lucie Reinette et commença le tour des salons.

Le duc, on l'a déjà dit, avait sur lui-même une grande puissance. Quand il s'observait, sa physionomie ne trahissait jamais ses orages intérieurs ; aussi, ce soir-là, malgré une teinte générale de mauvaise humeur, personne ne pouvait deviner ce qui se passait en lui.

Tout aurait donc marché sans encombre, sans un incident tout fortuit, ou qui, du moins, passa pour tel, qui se produisit une demi-heure après l'arrivée du duc.

Au cours de leur promenade à travers leurs invités, le duc et Lucie Reinette étant arrivés auprès d'un groupe de jeunes gens que M. d'Ambroge ne connaissait point, la comédienne crut devoir les présenter à son maître et seigneur.

— M. Félix Kardon, fit-elle avec un sourire, en désignant un jeune musicien qui venait de se révéler par un opéra-comique dont le succès avait été retentissant.

Le duc s'inclina gravement.

— M. Guy de Maupers, reprit la comédienne, et son sourire s'adressait cette fois au chroniqueur en vogue d'un journal littéraire.

Le duc s'inclina de nouveau.

— M. Jean Bérard, continua la célèbre actrice.

Pour celui-là elle s'arrêta.

— M. Jean Bérard, ajouta-t-elle, est l'auteur de cette *Buveuse de vermouth* que vous avez tant admirée au dernier salon.

— Je sais, je sais, répliqua le duc.

Puis s'adressant au jeune peintre, qui le regardait fixement :

— Tous mes compliments, monsieur ; je suis, en effet, un de vos admirateurs...

Il allait continuer, mais il fut tout à coup frappé de la dureté du regard que lui jetait le jeune homme, et il s'arrêta le regardant à son tour.

Lucie Reinette profita du silence pour continuer son éloge.

— M. Jean Bérard, poursuivit-elle, est le plus brillant élève de l'illustre Ponnat.

Ce nom devait mettre le feu aux poudres.

Mais avant d'aller plus loin, un mot pour expliquer la présence de Jean Bérard à la fête donnée par Lucie Reinette.

Jean Bérard était très répandu dans le monde du théâtre ; du dernier bien avec un certain nombre de petites étoiles, il leur avait gracieusement offert leurs portraits, et c'était à qui d'entre leurs camarades obtiendrait de lui, payés en monnaie d'amour, bien entendu, un bout de toile, un petit panneau, un rien quelconque qui portât sa signature.

Il avait connu Lucie Reinette alors qu'elle n'avait pas encore forcé les portes de la Comédie-Française, mais il l'avait ensuite perdue de vue.

Toutefois, peu de jours après le retour de Sésostris de Clairvaux, il avait cherché l'occasion de rencontrer de nouveau la comédienne, et il y avait facilement réussi.

C'était au moment où la liaison de celle-ci avec le duc d'Ambroge faisait le plus de bruit, et il est probable que la curiosité de voir l'assassin de Jacques Fargueil était le principal mobile de Bérard.

Rien donc de surprenant à ce qu'il assistât à la fête.

Au moment où Lucie Reinette, poursuivant la présentation, prononçait le nom de Ponnat, le duc tressaillit imperceptiblement.

Quant à Jean Bérard, il continuait à regarder le duc, et la fixité de cet étrange regard irritant M. d'Ambroge, celui-ci crut l'occasion bonne pour donner issue à sa mauvaise humeur.

— Je félicite M. Jean Bérard, dit-il, de ses succès si mérités, mais non d'être l'élève de Ponnat.

— Et pourquoi cela, je vous prie, monsieur le duc? demanda froidement le jeune homme.

— Mon Dieu, monsieur, vous devez vous en douter quelque peu.

— J'avoue, monsieur le duc, que je ne comprends pas.

— Cependant, monsieur, il n'y a pas encore bien longtemps que l'atelier Ponnat a fait une perte... que je n'ose qualifier de sensible, mais qui a dû y produire une certaine émotion.

— De quelle perte voulez-vous parler, monsieur le duc? interrogea le peintre dont le calme ne se démentait pas.

— Je vois qu'avec vous, monsieur Bérard, il faut mettre les points sur les *i*. Je veux parler de cet individu du nom de Fargueil...

— Ah ! vous avez raison, monsieur le duc, interrompit vivement le jeune artiste, l'atelier Ponnat a fait une perte cruelle.

Oui, nous avons perdu le meilleur, le plus loyal, le plus honnête des amis, et les circonstances terribles dans lesquelles il nous a été enlevé nous ont rendu sa perte encore plus douloureuse.

Mais, patience...

— Comment! patience? Mais votre... ami, puisque vous lui donnez ce nom, a été condamné pour vol.

— Monsieur le duc...

— Ah! pardon, monsieur, mais j'en dois savoir quelque chose, puisque c'est chez moi qu'il a été surpris, et puisque j'ai même eu l'honneur de lui envoyer une balle dans la tête.

— C'est justement pour cela, monsieur, que je crois pouvoir m'honorer devant vous de l'amitié de Jacques Fargueil.

— Que voulez-vous dire, monsieur?

— Je veux dire que si quelqu'un doit être convaincu de l'innocence de mon ami, c'est vous-même.

— Moi?

— Oui, vous, monsieur.

Du reste, il ne me convient pas d'en dire davantage; vous me comprenez trop bien pour qu'il soit utile d'insister.

Devant la parole calme et tranchante du jeune homme, le duc commençait à se troubler, et peut-être, s'il n'y avait point eu là de témoins, eût-il battu en retraite; mais, cela n'était guère possible. D'abord MM. Kardon et de Maupers avaient assisté à toute la scène; et, ensuite, le bruit des voix, qui s'était rapidement élevé, avait attiré d'autres invités.

Il fallait payer d'audace.

— C'est trop fort, s'écria le duc. Quoi! c'est devant moi que vous osez affirmer l'innocence d'un homme que j'ai fait arrêter chez moi et que j'ai fait condamner.

— Oui, monsieur le duc, je l'ose.

— Monsieur!...

— Oui, j'ose affirmer l'innocence de Jacques Fargueil, et, en attendant qu'il puisse la faire éclater lui-même, en attendant, monsieur, qu'il puisse, ou que certaine personne que vous connaissez puisse dire toute la vérité, moi, monsieur le duc, je déclare publiquement que je donnerai un énergique démenti à quiconque se permettra d'affirmer devant moi que mon ami très aimé Jacques Fargueil est un voleur.

Le duc d'Ambroge était blême de rage et aussi d'épouvante, car il avait compris que Jean Bérard savait tout.

Mais ce fut avec une subite affectation de calme qu'il dit au jeune peintre:

— Vos paroles, monsieur, constituent à mon égard la plus grave des injures, et je pense que vous voudrez bien m'en rendre raison.

— Quand et comme il vous plaira, monsieur le duc, répliqua Jean Bérard en tendant sa carte.

Puis saluant Lucie Reinette, qui n'avait pas prononcé une parole pendant l'altercation, le jeune peintre quitta, la tête haute, les salons de la comédienne.

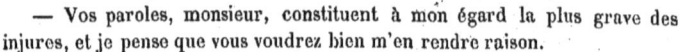

CHAPITRE XXI

Le Duel.

E premier soin de Jean Bérard en rentrant chez lui fut d'écrire à Sésostris pour l'inviter de la façon la plus pressante à venir le voir dès huit heures du matin, et à amener Corvex avec lui. Il s'agissait d'une affaire de la dernière importance, relative à Fargueil, et, par conséquent, il comptait absolument sur tous deux à l'heure dite.

Il descendit la lettre à son concierge, lui prescrivant de la porter à domicile dès six heures du matin, puis il se coucha tranquillement.

Le duc, de son côté, avait commencé immédiatement ses préparatifs; seulement ils étaient forcément beaucoup plus compliqués que ceux de son adversaire.

Il ne s'agissait pas uniquement, en effet, de choisir deux témoins et de les mettre en rapport avec ceux du peintre; il fallait aussi, en prévision d'un accident — improbable, mais possible — prendre toutes dispositions pour que les quatre-vingt mille francs perdus contre le comte de Chevrial fussent remis à celui-ci avant la nuit.

Or, il n'y avait pas un sou à l'hôtel, et comme le prêt Truchard avait exigé plusieurs jours, il était à craindre que la dette de jeu ne pût être payée, comme il est de règle, dans les vingt-quatre heures.

En ce cas, le duc serait affiché au cercle; et c'était là, pour lui, la culbute finale.

On voit que M. d'Ambroge n'était pas précisément dans une situation réjouissante. Le duel n'était rien, mais les quatre-vingt mille francs, ce n'était pas, comme on dit familièrement, une petite affaire.

Les épées engagées, les deux adversaires s'observèrent un instant. (Page 179.)

Aussi, après avoir choisi parmi les invités les deux témoins qu'il devait envoyer à Jean Bérard et leur avoir remis la carte de celui-ci, annonça-t-il à Lucie Reinette que l'incident qui venait d'avoir lieu l'obligeait à se retirer pour prendre un repos dont il aurait besoin le lendemain.

Il promettait, du reste, de revenir dans la matinée.

En arrivant à l'hôtel, le duc se rendit dans l'appartement de maître Gra-cieux qui dormait du sommeil du juste, et, après avoir éveillé l'intendant, il le mit en quelques mots au courant de la situation.

 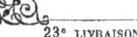

Le sensible M. Gracieux prit subitement un air consterné, et commença par déclarer qu'il ne fallait pas songer à se procurer quatre-vingt mille francs en moins de vingt-quatre heures.

— Il nous les faut, cependant, disait le duc; il nous les faut à tout prix. Donnez telle commission qu'il faudra, mais trouvez-les pour midi.

— Pour midi! se récriait maître Gracieux.

— Pour midi ou pour une heure; mais, encore une fois, à tout prix, il faut que le comte de Chevrial ait reçu l'argent avant cinq heures.

— Allons, monsieur le duc, je vais me mettre en campagne dès la pointe du jour, mais je ne vous réponds pas du succès.

— Mon cher Gracieux, je compte absolument sur vous, et je suis sûr que vous réussirez.

— Votre confiance m'honore, monsieur le duc, mais veuillez me permettre une observation.

Les quatre-vingt mille francs étant pour M. le comte de Chevrial, que vous restera-t-il, à vous?

— C'est vrai, mon cher Gracieux; je suis complètement à sec. Il faudra, par conséquent, vous occuper en même temps de ce qu'il nous faut pour l'hôtel.

— Sur quel chiffre dois-je me baser?

— Mon Dieu, voyez vous-même. Si vous pouvez trouver trois cent mille francs, comme la dernière fois, je crois que nous pourrons marcher un certain temps, car cette fois, je suis bien décidé à réduire nos dépenses au strict nécessaire.

J'essayerai donc de trouver trois cent mille francs; mais, pressés comme nous le sommes, je crains, monsieur le duc, que nous ne soyons obligés de subir de dures conditions.

— Faites pour le mieux, mon cher Gracieux; je m'en rapporte absolument à vous. Et sur ce, je vais me coucher, car il est nécessaire que je sois debout demain de bonne heure.

Gracieux se replongea voluptueusement sous ses couvertures en se demandant à quel chiffre il fallait cette fois porter la petite commission.

Le lendemain, ou plutôt le jour même, car tout ceci s'était passé après minuit, Sésostris et Corvex sonnaient, à huit heures du matin, à la porte de Jean Bérard, qui dormait encore à poings fermés.

Rapidement, le jeune homme leur raconta l'incident de la soirée et leur annonça qu'il attendait pour neuf ou dix heures du matin les témoins du duc d'Ambroge.

A neuf heures, en effet, ceux-ci se présentaient, et Jean Bérard les mettait immédiatement en rapport avec ses deux amis.

Sésostris et Corvex avaient pour mission d'accepter sans discussion toutes les conditions du duc; ils devaient seulement exiger que la rencontre eût lieu le jour même.

Les témoins du duc auraient voulu la fixer au lendemain matin, ayant sans doute reçu des instructions à ce sujet, mais Sésostris et Corvex s'y refusèrent absolument et force fut d'en passer, sur ce point, par leur volonté.

Il fut arrêté que la rencontre aurait lieu à trois heures, dans le bois de Vincennes.

L'épée était l'arme choisie, et le combat devait continuer jusqu'à ce que l'un des adversaires fût mis dans l'impossibilité de tenir son arme.

A l'heure dite, tout le monde se trouva sur le terrain.

Les quatre témoins arrêtèrent immédiatement les dernières dispositions ; les épées apportées de part et d'autre furent tirées au sort, et les combattants mis en présence.

Les épées engagées, les deux adversaires s'observèrent un instant.

Le duc était un tireur habile, de première force même.

Il était d'ailleurs taillé pour l'escrime, et c'était à peu près la seule chose qu'il eût sérieusement étudiée.

Il avait toujours pratiqué, et il était sorti vainqueur des quelques duels qu'il avait eus.

A la salle d'armes des Haricots, on admirait sa belle tenue et la rapidité foudroyante de ses dégagements.

C'est donc avec une grande confiance en lui-même qu'il avait croisé le fer avec Jean Bérard, un peintre qui devait à peine savoir ce que c'était qu'une épée.

Mais à l'aisance et à la solidité avec lesquelles le jeune homme se mit en garde, le duc d'Ambroge comprit immédiatement qu'il avait affaire à un sérieux adversaire.

Jean Bérard possédait, en effet, à fond la science de l'escrime.

Ce que le duc ignorait, et ce qui l'eût bien étonné si on le lui avait appris, c'est qu'un des meilleurs maîtres d'armes de Paris était attaché à l'atelier Ponnat, et qu'après avoir travaillé toute la matinée, les élèves du célèbre peintre consacraient généralement leur après-midi à l'escrime.

Il se donnait là des assauts dans lesquels n'eussent pas été déplacés les plus brillants tireurs, et Jean Bérard était certainement la meilleure lame de l'atelier.

Il était de haute taille, comme le duc, et il avait sur lui l'avantage d'une musculature fine mais robuste.

L'épée à la main, Jean Bérard ignorait la fatigue, et il ne lui avait pas été difficile de deviner, en engageant le fer, que le duc d'Ambroge n'était pas dans le même cas que lui.

Le duc, en effet, affaibli par ses longs excès, avait plus de science que de vigueur; mais, en face d'un adversaire aussi habile et plus vigoureux que lui-même, il devait perdre la plus grande partie de ses avantages.

Jean Bérard, qui comprenait tout cela, eut tout de suite son siège fait.

Il résolut de se tenir simplement sur la défensive jusqu'à ce que son adversaire fût visiblement fatigué, et de n'attaquer qu'alors qu'il commencerait à lui sentir la main lourde.

Le duc, qui avait la riposte exceptionnellement rapide, eût bien voulu, lui aussi, obliger Jean Bérard à l'attaque; mais devant l'immobilité persistante de celui-ci, il dut y renoncer.

Il essaya donc quelques dégagements classiques, comme pour endormir la défiance de son adversaire; puis il s'anima petit à petit et commença une série de coups qui lui avaient toujours réussi aux Haricots et même sur le terrain; mais Jean Bérard parait avec une précision et une impassibilité surprenantes.

Absolument calme, le corps complètement immobile, d'un léger mouvement de poignet le jeune peintre déjouait tous les efforts du duc.

Deux fois, les témoins de celui-ci, voyant leur client à peu près hors d'haleine, demandèrent une suspension de combat qui fut accordée; mais à la troisième reprise, le duc, sentant son bras s'alourdir d'une façon inquiétante, se dit qu'il fallait en finir sur-le-champ, s'il ne voulait pas se livrer bientôt, épuisé, à son adversaire.

Il rassembla donc toutes ses forces et toute son habileté, et son attaque fut si soudaine, que Jean Bérard en parut ébranlé.

Il se contentait toujours de parer, attendant le moment favorable; mais, sur un de ces dégagements dont la rapidité faisait l'admiration des tireurs des Haricots, l'épée du duc l'atteignit à l'avant-bras qu'elle longea intérieurement pour ressortir près du coude.

Le sang jaillit immédiatement et le combat fut arrêté.

Le duc croyait tout terminé et s'essuyait le front avec satisfaction, mais les médecins amenés par chacun des combattants eurent bien vite reconnu que l'épée n'avait fait que glisser sous la peau, et qu'aucun organe n'était atteint.

La blessure saignait abondamment, mais elle laissait au bras toute sa liberté.

Jean Bérard n'en demandait pas plus.

Les épées furent engagées de nouveau, mais, subitement, la scène changea.

Le peintre avait compris qu'il était temps d'agir. D'abord les minutes étaient précieuses, car la perte de son sang pouvait l'affaiblir; ensuite il était manifeste que le duc, qui s'était grandement fatigué dans la reprise précédente, était maintenant à peu près à bout de forces.

Il était donc, comme le voulait Jean Bérard, tout à fait à point.

Il n'y avait plus qu'à le tuer.

Le duc se vit perdu.

Il sentait qu'il lui serait impossible de recommencer l'effort qu'il venait de faire, et il constatait que, malgré sa blessure, son adversaire était aussi alerte, aussi calme, aussi solide qu'au début de la rencontre.

A la première attaque, d'ailleurs, il comprit qu'il ne pourrait résister longtemps.

Il parait cependant avec précision, et les témoins purent croire un instant que le combat se prolongerait encore, mais tout à coup Jean Bérard, qui voulait en finir, entama une série de coups inattendus qui se succédèrent avec une rapidité foudroyante, et quelques secondes s'étaient à peine écoulées que le duc, ayant perdu le fer de son adversaire, tombait la poitrine traversée de part en part.

L'épée de Jean Bérard avait pénétré au-dessus du sein droit et était ressortie par le dos, à deux centimètres de la colonne vertébrale.

En tombant, le duc avait entraîné l'épée du peintre, qui regardait le blessé d'un œil impassible.

Les témoins de M. d'Ambroge et les médecins se précipitèrent à son secours.

La chemise fut rapidement déchirée, et l'arme retirée avec précaution de la blessure.

Le duc ne s'était pas évanoui; il roulait des yeux égarés et faisait des efforts pour parler, mais aucun son ne s'échappait de ses lèvres.

Que devait-il se passer en lui, en cet instant où il semblait que la mort se disposât à le prendre?...

CHAPITRE XXII

Où l'on revoit M. Truchard, homme d'affaires.

ous les camarades de Bérard, réunis à l'atelier, attendaient avec impatience, avec anxiété même, le résultat de la rencontre.

Ils avaient appris, en arrivant le matin, que leur ami devait se battre avec le duc d'Ambroge, et, bien qu'ils ne connussent pas encore toute la vérité, ils avaient deviné que le duel devait avoir trait à la condamnation de Jacques Fargueil.

Aussi, quand, vers quatre heures, le bruit d'une voiture, s'arrêtant à la porte de l'atelier, se fit entendre, tous les élèves se précipitèrent-ils au-devant des arrivants.

C'étaient, en effet, Jean Bérard et ses témoins.

Tout de suite, avant même que Sésostris eût pu dire brièvement comment les choses s'étaient passées, l'atelier fit une espèce d'ovation à Jean Bérard.

On criait : vive Bérard! avec enthousiasme et bérets et chapeaux se mirent à voler en l'air de la façon la plus pittoresque.

Puis il fallut raconter de point en point les diverses phases du combat, et c'est alors seulement qu'on s'aperçut que Bérard était blessé.

Sa blessure, du reste, ne présentait aucune gravité ; elle était toute superficielle, l'épée n'ayant fait que longer la peau. Elle avait été pansée immédiatement après la rencontre, et, la manche du vêtement la cachant, on ne pouvait, à première vue, la soupçonner.

La constatation n'en refroidit pas moins la joie exubérante des jeunes artistes, mais ils n'en surent que plus de gré à leur ami de s'être ainsi exposé pour venger Fargueil.

— Le duc d'Ambroge, disait Sésostris, doit être mort à l'heure qu'il est, car nous l'avons laissé dans un fichu état ; mais, mes enfants, vous pouvez, sans remords, vous livrer à la joie, car c'était une fière canaille.

— Parbleu! firent d'une seule voix tous les élèves, comme s'ils connaissaient tous les sombres dessous du drame qui avait conduit Fargueil à Clairvaux.

— Oui, mes enfants, reprit Sésostris, qui employait volontiers cette appellation paternelle, oui, le duc d'Ambroge était une jolie canaille. Mais c'est fini pour lui, et je crois bien que ça va commencer pour Jacques.

— Explique-toi.

— Non, pas maintenant. Mais vous pouvez être tranquilles ; nous savons ce que nous savons, et ce que nous savons vous le saurez à votre tour.

Mais laissez-nous faire d'abord.

Le bon Sésostris pensait que la mort du duc d'Ambroge allait avoir pour conséquence la possibilité d'une revision du procès de Jacques, et il voyait déjà celui-ci mis en liberté et réhabilité ; mais nous allons voir que son affection allait un peu vite.

Le retour du duc à l'hôtel d'Ambroge n'avait pas été, on le pense bien, salué par les mêmes démonstrations que celui de Jean Bérard à l'atelier de la rue Duperret.

Le blessé avait été transporté avec mille précautions dans une tapissière où des matelas avaient été empilés, et l'on était revenu lentement à l'hôtel, où l'on faisait une rentrée de tous points semblable à celle qu'y avait faite vingt-cinq ans plus tôt, le père du duc actuel.

M. Gracieux avait fait, à la vue de son maître ensanglanté, une assez laide grimace, mais il ne s'en était pas moins empressé, et quelques minutes après, le duc, sans connaissance, reposait dans son lit.

En même temps, les domestiques couraient chez le docteur Chamblay, le médecin ordinaire du duc, et chez Prélat, le célèbre chirurgien que nous avons déjà vu auprès de Jacques Fargueil.

Cela fait, maître Gracieux se mit à réfléchir à la situation.

Il n'avait, d'ailleurs, rien à redouter, pour le présent au moins, de la mort possible, probable même, du duc d'Ambroge, car il était absolument en règle.

De grand matin, il s'était rendu chez le sieur Truchard, et avait eu avec lui un long entretien.

Il lui avait donné de minutieuses instructions ; puis il était allé à la Banque où il avait pris deux cent soixante-dix mille francs, et il était rentré à l'hôtel, où, quelques instants après, Truchard l'avait rejoint.

Les deux compères s'étaient rendus ensuite auprès du duc, et Gracieux prenant immédiatement la parole, avait exposé à son maître que M. Truchard, en raison de la brièveté du délai, formulait des exigences à peu près inacceptables ; qu'il croyait, pour son compte, qu'il fallait les repousser, mais qu'il n'avait pas voulu prendre sur lui de le faire sans avoir consulté le duc.

— Quelles sont donc ces conditions ? demanda celui-ci, en se tournant du côté de Truchard.

— Monsieur le duc, répondit le faux homme d'affaires, si vous n'aviez eu besoin de votre argent que dans huit jours, je vous en aurais trouvé aux mêmes conditions que celui que j'ai déjà eu l'honneur de vous procurer ; mais, comme il vous le faut ce soir même, c'est autre chose.

La personne dont je suis mandataire devra, en effet, l'emprunter elle-même, et, par conséquent, elle demande des intérêts plus élevés.

Nous ne prêterons toujours qu'à six pour cent, mais je suis obligé de vous demander une commission de dix pour cent...

— Vous voyez, monsieur le duc, interrompit Gracieux, qu'il n'y a vraiment pas moyen de s'arranger.

— J'accepte ces conditions, répondit le duc sans même tourner la tête du côté de son intendant ; votre capitaliste est un voleur, et vous en êtes probablement un autre vous-même, mais je suis pressé, et je veux bien me laisser voler.

— Monsieur le duc, protesta l'excellent Truchard abasourdi, vous me faites injure, et puisqu'il en est ainsi...

— Allons, allons, fit M. d'Ambroge, en voilà assez.

Puis se tournant vers l'intendant :

— Vous allez, Gracieux, terminer cette affaire, pendant que je m'occuperai de la mienne.

— Alors, monsieur le duc, c'est bien décidé, vous vous laissez exploiter de cette façon ?

— Oui, Gracieux, oui, répondit le duc avec un sourire dont l'intendant dut comprendre l'ironique signification ; oui, je me laisse exploiter de cette façon.

Maître Gracieux, qui ne voulait rien voir, fit un geste de résignation, et sortit en entraînant le compère Truchard, qui commençait à perdre contenance.

Deux heures après, l'intendant faisait signer au duc des papiers timbrés que celui-ci ne prit même pas la peine de parcourir, et lui remettait les deux cent soixante dix-mille francs qu'il était allé chercher le matin à la Banque de France.

Le duc se trouvait encore une fois à la tête d'une somme considérable, mais il devait six cent mille francs, et, suivant toutes probabilités, un troisième emprunt n'allait pas tarder à suivre le second.

Pour commencer, M. d'Ambroge remit deux cent mille francs à Gracieux, en lui enjoignant d'en faire porter sur-le-champ quatre-vingt mille chez le comte de Chevrial, puis après avoir glissé les soixante-dix mille restants dans la poche de sa redingote, il demanda sa voiture et se fit conduire chez Lucie Reinette.

Celle-ci était inquiète.

Jean Bérard.

Elle avait très bien compris qu'un duel allait être la suite inévitable de l'altercation de la veille, et elle en craignait l'issue.

Ce n'était pas qu'elle aimât le duc d'Ambroge.

Elle était fière de l'afficher, mais son cœur n'avait pas la moindre part dans leur liaison; si donc, il se faisait tuer, elle n'aurait à regretter en lui que son titre et son argent.

Mais c'était bien quelque chose.

Justement la comédienne était à court; plusieurs fournisseurs avaient présenté leurs notes et insisté pour être payés, et, de plus, la fête de la veille avait coûté une somme considérable.

Il lui fallait de l'argent.

Mais comment en demander ?

Au moment où le duc se préparait à un duel, il n'eût guère été convenable d'aborder un pareil sujet; et, d'un autre côté, s'il allait être tué ou blessé dangereusement, il en résulterait un gros embarras.

Lucie Reinette avait donc de sérieux sujets d'inquiétude.

Pendant qu'elle réfléchissait tristement, le duc pénétrait dans sa chambre à coucher, la comédienne, il est à peine besoin de le dire, n'étant pas encore levée.

Lucie Reinette était une femme de tête. L'entrée du duc fut le signal d'une scène de larmes qu'elle joua avec toutes les ressources de son talent, et dans laquelle elle mit tant de vérité que le duc s'y laissa prendre et que sa vanité en fut agréablement chatouillée.

Il venait, d'ailleurs, avec les intentions les plus favorables.

Bien que se croyant sûr de sortir vainqueur de la rencontre projetée, il n'en voulait pas moins assurer sa maîtresse contre tout événement et la douleur bruyante de celle-ci ne fit que le confirmer dans son dessein.

Il remit donc à Lucie cinquante billets de mille francs, lui recommandant de payer les fournisseurs, et la quitta, après l'avoir tendrement exhortée à ne pas s'inquiéter.

Rentré à l'hôtel, il trouvait ses deux témoins qui l'attendaient pour lui rendre compte de la façon dont ils avaient accompli leur mission, et qui lui apprirent que la rencontre aurait lieu à trois heures, dans le bois de Vincennes.

Tout étant ainsi réglé, le duc emmena ses témoins déjeuner au café Anglais, et, à deux heures, tous trois, accompagnés d'un médecin, partaient pour Vincennes, d'où le duc ne devait revenir que dans la tapissière prêtée par un petit boutiquier, sa voiture n'ayant pas été jugée par les médecins propre au transport d'un mourant.

CHAPITRE XXIII

Désappointement.

leur arrivée auprès du blessé, les professeurs Chamblay et Prélat y trouvèrent le médecin qui l'avait assisté sur le terrain.

Celui-ci leur rendit compte de tous les phénomènes qu'il avait observés depuis le moment où le duc était tombé avec l'épée de son adversaire dans la poitrine ; puis les deux savants commencèrent leur examen.

Prélat sonda attentivement la blessure, faisant part à son confrère, de minute en minute, de ses observations, puis l'exploration terminée, les deux docteurs passèrent dans la pièce voisine pour s'y consulter librement.

La délibération fut courte.

L'avis de Prélat fut que, malgré sa terrible gravité, la blessure du duc n'était pas nécessairement mortelle.

Par un hasard inouï, l'épée avait pu traverser toute la poitrine sans léser irrémédiablement aucun organe essentiel.

Elle avait bien traversé le sommet du poumon droit, mais il n'y avait pas là de quoi désespérer.

Le traitement à appliquer fut vite arrêté.

Quand les deux médecins revinrent auprès du blessé, celui-ci, qui avait entièrement repris connaissance, mais qui faisait de vains efforts pour parler, efforts qui n'avaient d'autre résultat que d'amener du sang à ses lèvres, leur adressa un regard anxieusement interrogateur.

— Monsieur le duc, y répondit Prélat, tranquillisez-vous ; vous ne courez aucun danger, et nous allons vous remettre sur pied rapidement, mais à une condition, c'est que vous n'essayerez pas de prononcer une seule parole et que vous garderez une complète immobilité.

Le regard du blessé jeta une lueur, puis on le vit se diriger vers l'intendant, qui assistait à la consultation et qui s'approcha immédiatement de son maître.

— Je vous comprends très bien, monsieur le duc, fit M. Gracieux, je vous comprends parfaitement. Vous pouvez vous reposer sur moi ; je veillerai à tout.

Comme si le duc n'attendait que cette affirmation pour succomber à l'effort qu'il venait de faire, ses yeux se fermèrent et il tomba dans un état de torpeur dont le célèbre chirurgien profita pour compléter son examen et pour poser un premier appareil sur la blessure.

Puis les deux savants se retirèrent, laissant au chevet du duc, avec recommandation de les avertir à la première complication qui pourrait se produire, le médecin qu'ils y avaient trouvé en arrivant.

Nous ne suivrons pas le duc d'Ambroge dans toutes les phases du long traitement auquel il dut être soumis ; nous nous bornerons à dire que plusieurs fois les médecins le crurent perdu, mais que leurs soins triomphèrent de toutes les crises, et qu'au bout de trois mois le duc put commencer à se lever.

Toutefois, il lui fallait encore de longs ménagements, et les prescriptions les plus sévères furent formulées par les docteurs Prélat et Chamblay.

A la première nouvelle de la blessure de son amant, Lucie Reinette s'était rendue à l'hôtel d'Ambroge, mais, par l'ordre des médecins, elle avait d'abord été consignée à la porte de la chambre à coucher.

Elle avait insisté en pleurant pour voir son cher blessé, mais Prélat avait été inflexible, et c'était seulement à la fin de la troisième semaine qu'elle avait été admise au chevet du duc.

Elle avait dû promettre de ne pas adresser la parole à son amant, de façon à ce que celui-ci ne fût pas tenté de parler.

Sa première visite avait, d'ailleurs, été très courte.

Il lui fut ensuite permis de revenir presque chaque jour, et elle profita de la permission.

Elle avait, il faut le dire, ses raisons pour se montrer assidue auprès de son amant.

Son train de maison n'avait pas changé.

Elle avait bien donné des marques extérieures de chagrin ; mais ses dépenses n'avaient pas diminué.

Au contraire.

Elle avait eu, en effet, de longues et graves conférences avec son couturier et sa modiste.

Il s'agissait d'imaginer des coupes de robe et de trouver des nuances qui marquassent sa douleur.

De ces conférences, il était sorti des chefs-d'œuvre, d'exquises « créations », comme disaient les journaux de mode qui décrivaient les toilettes de « la belle Lucie Reinette », mais on comprend que tout cela coûtait cher.

Les cinquante mille francs donnés par le duc le matin de son duel ne pouvaient donc aller bien loin.

De fait, Lucie en vit bientôt la fin.

Certes, si elle l'eût voulu, elle eût facilement trouvé au duc un intérimaire qui se fût chargé de le suppléer ; mais, d'abord, c'eût été renoncer à M. d'Ambroge qui était un amant très décoratif, et, en somme, très généreux ; ensuite la chose n'eût pu que produire un très mauvais effet.

Qu'eût-on pensé, de Lucie Reinette, si on l'avait vue « lâcher » son amant alors que celui-ci était couché dans son lit par un terrible coup d'épée, qui le rendait si intéressant?

Elle eût certainement été blâmée avec la dernière sévérité, et elle ne voulait pas s'y exposer.

Ah ! si elle eût pu prendre un amant secret, elle n'eût pas hésité une seconde.

— Mais, c'était imposssible.

Quand un homme a une maîtresse célèbre comme Lucie Reinette, et qu'il dépense pour elle des sommes aussi considérables que celles qu'il fallait pour satisfaire aux fantaisies de la comédienne, il entend s'en parer le plus ouvertement, le plus bruyamment possible.

Il veut, comme on dit, l'intérêt de son argent.

Lucie ne pouvait donc songer à recourir à un procédé aussi impraticable, et elle se résigna à rester fidèle au duc.

Mais alors, il fallait tirer de sa fidélité un fructueux parti, et la première condition pour y réussir était d'affecter un grand chagrin.

Cela ne présentait, d'ailleurs, aucune difficulté.

Tous les jours donc, la comédienne venait s'asseoir près du lit du duc qui, quoique muet, s'en montrait très touché.

Les larmes de sa maîtresse, larmes qu'elle faisait de feints efforts pour dissimuler, le confirmaient chaque jour dans la conviction qu'il était aimé.

Aussi, un jour que Lucie Reinette se livrait à des démonstrations plus expressives encore que d'habitude, essaya-t-il, malgré la défense des médecins, de lui adresser la parole.

— Lucie, dit-il péniblement, d'une voix sifflante, tu ne dois plus rien avoir?

— Tais-toi, mon ami, fit vivement la comédienne, — tais-toi ; tu sais bien qu'il t'est défendu de parler.

— Tu n'as plus rien, n'est-ce pas? reprit le blessé.

— Ne parlons pas de cela, mon ami.

Mais le duc insistait.

— Réponds-moi franchement... Tu dois être gênée?

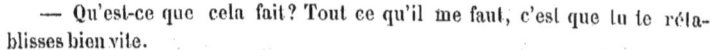

— Qu'est-ce que cela fait? Tout ce qu'il me faut, c'est que tu te rétablisses bien vite.

— Fais venir M. Gracieux.

— Pourquoi faire?

— Fais le venir, je t'en prie ; et surtout ne me contrarie pas, car cela me fatigue.

Lucie Reinette, on le devine bien, se rendit vite aux désirs du duc, et M. Gracieux fut mandé.

Il arriva immédiatement.

Le duc lui fit signe d'approcher.

Puis d'une voix plus en plus faible :

— Gracieux, dit-il, remettez à madame quarante mille francs.

— A l'instant, monsieur le duc.

Il n'entrait plus, en effet, dans le plan de Gracieux de prêcher l'économie. Ses vues avaient changé.

Plus les dépenses du duc augmentaient, plus il se montrait satisfait, et jamais il n'avait mis plus d'empressement à fournir à toutes les fantaisies de son maître.

Au lieu donc d'en vouloir à la comédienne de la façon cavalière dont elle menait les débris de la fortune de M. d'Ambroge, il l'en eût plutôt remerciée.

Mais Lucie voulut intervenir :

— Non, c'est trop, mon ami.

— Faites, Gracieux, insista le duc.

Puis se tournant avec effort vers la comédienne :

— Je t'en prie, ma chère Lucie, ne parlons plus de cela. D'ailleurs je suis épuisé.

Lucie Reinette ne voulait pas fatiguer son amant, et elle se garda d'insister.

Quelques minutes après, M. Gracieux rentrait dans la chambre à coucher, et remettait les quarante mille francs à la jeune femme.

Ce jour-là, Lucie rentra beaucoup plus gaie à son petit hôtel ; elle était délivrée de ses inquiétudes.

Elle en était même d'autant mieux délivrée qu'au moment où elle quittait l'hôtel d'Ambroge, M. Gracieux lui avait donné à entendre qu'elle n'avait pas à se gêner, et que tant que le duc ne serait pas rétabli, elle pouvait s'adresser à lui-même chaque fois qu'elle serait embarrassée.

Lui, Gracieux, lui éviterait la peine de s'en ouvrir au duc. Il se chargerait d'en avertir celui-ci.

C'était là un encouragement qui ne devait pas être perdu, et l'on verra, par la suite, qu'en effet la belle Lucie Reinette sut le mettre à profit.

Pendant que tont ceci se passait à l'hôtel d'Ambroge, on était loin d'être satisfait à l'atelier de la rue Duperret.

Quelques heures après le retour de Vincennes, Sésostris avait envoyé prendre des nouvelles du duc, et, à sa grande surprise, le commissionnaire était revenu disant que M. d'Ambroge n'était pas mort.

Le commissionnaire ajoutait, il est vrai, que le suisse de l'hôtel avait dit qu'il n'en valait guère mieux.

Le lendemain matin, nouvelles informations, mais, cette fois, le commissionnaire rapportait la nouvelle que les médecins croyaient pouvoir sauver le blessé.

Les journaux du boulevard disaient, du reste, à peu près la même chose.

Ils publiaient le procès-verbal de la rencontre et le faisaient suivre d'un premier bulletin qui laissait de l'espoir aux amis du duc.

Quant aux vrais motifs du duel, ils n'en disaient rien, et pour cause.

Ils se bornaient à raconter qu'une altercation s'était élevée, au cours de la fête donnée par Lucie Reinette, entre le duc d'Ambroge et le jeune peintre Jean Bérard, et qu'à la suite des paroles échangées le premier avait envoyé ses témoins au second.

Rien n'avait transpiré.

Ceux des amis du duc et de Jean Bérard qui avaient entendu la courte dispute s'étaient tus.

Ni Sésostris, ni Corvex, ni Jean Bérard ne comprenaient que le duc pût survivre à la terrible blessure qu'il avait reçue.

Ils l'avaient vu tomber, traversé de part en part.

L'épée de Bérard, violemment entraînée, était même restée plantée dans la poitrine du duc, et celui-ci n'était pas mort !

Comment cela pouvait-il se faire ?

Quoi qu'il en fût, c'était un coup manqué.

Qu'on ne s'étonne pas du désappointement de Bérard et de ses témoins.

Il est rare, en effet, qu'après le combat, le vainqueur conserve du ressentiment contre l'adversaire qu'il a plus ou moins grièvement blessé, mais il faut se rappeler que la situation était tout à fait exceptionnelle.

Jean Bérard n'était allé à la soirée de Lucie Reinette que dans l'espoir qu'une occasion s'y présenterait d'avoir une altercation avec le duc d'Ambroge.

Il voulait tuer celui-ci.

 Depuis le jour où, Sésostris, revenu de Clairvaux, lui avait, comme à Pommat, confié toute la vérité sur le drame dans lequel avait succombé Jacques Fargueil, il ruminait silencieusement son projet.

— Une fois le duc mort, se disait-il, qu'est-ce qui empêchera de revenir sur la condamnation de Jacques?

La crainte de déshonorer la duchesse?

Mais si elle revient à la santé, elle sera la première à faire bon marché de son honneur pour sauver celui de Jacques, qui est autrement atteint.

D'ailleurs si elle a encore quelque chose à craindre du monde — ce qui, d'après tout ce que Jacques avait dit à Sésostris de la noblesse de son caractère, n'était pas pour l'arrêter — elle n'aura plus rien à craindre de son indigne mari.

Il s'agissait donc de la débarrasser de celui-ci, et tout marcherait ensuite à souhait.

Jean Bérard n'avait rien dit à personne de son projet.

Il l'avait mûri silencieusement et, afin d'augmenter ses chances de succès, avait redoublé d'assiduité à la salle d'armes de l'atelier.

Toutes les après-midi, il mettait sur les dents le maître qui y était attaché; de sorte que, le jour venu, il se trouvait admirablement entraîné.

On a vu, du reste, qu'il avait fourni au duc un formidable coup d'épée, qui, selon toutes les prévisions, devait être mortel.

Malheureusement, le duc vivait, et les médecins espéraient le sauver.

C'était, comme on voit, jouer de malheur.

Sans s'être rien dit, Jean Bérard et Sésostris s'étaient compris, et leur désappointement s'était tout de suite traduit de la façon la moins équivoque.

Tout l'atelier, il est à peine besoin de le dire, partageait leur sentiment; mais, quoi? il n'y avait absolument rien à y faire.

Il était très malheureux que le duc ne fût pas mort; Jacques n'était ainsi qu'à moitié vengé; toutefois, c'était déjà quelque chose que son assassin sût ce qui lui avait valu le joli coup d'épée de Bérard.

Et, comme on l'a vu, il le savait de reste.

Quelles seront, cette fois, fit-il, vos conditions? (Page 199.)

CHAPITRE XXIV

Amères réflexions.

ES médecins ne s'étaient pas trompés.

Trois mois après le coup d'épée de Bérard, le duc d'Ambroge commençait à se lever.

A plusieurs reprises, des complications étaient devenues menaçantes; des accidents, résultant d'un état morbide antérieur, suite d'anciens excès, s'étaient manifestés; mais la science des docteurs Prélat et Chamblay avait été la plus forte.

La guérison du duc était désormais assurée.

Toutefois il lui faudrait de longs ménagements.

Tout le temps que le duc avait été dans son lit, Lucie Reinette avait été admirable.

Chaque matin, vers dix heures, on la voyait arriver, vêtue d'une robe sévère, et elle s'installait au chevet de son amant.

Elle ne le quittait qu'à deux heures, pour aller aux répétitions, et elle trouvait encore le temps, avant la représentation, d'aller passer quelques instants auprès de lui.

On savait cela dans le public masculin des abonnés de la Comédie; et on lui en savait gré.

On trouvait bien que la célèbre actrice montrât de l'attachement à un gentilhomme, et on le lui prouvait en applaudissements discrets.

De toutes façons, la blessure du duc avait été une assez bonne affaire pour Lucie Reinette.

Elle n'y avait rien perdu au point de vue de l'argent, et elle y avait gagné en considération auprès de certaines gens auxquels elle aurait peut-être affaire un jour.

M. Gracieux, en effet, avait tenu parole.

Il avait été au-devant des désirs de la comédienne, et il avait largement pourvu à ses dépenses.

En cinq ou six fois, depuis le jour où le duc lui avait ordonné de remettre quarante mille francs à Lucie Reinette, il avait versé à celle-ci plus de soixante mille francs.

Il ne l'avait pas fait, d'ailleurs, tout à fait de son propre chef. Il avait averti le duc.

Celui-ci, naturellement, approuvait.

Il ne voulait pas que le luxe de sa maîtresse baissât en son absence, et il mettait même une véritable coquetterie à ce qu'on sût bien que Lucie Reinette n'avait pas à souffrir de sa maladie.

Comme il l'avait promis à son maître, M. Gracieux avait veillé à tout.

Rien n'avait été changé à l'hôtel.

Aucun indice n'avait pu faire soupçonner à personne que le duc était complètement ruiné, et que l'hôtel où il gisait sur son lit était hypothéqué pour une somme presque égale à sa valeur.

Tout allait donc pour le mieux.

Cependant le duc était inquiet.

Depuis le moment où, la fièvre passée, il avait pu ressaisir ses esprits, les paroles prononcées par Jean Bérard à la soirée de Lucie lui revenaient sans cesse à la mémoire.

Et elles étaient terriblement significatives, ces paroles!

Pas de doute possible.

Jean Bérard savait tout.

Il était probable même que ses camarades d'atelier étaient dans le même cas.

Jacques Fargueil n'avait rien dit devant la justice, mais il avait parlé devant ses amis.

Conséquence forcée : tout se découvrirait un jour.

Tant que le duc n'avait eu à craindre que les révélations de sa femme et celles de Jacques, il avait été relativement tranquille.

Sa femme était enfermée dans une maison d'aliénés, dont le directeur savait comprendre les choses, et l'on veillerait à ce qu'elle n'en sortît pas.

Quant à l'amant, puisqu'il avait eu l'héroïsme bête de se taire, il n'y avait pas de raison pour qu'il parlât à sa sortie de prison.

Mais la situation s'était gravement modifiée.

Les amis de Fargueil, quelques-uns au moins d'entre eux, sachant tout, une indiscrétion était à redouter.

Quand Jacques redeviendrait libre, on ne manquerait pas de le pousser à dire la vérité.

On lui représenterait que ce serait folie de se taire, puisque la duchesse étant enfermée dans un établissement d'aliénés, elle n'avait plus rien à redouter de ses révélations.

Or, s'il se laissait convaincre, il ne lui serait pas difficile d'établir l'exactitude de ses dires, car il était impossible qu'il n'eût pas une preuve quelconque de sa liaison avec Mme d'Ambroge.

Il devait bien posséder une lettre, plusieurs lettres même, quelque chose, n'importe quoi.

La duchesse devait avoir été vue chez lui.

En tout cas, le concierge de la rue Duperret l'avait certainement aperçue quand elle se rendait chez son amant, et cela suffirait pour prouver l'innocence de celui-ci.

C'est là qu'était le danger.

Mais qu'y opposer?

Il ne fallait pas songer à faire quoi que ce fût pour le conjurer, et même la moindre démarche pourrait paraître suspecte et servir d'arme ensuite à Jacques Fargueil ou à ses amis.

Il n'y avait qu'à attendre.

Quand le moment en serait venu, — et peut-être, après tout, ne viendrait-il pas, — on payerait d'audace.

Les choses avaient si bien tourné jusqu'à présent pour le duc qu'on pouvait encore espérer que le sort ne le trahirait pas.

Car, cela était incontestable, dans toute cette affaire, le duc avait été incroyablement heureux.

Premièrement, il avait eu affaire à un imbécile qui se piquait de générosité, d'héroïsme même, tout comme si ce n'étaient pas là denrées que ne devrait pas connaître la canaille.

Secondement, sa femme, qui n'aurait pas manqué de tout dire et qui l'aurait perdu sans hésitation, s'était trouvée dans l'impossibilité de faire la moindre révélation.

Et même, si elle venait à guérir et à menacer son mari, celui-ci n'aurait qu'un mot à dire au complaisant docteur Grise pour qu'elle fût plus étroitement enfermée que jamais.

Troisièmement, les juges et les jurés devant lesquels avait comparu l'imbécile n'avaient rien compris à l'affaire, dont le mystère n'était pas cependant difficile à percer.

Quatrièmement, enfin, Jean Bérard, l'ami de Fargueil, s'instituant son vengeur, lui avait bien donné, à lui, duc d'Ambroge, un effroyable coup d'épée mais son insolent bonheur ne l'avait pas abandonné, puisque, malgré sa terrible blessure, il était aujourd'hui sur pied.

Toute la question était de savoir si cela continuerait.

Il est vrai qu'heureux d'un côté, le duc d'Ambroge ne l'avait pas été par tout également.

Par exemple, et c'était là un coup douloureux, la fortune du marquis d'Hierville lui avait échappé.

Cette fortune, qu'il avait si longtemps convoitée, et pour la conquête de laquelle il avait commis toutes les infamies, un crime même, un assassinat, l'avait perdue.

C'était son fils...

Mais non, ce n'était pas son fils ; c'était le fils de la duchesse et de Fargue qui en jouirait.

Dérision !

Lui, il était ruiné.

Ruiné, sans espoir possible.

La grande débâcle était proche.

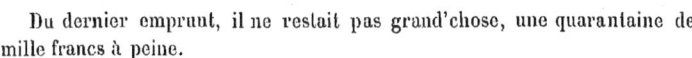

Du dernier emprunt, il ne restait pas grand'chose, une quarantaine de mille francs à peine.

Qu'est-ce que cela?

Avec le train de l'hôtel et celui de Lucie Reinette, il n'y en avait pas pour plus de trois semaines.

On pourrait, il est vrai, faire un nouvel emprunt, mais ce serait probablement le dernier.

Il avait déjà été prêté six cent mille francs sur l'hôtel. Peut-être en trouverait-on encore trois ou quatre cent mille, mais ce serait tout.

La dernière ressource serait épuisée.

Ce serait bien fini.

Que faire, alors?

Cette question, il se l'était déjà posée quelque neuf ou dix ans auparavant, et M. Gracieux y avait trouvé tout de suite une réponse.

Mais ce qui avait été facile alors était impossible aujourd'hui.

Pour rétablir sa fortune, le duc n'avait eu qu'à se marier, et M. Gracieux lui avait trouvé une femme agrémentée de nombreux millions.

Pour recourir au procédé de jadis, il eût donc fallu d'abord que la duchesse mourût.

Certes, le duc n'y eût vu aucun inconvénient, si la situation n'eût pas été aussi compliquée, mais voilà qu'il se trouvait que l'assassinat commis par lui ne pouvait rester inconnu qu'à la condition que sa femme vécût.

Si, en effet, la duchesse d'Ambroge mourait, Jacques Fargueil et ses amis n'auraient plus aucune raison de se taire.

Ainsi la duchesse morte, le duc pouvait se remarier et s'évader de nouveau de sa ruine; mais en même temps, il était perdu, et, dans tous les cas, il n'échapperait pas, alors même — ce qui était douteux, — que la justice voulût fermer les yeux et se boucher les oreilles, à un horrible scandale.

C'était véritablement à en devenir fou, et plus le duc se creusait la tête, moins il trouvait la solution de l'effrayant problème que l'avenir lui posait.

CHAPITRE XXV

Nouvel emprunt.

E rétablissement du duc d'Ambroge fut pour lui l'occasion de nouvelles dépenses.

Lucie Reinette, toute à la joie, donna une nouvelle fête, à laquelle, soit dit en passant, elle se garda de convier Jean Bérard, et M. Gracieux dut faire une large brèche à ce qui restait du second emprunt.

De son côté, le duc paya cher son retour aux Haricots.

Un grand dîner y fut donné en son honneur, et ce dîner eut naturellement pour suite une séance de jeu, dans laquelle, après des alternatives de perte et de gain, M. d'Ambroge laissa encore une vingtaine de mille francs sur le tapis.

Il fallait de nouveau recourir à M. Truchard, c'est-à-dire à M. Gracieux.

Le lendemain une grave conférence eut lieu entre le duc et son fidèle intendant.

Il s'agissait d'examiner à fond la situation, et d'évaluer la somme qu'on pouvait encore emprunter sur l'hôtel.

A sa grande surprise, le duc constata chez M. Gracieux une facilité à laquelle il n'était plus accoutumé.

L'intendant se montrait tout à fait confiant.

A l'entendre, rien ne serait plus facile que de trouver encore quatre cent mille francs ; l'hôtel valait plus d'un million, et si M. Truchard ne pouvait trouver la somme, eh bien ! on s'adresserait ailleurs.

M. Gracieux se faisait fort de trouver un capitaliste qui se contenterait d'un intérêt modéré.

Le duc fut tenté de s'étonner tout haut de ce changement, mais il se dit qu'après tout il serait toujours la dupe de maître Gracieux, dont il ne pouvait se passer, et, avec son insouciance accoutumée, il lui laissa le champ libre.

M. Truchard fut mandé.

Le faux homme d'affaires, convenablement stylé, commença par déclarer que quatre cent mille francs c'était une bien grosse somme, et qu'il ne répondait pas de la trouver ; que, dans tous les cas, s'il y parvenait, les conditions

seraient probablement un peu moins douces que lors de l'opération précédente.

— L'argent, disait-il, se fait de plus en plus rare. Aux placements sur
hypothèques, qui sont pourtant très sûrs et qui donnent un intérêt raisonnable,
les capitalistes préfèrent maintenant les émissions qui se succèdent continuellement et qui font miroiter à leurs yeux des dividendes invraisemblables.

Il allait continuer ses explications, mais l'intendant l'interrompit :

— Quelles seront, cette fois, fit-il, vos conditions ?

— Mais, je ne saurais vous le dire encore d'une façon précise.

— Vous devez bien en avoir une idée.

— Non, pas encore. Il faut que je voie mes capitalistes.

— Cependant il faut que nous soyons fixés tout de suite, au moins
approximativement.

— Je regrette de ne pouvoir vous répondre, mais, encore une fois, je ne
sais pas quelles seront leur exigences.

— Voyons, voyons, soyons sérieux, monsieur Truchard; vous voulez
simplement vous donner le temps de réfléchir, mais je vous préviens que vous
ne serez pas, cette fois, seul sur les rangs. Nous avons des offres, et nous ne
vous donnerons la préférence que si vos conditions sont les meilleures.

Je vous préviens, en outre, qu'il ne faut pas vous bercer de l'espérance
que vous exprimiez tout à l'heure. Nous ne vous donnerons pas cette fois une
commission de dix pour cent.

— Je ne saurais pourtant faire l'affaire à moins.

— Alors, n'en parlons plus.

M. Truchard parut interloqué.

— Non, reprit maître Gracieux, ce n'est plus la peine d'en parler, si c'est
votre dernier mot.

— Mais vous croyez donc qu'il est facile de trouver de l'argent en ce
moment?

— Facile ou non, monsieur Truchard, je vous répète que nous ne vous
donnerons pas dix pour cent.

— Combien m'offrez-vous, alors ?

— Ce que vous avez eu la première fois.

— Cinq pour cent?

— Pas un centime de plus.

— Alors, l'affaire est impossible.

— Eh bien! monsieur Truchard, serviteur. Nous avons trouvé la somme
aux conditions que je vous offre. Nous vous aurions donné la préférence,
mais... puisque c'est impossible...

— Oh ! tout à fait.

— Inutile donc de vous retenir plus longtemps. Excusez-nous de vous avoir dérangé.

— Si encore vous me donniez huit pour cent.

— Cinq, monsieur Truchard.

— Ou même sept...

— Cinq, monsieur Truchard, cinq.

— Allons, je vois bien que vous ne voulez pas traiter avec moi cette fois-ci. Cependant...

— Mais si, monsieur Truchard, mais si ; et la preuve, c'est que je vous ai fait appeler.

— M. Truchard secoua la tête, et, prenant son chapeau, s'apprêta à sortir.

Mais, arrivé à la porte, il se retourna.

— Voyons, dit-il, je ne veux pas partir sans avoir épuisé toutes les concessions.

Voulez-vous me donner six pour cent?

— Désolé, monsieur Truchard, mais, je vous le répète, nous avons trouvé à cinq.

L'homme de paille de M. Gracieux parut hésiter un instant, puis tout à coup revenant :

— Eh bien ! dit-il avec une sorte de colère, c'est entendu. Je n'y gagnerai pas un sou, mais je ne veux pas que l'affaire soit faite par un autre que par moi.

— Et vous avez bien raison, fit en riant M. Gracieux.

Ainsi fut conclu le nouvel emprunt.

Le duc d'Ambroge reçut trois cent quatre-vingt mille francs, moyennant lesquels une nouvelle hypothèque de quatre cent mille francs, au taux de six pour cent, fut prise sur son hôtel.

M. Gracieux se montrait ravi de l'habileté qu'il avait déployée dans cette nouvelle affaire.

Il s'étonnait même que M. le duc ne s'en montrât pas plus satisfait, mais celui-ci avait ses raisons pour rester froid.

Il commençait, en effet, à soupçonner la manière dont les choses se passaient entre le fidèle Gracieux et l'honnête Truchard, qui ne disait toujours pas où il prenait l'argent et qui faisait établir les hypothèques à son nom.

Le duc n'était pas homme, d'ailleurs, à pousser plus avant l'examen des choses.

Pouvez-vous me trouver encore une cinquantaine de mille francs? (Page 206.)

Il trouvait de l'argent quand il lui en fallait et c'était là pour lui la chose principale.

A quoi bon se creuser la tête et se chercher des embarras, quand, au fond, cela ne mènerait à rien.

Avec les trois cent quatre-vingt mille francs qu'il venait de toucher, le duc pouvait se relever.

Aucun bruit n'avait encore couru sérieusement sur sa ruine. On savait bien qu'il avait vendu de nombreuses propriétés, mais comme on ne lui connaissait pas de dettes, on ne pouvait le dire ruiné.

Son genre de vie n'avait jamais changé; son luxe était toujours le même.

Il avait des chevaux superbes; ses voitures étaient toujours le dernier mot de l'élégance.

Il avait pour maîtresse une actrice aussi fameuse par sa prodigalité que par son talent.

Il passait pour le plus beau joueur de Paris, et ses pertes de jeu, quelquefois énormes, avaient toujours été payées dans les vingt-quatre heures.

Tout, en un mot, se réunissait pour que le duc d'Ambroge continuât à passer pour un homme très riche, et aucun accroc n'avait encore été donné à ce côté de sa réputation.

Les trois cent quatre-vingt mille francs de maître Truchard allaient être les dernières lueurs de cette fortune qui avait jeté tant d'éclat.

CHAPITRE XXVI

M. le duc est acculé.

 i le duc d'Ambroge avait eu assez de puissance sur lui-même pour renoncer au jeu, il eût pu, tout en continuant à faire tout aussi grande figure que par le passé, faire durer près d'une année le dernier argent qu'il venait d'emprunter.

Dans tous les cas, et même en dépensant deux mille francs par jour, tant pour lui que pour Lucie Reinette, ce qui est le train d'un homme quinze fois millionnaire, il pouvait encore aller plus de six mois.

Malheureusement pour lui, M. d'Ambroge ne pouvait vivre sans jouer et la privation du jeu avait même été ce dont il avait le plus souffert pendant les mois qu'il avait passés dans son lit, à la suite de son duel avec Jean Bérard

Qu'on imagine donc avec quel emportement il se rejeta dans son impérieuse passion quand il se vit entre les mains une somme aussi considérable.

Le soir même, il entamait aux Haricots, avec le comte de Chevrial, une colossale partie d'écarté dans laquelle il lui regagnait et, au delà, les quatre vingt mille francs perdus la veille du duel.

C'était un trop beau début pour ne pas continuer.

Le lendemain encore, le duc d'Ambroge fut assez heureux.

Il emporta le matin une trentaine de mille francs.

Mais la veine, qu'il croyait revenue, ne tint pas, et, cinq ou six jours de suite, il quitta le cercle avec des pertes dont le total s'élevait à plus de cent mille francs.

Il se trouvait donc revenu au point de départ.

Entre temps, les autres dépenses avaient marché.

Lucie Reinette avait habilement profité de ce que le duc était en fonds.

Du reste, celui-ci ne comptait pas.

Quand il avait de l'argent, il lui semblait qu'il n'en dût jamais voir la fin, et il le jetait au hasard.

La comédienne put donc se laisser aller aux plus ruineuses fantaisies ; la bourse de M. d'Ambroge, comme si elle eût été inépuisable, ne se refermait pas.

De son côté le duc crut pouvoir satisfaire un certain nombre de caprices personnels.

Il renouvela, par exemple, une partie de ses chevaux, et commanda chez Binder de nouvelles voitures.

Il brûlait, en un mot, la chandelle par les deux bouts, et l'on comprend qu'à ce jeu, les trois cent quatre-vingt mille francs de Gracieux n'eurent pas une longue existence.

Trois mois après leur entrée dans la caisse, peu fermée, du duc d'Ambroge, ils en étaient sortis.

A peine s'il en restait quelques malheureux billets de mille francs qui représentaient à peine quelques jours de l'existence fastueuse du duc et de sa maîtresse.

M. d'Ambroge se retrouvait encore une fois à sec, mais avec cette complication que tout emprunt sérieux était désormais impossible.

Une nouvelle conférence eut lieu entre le duc et l'intendant.

Le premier espérait toujours dans l'esprit de ressources du second, mais M. Gracieux, qui n'y mettait pas d'amour-propre, déclara tout net, pour commencer, qu'il ne voyait plus rien à faire, et qu'il était inutile de chercher.

Peut-être trouverait-on, de-ci de-là, quelques dix ou vingt mille francs, mais ce serait tout.

Et encore faudrait-il tomber sur des gens qui n'eussent pas l'idée de s'enquérir trop sévèrement de l'état de la fortune du duc.

Il n'y avait, en effet, pour être exactement et rapidement renseigné, qu'à aller au bureau des hypothèques, et les hommes d'affaires sérieux ne négligent jamais cette source sûre d'information.

Quant à M. Gracieux, il estimait que le moment était venu de s'arrêter, c'est-à-dire de serrer les cordons de sa bourse.

L'hôtel d'Ambroge valait certainement un million et, par conséquent, son prêt était suffisamment gagné.

Mais il eût peut-être été imprudent d'aller plus loin.

Si, en effet, une maison dite de rapport dont la valeur atteint ce chiffre trouve facilement acquéreur, il n'en est pas tout à fait de même d'un hôtel, car il faut posséder une très grande fortune pour pouvoir immobiliser un capital de cette importance.

M. Gracieux avait donc résolu de s'arrêter.

Il avait, d'ailleurs, un plan dont il caressait l'idée depuis longtemps et dont il pouvait songer à commencer l'exécution.

Si ce plan réussissait, M. Gracieux doublait du coup sa fortune déjà si considérable.

Il fallait toutefois amener le duc d'Ambroge à l'adopter, et là serait peut-être la difficulté.

Pour cela, il fallait l'affamer.

En tout cas, si M. d'Ambroge n'entrait pas dans les vues de son intendant, celui-ci se retirerait tranquillement.

Il était, en fait, le propriétaire de l'hôtel, puisque le duc ne pourrait jamais rembourser le million prêté, et il en pourrait prendre possession quand il lui en prendrait fantaisie.

Ce n'était pas, on le pense bien, qu'il songeât à l'habiter jamais lui-même. M. Gracieux avait trop le sentiment des convenances pour ne pas se rendre compte qu'il serait scandaleux de voir le serviteur s'installer effrontément dans l'ancienne demeure de son maître.

Ce serait, en effet, avouer trop cyniquement qu'on a détourné la fortune qu'on était chargé d'administrer.

M. Gracieux, homme d'allures modestes, ne commettrait jamais une pareille imprudence.

D'ailleurs, il était persuadé que son plan réussirait, et, dans cette hypothèse, l'hôtel resterait à son maître redevenu immensément riche.

C'était donc un fidèle serviteur, le modèle des intendants que l'excellent M. Gracieux, puisqu'il ne rêvait que de refaire une fortune au duc d'Ambroge.

Et voyez comme l'ingratitude est bien dans la nature humaine! C'était au moment même où M. Gracieux faisait ce rêve que le duc se croyait le plus autorisé à douter de son honnêteté.

Il ne se trompait pas, il est vrai, en imaginant que M. Gracieux l'avait outrageusement volé pendant de longues années, et que le million prêté sur l'hôtel était le produit de ses vols, mais s'il eût pu deviner que son voleur s'occupait de lui rendre son ancienne opulence, il eût facilement passé condamnation sur ces peccadilles.

Mais, avec la mauvaise opinion qu'il avait de M. Gracieux, cette pensée ne pouvait lui venir, et c'est pourquoi la péremptoire déclaration de celui-ci eut le don de le mettre de fort méchante humeur.

— Alors, c'est fini? dit le duc qu'irritaient les paroles de l'intendant. Nous ne pouvons plus rien emprunter sur l'hôtel?

— Je n'en vois guère la possibilité, monsieur le duc, puisque l'hôtel est hypothéqué pour sa valeur.

— Oh! pour sa valeur...

— A peu près, monsieur le duc.

— De sorte, monsieur Gracieux, que vous ne pensez pas pouvoir placer dessus davantage.

— Que voulez-vous dire, monsieur le duc?

— Je veux dire, monsieur Gracieux, que je ne suis pas aussi naïf que vous l'imaginez.

— Mais encore?...

— Et que j'ai fort bien compris, non pas la première fois que je l'ai vu, mais la seconde, que vous vous entendez avec le sieur Truchard, et que le capitaliste du dit Truchard ne doit être, ne peut être que vous-même.

— Monsieur le duc, ce n'est pas la première fois que vous mettez ma probité en doute. Nous nous en sommes même expliqués déjà, et j'avais le droit de croire que vous me feriez désormais grâce de vos injurieux soupçons.

Mais puisque vous y revenez, je me contenterai de vous dire que j'ai pris le parti de ne plus m'en attrister. Je les mets sur le compte d'une irritation bien naturelle ; on ne se voit pas, en effet, dans votre situation sans en être péniblement affecté...

— Qu'est-ce à dire, monsieur Gracieux?

Mais celui-ci continuait avec calme :

— Je vous dirai seulement, monsieur le duc, que les récriminations ne servent à rien.

Admettons, en effet, que, comme vous paraissez le vouloir, je sois véritablement un voleur.

Après?

Quel changement cela peut-il apporter à votre position?

Avez-vous un moyen de me reprendre ce que je vous aurais volé?

Si je suis un voleur, mon premier soin a dû être de me mettre en règle, et ma comptabilité, vous le savez, peut défier tous les examens.

Non pas qu'elle ne soit pas l'expression de la vérité.

Elle est, au contraire, d'une exactitude scrupuleuse.

Mais si j'ai exagéré les précautions, c'est précisément parce que j'ai vu tout de suite que vous vous ruineriez, et que j'ai prévu qu'alors vous vous croiriez volé.

C'est pour cela, monsieur le duc, que j'ai toujours tenu à vous rendre périodiquement des comptes détaillés, et que je n'ai jamais manqué de vous les faire approuver.

Je me félicite aujourd'hui d'avoir procédé ainsi, car, du moment que vous me soupçonnez de vous avoir volé, il se pourrait fort bien que vous allassiez plus loin.

Mais, encore une fois, je suis en règle, et je n'ai rien à redouter.

L'intendant parlait avec une assurance respectueuse, qui n'excluait pas une pointe à peine perceptible de raillerie, et il n'y avait rien à lui répondre.

Le duc essaya pourtant de le prendre sur un ton de persiflage.

— Oh ! je n'en doute pas, monsieur Gracieux ; je sais que vous êtes en règle. Je connais trop votre habileté pour ne pas vous savoir à l'abri de toute revendication.

Mais, tranquillisez-vous, je n'ai jamais songé à en exercer aucune.

— Alors, monsieur le duc, à quoi bon vos continuelles et si blessantes insinuations?

Vous avez tort, permettez-moi de vous le dire, d'en agir ainsi avec moi, car je puis vous être encore de quelque utilité.

En m'obligeant à me retirer, vous ne ferez que hâter le moment où il faudra avouer la disparition complète de votre fortune.

L'observation était trop juste pour que le duc ne la comprît pas.

Aussi se hâta-t-il de battre en retraite.

— Allons, allons, fit-il, laissons tout cela. Occupons-nous plutôt de parer aux plus pressantes nécessités.

Pouvez-vous me trouver encore une cinquantaine de mille francs?

— C'est bien difficile, monsieur le duc, répondit l'intendant qui avait ses raisons pour se radoucir.

— Essayez toujours.

— J'essayerai donc.

— Alors, je suis sûr du succès. Et avec ces cinquante mille francs, peut-être aurai-je plus de chance que dans ces derniers temps.

Et puis, cela nous donnera le temps d'aviser.

Les deux hommes se séparèrent sur ces derniers mots, et quelques jours après, en effet, M. Gracieux remettait au duc les cinquante mille francs attendus.

L'intendant se montrait de plus en plus satisfait.

Plus la ruine du duc s'accentuait, plus sa figure reflétait de contentement.

On eût dit qu'il trouvait son maître à point pour la mise à exécution du plan qu'il méditait depuis des mois.

<hr/>

CHAPITRE XXVII

Mine de diamants.

 IX semaines à peine s'étaient écoulées qu'il ne restait plus un sou des cinquante mille francs.

Ce n'était pas cependant que le duc les eût prodigués. Il les avait, au contraire, ménagés.

Il avait joué, mais avec modération, et les gains avaient à peu près compensé ses pertes.

Les cinquante mille francs avaient passé dans les dépenses ordinaires du duc et de sa maîtresse.

Maintenant qu'il n'y avait plus rien, comment faire? Où trouver de l'argent? A qui s'adresser?

A M. Gracieux?

Ce n'était plus la peine d'y songer.

Ou bien l'intendant ne voulait plus rien prêter, ou bien, réellement, il ne le pouvait plus.

Le duc ne devait plus compter que sur lui-même.

Quelques jours se passèrent pendant lesquels il chercha vainement un moyen de sortir d'embarras.

Aucune idée pratique ne lui venait.

Il avait d'abord songé à recourir à la bourse de ses amis, mais il y renonça bien vite.

A quoi, en effet, cela le mènerait-il?

Il trouverait peut-être, de cette façon, cinq ou six cents louis, mille louis au plus.

Et après?

Il serait bien avancé après avoir avoué ainsi sa ruine!

Non, il n'y fallait pas songer.

Tout à coup, une idée lui vint...

La duchesse avait de magnifiques diamants.

Lors du mariage de sa fille, le bonhomme Grandlieu avait dévalisé les vitrines de Fontana.

De plus, le lecteur se le rappelle peut-être, le marquis d'Hierville avait fait à sa nièce un don presque royal.

Tout cela devait représenter une somme énorme.

Comment le duc n'y avait-il pas encore songé?

Il fallait vraiment qu'il fût bien étourdi.

L'étourderie était, il est vrai, facile à réparer, et même le duc était enchanté de n'en avoir pas eu l'idée plus tôt; il avait ainsi devant lui une ressource qui le sauverait peut-être.

Ce fut donc tout joyeux que le duc se rendit dans l'appartement de la duchesse.

Les diamants étaient renfermés dans des coffrets qui avaient été entassés dans une vaste armoire.

Le duc n'en avait pas les clefs.

Il les chercha pendant quelques instants, mais ne les trouvant pas, il s'impatienta et fit sauter les serrures.

Un fort couteau et un petit marteau qu'il alla chercher dans les communs y suffirent.

Un quart d'heure après, le duc avait devant lui un monceau de pierres précieuses.

C'était un ruissellement à donner le vertige.

Il y avait là des rivières d'une valeur énorme.

Les unes, modernes, qui sortaient de chez les grands joailliers, se distinguaient par la finesse et l'élégance de leur monture.

Les autres, anciennes, se faisaient remarquer par l'éclat et la grosseur des pierres qui les composaient.

A côté des colliers, y avait des diadèmes.

Puis des aigrettes, des ferronnières, des agrafes, des épingles, des fleurs de toutes sortes.

Avec les bracelets et les bagues, tout cela faisait une montagne devant laquelle le duc demeurait ébloui.

Tel jour, il avait gagné près de cent mille francs. (Page 220.)

Jamais il n'eût soupçonné que sa femme fût en possession d'un pareil trésor.

Il y avait là, en effet, pour des centaines de mille francs.

Lors de son mariage, il n'avait pas remarqué toutes ces richesses, et, depuis, il ne les avait même pas soupçonnées, tant la duchesse avait peu de coquetterie.

Mme d'Ambroge usait peu de ses diamants.

Elle en mettait pour aller dans le monde, mais juste ce qu'il en fallait.

Il est vrai qu'ils étaient si beaux que, sous ce rapport, elle n'en faisait pas moins envie à toutes les femmes.

Mais ce n'était pas à cela que songeait le duc.

Il avait devant lui une sorte de fortune; il en fallait profiter au plus vite. Mais, comment?

Il y avait, en effet, deux façons de procéder.

On pouvait vendre les diamants.

On pouvait aussi se borner à les engager.

En les engageant, on se ménageait la possibilité de les retirer, ce qui était une considération.

Mais les sommes que le duc se procurerait ainsi n'atteindraient pas le même chiffre que s'il se décidait à vendre.

Une autre question était celle de savoir s'il fallait vendre en bloc ou par fractions.

La vente en bloc était imprudente.

Il fallait ménager une ressource inespérée.

C'est donc à la vente par fractions que le duc s'arrêta.

Ses résolutions prises, le duc transporta les diamants dans son cabinet, et les ayant enfermés dans une sorte coffre-fort où étaient serrés ses parchemins et papiers de famille, il se coucha, bien décidé à commencer dès le lendemain la réalisation des richesses inattendues qui lui tombaient du ciel.

Il n'y avait pas, du reste, de temps à perdre.

Depuis deux ou trois jours, Lucie Reinette faisait grise mine.

Elle avait essayé de faire comprendre au duc qu'elle avait besoin d'argent, et celui-ci n'avait pas eu l'air d'entendre.

Elle s'était plainte des exigences des fournisseurs, et M. d'Ambroge s'était borné à dire qu'il fallait faire jeter cette canaille à la porte quand elle devenait incommode.

Elle avait, à diverses reprises, exprimé le désir d'avoir une nouvelle parure, vue en passant rue de la Paix, et, contrairement à ses habitudes, le duc ne la lui apportait pas.

La comédienne, qui avait la prétention de voir tous ses caprices satisfaits, était irritée et un peu inquiète.

Plusieurs fois déjà, elle avait eu un fugitif soupçon, mais grâce à ses emprunts successifs, le duc l'avait écarté.

Lucie Reinette se disait qu'un gentilhomme, si riche qu'il fût, pouvait bien être gêné pendant un jour ou deux.

Il suffisait pour cela d'une perte au jeu.

Le lendemain, en effet, le duc redevenait magnifique, et tout nuage disparaissait.

Mais cette fois, il n'en était plus ainsi.

Il y avait déjà près de quinze jours qu'elle n'avait vu M. d'Ambroge ouvrir son portefeuille.

Tout l'argent donné précédemment était dépensé, et c'est à peine s'il restait à Lucie quelques centaines de francs d'argent de poche.

Toutes ses invites étant restées sans résultat, elle en concluait naturellement que le duc se trouvait dans une gêne sérieuse, et s'il ne découvrait pas plus vite le moyen d'y mettre un terme, c'est que sa fortune était compromise.

C'était là chose grave.

Il fallait y réfléchir.

C'est qu'en effet, Lucie Reinette était une personne sérieuse.

Elle était, certes, très fière d'exhiber un amant de la qualité du duc d'Ambroge, un des plus grands seigneurs de France.

Mais l'amour-propre n'allait pas, chez elle, jusqu'à lui faire oublier ses intérêts.

Tant que ceux-ci se conciliaient avec sa vanité, c'était parfait.

Mais le jour où l'antagonisme se déclarerait, elle n'hésiterait pas, certainement, à sacrifier le premier aux seconds.

D'autant mieux que, le duc d'Ambroge congédié, elle ne manquerait pas d'adorateurs, sinon aussi titrés que lui, du moins faisant encore très grande figure dans l'armorial.

Telles étaient les réflexions de Lucie Reinette, et ainsi pouvait s'expliquer la mauvaise humeur qu'elle ne dissimulait plus depuis quelques jours.

Le duc n'avait pas l'air de prendre garde à ce changement d'allures, mais, au fond, il commençait à comprendre que la situation devenait délicate, et c'est pourquoi il se creusait la tête pour trouver un expédient.

Grâce aux diamants de sa femme, il était sauvé encore une fois.

Aussi, dans la nuit qui suivit la féerique découverte dormit-il d'un sommeil paisible.

Dès le matin, il fit appeler M. Gracieux.

— Mon cher Gracieux, fit-il dès que celui-ci parut, où donc avions-nous la tête?

Nous croyions qu'il ne nous restait plus aucune ressource, et nous en avions une, magnifique, à laquelle je m'étonne que vous n'ayez pas songé depuis longtemps.

L'intendant ouvrait de grands yeux.

— Hé, oui, mon cher Gracieux, nous avions des centaines de mille francs devant nous, et nous étions assez sots pour ne pas même les soupçonner.

— Je ne vous comprends pas, monsieur le duc.

— Eh bien, mon cher Gracieux, vous allez comprendre,

Et allant au coffre où nous l'avons vu la veille serrer ses richesses, le duc l'ouvrit et commença à en tirer les diamants, dont il posa d'abord une pleine poignée, prise au hasard, sur son bureau.

— Tiens, c'est vrai, s'écria l'honnête M. Gracieux, je n'y avais pas songé.

Le duc le regardait triomphant, tout en continuant ses voyages du bureau au coffre et du coffre au bureau.

Et ils furent nombreux, ces voyages, car c'était à une véritable mine que puisait le duc.

Maître Gracieux n'en revenait pas.

Comment, en effet, n'avait-il pas songé à ces diamants?

Ce n'était pas qu'il les connût tous; il ne s'était guère occupé, lors du mariage, que de l'argent comptant, des valeurs et des propriétés.

Toutefois, il savait fort bien que la corbeille avait contenu des splendeurs.

D'abord, c'était lui qui avait fourni les sommes nécessaires pour les présents de mariage; ensuite il n'ignorait pas que le marquis d'Hierville avait offert à sa nièce tous ses joyaux de famille.

Tout cela cependant lui était sorti de la tête, et la découverte du duc était pour lui une surprise.

Surprise agréable, en tout cas.

Au contraire.

Oui, au contraire; M. Gracieux paraissait, en effet, tout déconcerté.

Pourquoi?

Tout simplement, parce que ces maudits diamants venaient de se mettre en travers de son plan.

Il fallait, pour l'intendant, que le duc d'Ambroge fût réduit aux dernières extrémités, et sa découverte inattendue l'arrachait pour quelque temps à ses embarras.

L'exécution du plan ne semblait pas encore compromise, mais elle se trouvait certainement retardée, et c'était là ce qui faisait faire triste figure à maître Gracieux.

CHAPITRE XXVIII

Remis à flot.

ES diamants étaient entassés sur le bureau du duc, et les deux hommes les contemplaient avec des sentiments différents.

Le duc était tout à la joie.

L'intendant avait peine à cacher son dépit.

Comme il l'a été dit plus haut, en effet, ce qui était pour le duc une aubaine inattendue était pour maître Gracieux une pierre d'achoppement également inattendue.

Il n'y avait pas là, cependant, de quoi désespérer.

C'était tout au plus un retard, déplaisant il est vrai, mais contre lequel il n'y avait rien à faire.

L'intendant refoula donc en lui-même son dépit et c'est avec les signes du plus vif contentement qu'il félicita le duc de son opulente trouvaille.

— Comment, en effet, disait-il, n'avions nous pas songé à cela?

— Où diable avions-nous la tête? répétait le duc.

— J'avoue, reprenait l'intendant, que vous auriez attendu longtemps avant que je vous dénichasse ce trésor.

— Je vous excuse d'autant mieux, mon cher Gracieux, que je n'y songeais pas plus que vous; et que c'est au hasard seul que je dois ma découverte.

Mais assez là-dessus.

Voyons plutôt quel est le meilleur parti à tirer de ces diamants.

— Mon Dieu, monsieur le duc, je crois que la chose n'a rien d'embarrassant.

On peut les vendre ou les engager.

— Quel est le système que vous jugez le meilleur?

— Le plus prudent serait peut-être de se borner à les engager, mais alors vous en tireriez beaucoup moins qu'en les vendant.

— C'est ce que je me suis dit déjà, fit le duc.

— Je crois donc qu'il vaut mieux vendre.

— En bloc ou par fractions?

— Oh! par fractions. En trois ou quatre lots.

— Mais si la duchesse revient à la santé, comment lui expliquerai-je la disparition de ses diamants?

— Vous ne lui expliquerez rien, et vous n'aurez, d'ailleurs, rien à lui expliquer.

— Cependant, si elle me demande…

— Elle ne vous demandera rien.

— Comment, elle ne me demandera rien?

— Non, car elle ne s'apercevra pas de la vente.

— Je ne vous comprends plus, mon cher Gracieux.

— C'est pourtant bien simple, monsieur le duc.

Nous nous bornerons à vendre les diamants, et nous les ferons remplacer dans les montures, qui n'ont, relativement, qu'une valeur insignifiante, par du strass qui ne nous coûtera presque rien.

— Et vous croyez que la duchesse ne s'apercevra pas de la substitution?

— J'en suis sûr.

— Mais c'est absurde, mon cher Gracieux.

— Pas tant que vous le croyez, monsieur le duc.

Le procédé vous étonne, et c'est cependant un procédé courant. C'est celui qu'emploient les femmes dans l'embarras, qui se procurent ainsi de l'argent à l'insu de leur mari.

Les joailliers y sont accoutumés, et vous le verrez de reste quand nous en parlerons nous-mêmes à Fontana.

D'ailleurs, on fabrique maintenant des pierres qui imitent de si près le diamant qu'il faut être vraiment expert pour ne pas s'y tromper.

L'expédient de maître Gracieux était trop séduisant pour que le duc ne l'acceptât pas avec enthousiasme.

— Alors, fit-il ravi, nous pouvons tout vendre sans qu'il y paraisse?

— Absolument.

— Eh bien! alors, vendons…

— Je suis à vos ordres, monsieur le duc.

— Faites donc immédiatement, moncher Gracieux, car, je vous l'avouerai, je n'ai plus rien des derniers cinquante mille francs.

Le jour même, l'intendant mandait Fontana à l'hôtel d'Ambroge, et celui-ci procédait à l'estimation des joyaux de la duchesse.

L'expertise fut longue et laborieuse.

Tous comptes faits, le célèbre joaillier déclara que la valeur du tout montait à six cent mille francs.

— Vous en donneriez cette somme? demanda M. Gracieux.

— Ah! non, répliqua le marchand. Ces diamants valent six cent mille francs pour l'acheteur, mais non pour un joaillier ; qui a non seulement à prendre son bénéfice, mais encore à tenir compte de l'intérêt du capital qu'il engage dans un achat aussi considérable.

— C'est trop juste, fit l'intendant. Mais combien en donneriez-vous ?

— Cinq cent mille francs.

— Comptant ?

— Comptant.

— Et combien demanderiez-vous pour remplacer dans leurs montures ces diamants par des pierres fausses ?

Le joaillier fit quelques calculs, et répondit :

— Vingt-cinq mille francs.

— De sorte que si M. le duc voulait faire opérer ce changement, vous lui donneriez quatre cent soixante-quinze mille francs ?

— Pas tout à fait.

— Comment, pas tout à fait ?

— Naturellement, puisqu'il garderait les montures, et que celles-ci entrent dans le prix d'estimation que je vous ai fixé tout à l'heure.

— A combien estimez-vous ces montures ?

— Je ne saurais vous le dire au juste, mais je crois que ça pourrait aller dans les six mille francs, un peu plus ou un peu moins.

Mettons alors que vous donneriez quatre cent soixante dix mille francs.

— Oui, pour faire un chiffre rond.

Et quelle commission donneriez-vous à la personne qui vous procurerait cette affaire ?

Le joaillier regarda M. Gracieux.

— Combien demandez-vous, interrogea-t-il ?

— Dix mille francs... Vous voyez que c'est modéré.

— Vous les aurez.

— Eh bien ! il ne me reste plus qu'à rendre compte de notre entretien à M. le duc.

Aussitôt qu'il aura pris une décision, je vous préviendrai.

Une heure après, l'intendant soumettait au duc les chiffres proposés par Fontana.

M. d'Ambroge fit une légère grimace de désappointement. Il avait pensé, en effet, que la somme n'irait pas loin du million, et elle n'en atteignait pas tout à fait la moitié.

Ce n'en était pas moins un beau denier, surtout dans la situation présente, et, du reste, il n'y avait pas à hésiter.

Le temps pressait.

Seulement, les dispositions du duc se trouvaient modifiées. Puisqu'on ne pouvait tirer que quatre cent soixante-dix mille francs des diamants de la duchesse, ce n'était pas la peine d'en faire plusieurs lots. Autant valait vendre le tout à la fois.

M. Gracieux ne fit pas d'objection.

Fontana, averti le soir même, se présentait le lendemain, porteur de l'énorme somme, et le marché était définitivement conclu.

Le duc se trouvait encore à la tête de près d'un demi-million.

Inutile d'ajouter que M. Gracieux avait touché sa petite commission.

Si M. d'Ambroge n'avait pas été entraîné par une force irrésistible sur la pente qu'il descendait, il eût encore pu se retenir.

Un demi-million, ce n'était pas, bien entendu, une fortune, surtout avec le train qu'on menait à l'hôtel; mais on y pouvait introduire des réformes sérieuses et qui, tout en permettant de notables économies, n'eussent révélé en rien la ruine, ni même la gêne.

Le duc pouvait, surtout, se séparer de Lucie Reinette qui lui coûtait horriblement cher, et dont les dépenses augmentaient chaque jour.

Mais à celui qui eût osé lui en parler, il eut immédiatement tourné le dos.

Lucie Reinette était son grand luxe. C'est par sa possession qu'il faisait envie à tous ses amis des Haricots; et il eût donné jusqu'à son dernier sou pour la conserver.

Il savait mieux que personne qu'elle achevait de le ruiner, mais il irait jusqu'au bout.

Le duc aurait pu également renoncer au jeu, mais il l'avait vainement essayé; et, d'ailleurs, la fatalité le poussait vers ce terrible tapis vert sur lequel il avait laissé la plus grande partie de deux énormes fortunes.

Ce que le jeu lui avait pris, il s'imaginait que le jeu le lui rendrait.

Il croyait bêtement, mais obstinément à la justice des cartes, aux réparations du hasard.

Plus il perdait, plus il s'acharnait.

C'était une lutte sans trêve qu'il avait engagée, et dans laquelle il avait été jusque-là constamment terrassé, mais qu'il voulait soutenir encore, et toujours.

Tel un soldat qui combat jusqu'à la dernière goutte de son sang.

Le duc était donc pris dans un engrenage qui ne le rendrait pas.

Deux heures après avoir reçu les quatre cent soixante-dix mille francs de Fontana, M. d'Ambroge se présentait chez Lucie Reinette, qui le reçut

Miss Ellen faisait chaque matin une longue promenade à cheval. (Page 223.)

d'abord assez froidement, mais qui comprit bientôt, à la gaieté de son amant, que la gêne des derniers jours avait disparu.

Le duc, en effet, paraissait radieux.

En embrassant la comédienne, qui n'était pas encore levée, il laissa sur le drap de fine batiste qui la recouvrait un écrin qu'elle se hâta d'ouvrir, et dont le contenu lui fit pousser un cri de joie.

C'étaient, en effet, deux magnifiques solitaires montés en pendants d'oreilles et qui pouvaient bien valoir une trentaine de mille francs.

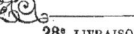

Le duc les avait détachés, à l'intention de Lucie, du monceau vendu à Fontana, et ils allaient certainement faire crever de jalousie toutes les camarades de l'actrice.

La duchesse d'Ambroge ne s'en était jamais servie.

D'abord, on croit l'avoir dit déjà, elle était exempte de toute coquetterie et n'usait que très discrètement de ses nombreuses parures. Ensuite, elle trouvait ces deux diamants beaucoup trop gros, et par cela même de mauvais goût.

Mais Lucie Reinette n'avait pas de ces sévérités.

Elle se serait suspendu avec joie aux oreilles des diamants gros comme des bouchons de carafe, et, par conséquent, le présent du duc ne pouvait qu'être le bienvenu.

En même temps. M. d'Ambroge tira de la poche de sa redingote une volumineuse liasse de billets de banque qu'il déposa sur la cheminée, et qu'à première vue Lucie estima à une cinquantaine de mille francs.

Son estimation était, d'ailleurs, exacte.

C'était bien cinquante mille francs que le duc venait de tirer de sa poche.

Du coup, toute la tendresse de Lucie lui revint, et ce fut dans un enchantement qu'il ne connaissait plus guère que s'acheva la journée.

CHAPITRE XXIX

Master Thackeray.

A fête recommença.

Le demi-million volé — car il avait bien été volé — à Mme d'Ambroge fut mis à un train qui eût fait frémir maître Gracieux, s'il n'était précisément entré dans ses plans, comme on l'a déjà dit, de pousser le duc à la prodigalité.

Celui-ci, du reste, paraissait pris de vertige.

Il était, certes, assez intelligent pour comprendre qu'il courait à une catastrophe, puisque la somme tirée des diamants était sa dernière ressource, mais il semblait qu'il ne voulût pas voir l'abîme ou que cet abîme l'attirât irrésistiblement.

Il allait, il allait devant lui comme un cheval emporté.

Ce n'était pas Lucie Réinette, il est à peine besoin de le dire, qui songeait à l'arrêter.

Elle était trop enchantée de cette fougue dans la dépense, dont elle profitait si largement, pour faire la moindre observation à son amant.

D'ailleurs, son parti était pris.

Si le duc se ruinait, c'était son affaire. Le jour où il n'aurait plus rien, elle lui donnerait... un successeur.

De réflexions en réflexions, en effet, elle avait fini par se dire qu'elle ne risquait pas grand'chose à la ruine du duc.

Adulée comme elle l'était, elle n'aurait que l'embarras du choix le jour où elle voudrait le remplacer.

Même le duc ruiné lui ferait une formidable réclame, car rien ne pose une femme dans le monde de la haute galanterie comme l'écroulement des fortunes auxquelles elle a touché.

Si le duc était toujours aussi riche, tant mieux; il n'y avait alors aucune raison de le quitter.

S'il était en train de se ruiner, tant pis; Lucie aviserait quand il en serait temps.

En attendant, elle puisait à pleines mains dans le portefeuille de son amant, et celui-ci qui s'était rejeté avec frénésie dans le jeu, la seule porte par laquelle il attendît le salut, le lui ouvrait tout grand.

Il passait toutes ses nuits aux Haricots, livrant au Hasard une formidable bataille, dans laquelle il espérait l'emporter.

C'était une lutte sans trêve.

Lutte palpitante, qui étonnait, qui effrayait même quelquefois, par son emportement, les amis de M. d'Ambroge.

Ils se demandaient, ignorant encore sa situation, quelle frénésie poussait le duc, et ils se regardaient, péniblement surpris, aux bancos formidables que tenait cet homme dont la vie n'était plus, pour ainsi dire, qu'une ininterrompue partie de cartes.

Le duc, lui, ne voyait rien.

Qu'il gagnât ou qu'il perdît, il restait impassible.

Son flegme déroutait tout le monde.

Il commençait à jouer dès dix heures du soir, et, le matin, il ne quittait le cercle que le dernier et comme à regret.

Si la chance voulait qu'un adversaire décavé s'obstinât à tenter la veine, il en était ravi, et ces jours-là il ne rentrait pas à son hôtel ou chez Lucie Réinette avant midi.

Cette infernale vie, qui eût brisé tout autre, il la supportait, lui, sans faiblir.

Il avait bien, le matin, la mine hagarde, les traits violemment tirés, mais quelques heures de repos suffisaient pour le remettre, et le soir il était prêt à recommencer la lutte.

Avec un pareil acharnement, quelques nuits de déveine eussent suffi pour le mettre à sec de nouveau, mais ses chances avaient balancé l'adverse fortune.

Tantôt gagnant, tantôt perdant, il se trouvait au bout d'un mois à peu près au point de départ.

Tel jour, il avait gagné près de cent mille francs, mais, les jours qui avaient suivi, il en avait perdu presque le double, et si la fortune n'avait pas voulu se laisser dompter, elle ne l'avait pas non plus vaincu.

Cela, toutefois, ne pouvait toujours durer.

A cette époque, justement, venait d'arriver à Paris un richissime Américain, qui avait commencé par semer les bank-notes avec une telle prodigalité que les Parisiens, qui ne s'étonnent pourtant de rien, avaient bien été forcés de se retourner.

Il s'appelait Thackeray, et il était riche comme plusieurs nababs, mais c'était tout ce qu'on en savait, ou à peu près.

On le disait propriétaire d'une vaste mine d'argent en Californie, et cela expliquait tout.

On n'en demandait pas davantage.

Un reporter du high-life avait bien raconté, à mots très couverts, l'histoire d'un ouvrier mineur qui avait assassiné son compagnon à la suite de la découverte, faite en commun, d'un féerique gisement argentifère, et qui, maintenant, roulait sur les millions; mais on n'y avait fait aucune attention.

Ceux qui avaient lu l'article s'étaient dit, le reporter étant connu, qu'il n'y avait là qu'une tentative de chantage, ou le dépit d'un monsieur évincé, et, malgré la vogue du journal, l'article n'avait produit aucun effet.

On n'avait aucune donnée précise sur le chiffre de la fortune de l'Américain, mais, tout de suite, avec l'exagération ordinaire en ces sortes de choses, on lui avait attribué plus d'un milliard.

Aussi riche que les Rothschild, disaient les uns.

Plus riche, disaient les autres.

La vérité était que master Thackeray était colossalement riche, mais qu'il était loin d'approcher du milliard qu'on lui octroyait si généreusement.

Sa mine lui rapportait bon an mal an cinq à six millions, et son coffre-fort contenait des reçus de valeurs, déposées dans diverses banques, pour une centaine de millions.

C'était tout.

Master Thackeray était formidablement millionnaire, mais ce n'était point, comme on le prétendait, un *milliardaire*.

Aussitôt arrivé à Paris, il avait acheté un magnifique hôtel, un palais plutôt, qui n'était point à vendre, mais dont il avait expulsé le propriétaire à coups de millions.

Il s'était monté une écurie de trente chevaux dont le plus modeste avait été payé dix mille francs.

Il avait une armée de domestiques dont chacun était presque une célébrité.

Il avait enlevé son premier cocher, le gros John, à l'ambassadeur d'Angleterre.

Son cuisinier, Clairon, avait déserté pour lui les fourneaux de l'hôtel de la présidence de la Chambre, alors occupé par le duc de Morny, l'incontesté *magister elegantiarum*.

Son sommelier, Louis, avait été jusque-là l'orgueil du Café anglais.

Il avait été jusqu'à prendre au prince Napoléon son valet de chambre, Joseph.

Toute sa domesticité avait été ainsi triée sur le volet, et l'on peut sans peine imaginer quelle gigue effrénée ce personnel d'élite devait faire danser à l'anse du panier de l'Américain.

Mais ce n'était pas là ce qui pouvait inquiéter master Thackeray.

Il n'était venu en France que pour éblouir Paris, et que son argent fût dévoré de manière ou d'autre, peu lui importait, pourvu que tout Paris sût que chez lui on mordait à même aux millions.

Aussitôt installé dans son hôtel il avait donné des fêtes merveilleuses.

Malheureusement, ne connaissant encore personne, et ne pouvant, du jour au lendemain, se faire accepter par le monde, il n'avait guère vu y venir que ses compatriotes et une foule de rastaquouères plus ou moins tarés des colonies étrangères.

Or, ce n'était pas cela qu'il lui fallait.

Il lui fallait le vrai monde, non pas seulement la haute bourgeoisie, le monde de la finance, celui des lettres et des arts, mais encore la vieille aristocratie.

Il n'était pas, lui, et il s'en fallait de beaucoup, un type d'élégance et de correction, et même, quand on le regardait attentivement, on pouvait aisément retrouver en lui l'ancien ouvrier mineur dont avait parlé le reporter mondain.

Il en avait gardé les mains énormes, presque calleuses, la figure tannée et le balancement des épaules.

Mistress Thackeray n'était pas non plus une fleur de distinction.

C'était une énorme matrone, à la figure boursouflée et vulgaire, au corsage volumineux, et dont les mains s'étaient toujours obstinément refusées à blanchir.

Son anglais — elle ne parlait pas du tout le français — était audacieusement insuffisant.

Mais si le couple Thackeray laissait à désirer, tous ses défauts étaient amplement rachetés par les grâces juvéniles de miss Ellen, une adorable enfant de dix-sept ans, qui avait poussé comme une plante délicate entre ces deux troncs rugueux.

Miss Ellen était l'antithèse vivante de ses parents.

Dès la première fête donnée à l'hôtel, elle avait été entourée d'adorateurs; ce qui était bien naturel, étant donné le chiffre de ses millions.

Il est vrai qu'elle avait ingénieusement ri au nez de tous les bellâtres qui avaient cru qu'on pouvait mettre immédiatement le siège autour de sa fortune.

Mais revenons à master Thackeray.

Son rêve était donc d'attirer chez lui le faubourg Saint-Honoré, et même le faubourg Saint-Germain.

Seulement il commençait à comprendre que ce n'était pas là chose facile.

S'il ne s'était agi que d'y mettre le prix, il n'eût pas lésiné, et il eût volontiers donné une commission d'un million à celui qui lui eût amené des gens comme le duc d'Ambroge et le comte de Chevrial, dont l'exemple eût entraîné une bonne partie du faubourg; mais à qui proposer le marché?

Master Thackeray était véritablement perplexe, quand un hasard le tira d'embarras.

CHAPITRE XXX

Miss Ellen sauvée.

iss Ellen, depuis son arrivée à Paris, faisait chaque matin, au bois de Boulogne, une longue promenade à cheval.

Elle montait admirablement, et l'équitation était, d'ailleurs, son exercice favori.

Jamais elle n'était plus heureuse que lorsqu'elle galopait dans l'air frais du matin, son long voile fuyant derrière elle, et si on l'avait suivie dans ses excursions quotidiennes, on eût pu l'entendre souvent pousser de petits cris de joie en excitant encore l'ardeur de son cheval déjà trop fougueux.

Ce n'était pas, en effet, une jument paisible et d'allure calme qu'il fallait à miss Ellen : la jeune Américaine n'entendait monter qu'une bête vigoureuse qui sentît l'injure de la cravache, et bien souvent son père, qui redoutait quelque accident, l'avait suppliée de mettre plus de modération dans le train habituel de ses promenades.

Fréquemment, il l'accompagnait, mais bien qu'elle adorât son père, cela ne faisait pas du tout l'affaire de miss Ellen, qui se trouvait ainsi contrainte de se mettre au pas de master Thackeray, lequel, on peut le croire, ne commettait pas d'imprudence.

Master Thackeray n'avait eu que très tard le loisir d'apprendre les rudiments des divers talents que doit posséder un homme du monde.

Il montait à cheval, mais les finesses de l'art lui étaient parfaitement inconnues, et si sa fille recherchait les montures ardentes, il n'eût pas, lui, enfourché une bête sans être bien sûr d'avance qu'elle ne se livrerait à aucun écart qui pût compromettre son équilibre.

Aussi dans ses promenades avec sa fille n'était-il occupé qu'à modérer la fougue juvénile de celle-ci.

Miss Ellen se mordait les lèvres d'impatience, mais force lui était bien de régler son allure sur celle de son père.

Par contre, les jours où elle pouvait s'échapper seule, elle se rattrapait largement, et le domestique, qui l'accompagnait à distance respectueuse, avait peine à ne pas la perdre de vue.

Ce que master Thackeray redoutait sans cesse arriva un jour.

Miss Ellen ayant voulu corriger légèrement son cheval qui se livrait à des fantaisies inaccoutumées, celui-ci s'emporta, et bientôt la jeune fille n'en fut plus maîtresse.

Toutefois, elle ne prit pas peur tout de suite.

Elle se dit assez judicieusement que le mieux était de laisser aller un moment sa monture, qui finirait peut-être par se lasser.

Malheureusement, la bête s'affola.

Pleine de feu comme elle l'était, sa course furieuse ne fit que l'exciter, et, en quelques minutes, elle eut laissé bien loin derrière elle le domestique épouvanté.

Miss Ellen commença à trembler.

Elle comprit que la bête ne s'arrêterait plus que pour s'abattre au premier obstacle sur lequel elle se jetterait aveuglément.

Une catastrophe devenait inévitable, et la jeune fille qui n'avait pas encore perdu son sang froid se voyait déjà brisée contre un arbre ou brisée sur le sol, où elle se tuerait infailliblement.

Pour comble de malheur, personne qui pût la secourir.

L'allée dans laquelle elle était emportée était déserte.

Aucun cavalier en vue.

La jeune fille était bien seule, et elle était perdue.

Elle voulut crier, mais aucun son ne sortit de sa gorge desséchée.

Plus d'espoir.

La jeune fille, sentant venir la mort, ferma les yeux.

Quelques secondes se passèrent ainsi.

Tout à coup, miss Ellen crut percevoir le bruit d'un galop rapproché...

Elle tourna la tête.

Un cavalier courait, en effet, derrière elle à toute bride.

Elle avait environ une centaine de mètres d'avance, mais le cavalier cravachait furieusement son cheval, et la noble bête, s'enlevant en bonds prodigieux, paraissait devoir gagner du terrain.

Un peu d'espoir entra dans le cœur de miss Ellen.

— Courage, mademoiselle, criait le cavalier ; courage, je vous rejoins.

Et l'inconnu labourait de ses éperons les flancs de sa monture en même temps qu'il la zébrait de coups de cravache.

Mais c'était une terrible bête que celle qui emportait miss Ellen.

Le cavalier, heureusement, eut une inspiration.

Il prit brusquement, bien qu'elle fût interdite aux chevaux, une allée de traverse qui rejoignait en droite ligne celle légèrement circulaire dans

En arrivant à l'hôtel, master Thackeray se précipita dans l'appartement de sa femme. (Page 231.)

laquelle était miss Ellen, et deux minutes après, il n'était plus qu'à une dizaine de mètres de la bête emportée.

Encore un effort et il la rejoignait.

Il le fit, cet effort, et en quelques secondes il arrivait à la hauteur du cheval de miss Ellen.

— Tenez-vous bien, et laissez moi faire, dit-il.

— En même temps, il saisit de la main droite les rênes que la jeune fille commençait à laisser flotter, et tout en galopant à côté de la bête furieuse, il faisait pour l'arrêter trois ou quatre brusques efforts dont l'énergie étonna l'animal.

Mais ces efforts n'eurent aucun succès.

Loin de calmer le cheval de l'Américaine, ils ne firent que l'exciter davantage, et sa course n'en devint que plus effrayante.

Pour comble de malheur, l'allée aboutissait à un fossé profond derrière lequel se dressait un mur, faisant un coude brusque, que la bête ne suivrait certainement pas.

Infailliblement elle allait se précipiter dans le fossé et la jeune fille serait brisée contre le mur.

Vingt secondes à peine les séparaient de la catastrophe.

Le cavalier fit un dernier et suprême effort, mais vain comme les premiers.

Il n'y avait plus qu'un parti à prendre, mais la tentative était si hardie, si périlleuse que l'homme hésita deux ou trois secondes.

— Quittez l'étrier, mademoiselle, dit-il rapidement, presque impérieusement, et penchez-vous de mon côté.

La jeune fille obéit.

Alors se penchant à son tour, et l'enlaçant d'un bras vigoureux, le cavalier enleva brusquement miss Ellen de sa selle.

En même temps, il arrêtait presque instantanément sa monture.

Miss Ellen était sauvée.

Il était temps, car deux nouvelles secondes ne s'étaient pas écoulées que le cheval de l'Américaine s'abîmait dans le fossé où il se tuait sur le coup.

Le cavalier mit pied à terre et déposa la jeune fille sur le gazon.

Celle-ci, qui avait gardé presque tout son sang-froid tant qu'avait duré le danger, s'était évanouie.

Sa belle tête était retombée en arrière et une pâleur mortelle avait envahi ses joues.

Le cavalier regardait en vain autour de lui ; personne ne paraissait qui pût l'aider à secourir la pauvre enfant.

Le sauveur était un homme jeune encore, à la figure énergique.

Il pouvait avoir quarante ans, et à en juger par l'exploit qu'il venait d'accomplir, il devait être doué d'une vigueur peu commune.

C'était le vicomte de Blanzy, l'un des membres plus assidus du cercle des Haricots, l'un des joueurs les plus déterminés de cet aristocratique tripot.

M. de Blanzy commençait donc à être très embarrassé devant l'évanouissement de la jeune fille quand, heureusement, le domestique de miss Thackeray, qui était resté bien loin en arrière, rejoignit sa maîtresse.

Les deux hommes prirent alors la jeune fille et la portèrent rapidement au café du Bois, où on lui fit respirer des sels qui lui firent bien vite reprendre connaissance.

Mais la secousse avait été si forte que miss Ellen en devait rester quelques heures comme égarée, et qu'elle ne songeait même pas à remercier son sauveur.

Celui-ci, après avoir questionné son domestique, l'envoya immédiatement chercher une voiture, et il y monta lui-même après y avoir fait placer miss Ellen.

Puis l'on partit pour l'hôtel Thackeray.

Justement master Thackeray était dans la cour, en veston de flanelle, en train d'examiner deux nouveaux trotteurs que John venait d'acheter pour le compte de son maître.

En voyant sa fille descendre de voiture, appuyée sur le bras d'un inconnu, le bonhomme s'approcha rapidement, un peu anxieux. Mais quand il vit la pâleur d'Ellen, il s'effraya tout à fait.

— Quoi? Qu'as-tu, mon enfant?

Ellen ne répondait pas.

— Que t'est-il arrivé? continua l'Américain.

— Peu de chose, monsieur, répondit M. de Blanzy, qui parlait l'anglais avec la plus grande facilité.

Le cheval de miss Thackeray s'est emporté, mais j'ai été assez heureux pour me trouver sur son passage, et vous voyez qu'il n'y a pas eu grand mal. Un peu de frayeur, qui n'est pas encore dissipée complètement, et c'est tout.

Dans une heure ou deux, il n'y paraîtra plus.

— Oh! monsieur, fit le bonhomme avec explosion, que de remerciements je vous dois! Comptez sur ma reconnaissance.

Pendant ce court colloque, la jeune fille était entrée dans l'hôtel, où l'on s'empressait autour d'elle, et master Thackeray en profita pour questionner en détail M. de Blanzy sur l'accident arrivé à sa fille.

Le vicomte dut lui faire le récit de tout ce qui s'était passé, et, pendant qu'il parlait, il put voir l'Américain passer par toutes les phases de l'épouvante.

La particularité du cheval tué contre le mur lui démontrait trop pleinement que sa fille avait été menacée d'une mort certaine si elle n'eût trouvé un sauveur, pour que master Thackeray ne comprît pas immédiatement que c'était uniquement à M. de Blanzy qu'il devait la vie d'Ellen.

Aussi, avec quelles effusions lui serrait-il les mains ; et ce n'était pas peu de chose, on peut le croire, que l'étreinte de l'ancien mineur !

Le bonhomme était étourdi de l'aventure qu'il ne s'apercevait pas qu'il faisait parler M. de Blanzy au milieu de la cour, et qu'ils étaient entourés de domestiques qui les écoutaient bouche béante.

Ce fut, quand le sang-froid lui revint, un déluge d'excuses auquel M. de Blanzy essaya de se soustraire en se retirant, mais le bonhomme ne l'entendait pas ainsi.

Bon gré, mal gré le vicomte dut pénétrer dans l'hôtel, et ce ne fut qu'au bout d'une heure qu'il put quitter master Thackeray, qui se confondait en protestation de dévouement et qui eût été ravi si le vicomte lui eût emprunté un million.

Le même jour, l'Américain faisait une visite de cérémonie à M. de Blanzy, et, en lui portant les remerciements de mistress Thackeray, et de miss Ellen, il insistait pour qu'il acceptât une invitation à dîner, ce à quoi le vicomte se prêta de bonne grâce.

CHAPITRE XXXI

Entrée dans le monde.

ES relations ainsi établies avec le vicomte de Blanzy répondaient trop heureusement aux plus véhéments désirs de master Thackeray pour qu'il ne s'empressât pas de les cultiver avec une assiduité quelquefois gênante.

Toutefois ses importunités étaient si cordiales qu'il n'y avait vraiment pas moyen de chercher à s'y soustraire, et c'est ce qui fit que M. de Blanzy devint en très peu de temps un intime de la famille Thackeray.

Miss Ellen lui témoignait chaque jour une reconnaissance plus vive, et, quant aux parents, ils ne savaient de quelles prévenances l'entourer.

Il se mêlait, d'ailleurs, à la gratitude de ceux-ci, une sorte d'arrière-pensée, puisque le vicomte de Blanzy n'était pas seulement pour eux le sauveur de leur unique enfant, mais encore un parrain pour leur entrée dans le monde.

Le vicomte, cependant, ne se pressait pas pour répondre à leurs désirs.

Il allait à l'hôtel presque chaque jour, mais toujours seul, malgré les insinuations incessantes de mistress Thackeray.

Il faisait de fréquentes promenades avec l'opulent Américain, mais il ne le présentait nulle part.

Le bonhomme, voyant que M. de Blanzy ne paraissait pas songer le moins du monde à réaliser son rêve, finit par lui avouer timidement son ambition d'appartenir à l'un des grands cercles de la capitale, et il ajouta qu'il serait particulièrement honoré de se voir ouvrir les portes de celui du vicomte.

Celui-ci, ainsi mis en demeure, ne pouvait se dispenser de lui offrir ses services, et il lui proposa de le présenter.

Le soir même, il posait, aux Haricots, la candidature de master Thackeray.

Le second parrain était le comte de Chevrial qui n'avait pu refuser son concours à son ami de Blanzy.

La proposition fit faire une légère grimace au comité du cercle, et à la plupart des membres lorsqu'ils en prirent connaissance. Ces messieurs n'auraient pas été fâchés de blackbouler un candidat aussi fantastiquement millionnaire que master Thackeray, de façon à prouver que la fortune, fût-elle colossale, n'avait pas la puissance d'ouvrir les portes du cercle, mais il était difficile de repousser un homme présenté par le vicomte de Blanzy et le comte de Chevrial.

D'un autre côté, en se bornant à recevoir master Thackeray à titre de membre étranger, on ne compromettait en rien la renommée aristocratique des Haricots.

C'est à ce parti qu'on s'arrêta.

Quelques jours après, donc, M. de Blanzy pouvait annoncer à l'Américain que sa requête était agréée.

La joie faillit provoquer chez master Thackeray une attaque d'apoplexie.

Son rêve, en effet, était enfin réalisé.

D'un rapide regard en arrière, l'ancien mineur revit son existence passée.

Toute son ancienne vie de misère repassa en une minute sous ses yeux.

Il avait porté la besace, et manié, le ventre vide, le lourd pic du mineur.

Il avait été couvert de haillons.

Il avait grelotté, à moitié nu, sous la neige, et le soleil avait cuit sa peau.

Toutes les pauvretés, toutes les désespérances, il les avaient connues.

Il avait passé par toutes les formes du dénuement.

Et maintenant que, par un coup inespéré de la fortune, il était devenu riche subitement, les grands seigneurs, qui lui eussent jadis jeté une aumône sans le regarder, l'accueillaient comme leur égal dans un de leurs plus fameux lieux de plaisir!

Il y avait bien là de quoi éblouir le pauvre millionnaire.

Le lendemain, M. de Blanzy emmenait master Thackeray au cercle des Haricots, et le présentait aux membres présents.

Le bonhomme redoutait fort cette cérémonie indispensable, car il ne se faisait pas beaucoup d'illusions sur l'élégance de ses manières; néanmoins les choses se passèrent convenablement, et le vicomte, qui avait, à tout hasard prévenu ses amis, n'eut pas trop à rougir de son protégé.

Master Thackeray eut, du reste, le bon sens de se faire aussi petit que possible, et sa modestie lui concilia tous les suffrages.

Ce fut à qui voudrait faire preuve de bienveillance pour le mettre à son aise.

Master Thackeray qui n'était pas, d'ailleurs, dépourvu de finesse, avait un plan dont l'exécution devait lui amener toutes les sympathies.

Après le dîner, pendant lequel il avait achevé de prendre langue, on se mit aux tables de jeu, et l'Américain sut perdre avec tant de bonne grâce qu'il enchanta tout le monde.

Il perdit même avec tant d'entrain qu'à deux heures du matin, quand il se retira, il avait laissé sur le tapis près de deux cent mille francs.

Un joueur qui perdait si bien ne pouvait être qu'un homme charmant, et il n'y eut qu'une voix pour le proclamer.

Quant à master Thackeray, il rayonnait, et s'il ne se fût énergiquement retenu, il eût embrassé le valet de pied qui lui passait sa fourrure dans l'antichambre.

Pendant que son coupé remontait rapidement l'avenue des Champs-Élysées, le bonhomme se frottait les mains.

Il venait de perdre deux cent mille francs, mais s'il avait un regret c'était certainement de ne pas avoir perdu deux millions.

Il les eût perdus, s'il eût osé, et s'il eût trouvé des adversaires — des alliés plutôt — pour les tenir.

Deux cent mille francs? mais ce n'était rien du tout, et il était presque honteux de s'être montré aussi pingre.

Oui, c'était bien deux millions qu'il aurait dû perdre, s'il avait su se conduire.

Est-ce qu'il pouvait payer trop cher l'honneur qui lui était fait, à lui, master Thackeray, ancien mineur?

Master Thackeray, membre du cercle des Haricots!

Master Thackeray reçu sur le pied de l'égalité par les plus grands seigneurs de France !

Master Thackeray perdant cinq cents louis, dans un coup de cartes, contre le duc d'Ambroge ou le marquis de la Chesnaye !

Tonnerre de Dieu ! est-ce que c'était vrai, tout cela ?

Est-ce qu'il ne rêvait pas, le pauvre porte-besace de jadis ?

Est-ce qu'il n'allait pas s'éveiller, Gros-Jean millionnaire comme devant ?

Non il ne dormait pas ; non, il n'allait pas s'éveiller.

Tout cela était la sûre réalité.

Master Thackeray avait fait naguère un rêve :

Devenir riche.

Il était devenu riche, mais il s'était aperçu un jour, que tout ne tenait pas dans les profondeurs d'un coffre-fort.

Après avoir conquis la fortune, il avait voulu conquérir la considération ; il avait voulu entrer dans le monde, dans le vrai monde.

C'était difficile.

Il avait même pu croire d'abord que c'était impossible, mais un hasard l'avait servi, et il était maintenant au comble de ses vœux.

En arrivant à l'hôtel, master Thackeray se précipita dans l'appartement de sa femme.

La grosse dame, qui ronflait paisiblement, s'éveilla en sursaut.

— Quoi ? qu'y a-t-il ? fit-elle légèrement effrayée.

Mais master Thackeray ne répondait pas. Il l'embrassait à pleine bouche, puis il se mettait à rire en se frottant les mains.

Mistress Thackeray, peu accoutumée à ces démonstrations de tendresse maritale, regardait effarée.

— Mais qu'est-ce que tu as donc ? reprit-elle.

— Ce que j'ai ?... Ce que j'ai ?... Mais tu sais bien, ce que j'ai !

— Ma foi, non ; je ne t'ai jamais vu comme cela.

— Ma chère Kate, je sors du cercle des Haricots, où des tas de ducs, de marquis, de comtes, de vicomtes, de barons et même de chevaliers — pas d'industrie, par exemple — m'ont fait l'honneur de me gagner deux cent mille francs !

— Eh bien ?

— Comment, eh bien ?

— Oui, qu'est-ce que cela peut me faire ?

— Malheureuse !...

— Mais explique-toi donc ; je ne te comprends pas du tout.

Le brave homme sursauta sur la chauffeuse où il venait de se laisser tomber.

— Ah ! ça, mistress Thackeray, accentua-t-il avec dignité, où avez-vous donc la tête ? J'aime à croire que vous n'êtes pas encore éveillée.

Comment ! je vous annonce que je reviens du cercle des Haricots où notre ami de Blanzy m'a fait admettre et m'a présenté aujourd'hui. Je vous apprends que j'y ai été bien reçu et que j'ai été assez adroit pour y perdre deux cent mille francs, et vous ne comprenez pas ? Et vous êtes là à me regarder avec des yeux en boules de loto ? Et il ne vous vient même pas à l'idée que le but que nous poursuivons est atteint, c'est-à-dire que nous sommes du monde désormais ?

Mistress Thackeray, qui, en effet, commençait à s'éveiller sérieusement, buvait maintenant les paroles de son mari.

Celui-ci continuait :

— Oui, nous sommes du monde à partir de ce soir. Maintenant que j'ai pris pied au cercle, il ne me sera pas difficile d'amener ici, avec l'aide de M. de Blanzy, tout ce que les Haricots comptent de plus distingué.

Par exemple, mistress Thackeray, ce sera à vous de vous surveiller. Ce ne sont plus des Brésiliens que nous allons recevoir à présent.

Il faudra consigner à la porte tous les rastaquouères que nous avons été jusqu'ici réduits à inviter.

Les salons de l'hôtel Thackeray ne s'ouvriront plus que pour l'aristocratie de la noblesse et de la finance.

Mistress Thackeray approuvait de la tête. Elle crut pouvoir cependant risquer un mot.

— Oui, mais, dit-elle, ce n'est pas tout que d'avoir vos amis ; il faut encore que nous ayons leurs femmes.

— Soyez tranquille, ma chère Kate, répliqua l'Américain avec bienveillance, ces messieurs amèneront leurs épouses. Seulement il faudra d'abord attendre que nos amis soient venus une fois à nos soirées.

Ils nous inviteront ensuite tous les trois, et alors, les présentations seront complètes.

Mistress Thackeray n'avait plus d'objections à faire.

Comme celle de son mari, sa joie était complète.

Elle se voyait déjà trônant, dans ses salons, au milieu des duchesses, leur faisant admirer — ou envier — des diamants gros comme des œufs de pigeon.

Elle s'entendait annoncer chez la marquise de ceci, chez la comtesse de cela, chez la baronne d'autre chose, et elle voyait la marquise, la comtesse ou la baronne venant au-devant d'elle avec des « chère madame » ou même des « chère amie » qui lui donnaient d'avance de petits frissons de plaisir.

Le ravissement des deux époux se répandit encore longtemps dans une

Le repas, qui fut des plus joyeux, se prolongea assez tard. (Page 230)

interminable conversation à bâtons rompus, remplie de projets de fêtes destinées à éblouir leurs futurs invités, et le jour commençait à poindre quand
master Thackeray songea à aller prendre un repos bien gagné.

Le *high life* parisien comptait deux heureux de plus.

CHAPITRE XXXII

Master Thackeray chez Lucie Reinette.

A partir de ce jour, master Thackeray se montra le plus assidu des membres du cercle des Haricots.

Tous les soirs, à moins qu'il n'y eût réception chez lui, on l'y voyait arriver de bonne heure, et cinq minutes après son entrée il était à une table de jeu.

En peu de jours, il devint la providence des joueurs malheureux ; c'était avec lui qu'on se refaisait.

S'il prenait la banque au baccarat, il déposait une somme formidable à à laquelle on pouvait livrer des assauts presque toujours heureux.

A l'écarté il tenait tous les enjeux, et aucun banco ne le faisait reculer.

Tout de suite, dès le soir de sa présentation, le duc d'Ambroge avait jeté sur lui son dévolu.

Il ne pouvait, d'ailleurs, en être autrement.

Master Thackeray arrivait au moment le plus critique de l'existence du duc, et celui-ci pouvait, en effet, voir en lui un sauveur possible.

M. d'Ambroge avait fait de larges brèches à la somme que lui avait versée Fontana, et s'il ne trouvait rapidement le moyen de les réparer, l'heure approchait où ce dernier capital serait à son tour anéanti.

Il fallait se hâter.

Le duc avait tout de suite deviné — comme tout le monde, du reste — que le bonhomme Thackeray ne demandait qu'à perdre son argent, et qu'il se trouverait encore trop heureux d'être dévalisé par des gentilshommes aussi titrés que ceux qui avaient bien voulu l'admettre au milieu d'eux.

M. d'Ambroge avait été de ceux qui avaient fait une légère grimace le jour où M. de Blanzy, assisté du comte de Chevrial, avait posé la candidature de l'Américain, et, lors du vote, il avait même jugé à propos de s'abstenir ; mais quand il avait vu avec quelle bonhomie souriante, respectueuse même, l'ancien mineur jetait ses billets de banque sur le tapis, il s'était dit qu'il était heureux que ses collègues du cercle ne se fussent pas montrés aussi dédaigneux que lui, et il s'était rapproché du bonhomme, auquel le premier soir il avait bien gagné une trentaine de mille francs.

C'était un trop beau début pour que le duc n'organisât pas immédiatement un siège en règle.

Siège d'autant plus facile, du reste, que master Thackeray ne demandait qu'à se rendre à discrétion.

Il eût payé d'une bank-note chacune des poignées de main du duc d'Ambroge, qui ne les lui ménageait pas, et quand il se voyait en face de lui, à une table d'écarté, il se sentait le cœur si gonflé de joie qu'il ne lui eût pas refusé des cartes pour la moitié d'un empire.

M. d'Ambroge exploitait sans vergogne la naïve vanité de l'Américain, et dès la première quinzaine de son admission, il lui avait gagné d'assez fortes sommes; mais soit qu'il fût pris d'une confiance aveugle dans la nouvelle source de gains qui venait de s'ouvrir devant lui, soit qu'il lui fût désormais impossible de se retenir sur la pente que Lucie Reinette l'aidait à descendre, ces sommes n'avaient pas suffi à combler les vides quotidiens que ses dépenses, sans cesse croissantes, faisaient dans son portefeuille.

Or, les diamants de la duchesse avaient été la dernière ressource.

Cette ressource épuisée, il ne restait plus rien.

Plus rien... que master Thackeray.

Encore était-il difficile de compter d'une façon absolue sur les bank-notes de celui-ci.

Dans tous les cas, il n'y avait pas de temps à perdre, car, si l'on n'y prenait garde, le moment viendrait où il n'y aurait plus moyen de profiter de l'occasion qui s'offrait.

Le duc ne perdit donc pas de temps.

Acceptant avec empressement la première invitation de l'Américain, il se rendit un soir à l'hôtel Thackeray où il fit sensation, et où son exemple attira presque immédiatement une partie du Faubourg.

Du moment, en effet, où le duc d'Ambroge ne dédaignait pas de se montrer dans les salons des nouveaux venus, il n'y avait plus aucune raison pour qu'on s'en écartât, et beaucoup de gens qui jusque-là avaient secoué dédaigneusement la tête au seul nom de Thackeray, se hâtèrent de se faire présenter.

En quelques semaines l'hôtel de ceux-ci fut relevé de l'espèce d'interdit dont il avait été tacitement frappé d'abord, et si l'on y rencontrait encore quelques personnalités douteuses qui avaient réussi à s'y maintenir, on était sûr, par contre, d'y trouver une majorité de gens du monde bien véritables et bien authentiques.

On s'y moquait bien un peu des manières empruntées des hôtes, mais miss

Ellen était si ingénument charmante, qu'elle faisait facilement passer sur la rusticité persistante de ses parents.

C'était, après le vicomte de Blanzy, au duc d'Ambroge que master et mistress Thackeray devaient la réalisation de leurs plus chers désirs ; aussi ne savaient-ils comment lui en témoigner leur reconnaissance.

Ses moindres paroles étaient des oracles, ses avis étaient des ordres, son opinion en toutes choses était une doctrine.

S'il en avait donné le conseil, l'hôtel eût été immédiatement bouleversé.

Master Thackeray, qui essayait, le malheureux ! de le copier dans sa toilette et dans ses manières, ne pouvait plus se passer de lui, et son intimité devenait même, à certains moments, assez gênante pour le duc.

Celui-ci, toutefois, ne songeait pas à s'en plaindre, puisqu'elle favorisait ses vues.

— Vous savez, mon cher monsieur Thackeray, dit-il un jour à l'Américain, au cours d'une promenade qu'ils faisaient ensemble, à cheval, dans les allées du bois, que depuis la maladie de ma femme je ne reçois plus ?

Je vis en garçon, n'ayant personne pour faire les honneurs de mes salons, et c'est pour cela que je ne vous ai pas encore demandé l'honneur d'une visite.

— Je sais, je sais, monsieur le duc, se hâta de répondre master Thackeray, et croyez bien que je prends part...

— Oui, oui, reprit le duc, coupant court aux compliments de condoléance qui s'annonçaient et dont il n'avait que faire. Je ne reçois pas à l'hôtel d'Ambroge, mais j'ai quelque part, dans les environs du parc Monceau, un petit chez moi où je convie quelquefois les intimes.

Master Thackeray comprenait fort bien qu'il s'agissait du petit hôtel de Lucie Reinette, mais il croyait de bon goût de paraître ignorer la liaison du duc, et il attendit la suite de la confidence.

— Mon cher monsieur Thackeray, continua le duc, j'espère que vous me ferez l'honneur de venir un de ces soirs y prendre le thé en compagnie de quelques-uns de nos amis des Haricots.

— Certainement, monsieur le duc, et j'en serai trop honoré.

— Je vous présenterai à une personne charmante, pour laquelle j'ai beaucoup d'affection.

Master Thackeray s'inclina.

— Vous la connaissez certainement, continua le duc.

— Peut-être ai-je cet honneur, en effet.

— C'est Mme Lucie Reinette.

— Mme Lucie Reinette ! Oh ! parfaitement ; je n'ai jamais eu l'honneur de l'approcher, mais je suis le plus sincère admirateur de son magnifique talent.

Tous mes compliments, monsieur le duc.

— Eh bien ! mon cher monsieur Thackeray, c'est à elle que j'aurai, quand vous le voudrez, l'honneur et le plaisir de vous présenter.

— Je suis à vos ordres, monsieur le duc, et tout l'honneur sera pour moi.

— Demain, alors ?

— Demain, parfaitement.

— Je vous prendrai au cercle, si vous voulez, en même temps que M. de Blanzy.

— Comme il vous plaira, monsieur le duc.

— Alors, c'est entendu ; j'irai vous prendre à dix heures.

— Je vous attendrai à dix heures.

Le lendemain, en effet, le duc d'Ambroge passait aux Haricots, où l'attendait master Thackeray, un peu ému à la pensée qu'il allait être présenté à la célèbre actrice, et les trois hommes montaient dans la voiture du duc.

La présentation se fit de la façon la plus simple, de façon à mettre tout de suite l'Américain à son aise, et une demi-heure ne s'était pas écoulée que le bonhomme avait dépouillé toute timidité.

Il regardait curieusement, à la dérobée, l'illustre comédienne qui, de son côté, l'observait avec un certain intérêt.

Elle avait beaucoup entendu parler de lui, de ses millions, de son luxe bruyant ; elle l'avait même vu à la Comédie, où il avait une loge — comme dans tous les théâtres, d'ailleurs, — mais elle n'était pas fâchée de voir de tout près ce gros homme, aussi riche qu'un souverain, dont on ne pouvait prononcer le nom sans évoquer en même temps l'idée de richesses semblables à celles dont il est question dans les contes des *Mille et une Nuits.*

A quoi pensait Lucie Reinette en regardant master Thackeray ?

A rien peut-être.

Peut-être aussi se disait-elle, inconsciemment, que la femme qui aurait un pareil amant ne pourrait plus faire un seul rêve qui ne fût immédiatement réalisé.

Dans tous les cas, si elle eut cette pensée, elle n'en laissa rien paraître.

Sans coquetterie, avec la plus entière bonne grâce, elle fit les honneurs de son *at home* à l'Américain, qui passa deux heures délicieuses.

Du reste, il ne fut pas question de jeu dans cette première soirée.

Le duc était trop habile, trop prudent pour risquer de donner l'éveil à celui qu'il regardait comme sa future victime, et l'on se borna à causer en prenant du thé.

Quand le duc se leva pour reconduire ses deux invités avec lesquels il retournait au cercle, Lucie Reinette échangea avec master Thackeray un cordial *shake-hand* qui acheva de conquérir celui-ci.

Le duc avait complètement réussi.

Trop réussi, peut-être.... mais n'allons pas plus vite que les événements.

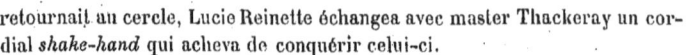

CHAPITRE XXXIII

Huit cent mille francs en cinq secs.

ANS la semaine qui suivit, le duc ramena deux fois encore l'Américain chez sa maîtresse, puis il crut le moment venu de commencer la mise à exécution de son projet.

Il proposa donc, comme pour tuer le temps, une petite partie d'écarté que master Thackeray n'eut garde de refuser.

La partie fut, d'ailleurs, tout à fait calme, et les enjeux se tinrent à un taux très modéré.

Presque une partie de famille.

Lucie Reinette regardait les joueurs, en faisant de temps à autre un point à un petit ouvrage de tapisserie, qui ne devait avoir d'autre destination que d'offrir une distraction à ses doigts.

Tout en jouant, du reste, et c'est ce qui prouve que les cartes n'absorbaient pas les deux hommes, ceux-ci causaient avec la comédienne.

On se sépara de bonne heure, mais pour se retrouver le surlendemain.

Ce soir-là, la partie fut un peu plus animée; néanmoins elle ne dépassa pas encore d'honnêtes proportions.

En se levant de la table de jeu, le duc n'avait pas perdu plus de cinq ou six mille francs.

Le grand jour, le jour de la bataille, de la victoire rêvée par le duc, approchait.

Le duc avait invité pour le lundi, qui était jour de congé pour Lucie Reinette, une vingtaine de ses amis.

De son côté la comédienne avait lancé, parmi ses amies, à peu près autant d'invitations.

En tout une quarantaine de convives : un dîner devait, en effet, précéder cette soirée d'intimes.

Le repas, qui fut des plus joyeux, se prolongea assez tard, puis l'on passa dans les salons, dont l'un avait été disposé pour ceux des invités qui voudraient jouer au lieu de coqueter avec les dames.

La salle à manger n'avait pas été désertée depuis un quart d'heure que déjà le duc d'Ambroge et master Thackeray étaient assis en face l'un de l'autre à une table d'écarté.

Le duc, pour lequel le moment solennel était arrivé, s'était soigneusement ménagé au moment du champagne.

Il était absolument calme.

Il se sentait, en un mot, en pleine possession de lui-même.

L'Américain, au contraire, était légèrement excité.

Placé, pendant le dîner, à la droite de Lucie Reinette, il s'était enivré de ses parfums, et le bruit des voix, les éclats de rire, les nombreuses coupes de champagne qu'il avait vidées, — car il était beau buveur, — l'avaient un peu grisé.

Il était donc dans d'excellentes conditions pour se laisser entraîner, et aussi pour mal jouer.

C'était cela qu'avait voulu le duc.

La partie commença.

Paisible d'abord elle ne tarda pas à s'animer.

L'enjeu n'avait été pour commencer que d'un billet de mille francs, mais il monta bientôt à un chiffre plus élevé.

Il sauta à deux mille, puis à cinq mille, puis à dix mille.

Au bout de deux heures, et après des alternatives diverses, le duc avait devant lui environ quatre-vingt mille francs dont cinquante mille avaient passé de la place de son adversaire à la sienne.

— Mon cher duc, je suis décavé, cria joyeusement l'Américain.

— Vraiment ? fit le duc souriant.

— Absolument, mon cher duc. Plus un sou ; voyez.

Et il ouvrait son portefeuille qui, en effet, ne contenait plus un seul billet de banque.

— Je n'avais qu'une cinquantaine de mille francs, et vous m'avez dépouillé, mon cher duc.

Je suis ruiné de fond en comble.

Et le bonhomme riait d'un gros rire qui secouait violemment son ventre.

En l'entendant se plaindre avec cette gaieté bruyante, quelques invités s'étaient rapprochés.

Les paroles de master Thackeray faisaient voir que la partie avait été sérieuse, et présageaient qu'elle allait l'être encore davantage, si, selon toute vraisemblance, elle était continuée.

Or une lutte de ce genre est toujours intéressante, et c'est pourquoi l'on commençait à faire cercle autour des deux joueurs.

Le duc regardait master Thackeray qui continuait à rire bruyamment.

— Eh bien ! fit-il, continuons-nous ?

— Et avec quoi, mon cher duc, puisque vous m'avez dévalisé ?

— Mais, fit M. d'Ambroge, en riant à son tour et en tracassant les jetons de marque avec une visible impatience, il me semble, mon cher monsieur Thackeray, qu'on peut jouer avec vous sur parole et qu'on pourrait, après vous avoir ainsi gagné un ou deux millions, aller se coucher avec tranquillité.

— Un ou deux millions ! Comme vous y allez ! se récria le bonhomme de plus en plus hilare.

Vous voulez donc me mettre sur la paille ?

Puis il ajouta avec un petit air de bravade, et comme excité par les regards qui étaient fixés sur lui :

— Eh bien ! c'est dit ; je veux me faire ruiner ce soir, et puisque vous m'avez déjà gagné cinquante mille francs, je vous les joue d'un seul coup.

Le duc ne sourcilla pas.

Il avait senti, pourtant, un léger frisson lui courir le long de la colonne vertébrale.

Mais ce n'était pas la peur qui l'avait ainsi secoué.

C'était, au contraire, une sorte de joie farouche, celle que doit éprouver le tigre embusqué dans la jungle en voyant un mouton se diriger de son côté.

Master Thackeray était lancé, et il ne le laisserait pas échapper.

Il se sentait, d'ailleurs, en veine, et il ne doutait pas de la victoire.

— Je tiens le coup, dit-il simplement.

— Bravo ! fit un des convives.

Tous ceux des assistants qui étaient restés à leur place s'approchèrent vivement, les dames plus avides encore que les hommes d'assister aux péripéties du duel qui commençait.

Lucie, seule, restait indifférente, au moins en apparence.

La partie se joua rapidement.

A la première donne, le duc marqua la vole et le roi ; à la seconde l'Américain fit le point ; à la troisième le duc tourna le roi et fit trois levées.

Il avait gagné les cinquante mille francs.

Master Thackeray sourit et dit d'un ton calme.

— Je fais les cent mille !

Il fallait garder les huit cent mille, répliqua durement la comédienne. (Page 248.)

Un murmure d'admiration courut parmi les spectateurs.

— Je tiens, dit le duc.

Les cartes furent mêlées de nouveau.

Master Thackeray fit le premier point, le duc le second, son adversaire le troisième, sans que le roi sortît.

A la quatrième donne, le duc fit le point et marqua le roi.

A la cinquième master Thackeray fit le même coup.

A la sixième le duc eut la vole.

Il avait encore gagné.

Un nouveau murmure s'éleva des deux côtés de la table.

L'Américain leva les yeux sur ceux des convives qui lui faisaient face :

— Je fais les deux cent mille, dit-il simplement.

Le duc eut un plissement des lèvres, une sorte de rictus nerveux :

— Je tiens, fit-il.

En trois coups la partie fut enlevée.

Le duc, qui avait la main, tourna le roi et fit la vole, à chacune des deux donnes qui suivirent, il eut le point.

L'Américain n'avait rien marqué, et le sort se déclarait décidément contre lui.

Il **conservait** tout son flegme extérieur; cependant cette dernière partie l'avait **agacé**.

Il éprouvait comme une humiliation de n'avoir même pas fait un point.

Il demanda un verre d'eau frappée, qu'un valet s'empressa d'apporter, et il l'avala d'un trait.

Puis, reposant le verre sur le plateau :

— **Je fais les quatre cent mille**, dit-il, sans que son visage trahît la moindre **émotion.**

Le duc eut un **sourcillement.**

— Je tiens, prononça-t-il avec un léger effort, comme si sa gorge se desséchait.

Cette fois, la partie fut disputée.

Les **deux joueurs** faisaient à peu près alternativement le point, et ils se **trouvèrent, en** sept donnes, quatre à quatre.

Le **duc, qui avait** l'avantage de la donne, tourna le roi.

Un **cri involontaire** jaillit des poitrines de tous les assistants.

Le duc d'Ambroge gagnait huit cent mille francs.

Tout le monde croyait la partie terminée, mais l'Américain, promenant sur l'assistance un regard tranquille, laissa tomber dans le silence qui s'était fait subitement, ces paroles qui résonnèrent comme un coup de trompette :

— Je fais les huit cent mille !

Les spectateurs se regardèrent stupéfiés.

Les femmes, des actrices, on l'a déjà dit, contemplaient, haletantes, cet homme qui traitait les centaines de mille francs comme d'autres les louis, et elles avaient peine à retenir leur enthousiasme.

Master Thackeray prenait à leurs yeux des proportions surhumaines.

Il devenait Dieu, le Dieu de l'or, dont chacune fût devenue avec joie la Danaë.

Elles le regardaient goulûment et respectueusement à la fois.

Les autres hommes n'existaient plus pour elles.

Qu'étaient, en effet, ces pygmées à côté de ce colosse?

Lucie Reinette elle-même n'échappait pas à la fascination inconsciemment exercée par l'Américain.

Certes, elle n'avait cessé, durant toute la partie, de faire des vœux pour son amant ; mais elle ne pouvait s'empêcher d'admirer l'homme qui jouait si tranquillement avec les millions, et une fois de plus, sans qu'elle y prît garde, elle se prenait à rêver au sort fortuné de la femme qui régnerait sur ce nabab.

Master Thackeray, lui, ne voyait rien de ce qui se passait autour de lui.

Il ne sentait même pas les regards braqués sur lui, et toute son attention se concentrait sur le duc.

Celui-ci, naturellement pâle, était devenu plus pâle encore.

Pas une goutte de sang ne se trahissait sous sa peau. Ses lèvres étaient devenues d'un gris blanc, comme celles d'un mourant.

Au moment où il avait entendu l'Américain prononcer les paroles qui avaient jeté une stupeur parmi les convives : — « Je tiens les huit cent mille ! » tout son sang avait reflué vers son cœur.

Joie et terreur mêlées.

Mille pensées se heurtaient dans son cerveau.

Il gagnait huit cent mille francs, et il sentait que la prudence lui ordonnait de s'arrêter.

Il n'était plus, en effet, à cette heureuse époque de sa jeunesse où pareille somme ne formait qu'une parcelle de sa fortune.

C'était celle, justement, qu'il avait perdue un soir contre Khiamil-Bey, et il ne s'en était pas alors sérieusement inquiété.

Mais combien les temps étaient changés ! Il était riche alors ; il avait de nombreux millions.

Aujourd'hui, il n'avait plus rien.

Les huit cent mille francs de l'Américain le sauvaient, le remettaient à flot pour plus d'une année.

Il fallait s'arrêter.

Oui, mais... s'il hasardait encore un coup !... Si durant cinq minutes, la fortune lui restait fidèle !...

Ce ne serait plus alors huit cent mille francs qu'il aurait devant lui; ce serait seize cent mille francs !

Plus d'un million et demi !

Un million et demi !

Cette fois, il serait sauvé complètement.

Allons... de l'audace !

Le duc ouvrit la bouche, mais au moment de parler, de dire le fatal :
— « Je tiens ! » il s'arrêta subitement, comme si un abîme s'était subitement ouvert devant lui.

Une sueur glacée inondait ses tempes.

Ses doigts se crispaient fébrilement au bord de la table.

Ses forces semblaient être à bout, mais d'un coup d'œil il vit tous les regards convergeant vers lui, et il se raidit contre son émotion.

— Eh bien ! mon cher duc, fit l'Américain de sa voix toujours calme, tenez-vous les huit cent mille ?

Le duc hésita encore cinq ou six secondes.

Il jeta un rapide regard à Lucie Reinette qui fit de la tête un geste négatif, presque suppliant.

Mais à ce moment, la voix de l'Américain, légèrement railleuse cette fois, se fit entendre de nouveau ?

— Allons, disait-elle, je vois, mon cher duc, que vous désirez que nous nous en tenions là. Vous avez, du reste, raison : c'est peut-être ce qu'il y a de plus prudent...

Ce dernier mot fit sur le duc l'effet d'un coup de fouet.

— Je tiens, dit-il, en relevant brusquement la tête.

Un léger tumulte se produisit parmi les invités qui n'étaient plus maîtres de leurs impressions.

Puis un silence de mort s'établit.

Lucie Reinette avait quitté le salon de jeu avec un geste de colère.

L'émouvante partie commença.

On n'entendait que les rares paroles des joueurs, étouffées chez le duc, claires et calmes, un peu triviales, chez son adversaire.

A la première donne, le duc fit le point ; à la seconde, l'Américain eut la vole.

La troisième donne fut favorable au duc qui eut le roi et fit le point.

A la quatrième et à la cinquième, les deux adversaires marquèrent chacun un point.

Le duc avait donc quatre points, et master Thackeray trois seulement.

Le coup qui allait suivre pouvait être décisif.

C'était au tour du duc de donner.

Il distribua rapidement les cartes et tourna le neuf de cœur.

L'Américain, qui avait déjà vu son jeu, demanda des cartes.

Le duc ramassa le sien.

La chance tournait décidément en sa faveur : il avait la dame, l'as, le dix et le sept d'atout et le sept de trèfle.

Il devait évidemment refuser les cartes demandées, et il les refusa en effet.

L'Américain joua le dix de pique que le duc coupa avec le sept d'atout, puis M. d'Ambroge, qui, ne jouant que pour un point, n'avait qu'à garder ses atouts, joua le sept de trèfle.

L'Américain prit avec le huit, puis il jeta sur le tapis le neuf de carreau.

Le duc coupa avec son dix de cœur.

Il lui restait donc la dame et l'as d'atout, et il n'avait plus qu'une levée à faire.

La partie était encore une fois gagnée.

Pour la régularité du coup il joua la dame, et montrant l'as qui lui restait :

— Mon cher Thackeray, vous avez perdu, dit-il en se contenant pour ne pas laisser éclater sa joie.

— Au contraire, mon cher duc, répliqua en souriant l'Américain, j'ai gagné.

Et il ajouta en posant sa carte sur celle du duc :

— Je prends avec le roi et je joue le valet...

— Le roi ! s'écria le duc. Mais vous ne l'avez pas annoncé !...

— Pourquoi faire ? demanda froidement l'Américain. J'ai trois et vous m'avez refusé des cartes ; il me suffit donc de faire un point pour en marquer deux.

Il n'y avait rien à répliquer ; la partie était bien perdue.

Le duc laissa tomber sa dernière carte et regarda son adversaire d'un œil égaré.

Il avait perdu, perdu, irrémédiablement perdu.

C'était fini.

Pendant ce temps, un brouhaha assez bruyant s'élevait parmi les convives qui, d'abord pétrifiés, commentaient maintenant le coup avec animation.

Mais le duc n'entendait rien de ce qui se disait autour de lui.

Il était littéralement anéanti.

Le roi d'atout, qu'il n'attendait pas, venait de lui enlever seize cent mille francs qu'il croyait déjà tenir, qu'il regardait déjà comme siens !

N'y avait-il pas là de quoi se briser la tête contre un mur ?

Lucie Reinette, revenue au bruit, avait appris le résultat de la partie, et, rageuse, elle n'avait eu qu'un mot pour le malheureux qui, écroulé, la regardait :

— Imbécile !...

Ce n'était peut-être pas très distingué, mais il s'agissait bien de distinction en ce moment, et la comédienne n'avait pu retenir ce cri de dépit.

Personne, du reste, n'y avait fait la moindre attention, ce qui prouvait un peu que le mot était celui de la situation.

Le duc n'eut pas une révolte.

Écrasé comme il l'était, il se fût laissé accabler d'injures.

Au bout de quelques minutes, le sentiment lui revint, et ce fut avec un calme relatif qu'il dit à l'Américain :

— Puisque j'ai perdu, je dois vous rendre les cinquante mille francs que je vous avais gagnés d'abord.

Master Thackeray fit un signe de tête.

Le duc prit alors, dans le tas qui était à côté de lui, une poignée de billets, et se mit à les compter, mais, pendant cette opération, ses mains tremblaient de telle sorte qu'il dut s'arrêter plusieurs fois.

Le compte fait et les billets remis à son adversaire, il ne restait plus devant le duc qu'une trentaine de mille francs.

Une misère !

Tout à l'heure, M. d'Ambroge se croyait presque deux fois millionnaire, et, dans tous les cas, il avait huit cent mille francs bien à lui, et maintenant, il ne possédait plus qu'une somme dérisoire.

S'il ne se fût contenu, il eût pris la poignée de billets et l'eût jetée dans le feu qui flambait près de lui.

Non, c'était trop, décidément ; le sort s'acharnait contre lui.

C'était son dernier coup qu'il jouait, et ce coup le sauvait.

Un million et demi, c'était, en effet, le salut, et ce n'était rien ou presque rien pour ce stupide Thackeray.

Fatalité !...

Pendant que ces réflexions se heurtaient dans la cervelle de l'infortuné — à ce moment, il méritait presque ce titre — l'Américain le contemplait avec une sorte de pitié.

Certes, il était loin de se douter de la tempête qui s'agitait sous le crâne de son adversaire, et on l'eût grandement surpris si on lui eût subitement révélé que celui-ci, ruiné de fond en comble, ne l'avait amené chez sa maîtresse que pour l'y dévaliser légalement.

Le tremblement du duc, sa pâleur, la sueur qui coulait de son front, il attribuait tout cela à un violent dépit de joueur malheureux.

Il croyait à de la colère, non à du désespoir.

Aussi crut-il devoir faire une proposition :

— Mon cher duc, dit-il, je vous offre votre revanche.

Nous referons, si vous le voulez, le même coup.

L'œil de M. d'Ambroge eut un éclair, et tous les assistants crurent un seconde que la formidable partie allait recommencer, mais une lueur de raison arrêta le duc, qui secoua la tête.

— Quatre cent mille, alors? fit l'Américain.

Nouveau signe négatif.

— Eh bien! deux cent mille seulement, si vous voulez, mais je tiens à vous donner une revanche.

Le duc hésita un instant, puis, ressaisi par le démon du jeu :

— Allons, dit-il.

Les convives se rapprochèrent ; cependant la curiosité, tout à l'heure chauffée à blanc, n'était plus la même. L'intérêt avait faibli.

Le même enjeu avait paru tout à l'heure démesurément énorme ; mais le coup de huit cent mille francs avait modifié l'optique générale, et ce n'était plus, pour ainsi dire, qu'à une partie ordinaire qu'on allait assister.

Ce ne fut pas long, d'ailleurs.

L'Américain, cela fut visible pour ceux des invités qui se tenaient de son côté, ne cherchait pas à gagner. Il fit même plusieurs fautes assez grossières ; mais les cartes le favorisaient, et, à moins d'écarter ses atouts, il ne pouvait avoir plus mauvais jeu que son adversaire.

En quelques coups, il gagna la partie.

Cette fois c'était pour le duc un effondrement. Ce n'était plus, en effet, son gain qu'il venait de perdre, c'était ce qu'il n'avait pas.

Il avait perdu et il ne pourrait payer.

D'un mouvement automatique, il poussa vers l'Américain les trente mille francs restés devant lui, mais master Thackeray l'arrêta :

— Pas la peine, mon cher duc, fit-il avec bonhomie ; vous me donnerez le tout à la fois. A moins, bien entendu, que nous ne continuions à jouer.

Mais le duc était à bout de forces, son regard était trouble, les cartes dansaient devant lui.

— Non, fit-il, je suis fatigué.

Puis, remettant dans sa poche les billets que master Thackeray venait de lui rendre :

— Demain, dit-il, vous recevrez la somme.

— Oh! ce n'est pas pressant, mon cher duc, répliqua le bonhomme.

Le duc se leva tout d'une pièce, et, passant dans la salle à manger, avala coup sur coup deux grands verres d'eau glacée.

Pendant ce temps les invités, comprenant que le mieux était de s'éclipser discrètement, s'étaient rapidement retirés.

Master Thackeray avait pris lui-même congé de la maîtresse de la maison, qui lui avait serré la main de façon à l'étonner, ce qui l'avait empêché de remarquer les yeux ardents de convoitise que toutes ces dames braquaient sur lui.

Ah! s'il avait offert à l'une d'elles de la reconduire dans son coupé, avec quel enthousiasme elle se fût emparée de son bras; mais il n'y songea même pas; la pression moite de la main de la comédienne l'avait rendu rêveur.

Un quart d'heure après la partie finale, le dernier des invités avait disparu.

Le duc et sa maîtresse restaient seuls.

Échoué dans un fauteuil, le premier paraissait réfléchir; la seconde attendait d'un air profondément maussade.

— Eh bien? fit-elle avec impatience.

— Ah! ma pauvre Lucie, dit le duc en levant la tête, quel coup! Dire qu'il n'a tenu qu'à ce maudit roi que je gagnasse seize cent mille francs!

— Il fallait garder les huit cent mille, répliqua durement la comédienne. C'était magnifique! Et au lieu de cela, vous en devez deux cent mille.

Et elle ajouta avec un sourire mauvais :

— Avez-vous seulement de quoi les payer?

Le duc ne répondant pas, elle reprit :

— Allons, il faut vous retirer... votre voiture vous attend.

— Ma voiture?

— Oui, j'ai donné tout à l'heure l'ordre d'atteler.

— Alors, je ne reste pas ici? questionna le duc d'un ton pincé.

— Ah! Dieu, non, par exemple! exclama la comédienne. Vous savez, mon cher, moi aussi je suis fatiguée et j'ai besoin de repos. Quand on a vu ce que j'ai vu ce soir, on peut bien être un peu énervée. Bonsoir!

— C'est bien, dit le duc, et sans même tendre la main à sa maîtresse qui sonnait déjà ses femmes, il se retira.

Celle-ci était encore dans son lit et sa mauvaise humeur éclata aux premières paroles
de son amant. (Page 256.)

CHAPITRE XXXIV

La Nuit porte conseil.

BIEN des fois déjà, le duc d'Ambroge s'était trouvé dans des situations difficiles, et nous l'avons vu, à diverses reprises, débiteur de sommes considérables dont il n'avait pas le premier sou.

Mais il lui restait encore quelque chose, et il avait la ressource d'emprunter.

Cette fois cette ressource lui manquait.

L'hôtel était hypothéqué pour un million ; les diamants de la duchesse étaient vendus, et il y avait beau temps que la dernière des fermes avait été dévorée.

Il n'y avait plus rien.

Comment, cette fois, se tirer d'affaire ?

C'est cette question, insoluble, que le duc d'Ambroge se posait en rentrant à son hôtel.

Irrité, certes, il l'était.

Sa maîtresse l'avait congédié d'une façon qui ne pouvait lui convenir, et il se promettait bien de s'en expliquer avec elle, le lendemain, de la manière la plus catégorique.

Cela ne se passerait pas comme cela.

Mais il y avait quelque chose de plus pressant : trouver les deux cent mille francs que Thackeray lui avait gagnés.

Ce n'était pas chose facile, car il était peu probable que cette canaille de Gracieux se décidât à les avancer.

Cependant, il fallait bien s'adresser à lui, et, comme le temps pressait, le mieux était de lui parler immédiatement.

Le duc se rendit donc chez l'intendant, qui ne s'attendait certainement pas à pareille visite au milieu de la nuit, mais qui en devina sur-le-champ le motif.

— Qu'y a-t-il donc, monsieur le duc ? demanda maître Gracieux.

— Il y a, mon cher Gracieux, que je suis dans un embarras terrible.

— Vous avez encore perdu ?

— Parbleu !

— Une grosse somme ?

— Deux cent mille francs.

— Deux cent mille francs !...

Et vous n'avez plus de quoi les payer ?

— Il me reste à peine trente mille francs.

— Alors ?...

— Alors, mon cher Gracieux, je viens à vous, comme toujours, car vous seul êtes assez habile pour me tirer d'affaire.

L'intendant était enchanté de la nouvelle que lui apportait son maître, et il devait se faire violence pour n'en rien laisser paraître.

La mise à exécution de son plan approchait.

La découverte et la vente des diamants l'avaient retardée, mais rien, désormais, ne viendrait se mettre en travers de ses projets.

— Comment, monsieur le duc, fit l'intendant, vous avez encore perdu une pareille somme ?

— Hélas ! mon pauvre Gracieux.

— Et à qui la devez-vous ?

— A cette brute de Thackeray.

Imaginez-vous, mon cher Gracieux, que je lui gagnais à un moment huit cent mille francs...

— Huit cent mille francs ! fit l'intendant avec un sursaut, et vous n'avez pas eu la sagesse de vous arrêter ?

— Non, mon cher Gracieux. J'ai voulu les doubler d'un seul coup, et...

— D'un seul coup !...

— D'un seul coup, et j'ai été sur le point de gagner.

— Et vous avez perdu.

— Oui, malheureusement.

— Avouez, monsieur le duc, que c'est vraiment trop tenter le sort.

— J'avouerai tout ce que vous voudrez, mon cher Gracieux, mais le mal est fait, et il n'y a plus qu'à chercher à le réparer.

— Alors, ces huit cent mille francs reperdus, vous avez continué à jouer ?

— Oui, Thackeray m'a offert une revanche de même enjeu que je n'ai pas acceptée.

— Il n'aurait vraiment plus manqué que cela !

— Je n'ai voulu jouer que deux cent mille francs...

— Une misère, fit ironiquement maître Gracieux.

— Et j'ai encore perdu.

— De sorte que...

— De sorte que, mon cher Gracieux, il nous faut trouver cette somme avant demain soir.

— Impossible, monsieur le duc.

— Voyons, mon cher Gracieux...

— Oh ! monsieur le duc, ce n'est même pas la peine d'essayer.

— Et pourquoi ?

— Mais, parce que nous n'avons plus aucune garantie à offrir.

— Aucune ?

— Aucune.

— On ne peut plus rien emprunter sur l'hôtel ?

— Absolument rien.

— Nous ne devons pourtant qu'un million.

— Et les intérêts à six pour cent.

— Et les intérêts, soit. Mais l'hôtel vaut plus que cela.

— C'est possible, mais il s'agit de trouver acheteur.

— Enfin, vous refusez de chercher la somme ?

— Pardon, monsieur le duc, je ne refuse pas.

Je chercherai si vous y tenez, mais je vous déclare d'avance que je ne trouverai pas.

— Mais si.

— Non, monsieur le duc.

— Quelle obstination ! Rappelez-vous donc, mon cher Gracieux, que vous avez toujours dit la même chose pour commencer, et que vous avez chaque fois fini par trouver.

— Oui, mais la situation n'était pas la même.

— Oh ! à peu près.

— Erreur, monsieur le duc.

Celui-ci commençait à sentir la colère gronder en lui.

Il s'était contenu jusque-là, et il lui avait fallu de véritables efforts pour arriver à prier son intendant comme il venait de le faire.

Il savait bien, en effet, à quoi s'en tenir.

Il n'ignorait pas que, pour trouver les deux cent mille francs demandés, M. Gracieux n'avait qu'à aller à la Banque, où il avait une bien autre somme en dépôt.

Mais, quoi ? se fâcher n'eût pas arrangé les affaires.

Mieux valait arrêter là l'entretien, et donner à maître Gracieux le temps de réfléchir.

Peut-être la nuit lui porterait-elle conseil, et serait-il disposé le lendemain à accorder ce qu'il refusait maintenant.

Le duc prit donc le parti de se retirer.

— Mon cher Gracieux, dit-il, je vous laisse ; vous avez besoin de repos et moi je tombe de fatigue.

Je vous serai obligé de venir me trouver demain matin, et de me dire alors si, décidément, je ne dois pas compter sur vous.

J'espère toujours que vous trouverez, à quelque prix que ce soit, la somme qu'il me faut.

— Monsieur le duc, je ne puis vous laisser espérer...

— Encore !...

— Que voulez-vous ?... Dans tous les cas, je serai chez vous demain matin.

— Alors, bonne nuit.

Le duc rentra dans son appartement, où l'attendait son valet de chambre, et se coucha.

Mais il ne dormit pas.

Tout le reste de la nuit, l'inquiétude le tint éveillé.

Il se demandait avec angoisse ce qu'il allait devenir si son intendant lui refusait définitivement les deux cent mille francs.

Un refus serait un arrêt de mort.

Le duc d'Ambroge ne pouvait, en effet, survivre à l'éclat que produirait la suprême et définitive constatation de sa ruine.

Certes, il n'aurait qu'à dire un mot à master Thackeray, et celui-ci s'empresserait de lui donner tout le temps qu'il demanderait.

Mais, à quoi servirait de montrer ainsi sa gêne?

L'Américain lui prêterait volontiers de l'argent; cela ne faisait pas même l'ombre d'un doute, et peut-être que si c'était au comte de Chevrial ou à tout autre qu'il dût les deux cent mille francs, il n'hésiterait pas à aller les emprunter à master Thackeray, mais, dans le cas actuel, c'était impossible.

On n'emprunte pas à quelqu'un pour lui payer ce qu'on lui doit.

Quant à s'adresser aux compagnons de cercle, il n'y fallait pas même songer.

Ce n'était pas, bien entendu, que plusieurs ne fussent en mesure de faire un prêt de cette importance, mais, pour diverses raisons, le duc ne pouvait s'adresser à eux.

Avec les uns, il n'était pas assez intimement lié ; avec les autres, il ne pouvait compter ou sur leur obligeance ou sur leur discrétion.

Une fausse démarche pouvait donc le perdre.

De quel côté se tourner?

A cette question terrible, l'infortuné ne trouvait pas de réponse.

L'abîme était là devant lui ; il y glissait sans que rien pût l'arrêter.

Un moment encore et il serait précipité.

Le misérable se débattait dans son lit, en proie à l'épouvante.

Tout à coup, une idée traversa son cerveau enfiévré.

Il s'arrêta une minute, les yeux grands ouverts dans la nuit, comme s'il eût voulu percer les ténèbres.

Oui, c'était bien cela.

Il n'y avait que ce moyen.

Il était sauvé... à condition de réussir.

Et s'il ne réussissait pas?

Ah!... alors... c'était sa perte définitive, mais... cette fois... sa perte infamante...

A cette pensée, le duc frissonna.

Un d'Ambroge en cour d'assises !...

Un d'Ambroge au bagne !...

Certes il se tuerait avant d'être pris, mais le nom n'en serait pas moins déshonoré.

Non, décidément, ce serait jouer trop gros jeu. Il fallait renoncer à l'emploi de ce moyen de salut.

Mais alors ?...

Oui, c'était bien vrai, il n'y en avait pas d'autre.

Perdu pour perdu, il n'y avait pas à hésiter. Du reste, peut-être maître Gracieux aurait-il réfléchi et éviterait-il à son maître la nécessité de risquer le bagne.

On verrait demain matin.

En attendant, le duc d'Ambroge continuait à réfléchir dans son lit. Il supputait les chances de réussite de son projet, et les comparait à ses dangers.

Celles-là l'emportèrent probablement dans son esprit sur ceux-ci, car, aux premières lueurs du jour, il avait définitivement pris son parti du crime à commettre... dans le cas, bien entendu, où maître Gracieux l'abandonnerait complètement.

De quel nouveau crime le duc allait-il donc se charger ?

C'est ce que nous n'allons pas tarder à apprendre.

CHAPITRE XXXV

Les Faux.

 huit heures du matin, maître Gracieux pénétrait dans la chambre à coucher du duc d'Ambroge qui s'était enfin endormi.

Il éveilla le duc.

Celui-ci, vaincu par la fatigue, eut quelque peine à reprendre ses esprits ; il s'étirait paresseusement, sans paraître avoir conscience de ce qui s'était passé la veille.

— Monsieur le duc, dit l'intendant, excusez-moi de troubler votre som-

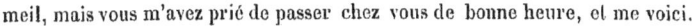

meil, mais vous m'avez prié de passer chez vous de bonne heure, et me voici.

— Bien, bien, faisait le duc en bâillant à se décrocher les mâchoires ; mais qu'y a-t-il donc, mon cher Gracieux?

— Monsieur le duc ne se rappelle pas?...

— Ma foi, non.

— Eh bien, monsieur le duc, vous êtes venu chez moi cette nuit, pour m'annoncer que vous aviez fait une grosse perte, et qu'il vous fallait aujourd'hui même de l'argent.

Le souvenir revint immédiatement au duc, qui pâlit légèrement.

— Ah ! oui, fit-il, je me rappelle maintenant.

Puis après un instant de silence :

— Eh bien ! mon cher Gracieux, avez-vous réfléchi? Avez-vous trouvé le moyen de me sortir d'embarras ?

— Monsieur le duc, répondit l'intendant, je suis aux regrets de ne pouvoir vous donner une réponse satisfaisante, mais, bien que j'aie étudié la question toute la nuit, bien que je me sois mis l'esprit à la torture, je n'ai rien trouvé.

— Rien?

— Absolument rien, et vous m'en voyez tout confus.

— Alors, je ne dois pas compter sur vous?

— Encore une fois, monsieur le duc, j'en suis très affligé, mais je dois vous avouer mon impuissance.

— C'est bien, je me passerai de vous, monsieur Gracieux.

— Alors, monsieur le duc a un moyen.

— Qu'est-ce que cela peut vous faire?...

— Oh! monsieur le duc...

— Dame, monsieur Gracieux, vous me permettrez bien, je suppose, de trouver que vous ne mettez pas beaucoup d'ingéniosité à mon service, et que cela suppose une certaine indifférence.

Mais c'est assez ; je vais me lever et je pourvoirai moi-même à la situation.

Maître Gracieux n'avait plus qu'à prendre congé de son maître, qui venait de sonner son valet de chambre.

Tout en se faisant habiller, le duc réfléchissait.

Certes, son parti était bien pris.

Il ne sentait pas la moindre hésitation.

Pourtant, de temps à autre, à la pensée de ce qu'il allait faire, un frisson le secouait.

Non pas qu'un dernier scrupule d'honnêteté s'éveillât dans son âme gangrenée, mais uniquement parce qu'il comprenait à quoi cela pouvait le mener.

Une fois habillé, le duc demanda du café, et, dans la tasse qui lui fut servie, il versa une large goutte de vieux cognac.

On eût dit qu'il voulait se donner du cœur.

Il sortit ensuite à pied, remonta la rue Saint-Dominique, non sans avoir jeté un regard en arrière, comme pour s'assurer qu'il n'était pas suivi, et une fois sur l'Esplanade, il se dirigea vers le pont de la Concorde.

Il traversa le pont et la place, s'engagea dans la rue Royale, prit le boulevard Malesherbes, et entra dans le premier bureau de tabac qui s'offrit à lui.

Il choisit d'abord deux cigares, acheta ensuite quatre feuilles de papier timbré pour billets à ordre, et sortit après avoir allumé un de ses cigares.

Une fois dehors, il continua à remonter le boulevard, et faisant signe au premier cocher qu'il rencontra, il se fit conduire chez Lucie Reinette.

Celle-ci était encore dans son lit, et sa mauvaise humeur éclata aux premières paroles de son amant.

S'emportant en récriminations, elle lui reprochait sa folie de la veille.

— Mais qu'est-ce que cela peut vous faire? répondait le duc. Craignez-vous donc que je ne vous donne plus ce qui vous est nécessaire?

En ce cas, détrompez-vous, ma chère, ce n'est pas la perte de deux cent mille francs qui peut gêner un duc d'Ambroge.

Avez-vous besoin d'argent? Combien vous faut-il? Parlez.

Et ce disant, le duc ouvrait son portefeuille.

— Je ne vous demande rien, reprenait sèchement la comédienne, qui se disait mentalement qu'après tout elle s'était peut-être trompée, et qu'il se pouvait que le duc ne fût pas aussi bas qu'elle l'avait craint.

Pourtant, elle avait longuement médité avant de s'endormir, et elle était bien décidée à diriger désormais ses batteries contre l'opulent master Thackeray.

Le duc passa une heure chez sa maîtresse, puis il la quitta sans lui avoir fait la scène projetée la veille, et refusa la voiture qu'elle avait déjà commandée.

Il regagna à pied le boulevard Malesherbes, prit une voiture à la première station et se fit conduire à la Madeleine.

Là il monta dans un second fiacre et rentra à son hôtel.

Une fois dans son cabinet, le duc s'enferma, puis tirant de sa poche les quatre papiers timbrés il se mit à son bureau.

Ouvrant un des tiroirs, il y prit une lettre dont il examina longuement la signature.

On devine ce qui se passa ensuite.

Le duc s'exerça pendant une demi-heure à imiter la signature de la lettre,

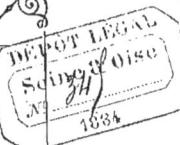

Geneviève.

puis, satisfait de ses essais, il couvrit d'une écriture rapide, qu'il ne cherchait pas à contrefaire, les quatre feuilles de papier.

Il les signa ensuite du nom qu'il venait de tracer une centaine de fois, et satisfait de son œuvre, il serra les quatre billets dans son portefeuille.

Cela fait, il brûla soigneusement la feuille de papier sur laquelle il venait de s'exercer et sonna.

Un valet se présenta immédiatement.

— Allez dire à M. Gracieux, fit le duc, que je le prie de passer dans mon cabinet.

Quelques minutes après, l'intendant paraissait.

— Mon cher Gracieux, dit le duc en souriant, je vous en veux sérieusement...

— Monsieur le duc, répondit l'aigrefin, qui ne savait où son maître voulait en venir mais qui avait lieu de s'étonner de son air de gaieté, croyez bien que je suis désolé, et que, bien que je n'aie aucun espoir, je cherche encore quelque combinaison qui puisse nous aider à faire face à la situation.

— Et vous ne trouvez pas?

— Hélas ! monsieur le duc...

— Eh bien ! ne cherchez plus.

— Vous avez trouvé, vous, monsieur le duc?

— Dame, il a bien fallu, puisque vous y renonciez.

Maître Gracieux tombait de son haut.

Comment diable le duc avait-il bien pu s'y prendre?

Est-ce qu'il aurait encore découvert une nouvelle mine de diamants?

— Mon cher Gracieux, continua le duc, vous m'avez obligé à une démarche qui m'a été très pénible, et c'est pour cela que je vous en veux.

— Elle a réussi?

— Elle a réussi, et elle ne pouvait pas ne pas réussir, mais, je vous le répète, elle m'a été excessivement pénible.

Vous m'avez forcé à aller avouer ma gêne à un de mes vieux amis, et à lui emprunter quatre cent mille francs.

— Et il vous les a prêtés? laissa échapper l'intendant sur le ton de la surprise.

— Et pourquoi non, je vous prie? répliqua M. d'Ambroge avec hauteur.

— Ne vous méprenez pas, monsieur le duc, reprit vivement maître Gracieux ; je veux dire seulement qu'il est assez rare de trouver un ami qui puisse disposer sur-le-champ d'une somme aussi considérable.

— Aussi mon ami n'en disposait-il pas, dit le duc. Seulement, nous avons cherché ensemble une combinaison, et nous avons trouvé celle-ci.

Mon ami — c'est le comte de Chevrial, et il est inutile de faire mystère de son nom — m'a signé quatre valeurs à ordre de chacune cent mille francs, à des échéances qui vont de deux à trois mois, et je pense qu'avec sa signature, appuyée de la mienne, il ne sera pas difficile de les faire escompter.

— Certes, se borna à dire l'intendant.

A la nouvelle que le comte de Chevrial avait signé pour quatre cent mille francs de billets, l'étonnement de maître Gracieux n'avait fait que croître, mais M. d'Ambroge tirait les papiers de son portefeuille, et il fallait bien se rendre devant l'évidence du fait.

L'intendant prit les billets que lui tendait son maître et les déplia rapidement.

D'un coup d'œil il les parcourut.

Ils étaient en règle.

Le libellé en était régulier, et la signature du comte de Chevrial y était bien à sa place.

L'intendant allait les poser sur le bureau, quand, tout à coup, un détail le frappa.

Ils étaient écrits et signés avec une encre violette.

Or le duc ne se servait que de cette sorte d'encre.

Il fallait donc que le comte de Chevrial usât de la même encre, ce qui était possible après tout, mais ce qui eût constitué une coïncidence assez curieuse, ou bien... que les billets eussent été écrits et signés dans le cabinet même du duc.

Mais, comme M. de Chevrial n'était pas venu le matin à l'hôtel, il en eût fallu conclure que libellé et signature étaient de la même main.

En un mot, que les quatre billets constituaient quatre faux.

Les réflexions de maître Gracieux ne lui prirent qu'une seconde.

Il regarda attentivement le duc, et diverses particularités le frappèrent.

Par exemple, il remarqua que sa gaieté était un peu forcée.

Une seconde après l'intendant avait sa conviction faite.

Oui, les billets devaient être faux ; ils l'étaient certainement.

Maître Gracieux se sentit pris d'une douce joie.

Il tenait donc enfin le duc, et cette fois il le tenait de telle sorte qu'il ne pouvait plus lui échapper.

M. d'Ambroge était bien et dûment son prisonnier.

Aussi fut-ce avec empressement qu'il répondit ensuite à ses questions.

— Alors, mon cher Gracieux, vous pensez pouvoir les faire escompter rapidement ?

— Aujourd'hui même, monsieur le duc.

— C'est bien cela ; vous savez, en effet, que je dois deux cent mille francs à M. Thackeray.

— C'est précisément ce à quoi je pense, et vous pouvez être tranquille de ce côté.

— M. Thackeray recevra son argent avant cinq heures ?

— Avant quatre, même.

— A qui allez-vous vous adresser, mon cher Gracieux ?

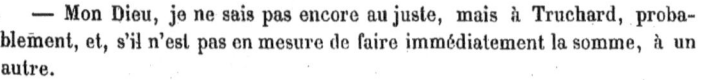

— Mon Dieu, je ne sais pas encore au juste, mais à Truchard, probablement, et, s'il n'est pas en mesure de faire immédiatement la somme, à un autre.

Le duc sourit imperceptiblement.

— Je n'ai pas besoin, je pense, mon cher Gracieux, de vous recommander la discrétion dans vos démarches.

Vous devinez bien que M. de Chevrial, en me rendant un aussi grand service, n'entend pas que sa signature soit colportée à droite et à gauche.

Il ne me l'a même donnée que sur l'assurance que la négociation n'ébruiterait rien.

— Soyez tranquille, monsieur le duc, tout sera fait selon vos désirs et ceux de M. de Chevrial.

Vous pouvez compter sur votre argent pour cette après-midi.

— Allons, mon cher Gracieux, bonne chance; je vous attendrai pour quatre heures.

Plus tard, quand viendront les échéances, nous nous occuperons de mettre M. de Chevrial en mesure d'y faire face.

CHAPITRE XXXVI

Maître Gracieux va chercher l'argent.

 AÎTRE Gracieux, en quittant son maître, avait peine à contenir sa joie.

Le rêve qu'il caressait depuis quelque temps était, en effet, sur le point de se réaliser.

Il n'avait plus à craindre aucune résistance de la part du duc, puisque celui-ci venait de se livrer à lui pieds et poings liés.

Le succès était maintenant assuré.

Quant à M. d'Ambroge, il avait bien eu un battement de cœur en voyant l'intendant s'éloigner avec les billets, mais ce n'avait été qu'un éclair.

Le sort en était jeté.

Il n'y avait plus à reculer.

Le duc gagnait ainsi deux mois, et, en deux mois, il peut se passer bien des choses.

Qui sait? On trouverait peut-être avant l'échéance un moyen de salut définitif.

Dans tous les cas, on verrait quand le moment serait venu.

M. Gracieux s'était hâté de rentrer chez lui, où il avait soigneusement serré dans un coffre-fort les précieux billets.

Il comptait bien, en effet, les garder pour lui comme une arme, ou plutôt comme un argument irrésistible dont il se servirait à une heure fixée dans son esprit.

Ce n'était pas quatre cent mille francs qu'ils valaient, ces billets, c'était une fortune.

En tout cas, à les garder et à les escompter lui-même, M. Gracieux ne courait aucun risque, car si la signature du comte de Chevrial était fausse, celle du duc d'Ambroge, à l'endos, était parfaitement authentique, et alors même que celui-ci se fût refusé à entrer dans les vues de son intendant, on eût encore bien trouvé dans les débris de la fortune du duc, et toutes dettes payées, les quatre cent mille francs de billets.

En un mot, le lecteur l'a déjà compris, M. Gracieux n'entendait pas se séparer des billets.

Il ne voulait pas les jeter dans la circulation, et jamais le comte de Chevrial n'en entendrait parler.

Par conséquent, le duc d'Ambroge ne courait, en réalité, aucun danger.

Mais, tout cela, maître Gracieux se serait bien gardé de le lui dire.

Il fallait pour le succès de son plan, que le duc se crût menacé d'être poursuivi comme faussaire.

Il fallait le tenir sous la crainte de la cour d'assises. Or, rien n'était plus facile maintenant.

Les billets en sûreté, M. Gracieux quitta l'hôtel.

Il devait, en effet, avoir l'air de courir après l'argent qu'attendait le duc.

Mais ce ne fut ni chez Truchard, ni chez un homme d'affaires quelconque qu'il se rendit.

M. Gracieux prit une voiture près du Palais-Bourbon, et se fit conduire rue d'Hauteville, non loin de Saint-Vincent de Paul.

Arrivé à la maison qu'il avait désignée au cocher, il monta au troisième et sonna.

Une jolie jeune fille vint lui ouvrir, et le reconnaissant, lui sauta au cou.

— Oh! quel bonheur! Bonjour, papa!

— Bonjour, chienchien...

M. Gracieux embrassa la jeune fille et pénétra avec elle dans l'appartement, un petit appartement coquet et confortable de rentier aisé.

— C'est gentil, cela, disait la jolie enfant, de venir déjeuner avec moi. Car tu déjeunes, n'est-ce pas, petit papa?

— Certainement, mon chien.

La jeune fille battit des mains, et sauta sur les genoux de maître Gracieux, qui, les yeux ardents, lui posa un long baiser sur les lèvres.

Sur les lèvres?

Hé, oui, sur les lèvres.

Maître Gracieux était simplement, en effet, chez sa maîtresse, et si celle-ci l'appelait papa, c'était uniquement parce que le libidineux vieillard l'avait voulu ainsi.

L'honnête intendant avait des passions, et il se trouvait assez riche pour les satisfaire, mais il restait paternel jusque dans ses petites orgies d'homme discret.

Papa... papa... il aimait ce mot-là qui donnait un ragoût de plus à ses plaisirs.

C'était piquant d'embrasser une petite fille qui vous appelait papa, et ça la faisait encore plus jeune, encore plus enfant.

Presque un inceste, quoi!

Geneviève, — c'était, le nom de la jeune fille, — aimait-elle son «papa»!

Au contraire; elle éprouvait même pour lui une répugnance d'ailleurs explicable.

Maître Gracieux, en dépit de son nom, n'avait, en effet, rien de séduisant.

Il était vieux, il était laid, il avait sur le nez une paire de bésicles qui lui donnaient l'air d'un serpent à lunettes; en un mot, il était presque hideux.

Mais Geneviève était une petite rouée qui, sachant déjà que l'amour et l'argent ne vont pas toujours ensemble, supportait le vieux, afin de pouvoir aimer à son aise un figurant de la Porte-Saint-Martin qui réalisait son idéal d'ancienne ouvrière fleuriste.

Mlle Geneviève était «dans les fleurs» avant de connaître maître Gracieux; celui-ci qui l'avait rencontrée un soir, à la sortie de son atelier, l'avait suivie, et la jeune ouvrière, déjà vicieuse, avait tout de suite deviné ce qu'il fallait à ce « vieux ».

Elle l'avait fait «languir», et l'avait amené à lui offrir de lui-même de la mettre « dans ses meubles ».

Elle s'était fait prier longtemps.

Dame, c'est qu'elle avait toujours été sage, et que c'était dur de quitter comme cela sa mère.

Qu'est-ce qu'elle allait dire la pauvre femme?

Geneviève avait enfin cédé, et maître Gracieux, qui avait tant trompé les autres, avait été « mis dedans » à son tour.

Il croyait avoir eu à triompher d'une vierge timide, et il était simplement tombé sur une petite « roulure » d'atelier, qui se moquait de lui avec son figurant.

Maître Gracieux en avait, d'ailleurs, pour son argent.

Il avait fait meubler gentiment le petit appartement de la rue d'Hauteville, mais tout y était modeste.

Un intérieur de famille!

La pension qu'il servait à Geneviève était suffisante, mais ne dépassait pas les besoins d'une petite bourgeoise, qui vit seule, avec une bonne à tout faire.

Toutefois, on comprend que ce peu était encore le luxe pour un petite ouvrière qui avait été habituée jusque-là à déjeuner de deux sous de pommes de terre frites et à dîner d'une saucisse plate de quinze centimes.

L'ambition viendrait peut-être plus tard, mais pour le moment, l'ancienne petite fleuriste se roulait dans son bien-être comme une chatte dans un édredon, et, pour le conserver, elle se prêtait à toutes les fantaisies de son vieil amant.

Elle avait, le jour où elle l'avait vu, deviné que le vicieux vieillard adorait l'ingénuité, et elle s'était faite ingénue à faire illusion à de plus madrés encore que lui.

Elle s'était faite toute petite fille, et maître Gracieux était enchanté de sa trouvaille.

— Qu'est-ce que papa veut manger, le gourmand? demanda Geneviève en câlinant le vieux satyre.

Maître Gracieux fit son menu, et la bonne fut appelée pour le mettre à exécution.

— Et tu restes avec moi toute la journée? ajouta la jeune fille qui commençait déjà à craindre de n'être pas libre pour le moment où elle attendait le figurant.

— Malheureusement non, mon petit chien, j'ai des affaires qui m'obligeront à te quitter vers deux heures.

— Oh! quel ennui!... Et tu ne peux pas les remettre?

— Impossible, mon bon chat.

— Mais si.

— Mais non, mon petit lapin, — toute l'histoire naturelle allait y passer, — ce sont des affaires très sérieuses, très pressantes.

— Tant pis, alors ; mais c'est bien ennuyeux, je ne puis jamais avoir mon papa qu'un instant...

Et la jeune fille fit mine de bouder.

— Eh bien! écoute, mon petit rat, puisque tu es si gentille, je reviendrai ce soir...

Geneviève eut de la peine à retenir une grimace.

— Et je te conduirai au théâtre, mon petit poulet... Ah! c'est ça qui est gentil, hein?...

Ça ne faisait pas tout à fait l'affaire de Mlle Geneviève, qui, si elle adorait le théâtre, en redoutait les suites, mais il n'y avait guère moyen d'éviter celles-ci, et le mieux était de se résigner.

A deux heures, maître Gracieux quittait sa maîtresse et se rendait à la Banque de France où il prenait une somme de quatre cent mille francs, puis rentrait à l'hôtel d'Ambroge, où l'attendait le duc.

Avant de passer chez son maître — si, dans la position où se trouvaient vis à vis l'un de l'autre les deux hommes, on peut encore se servir de ce mot — l'intendant s'arrêtait chez lui un instant pour y déposer dix mille francs.

Cela fait, il se rendit chez M. d'Ambroge.

— Eh bien? fit celui-ci en l'apercevant.

— C'est fait, monsieur le duc, je vous apporte l'argent.

La figure du duc s'éclaira.

— Tous mes compliments, mon cher Gracieux, vous avez été vraiment expéditif, et je vous en remercie sincèrement.

— Oh! monsieur le duc, il n'y a vraiment pas de quoi. Avec deux signatures comme la vôtre et celle de M. le comte de Chevrial, il n'était pas difficile de trouver la somme.

J'en eusse trouvé le double s'il eût été nécessaire.

Ce disant, M. Gracieux tirait du vaste portefeuille qu'il avait, en entrant, sous le bras, trente neuf liasses de dix billets de mille francs, qu'il posait successivement sur le bureau du duc.

— J'ai dû, dit-il, payer dix mille francs d'escompte.

Sans répondre, le duc contemplait les billets avec une sorte de ravissement.

Il était encore une fois sauvé.

— Monsieur Gracieux, fit-il au bout de quelques secondes, il faut envoyer tout de suite à M. Thackeray les deux cent mille francs que je lui dois.

— Je vais les lui porter moi-même, monsieur le duc.

— Pourquoi vous donner cette peine?

— Encore vous ? dit-elle. (Page 266.)

— Mais, parce que je ne crois pas qu'il soit prudent de confier une aussi grosse somme à un valet.

— Vous avez peut-être raison. Faites donc comme vous voudrez, et, dans tous les cas, recevez encore une fois, mon cher Gracieux, tous mes remerciements.

— Mais, monsieur le duc, je vous répète que je n'ai aucun mérite dans l'affaire, puisque c'est vous qui avez tout fait.

Et l'intendant ajouta en aparté, en quittant le cabinet du duc :

— Pas besoin de me remercier, va, mon bonhomme ; je saurai bien me remercier moi-même.

Tranquillisé du côté de master Thackeray, le duc d'Ambroge fit atteler et se fit conduire chez sa maîtresse.

Celle-ci, qui allait justement sortir, fit, en le voyant, une grimace assez significative.

— Encore vous ? dit-elle.

— Quoi ! fit le duc inquiet, c'est ainsi que vous me recevez, ma chère Lucie ? Qu'avez-vous donc depuis hier ?

— Rien, répliqua sèchement la comédienne.

— Allons ! allons ! je vois que vous ne m'avez pas encore pardonné ma malchance. Mais, encore une fois, de quoi donc vous préoccupez-vous ?

Je vous ai déjà demandé ce matin si vous aviez besoin d'argent, et vous ne m'avez pas répondu.

Je vous renouvelle ma question.

Combien vous faut-il ? Tenez, voici quarante mille francs.

Et le duc tirait, en effet, les billets de sa poche.

Cette vue parut radoucir la comédienne, et sa mauvaise humeur disparut en effet.

Elle décommanda même sa voiture, quoique le duc insistât pour qu'elle ne changeât rien à ses projets.

Mais tout en ramassant les quarante billets et en les serrant dans un petit meuble à secret, elle songeait que ce n'était pas quarante mauvais mille francs qu'elle aurait en ce moment si cet imbécile de Thackeray avait la bonne idée de tomber à ses pieds.

CHAPITRE XXXVII

Maître Gracieux sème une idée.

E lecteur a déjà deviné ce qui devait fatalement arriver.

Deux mois ne s'étaient pas écoulés que le duc d'Ambroge était à sec de nouveau.

Il avait fait, à son cercle, de grands efforts pour dompter la fortune ; maintes fois, il s'était attaqué à master Thackeray, mais celui-ci s'était vaillamment défendu, et, après des alternatives de perte et de gain, le duc se retrouvait sans le sou, avec cette circonstance aggravante, terrifiante même, que huit jours à peine le séparaient de l'échéance des faux billets Chevrial.

Que faire ?

Il faut rendre au duc cette justice qu'il n'hésita pas.

Après avoir bien constaté qu'il n'y avait pas d'issue à sa terrible situation, ou que, du moins, il lui était impossible d'en découvrir une, il arrêta qu'il allait faire un dernier appel à maître Gracieux, et que si cet appel ne réussissait pas, il se brûlerait la cervelle après avoir écrit au comte de Chevrial une lettre dans laquelle il lui demanderait, au nom de la solidarité de classe, de tenir son crime secret.

Cette résolution prise, le duc fit appeler son intendant.

Celui-ci, au premier mot, se récria, déclarant selon son habitude, que M. le duc ne devait pas compter sur lui, qu'il en était désespéré, mais qu'il ne voyait absolument aucun moyen de faire face à l'échéance qui approchait.

La seule chose à faire, et il s'offrait pour cette mission, c'était d'aller trouver M. de Chevrial et de lui avouer franchement qu'il lui était impossible de lui remettre au jour dit le montant des billets. Il ne refuserait certainement pas de les renouveler, et alors, on aurait quelque temps devant soi.

En faisant cette proposition, qu'il savait trop bien inacceptable, le rusé maître Gracieux observait cruellement la figure de son maître, sur laquelle il voyait passer un désespoir farouche.

— Impossible, fit brusquement le duc.

— Et pourquoi ? demanda l'intendant.

— Parce que ce serait avouer que je ne pourrai jamais payer.

— Dame, que voulez-vous? Si vous connaissez un autre moyen de vous tirer d'embarras, voyons-le, examinons-le...

— Eh, non, je n'en connais pas. Si j'en connaissais un, je ne vous aurais pas fait appeler, puisque depuis longtemps vous ne m'êtes plus d'aucun secours.

— Mon Dieu, monsieur le duc, ce n'est pas ma faute si votre situation est devenue si mauvaise.

Et l'intendant ajouta en regardant profondément son maître :

— Ce n'est pas moi qui vous ai brouillé avec M. le marquis d'Hierville.

Le duc fit un geste de colère.

L'intendant venait, en effet, de toucher brutalement la plaie qui saignait depuis longtemps au plus profond de lui-même.

Douze millions ! Plus d'un demi-million de rente, voilà ce qu'il avait perdu, le jour où son oncle avait fait le testament dont il a été parlé plus haut !

Et cette fortune-là, cette fortune qui lui était due, c'était le fils de la duchesse, le fils de cet imbécile de Fargueil, c'était ce misérable avorton qui la lui volait comme il lui avait déjà volé son nom !

Aucune des pensées qui agitaient furieusement le duc n'échappait à l'intendant, qui reprit :

— Encore s'il y avait un moyen de tourner les dispositions du testament...

— Vous savez bien, fit M. d'Ambroge, découragé, que nous avons déjà cherché et que nous n'avons pas trouvé.

— Hélas !...

— Alors, à quoi bon revenir là-dessus ?

— C'est vrai, c'est inutile ; néanmoins je ne puis m'empêcher d'y songer à chaque instant. Il a fallu, vraiment, que votre oncle fût terriblement excité contre vous pour faire un pareil testament.

Si encore il vous avait laissé l'usufruit de sa fortune, et s'il s'était contenté d'en assurer le capital à votre fils !

Mais non, tout pour celui-ci. Pour vous, rien.

Et même les précautions ont été si bien prises qu'il n'y aurait pas moyen de détourner seulement un sou des sommes affectées à l'entretien et à l'éducation de M. Jehan.

Ah ! Me Haraut de Ribes est un habile homme. Il a tout prévu, tout, excepté cependant...

— Excepté quoi ?

— Excepté la mort de votre fils, acheva l'intendant en jetant regard aigu au duc d'Ambroge.

Il est vrai, continua-t-il, que c'était là une éventualité qui n'était guère à prévoir.

— En effet, il jouit d'une belle santé, grommela le duc les dents serrées.

— Il est vrai que cela ne prouve rien et qu'un malheur est bien vite arrivé, reprit philosophiquement maître Gracieux. Mais enfin, M⁰ Harant a oublié le cas, et si M. Jehan mourait avant sa majorité, comme après d'ailleurs, toutes les précautions prises contre vous deviendraient vaines.

Vous hériteriez immédiatement de toute la fortune.

Le duc écoutait silencieusement.

Maître Gracieux se tut, et les deux hommes restèrent un moment muets.

L'intendant observait curieusement son maître, qui paraissait absorbé dans de sombres pensées.

— Du reste, reprit tout à coup l'honnête serviteur, je parle là pour ne rien dire. La situation est ce qu'elle est, et nous ne pouvons rien contre elle. Si M. Jehan était majeur, c'est-à-dire avait la libre disposition de sa fortune, il est certain qu'il n'hésiterait pas à la partager avec vous ; il est clair également que jusqu'à sa majorité, vous n'avez rien à en attendre, car M. le comte de Péronnie et M. le baron d'Alzac exécuteront rigoureusement la mission que leur a confiée M. le marquis d'Hierville.

Votre fils ne pourra donc vous être d'aucun secours d'ici à seize ou dix-sept ans, et vous n'avez pas le temps d'attendre jusque-là.

Or il faut prendre un parti, et, je vous le répète, monsieur le duc, moi, je ne puis absolument rien.

Je verrai quelques personnes, mais uniquement pour qu'il ne soit pas dit que je n'ai pas épuisé toutes les chances, et je suis sûr d'avance d'échouer.

— Enfin, essayez toujours, fit le duc accablé.

C'est sur ce mot que l'intendant prit congé, laissant M. d'Ambroge livré aux plus pénibles réflexions.

Celui-ci, resté seul, repassait dans son esprit les paroles de maître Gracieux.

Il se disait qu'en effet c'était l'enfant de sa femme qui lui prenait l'immense fortune de son oncle, et que si cet enfant mourait, il hériterait immédiatement des douze millions laissés par le marquis.

Malheureusement, il ne paraissait pas avoir l'envie de mourir.

Il ne semblait rien moins que disposé à faire cette joie à son prétendu père.

La dernière fois que le duc l'avait aperçu — car on imagine bien que M. d'Ambroge ne s'occupait pas du tout d'un enfant qu'il savait pertinemment n'être pas de lui — le jeune Jehan, plein de santé, jouait avec sa gouvernante et emplissait le jardin de l'hôtel de ses cris.

On le lui avait apporté, et en l'embrassant distraitement — car il fallait bien sauver les apparences — il n'avait pu s'empêcher de remarquer la bonne mine de l'enfant.

— Bonzour, papa, avait dit le pauvre petit au milieu d'une fusée de rires.

Et le faux père avait répondu en se contraignant :

— Bonjour, bébé.

Il lui avait tapoté les joues une seconde, puis il l'avait laissé.

Ce souvenir lui revenait en ce moment, lui causant une sourde rage.

Eh, oui, Gracieux avait raison, s'il mourait, cet avorton, il rendrait un fameux service à celui dont il avait usurpé l'héritage.

Ce ne serait, d'ailleurs, qu'une restitution, puisque la fortune de cette vieille ganache d'Hierville s'était trompée d'adresse.

Ce dernier avait cru laisser ses millions à son petit-neveu, et il les avait stupidement donnés à l'enfant d'un étranger, d'un famélique rapin, d'un ouvrier plutôt, qui n'appartenait en rien à la famille.

C'était idiot et, en même temps, immoral, puisque c'était le triomphe de l'adultère.

Le duc ne se rappelait plus alors, ou, du moins, ne voulait pas se rappeler tout ce qu'il avait fait jadis pour amener sa femme à prendre un amant.

Il oubliait que cette faute il l'avait appelée de tous ses vœux, qu'il l'avait favorisée, qu'il l'avait rendue en quelque sorte inévitable, et il n'en voyait plus que le résultat qui avait tourné contre tous ses calculs.

Maintenant le mal était fait, et il n'y avait plus qu'une chose qui pût le réparer, la mort de l'enfant.

Mais, encore une fois, cet enfant n'avait pas envie de mourir.

Il était plein de force et de santé.

Fils d'un père robuste et d'une mère saine et vigoureuse, il n'avait pas, dans les veines, une seule goutte de sang de patricien, mais celui qui y coulait n'en était que plus riche et plus généreux.

S'il vivait, et cela pouvait être regardé comme certain, il régénérerait certainement la race anémique et épuisée des d'Ambroge, ou du moins il ferait souche de faux d'Ambroge qui vaudraient certainement, à tous les points de vue, beaucoup mieux que les anciens.

Il n'y avait donc rien à espérer, et c'eût été folie de spéculer sur une éventualité invraisemblable.

CHAPITRE XXXVIII

Deux assassins.

E lendemain, sans même y être appelé, maître Gracieux se présentait chez le duc, qui crut tout d'abord que son intendant avait réussi dans ses démarches.

— Eh bien ! mon cher Cracieux, m'apportez-vous de bonnes nouvelles ?

— Malheureusement non, monsieur le duc ; j'ai couru toute la journée, j'ai vu dix personnes, des capitalistes, des usuriers même, et je n'ai rien obtenu.

C'est de mon insuccès que je viens vous rendre compte, afin que vous ne perdiez pas de temps, si une idée quelconque vous venait.

Le duc, bien que maître Gracieux ne lui eût donné, la veille, aucune espérance, était tout décontenancé.

— Alors, c'est fini ! dit-il. Il n'y a plus rien à espérer ?

— Je ne vois pas trop, en effet, comment nous pourrons nous tirer de là, si vous ne vous décidez pas à faire auprès de M. de Chevrial la démarche que je vous conseillais hier.

— Encore ! fit le duc avec une impatience mêlée de colère.

Maître Gracieux se tut une seconde, puis reprit :

— J'ai vivement insisté auprès du banquier Bernheim, lui parlant des garanties morales que présente la fortune de votre fils, mais il n'a rien voulu entendre, sachant très bien, ainsi qu'il me l'a dit, que MM. de Péronnie et d'Alzac montent rigoureusement la garde autour de cette fortune, et rien ne prouvant que votre fils sera disposé à payer vos dettes à sa majorité.

Les dernières paroles de l'intendant achevèrent d'exaspérer le duc.

— Ah ! oui, fit-il avec colère, c'est monsieur mon fils qui a l'argent ; c'est lui qui me réduit à la situation contre laquelle je me débats !...

Et il ajouta, les dents serrées :

— Mon fils !...

C'était cette colère qu'avait voulu provoquer maître Gracieux, car il s'empressa de l'attiser.

— Il est certain, fit-il, — il savait ne pas aller trop loin — que M. Jehan nous gêne singulièrement en ce moment. Rarement, en effet, un père a eu, comme vous, d'aussi justes griefs contre son enfant.

Un père !... fit le duc sourdement railleur.

Un silence de quelques secondes s'établit.

Ce fut l'intendant qui le rompit le premier.

— Après tout, dit-il doucereusement, le pauvre petit n'en est pas cause. Il est innocent de tout cela, lui. Et il est si mignon !

Je le regardais encore hier jouant dans le vestibule, au pied du grand escalier, et je ne pouvais me lasser de le voir.

Le duc écoutait, étonné.

— Seulement, ajouta l'intendant, il m'a semblé un peu pâlot.

— Un peu pâlot ? fit le duc. Ah ! parbleu ! ce n'est pas celui-là qui donnera jamais des inquiétudes sur sa santé.

— Eh bien monsieur le duc, reprit maître Gracieux, je vous en demande pardon, mais je me permettrai de ne pas être tout à fait de votre avis.

Je l'ai, je le répète, trouvé, avec une certaine surprise, un peu pâle, et mon opinion est qu'il faut y prendre garde.

— Ah, çà ! que me chantez-vous là, Gracieux ? Voilà maintenant que la santé de cet enfant, qui m'a ruiné, va vous préoccuper ?

— Et pourquoi non, monsieur le duc ? Encore une fois, ce n'est pas à lui qu'il faut reprocher ce qui est arrivé.

Le duc tombait d'un étonnement dans un autre.

— Enfin, où voulez-vous en venir ? demanda-t-il.

— A ceci, monsieur le duc, que selon moi, l'air de Paris n'est peut-être pas bon pour M. Jehan, et que, dans tous les cas, le séjour de la campagne ne pourrait que lui faire du bien.

— Alors, il faudrait, selon vous, l'envoyer à la campagne ?

Et il ajouta avec un sourire amer :

— Dans un des châteaux que je n'ai plus.

— Non, mais dans un des siens.

— C'est vrai ; il en a, lui.

— J'en parlerai, si vous voulez à M. de Péronnie, et nous l'enverrions le plus tôt possible à Couzancelles. Quelques mois dans cette campagne ravissante, et il en reviendrait fortifié.

Le duc écoutait sans rien dire.

— Seulement, continua maître Gracieux impénétrable, il faudrait qu'il fût bien surveillé, car vous savez qu'il y a derrière le château un étang assez profond...

— Aussi, acheva-t-il, je ne me fierais pas à sa gouvernante, qui me paraît un

Effaré, il regarda maître Gracieux qui ne sourcilla pas. (Page 273.)

peu légère, et je vous conseillerais de le confier, pour le temps de sa villégiature, à Mme Angélique...

Le duc tressaillit brusquement.

La lumière venait de se faire soudainement dans son esprit.

Il comprenait enfin où voulait en venir l'honnête intendant.

Effaré, il regarda maître Gracieux qui ne sourcilla pas.

L'intendant s'était tu. Il attendait la réponse de son maître, sûr cette fois que celui-ci l'avait compris.

Les deux misérables se regardèrent un instant sans parler.

Ce fut maître Gracieux qui rompit le premier le silence.

— Mme Angélique, dit-il en appuyant sur les mots, est, vous le savez, une personne de confiance.

— Oui, oui, fit le duc, mais on eût dit qu'il parlait sans se rendre compte du sens exact de ses paroles.

Assis devant son bureau, il regardait d'un œil vague son encrier de bronze. L'intendant le couvait, sous ses lunettes, d'un regard d'oiseau de proie.

Il laissait à sa proposition le temps de faire son œuvre dans le cerveau du duc, mais il ne doutait pas du succès.

Maître Gracieux n'ignorait rien de tout ce que son maître avait fait jusque-là ; il avait, en ce moment même, au plus profond de sa caisse, pour quatre cent mille francs de faux fabriqués par l'aristocratique main de M. d'Ambroge, et, s'il le fallait, il emploierait, pour le décider, cette *ultima ratio.*

Toutefois, dans l'âme du duc, — triste champ de bataille, — un combat se livrait.

Le misérable se disait que c'était une terrible partie que celle que lui proposait l'intendant.

Une partie qui présentait des risques effrayants !

Car, on l'a déjà remarqué, ce n'était jamais l'odieux de l'acte qui faisait hésiter le duc d'Ambroge, c'était uniquement la crainte de ses conséquences.

L'audace tranquille de maître Gracieux l'épouvantait.

C'était plus que le bagne qu'il fallait cette fois risquer ; c'était peut-être l'échafaud.

L'échafaud !

Mais aussi, si l'on réussissait !

Douze millions !...

Cet argument, qu'il se donnait à lui-même, ramena le sang au visage du duc, qui avait pâli au moment où il avait compris ce que conseillait l'intendant.

Il releva la tête, et regardant fixement son complice, — il acceptait l'idée du crime, — il dit lentement :

— Mais, Mme Angélique est auprès de la duchesse.

Maître Gracieux eut un sourire de triomphe.

— C'est vrai, fit-il, mais rien ne vous empêche de l'appeler pour quelques mois. Elle n'est pas indispensable à madame la duchesse, et elle sera très bien remplacée auprès d'elle par ses autres femmes.

Le duc fit une autre objection :

— Mais, qui vous dit qu'elle acceptera... d'aller à la campagne ?...

— Cela, monsieur le duc, c'est mon affaire. Ne vous en occupez pas.

Ne vous occupez même de rien.

J'arrangerai tout comme il vient d'être convenu.

Il suffira que vous donniez vous-même l'ordre de conduire M. Jehan à Couzancelles.

Le duc pâlit de nouveau, mais il se remit vite.

— Eh bien ! c'est entendu, dit-il rapidement, mais vous vous chargerez de tout.

— De tout, monsieur le duc. D'ici à huit jours, l'enfant et Mme Angélique seront à la campagne.

L'intendant se leva comme pour prendre congé, mais le duc qui espérait que l'entretien se terminerait autrement, le regardait d'un œil interrogateur.

Les deux hommes restaient en présence l'un de l'autre, le premier attendant une question, le second hésitant à la faire et commençant à s'irriter de ce que son complice n'y répondît pas à l'avance.

Comme on l'a remarqué, ils n'avaient pas dit un mot du crime qu'ils venaient de décider, et quelqu'un qui n'eût entendu que leurs paroles sans voir leur physionomie, et surtout sans les connaître, n'eût pas imaginé qu'il s'agissait d'autre chose que d'affermir la santé de l'enfant dont il avait été question.

Ces deux belles âmes n'avaient pas eu besoin de s'expliquer pour se comprendre, et maintenant que le duc avait consenti, il voulait savoir ce qui lui en reviendrait sur-le-champ.

— Et notre affaire ? demanda-t-il, voyant que maître Gracieux ne se décidait pas à parler. Cela nous donne-t-il une solution ?

— Certainement, monsieur le duc.

Aussitôt, du moins, que je me serai entendu avec Mme Angélique — puisque c'est sur elle que tout repose maintenant, — je pourrai vous donner une réponse satisfaisante.

— Alors, si tout marche comme vous l'espérez, nous aurons l'argent pour les billets ?

— Parfaitement.

— Mais vous savez donc où le trouver ?

— Oui, monsieur le duc.

— Alors, pourquoi disiez-vous hier que vous ne pouviez rien ?

— Mais parce qu'alors je ne pouvais emprunter sans avoir la certitude de pouvoir rendre. Ne pouvant donner une garantie sérieuse, certaine, absolue, je ne pouvais trouver un prêteur.

— Et cette garantie que vous allez donner maintenant, quelle est-elle ? Vous n'allez pas, je suppose...

— Ne vous tourmentez pas, monsieur le duc ; j'arrangerai tout. Contentez-vous d'attendre tranquillement.

— C'est bien, je me fie absolument à vous. Seulement, mon cher Gracieux, puisque vous allez avoir l'argent, je désirerais que M. de Chevrial n'eût même pas l'ennui de se voir présenter les billets.

— Il ne l'aura pas, monsieur le duc.

— Comment ferez-vous, mon cher Gracieux ? Vous suivrez la trace des billets chez les banquiers ?

— Justement, monsieur le duc.

Maître Gracieux avait peine à retenir un sourire.

— Allons, tout est pour le mieux, fit le duc soulagé, et se levant, il reconduisit — ce qu'il n'avait jamais fait — l'intendant jusqu'à la porte de son cabinet.

CHAPITRE XXXIX

L'Étang de Couzancelles.

uit jours après, le duc était complètement tiré d'inquiétude au sujet des billets, et même maître Gracieux lui avait remis, pour qu'il pût continuer son habituel train de vie, une cinquantaine de mille francs.

Il n'y avait plus en circulation — car le duc continuait à croire que ses faux couraient les banques — que les deux billets qui devaient arriver à échéance le mois suivant, mais de ceux-là il ne se souciait plus, puisque l'intendant venait de lui donner la preuve qu'il pouvait dormir tranquille.

Jehan d'Ambroge était depuis deux jours au château de Couzancelles.

Le soir même de l'entretien auquel le précédent chapitre nous a fait assister, maître Gracieux s'était rendu à la maison de santé du docteur Grise, où la duchesse d'Ambroge était toujours enfermée, et il avait fait demander Mme Angélique.

Là il ne lui avait rien dit, mais il lui avait donné pour le lendemain un rendez-vous auquel elle s'était empressée de se rendre.

Dans ce rendez-vous, il lui avait expliqué ce que l'on attendait d'elle, à savoir qu'elle voulût bien accompagner Jehan d'Ambroge à la campagne.

L'enfant avait besoin d'un changement d'air, mais le duc ne voulait le confier qu'à quelqu'un d'absolument sûr.

Il faudrait, en effet, veiller attentivement sur l'enfant, car derrière le château de Couzancelles, où il allait être envoyé, il y avait un étang d'une certaine profondeur.

La duègne se demandait où l'intendant allait en venir.

— C'est une grosse responsabilité que vous assumerez là, continuait l'intendant, mais nous vous connaissons et nous savons, monsieur le duc et moi, que nous pouvons compter sur vous.

— Oui, mais, questionna Mme Angélique qui ne comprenait toujours pas, si malgré toute ma surveillance il arrivait malheur à l'enfant?

— Il ne lui arrivera rien, madame Angélique; et, dans tous les cas, nous saurions que ce n'a pas été de votre faute.

Puis, dit-il encore en baissant la voix :

— D'ailleurs, je ne suis pas bien sûr que M. le duc ne s'en consolerait pas très vite.

Et, philosophiquement, il ajouta :

— Voyez-vous, madame Angélique, quand ceux qui meurent vous laissent des millions, on commence d'abord par les pleurer ; mais s'ils revenaient ensuite, on leur ferait souvent triste figure.

La duègne était fixée ; elle savait désormais ce qu'on attendait d'elle.

Toutefois, elle n'en laissait encore rien paraître.

— Oh ! objecta-t-elle, M. le duc paraît aimer beaucoup son fils.

L'intendant hocha la tête.

— Il paraît l'aimer, en effet, mais, qui sait ? Nous savons ce que nous savons, n'est-ce pas, madame Angélique ?... Peut-il être bien sûr que le petit soit réellement son fils ?...

— Ah ! ça, non.

— Eh bien ! alors ? Est-ce que vous croyez que les doutes qu'il doit certainement avoir ne l'aideraient pas à se consoler ?

La dame de compagnie crut le moment venu de poser à son interlocuteur une question intéressante.

— Combien, demanda-t-elle, M. le duc me donnera-t-il pour ce... déplacement ?

L'intendant la regarda et, voyant qu'elle le comprenait, répondit :

— Mon Dieu, nous n'en avons pas parlé ; et, d'ailleurs, c'est moi qui m'occupe de tout. C'est donc à nous deux à traiter la question.

— Eh bien ! combien me donnerez-vous ?

Maître Gracieux se pencha jusqu'à l'oreille de Mme Angélique :

— Cent mille francs, dit-il tout bas.

La duègne eut un éclair dans son œil dur, mais tout de suite et nettement :

— Ce n'est pas assez, dit-elle.

— Comment ? pas assez !

— Non.

Mme Angélique avait une ambition ; elle voulait devenir riche, avoir une douzaine de mille livres de rente, par exemple, avec lesquelles elle se retirerait dans une petite ville de province, où elle saurait se faire bien vite une situation respectable. Mme Angélique, qui avait toujours aimé l'église, rêvait de devenir dame patronnesse dans une paroisse tranquille, et voilà que le rêve venait se mettre à la portée de sa main. L'occasion était trop belle pour la

laisser échapper ; aussi n'y songeait-elle pas. Mais encore fallait-il en profiter complètement.

— Combien donc vous faudrait-il ? demanda l'intendant.

La dame de compagnie réfléchit une seconde, puis, résolument :

— Deux cent cinquante mille francs, dit-elle.

— Deux cent cinquante mille francs?...

— Pas un sou de moins.

— Mais, c'est de la folie !

— Alors n'en parlons plus. Je ne veux pas courir un risque aussi terrible pour une misère.

— Voyons, j'irai à deux cent mille.

— Deux cent cinquante mille.

Maître Gracieux médita un instant, puis, résigné :

— Allons, dit-il, c'est entendu.

L'affreux traité était conclu.

— Combien de temps devrai-je rester à la campagne? demanda alors la mégère.

— Mais... un mois à peu près... six semaines au plus. .

— Et quand partirai-je?

— Tout de suite, dans deux ou trois jours.

— C'est bien.

Les deux misérables s'étaient séparés là-dessus, en se donnant rendez-vous pour le lendemain, afin d'arrêter tous les détails de ce qu'ils appelaient l'affaire.

Les choses marchèrent comme il avait été convenu. Mme Angélique, remplacée auprès de la duchesse, qui ne parut même pas s'apercevoir de la substitution, partit avec le petit Jehan pour le château de Couzancelles, dont le personnel avait été prévenu.

Elle s'y établit en maîtresse, et l'enfant devint en quelques jours le roi de la maison.

Tous les jours, dès le matin, Mme Angélique, qui, seule, veillait sur lui avec une sollicitude qui faisait l'admiration de tout le monde, lui faisait faire de fortifiantes promenades dans la campagne autour du château.

C'était surtout aux bords de l'étang que l'enfant aimait à courir. Pendant des heures entières il contemplait, avec des cris de joie, les grosses carpes qui paraissaient et disparaissaient dans les profondeurs d'une eau lourde et peu transparente.

Que de frayeurs il donnait ainsi à cette bonne Mme Angélique, qui cherchait toujours à l'éloigner de l'étang, mais que, tyranniquement, il y ramenait sans cesse.

La bonne dame avait maintes fois exprimé ses craintes devant le jardinier et le cocher, émettant l'avis qu'il serait prudent de placer une petite barrière autour de l'étang ; mais les deux hommes avaient ri :

— Il n'y a pas de danger, avaient-ils dit. M. Jehan est bien trop fûté pour se laisser tomber à l'eau.

Mais, Mme Angélique avait eu raison de s'effrayer.

Un matin, cinq semaines environ après l'arrivée des deux hôtes du château, on entendit, derrière les bâtiments, des cris affreux :

— Au secours ! au secours !

La femme du jardinier courut la première du côté de l'étang, et le spectacle qui s'offrit à elle la terrifia.

Mme Angélique, dans l'eau jusqu'aux aisselles, s'arrachait les cheveux, inconsciente du danger qu'elle courait.

Elle ne criait plus ; elle hurlait : Au secours ! Au secours !

La jardinière comprit sur-le-champ : l'enfant était tombé dans l'eau et se noyait, et sa gouvernante, n'écoutant que son dévouement, s'était jetée dans l'étang pour l'en retirer ; mais la malheureuse était impuissante.

La brave paysanne se précipita, criant, elle aussi, mais le petit avait disparu.

— Là, là, faisait la gouvernante, en montrant l'endroit où il s'était enfoncé.

Deux domestiques arrivèrent enfin, et tous deux, à demi-déshabillés en un tour de main, entrèrent rapidement dans l'étang, mais leurs recherches durèrent de longues minutes, des siècles, et quand enfin l'un d'eux, qui avait courageusement plongé dans la vase, reparut avec l'enfant dans ses bras, ce n'était qu'une masse inanimée qu'il ramenait à la surface.

Tous les efforts pour le rappeler à la vie furent vains. On épuisa tous les moyens connus, et quand le médecin, qu'on était allé chercher, en toute hâte à une lieue du château, arriva près de l'enfant, il ne put que constater la mort.

Mme Angélique était folle de douleur ; elle poussait de rauques hurlements, s'arrachant de grosses mèches de cheveux, criant sans cesse d'une voix farouchement monotone :

— Mon Dieu ! mon Dieu ! que va dire le père ? que va dire le père ? Mon Dieu ! que va dire le père ?

Elle parlait aussi de se tuer, et l'on dut veiller avec soin sur elle.

Comme elle était incapable de prendre un parti, les braves gens se consul-

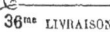

Le château de Couzancell.s.

tèrent, et, sur le conseil du médecin, le cocher prit le premier train pour Paris.

Arrivé à l'hôtel d'Ambroge, il demanda M. l'intendant, qui comprit immédiatement ce qui s'était passé, et qui, au récit de l'honnête domestique, feignit une consternation aussi habilement jouée que le désespoir de sa digne complice.

Le duc, lui, eut la douleur digne. Il supporta le choc avec courage.

Accablé d'abord, il se redressa bientôt avec une fermeté qui fit l'admiration de son entourage, et ce ne fut, dans tout le faubourg Saint-Germain, qu'un concert de condoléances sur ce pauvre duc d'Ambroge si affligé, si éprouvé.

Ce nouveau et suprême malheur, survenant après le drame dans lequel l'infortunée duchesse avait perdu la raison, lui ramenait toutes les sympathies de ceux qui, depuis longtemps déjà, montraient à son égard une certaine sévérité.

Le duc ne voulut s'occuper en rien de la succession ; il donna à maître Gracieux tous les pouvoirs nécessaires pour traiter toutes les affaires et, pendant qu'il se renfermait dans sa douleur, l'intendant, en grand deuil, recueillit l'héritage tout entier. La fortune des d'Ambroge se trouva ainsi reconstituée, et un mois après l'hôtel avait repris son train ordinaire.

Il n'y manquait que les rires et les cris de l'enfant assassiné.

De grands succès attendaient le duc d'Ambroge, que nous retrouverons dans de tragiques circonstances, toujours digne de lui-même, c'est-à-dire à la hauteur de tous les crimes.

Nous reverrons également Jacques Fargueil, le martyr de Clairvaux, et quant à l'honnête maître Gracieux et à la pieuse Mme Angélique, dont le rêve est devenu une réalité, le lecteur sera heureux d'apprendre qu'ils vieillissent doucement, entourés de l'estime et du respect de tous ceux qui les connaissent.

FIN

TABLE DES MATIÈRES

IMPRIMERIE D. BARDIN ET Cⁱᵉ, A SAINT-GERMA N.

www.ingramcontent.com/pod-product-compliance
Lightning Source LLC
Chambersburg PA
CBHW071808020726
47502CB00004B/1039